STELLA LUCAS
Weihnachten mit Tony

AF288824

Über die Autorin:

Stella Lucas liebt die Highlands – und Weihnachten. Für sie gibt es nichts Schöneres, als sich nach einem ausgiebigen Spaziergang in der wilden Natur Schottlands mit einer heißen Tasse Tee und frisch gebackenen Orange Cakes am Kamin aufzuwärmen und sich dabei romantische Geschichten auszudenken. WEIHNACH-TEN MIT TONY ist der erste Weihnachtsroman der Autorin.

STELLA LUCAS

WEIHNACHTEN MIT TONY

Lübbe

NACHHALTIG
PRODUZIERT

Die Bastei Lübbe AG verfolgt eine nachhaltige Buchproduktion.
Wir verwenden Papiere aus nachhaltiger Forstwirtschaft und
verzichten darauf, Bücher einzeln in Folie zu verpacken. Wir stellen
unsere Bücher in Deutschland und Europa (EU) her und arbeiten
mit den Druckereien kontinuierlich an einer positiven Ökobilanz.

Originalausgabe

Stella Lucas wird vertreten von der Agentur Brauer.

Copyright © 2024 by
Bastei Lübbe AG, Schanzenstraße 6–20, 51063 Köln

Vervielfältigungen dieses Werkes für das
Text- und Data-Mining bleiben vorbehalten.

Lektorat: Britta Künkel, Reichshof
Umschlaggestaltung: Christin Wilhelm, www.grafic4u.de
unter Verwendung von Illustrationen von
© shutterstock: ProStockStudio | KG_design | Olga Selyutina
Vignette Kapitelanfang: Designed by Freepik
Satz: hanseatenSatz-bremen, Bremen
Gesetzt aus der Garamond Premier Pro
Druck und Verarbeitung: GGP Media GmbH, Pößneck

Printed in Germany
ISBN 978-3-404-19404-9

2   4   5   3   1

Sie finden uns im Internet unter luebbe.de
Bitte beachten Sie auch: lesejury.de

ZWÖLF TAGE BIS WEIHNACHTEN

CARRIE

Im Traum stehe ich zwischen einem halben Dutzend junger Rotnackenwallabys, die ich mit der Flasche großgezogen habe, und ein paar neugierigen Emus. Vor denen muss ich meine Futterschüssel voller Reiswaffeln und Möhren regelrecht verteidigen. Die halbstarken Joeys lieben diese Snacks. Sie sind trotzdem vornehm zurückhaltend, während die Emus kein Pardon kennen und mit ihren gierigen Schnäbeln überallhin picken: Kopf, Hände, Füße, Waden ...

Ein unsanftes Rumpeln, gefolgt von einem leichten Schlag gegen meine Ferse, schreckt mich aus dem Dämmerschlaf. Instinktiv hebe ich den Fuß und setze ihn ein paar Inches weiter vorsichtig wieder ab. Bloß nicht auf empfindliche Pfoten oder Klauen treten, das ist tief in mein Körperbewusstsein eingebrannt. Aber dann werde ich stutzig. Irgendetwas passt da nicht. Meine schläfrigen Hirnzellen registrieren Socken und Teppich unter meinen Füßen – keine Arbeitsschuhe, keinen roten Sandboden, der Geruch nach Kängurumist und Hitze fehlt auch. Es ist sogar eher kühl. Ich sitze auf schlecht gepolsterter Sprungfedern, und es riecht nach Erdnüssen und Parfüm.

Dies hier ist weder der Tierpark von Byron Bay, in dem ich die ersten Monate in Australien gearbeitet habe, noch der Zoo von Sydney.

Mein Hintern ist eingeschlafen, ich habe Druck auf den Ohren, meine Hände sind leer. Noch bevor ich die Augen ganz geöffnet habe und die halb volle Wasserflasche entlarve, die über den Fußraum in mein Revier gekullert ist, dringt eine angespannte Frauenstimme aus der Sitzreihe hinter mir nach vorn.

»Ich will nicht hier sein, Morris. Das ist alles deine Schuld! Und wo ist mein Wasser hin? Haben die das abgeräumt? Stewardess, hallo! ... Herrgott noch mal, der Service dieser Fluggesellschaft ist unter aller Kanone, und dann noch diese Schaukelei.«

»Himmel, Stacy, bitte bemüh dich ein bisschen. Nicht so laut! Wir sind nicht allein an Bord.«

»Allerdings nicht! *Economy*, Morris! Du musst diesen nichtsnutzigen schottischen Hinterwäldler bei nächster Gelegenheit entlassen. Er ist absolut unfähig! Ich habe Durst, ich spüre meine Beine nicht mehr, ich komme mir vor wie eine Dorade in einer Sardinenbüchse.«

»Muräne trifft es eher«, brummt Morris verhohlen.

Ich muss schmunzeln und drehe mich auf der Suche nach einem Verbündeten zu meinem Sitznachbarn, aber der verschläft leider die Showeinlage.

»Das habe ich gehört!«, beschwert sich Stacy. »Nimm mich ernst! Ich leide, Schatz. Er mag ja ein guter Architekt und Bauplaner sein, aber bei den Flugtickets zu sparen ... und mir kann niemand erzählen, dass vorn alles ausgebucht war.«

»Ein ganzes Flugzeug freut sich jedenfalls über dein Bordprogramm-Upgrade.«

»Sei nicht so sarkastisch.«

Unvermittelt klickt ein Sicherheitsgurt. Meine Rückenlehne ruckt nach hinten, als sich die leidende Doraden-Muräne Schmuck klimpernd daran hochzieht. Eine schwere Parfümwolke zieht in meine Richtung. Jetzt sind die Stewardessen im Fokus von Stacys Aufmerksamkeit.

»Wo sind die denn alle? Vermutlich in der Businessclass. Finde den Fehler ... Service, bitte! Hallo?«

Während ich im Rucksack neben meinen Füßen nach den Kopfhörern wühle, höre ich Schritte über den schmalen Gang heraneilen.

»Was kann ich für Sie tun, Madam? Bitte beachten Sie das Anschnallzeichen. Gibt es ein Problem?«

Madam Stacy ordert in schnippischem Ton einen Gin Tonic mit einer Scheibe Orange und zwei Eiswürfeln. »Und haben Sie frischen Salbei? ... Nein? Nach Pfefferminze muss ich dann wohl ebenfalls nicht fragen ... Gurke auch nicht?«

Die Stewardess antwortet mit gedämpfter Stimme.

»... Herrje, nein, es wird *nicht* ohne frisches Grün gehen.« Stacy stöhnt theatralisch. »Ein bisschen Kultur ...!«

Meine Rückenlehne und somit auch ich werden vor und zurück geschubst.

»Vergessen Sie's. Nur keine Umstände meinetwegen«, sagt sie mit beißender Ironie in der Stimme. »Dann bringen Sie mir stattdessen einen Whisky. Single Malt ... Nein, *ohne* Eis natürlich ... Ja, selbstverständlich einen schottischen. Da fliegen wir doch hin, oder sitze ich etwa im falschen Flieger? Oh, sagen Sie jetzt nichts, natürlich tue ich das, zumindest in der falschen Klasse ... Morris, wo ist meine Kreditkarte? Herrje, und kann man nicht etwas gegen dieses enervierende Schnarchen tun?«

»Stacy, bitte!«, versucht ihr Mann erneut zu beschwichtigen.

Die Stewardess entfernt sich Richtung Bordküche.

»Lass mich, Morris. Ich habe so höflich gefragt, wie es mir den Umständen entsprechend möglich ist.«

Nur unwesentlich leiser kabbeln die beiden sich weiter.

Not my circus, not my monkeys, bete ich mir leise vor. Ich stöpsle die Kopfhörer in mein Smartphone, starte die Meditationsplaylist, die ich mir heruntergeladen habe, und schließe die Augen. Dann konzentriere ich mich auf meinen Atem und die sanften Klänge von Meeresrauschen und Panflöte. Ich beneide ein klitzekleines bisschen den älteren Herrn neben mir auf dem Platz am Gang. Er hat keine Ahnung, dass er mit seinem sonoren Sägen Stacys Nerven zusätzlich strapaziert.

Als gleich nach dem Start Tee und Kaffee serviert wurden, entschuldigte er sich bei den Stewardessen dafür, dass er sein Hörgerät ausgeschaltet hatte. Seither verschnarcht er den kompletten Flug, der Glückliche.

Stacys Flasche kullert erneut zu mir. Ich klemme sie zwischen meinen Füßen ein, bevor sie wieder flüchten kann, und reiche sie mit einem Lächeln und einiger Sitzakrobatik an die Besitzerin zurück. Ihre verdutzte Antwort geht in den Wellen des Meeres hinter meinen Kopfhörern unter.

Noch eine knappe halbe Stunde, dann habe ich es geschafft. Dies ist der letzte und kürzeste Anschlussflug. Ich werde aus dieser Maschine steigen, nach vielen langen Jahren den eisigen Boden meines Heimatlandes betreten, im vorbestellten Shuttlebus Platz nehmen, mich dösend dem Jetlag hingeben und die Ruhe vor dem Sturm genießen, während mich der Fahrer die letzten Kilometer über gewundene, winterliche Straßen von Glasgow nach Luss bringt, das malerische kleine Dorf am Ufer des Loch Lomond, an dem ich aufgewachsen bin.

Ob sie noch immer die Straßenlaternen mit Stechpalmenzweigen und Lichterketten schmücken? Ich meine fast, den einzigartigen Geruch nach frischen Tannenzweigen wahrzunehmen. In Australien herrscht Weihnachtsduft in Sprühflaschen vor. Aber wir haben da ja auch Sommer, wenn Europa friert und fröstelt.

Egal. Ich bin nicht wegen der Dekoration über den Ozean geflogen. Ich versuche, mich wieder auf Panflöten und Meeresrauschen zu fokussieren. Es gelingt mir nicht. Mein Gedankenkino lässt Dad durch frisch gefallenen Schnee stapfen, eine gerade geschlagene Fichte auf einer Schulter balancierend, ein zufriedenes Lachen im Gesicht.

Dad. Mein Herz klopft. Es war ihm so wichtig, dass ich dieses

Jahr zu Weihnachten endlich nach Hause komme. Aus Sue Anne habe ich nur herausbekommen, dass er in letzter Zeit freiwillig ein paarmal beim Arzt war. Dad geht nie zum Arzt. Er schimpft sie allesamt Quacksalber.

Energisch schiebe ich alle in mir aufkommenden Fantasiebilder beiseite. In maximal drei Stunden bin ich vor Ort. Dann werden wir weitersehen.

Nur noch dieser eine Anschlussflug. Das ist mein Mantra. Dann kann ich mich mit frischer Kraft meiner Familie und unseren eigenen Sorgen und Nöten widmen. Keine dreißig Minuten und diese englischen Karibik-Fans sind genauso Geschichte wie gestern der streng riechende Sitznachbar in der Maschine von Sydney nach Hongkong und die überforderte Mutter mit den beiden Kleinkindern auf dem anschließenden Flug von dort nach London. Sie war so dankbar, als ihre Zweijährige sich auf meinem Schoß zusammenrollte und einschlief.

»Sie haben ein Händchen für Kinder«, seufzte sie erschöpft, bevor sie selbst wegnickte.

Abwesend reibe ich über den eingetrockneten Möhrenfleck auf meinem Ärmel. Mit Tierbabys habe ich deutlich mehr Erfahrung als mit menschlichem Nachwuchs. Aber die Mädchen waren wirklich niedlich und eine willkommene Ablenkung auf dem langen Flug. Von Stacy und Morris kann ich das nicht so richtig behaupten.

Noch zwölf Tage bis Weihnachten. Oh nein! Ich habe die Geschenke für Dad, Sue Anne und die Kinder auf dem Küchentisch stehen lassen, fällt es mir siedend heiß ein. Ich wusste doch, dass ich etwas vergessen habe. Na bravo! Mein Bauchgefühl hat mich also nicht getrogen. Ich wollte, das wäre nicht immer so. Nervös knibbele ich am Kabel meiner Kopfhörer herum.

Einer Eingebung folgend hatte ich kurzfristig umgebucht und mich zwei Tage früher als ursprünglich geplant auf den Weg nach Europa gemacht. Ich und mein Bauchgefühl. Das habe ich nun davon. Keine Plüschkoalas zu Weihnachten. Was mache ich denn jetzt?

Der Lautsprecher knackt und übertönt Panflöten, Wellengang und meinen leichten Anflug von Unruhe. »Meine Damen und Herren, hier spricht Ihr Kapitän. Zwischen uns und Schottland liegt ein Gebiet mit Wetterturbulenzen.«

Wie zur Bestätigung sackt das Flugzeug ein paar Meter ab. Ich sehe nach draußen. Wolkensuppe. Die Tragfläche ruckelt, als ob sie versuchen würde, die Dunstschleier auseinanderzuzerren.

»Es könnte ein bisschen wackelig werden. Bitte bleiben Sie angeschnallt. Klappen Sie Ihre Tische hoch, und stellen die Rückenlehnen senkrecht ... und drücken Sie uns die Daumen, dass unsere Maschine nicht wetterbedingt umgeleitet wird. Da draußen braut sich ganz schön was zusammen.«

Der Schnarcher neben mir macht die Kapriole akustisch mit. Diesen Tiefschlaf hätte ich gern.

»Was meint er damit, Morris? Wohin umgeleitet?« Stacys Stimme klingt ein paar Halbtöne höher als eben noch.

Ich halte die Augen wieder geschlossen und zähle meine Atemzüge. Einatmen bis vier. Zwei Sekunden Luft anhalten, Ausatmen bis fünf. Panflöten und Meeresrauschen. Das kann doch nicht so schwer sein.

Ich bin hundemüde. Seit fünf Nächten habe ich so gut wie kein Auge zugetan. Seit ich aus Sue Anne das mit den Arztbesuchen herausgequetscht habe. Dad weist immer schon sein gesamtes Umfeld an, bloß niemanden zu beunruhigen. So war das auch damals, als Mama krank wurde: »Nur ein bisschen Bauchschmerzen.«

Es war Krebs. Ich war dreizehn, als Mum starb, Sue Anne fünfzehn.

Jetzt bin ich neunundzwanzig.

Ich ziehe die Kopfhörer aus meinen Ohren. Mir ist nicht mehr nach sphärischen Klängen.

Das Flugzeug rumpelt erneut, ein wenig stärker jetzt. Der ältere Herr neben mir stöhnt verhalten im Schlaf.

»Morris, tu doch was!«

»Was soll ich deiner Meinung nach denn tun? Die Stewardess um Fallschirme bitten?«

»Ja, gern«, rutscht es mir nach einem Stoßseufzer heraus. »Ich halte auch die Tür auf.« Down Under habe ich mir ein loses Mundwerk angewöhnt. Aber da sind auch alle viel gechillter. Ein paar Leute in Hörweite kichern und glucksen. Da tut mir meine flapsige Bemerkung bereits wieder leid.

Eine Stewardess geht die Reihen ab, prüft die Sicherheitsgurte und sammelt Abfälle ein. Sie verzieht keine Miene.

»Morris!« Hinter mir geht das Nörgeln unverdrossen weiter. »Wenn du diesen Idioten rausgeworfen hättest, wie ich es dir schon vor Wochen geraten habe, würde ich jetzt nicht in diesem schaukelnden Billigflieger kauern, sondern mich weiter entspannt in St. Maarten auf der Yacht sonnen und dort in dreizehn Tagen Weihnachten feiern ...«

Zum ersten Mal wird Morris ein klein wenig schärfer. »Stacy, es ist auch *deine* Firma! Es gibt keinen besseren Architekten als ihn. Und in St. Maarten dauert es genauso noch zwölf Tage bis Weihnachten wie überall sonst auf der Welt.«

In Australien nicht, liegt mir auf der Zunge, aber das schlucke ich ganz schnell hinunter. Ich bewundere ihn für seine Geduld. Vielleicht tue ich ihr ja auch unrecht, und sie ist normalerweise ganz anders? Ich frage mich, was seine Frau wohl für herausragend liebenswerte Qualitäten haben mag. Auf dieses kleine Gedankenspiel hat mich vor Jahren jemand aus meiner Familie gebracht. Kann sie hervorragend kochen? Liegt die Yacht auf St. Maarten vor einer Kette von Kinderheimen vor Anker, die die beiden mit ihrem Geld finanzieren? Und selbst wenn nicht. Vermutlich hat sie einfach nur Flugangst und ist eine ganz tolle Chefin, in welchem Business auch immer. Sei's drum. Ich lobe mir meine Quokkas. Seit fast drei Jahren bin ich nun tatsächlich im Zoo von Sydney Revierleiterin im Australiensegment. Dafür habe ich aus Byron Bay dorthin gewechselt. Die fröhlich dreinblickenden Kurzschwanzkängurus sind meine erklärten Lieblinge. Sie erinnern mich lustigerweise viel eher an Tony und die Rotnackenwallabys zu Hause als die Bennett-Wallabys, mit denen ich täglich im Zoo-Revier in ihrer australischen Heimat zu tun habe. Vielleicht kann ich ihre Nähe auch einfach besser zulassen.

Da fällt mir ein, von wem ich diese positive Art, auf Menschen zu blicken, übernommen habe. Von wegen Familie. Ein Stich fährt mir durch die Brust, und ich atme tief ein. Jahrelang habe ich nicht mehr an ihn gedacht. Und kaum überquere ich die Bannmeile und nähere mich Schottland ...

»Dreizehn Tage. Und mäßige deinen Ton, Morris!«

»Zwölf. Die Zeitverschiebung von St. Maarten hierher geht andersherum.«

»Dass du immer das letzte Wort haben musst. Wo ist meine Schlafmaske?«

Seit dem Start in London geht das so. Ich bedaure mich kurz dafür, dass ich meine Reiselektüre mit meinem zweiten Handgepäckstück beim Einsteigen abgegeben habe.

Jemand tippt mir auf die Schulter. Erstaunt blinzle ich. Es ist die Stewardess von vorhin. Sie lächelt mir verschwörerisch zu und reicht mir über meinen immer noch schlafenden Sitznachbarn hinweg ein Plastikglas. Ich blicke auf das sprudelnde klare Getränk, in dem eine Orangenscheibe und ein frisches Blatt Minze schwimmen, und nehme ihr die Serviette und eine Miniaturflasche Gin ab.

»Aber ich habe nichts bestellt«, sage ich und zeige fragend hinter mich.

Sie zwinkert mir zu. »Nein, nein. Das ist hier goldrichtig und geht aufs Haus. Genießen Sie's. Ich komme gern auf Sie zurück, wenn wir außerplanmäßig jemanden zum Türöffnen brauchen.«

Beschämt blicke ich ihr nach und nehme einen Schluck aus dem Becher, kühles, perlendes Tonic Water. Ich trinke die herbe Limonade in einem Zug, genieße das Fruchtfleisch der Orange und zerkaue das Minzblatt. Das Fläschchen Gin stecke ich ein. Das gönne ich mir, wenn ich zu Hause bei Dad bin. Vielleicht habe ich es dann wirklich nötig.

Zu Hause.

Genau genommen war ich vor drei Jahren zuletzt in Schottland. Aber diese knappe Woche zur Taufe der Zwillinge, damals vor meiner Beförderung, zählt eigentlich kaum. Die Kinder meiner Schwester kenne ich nur von Bildern und Videocalls. Insgesamt bin ich seit sieben Jahren aus meiner Heimat fort. Eine Ewigkeit, so kommt es mir auf einmal vor.

Ich wollte zurückkehren. Wirklich. Aber die Stelle in Sydney, die Aussicht, dort bald die Revierleitung übernehmen zu können, der Umzug dorthin von Byron Bay und – okay – ein äußerst attraktiver Kollege namens Barney haben mich abgehalten. Es kam einfach immer wieder etwas dazwischen. Ein paarmal hatte ich bereits fast gebucht. Aber Tiere halten sich nicht an Flugpläne oder Feiertage. Und ja, natürlich ist das nur die halbe Wahrheit. Wenn ich ehrlich bin, spielen auch ein paar trübe Erinnerungen mit hinein – und die Angst, ganz tief in mir drin, dass ich mich nicht mehr losreißen könnte von den violetten Bergen und den tiefblauen Seen Schottlands, wenn ich zu lange dort bin. Und von Tony.

Über manche Geschehnisse muss erst eine Menge Gras wachsen.

Himmel, was war ich naiv damals. Der Abstand hat mir gutgetan. Er war wichtig. Es war die absolut richtige Entscheidung, mein Leben in die Hand zu nehmen und zu gehen.

Aber kaum sind wir in britischem Luftraum, muss ich wieder an diesen Kerl denken. Ich fahre mit einem Finger sanft über die kleine Narbe auf meinem Handrücken. Hoffentlich ist das Gras inzwischen hoch genug.

Wir haben damals gemeinsam Tony gerettet.

Es fällt mir schwer, mir das einzugestehen. Die Sache mit Mister Positive-Seiten nagt nach all der Zeit immer noch an mir. Sogar noch nach Barney, der sich als hübsche, aber hohle Mogelpackung herausstellte. Genau wie Paul. Abgehakt. Aber so etwas passiert mir nie mehr, mit solchen Männern bin ich durch. Ich bin jetzt klüger. Und sehr viel rationaler.

Trotzdem. Ich hätte nicht so einfach weglaufen dürfen. Oder meine Karriere dafür vorschieben. Das war nicht besonders erwachsen. Ich hätte mir Zeit nehmen müssen – allein schon für Dad. Dessen Traum ich andererseits für ihn mitlebe. In meiner Kindheit haben wir uns gemeinsam ausgemalt, wie wundervoll es wäre, nach Australien auszuwandern. Da! Schon wieder schönreden!

Hätte, hätte, hätte.

Egal.

Lieber Gott, bitte mach, dass ich nicht zu spät nach Hause komme.

Der Lautsprecher knackt wieder.

»Ladys und Gentlemen, hier meldet sich noch einmal Ihr Flugkapitän. Die Wetterlage macht es leider unmöglich, dass wir wie geplant Glasgow anfliegen. Wir bekommen dort keine Landeerlaubnis mehr, der Flughafen wurde bereits geschlossen. Wir werden stattdessen in Edinburgh landen. Die haben anscheinend mehr Enteisungsspray gelagert.« Er macht keinen Hehl aus seiner Verärgerung. »Das Bodenpersonal ist informiert und wird nach Kräften versuchen, Ihnen dort weiterzuhelfen.«

Gemurmel breitet sich aus.

»Economy«, schnaubt Stacy.

»Niemand kann etwas für das Wetter. Trink deinen Whisky«, würgt Morris seine Frau ab, bevor sie weiterwüten kann.

Die Maschine rumpelt wieder. Wir sacken in ein Luftloch, und dieser kleine Blechvogel mit je zwei Sitzreihen links und rechts kommt mir ziemlich fragil vor, wie er so von den Turbulenzen hin und her geworfen wird. Jetzt sagt nicht einmal Stacy mehr was. Irgendwo ganz hinten weint ein Kind.

Und bring uns heil hier runter, ergänze ich mein Gebet.

Es poltert so, dass nun auch mein Sitznachbar aus dem Schlaf hochschreckt. Hektisch blättert er in der Ablage vor uns nach den Spucktüten.

Ich blicke dezent aus dem Fenster und verliere mich in den weißgrauen Wolkenschwaden. Als ob wir durch eine Wattewand tauchen würden. Man erkennt nichts. Keine Ahnung, wie hoch wir noch sind, aber es fühlt sich so an, als hätten wir den Sinkflug begonnen. Ich habe Druck auf den Ohren. Mein Nachbar übergibt sich.

In diesem Moment durchbrechen wir die Wolken. Die Maschine steigt und fällt wie ein Spielzeugflieger, den ein Riesenkind mit einer Hand auf gedachte Loopingbahnen schickt.

Regen pickt an die kleinen Flugzeugfenster. Nein, halt: Die Tropfen sind gefroren. Das sind Schneeflocken! Es schneit!

Die Tragfläche versperrt mir leider größtenteils den Blick nach unten. Aber ich bilde mir ein, dass die Landschaft mit Puderzucker bestäubt ist. Schottland im Schnee.

In meinem Magen breitet sich ein kindliches Glücksgefühl aus, trotz all der Turbulenzen, warm und süß wie Sahnekakao mit Zimt und Kürbissirup. Für einen Moment gelingt es mir, schnarchende, streitende und sich übergebende Sitznachbarn, das Ruckeln und Klappern des Flugzeugs und sogar meine Sorgen um Dad auszublenden.

I'm coming home for Christmas!

Die Landung wird noch einmal richtig ruppig. Ich bin dankbar, dass meinen Magen so leicht nichts umhaut.

Und dann ist es so weit. Der Boden hat uns wieder. Den Sturm haben wir allerdings mitgebracht. Das Flugzeug schlingert ziemlich ungleichmäßig über die Piste.

»Willkommen in Schottland«, meldet sich der Kapitän zurück. »Vielen Dank, dass Sie mit uns geflogen sind. Wir bitten die Unannehmlichkeiten zu entschuldigen und wünschen Ihnen einen schönen Aufenthalt. Kommen Sie gut nach Hause und – schöne Weihnachtstage.«

Mein Sitznachbar stöhnt leise, faltet mit blassem Gesicht seine Spucktüte zu und lächelt mich entschuldigend an. Dann schaltet er sein Hörgerät ein. »Das war ein Flug, was?«

»Aye. Möchten Sie vielleicht ein Pfefferminz?«, frage ich mitfühlend und krame ein Hustenbonbon aus meiner Jackentasche.

Dankbar nickend nimmt er es an.

Das Anschnallsignal erlischt mit einem leisen Pling. Sekunden später stürzen die Passagiere in die Gänge, als ob sie fürchten, das Flugzeug könnte wieder abheben, bevor sie die Chance hatten, es zu verlassen. Auch der ältere Herr reiht sich ein. Ich betrachte den säuberlich zusammengefalteten Beutel auf seinem Sitz. Ihm kann ich es nicht verdenken, dass er so schnell wie möglich hier rauswill.

Das zigfache Klappen der Gepäckfächer klingt wie Popcorn, das in einem Topf zerplatzt. Tüten voller bunt verpackter Päckchen rascheln und knistern um mich herum. Parfümwolken vermischen sich mit dem Duft von ... tatsächlich Tannengrün? Ich hebe schnuppernd den Kopf und erspähe eine Mitreisende, die ein paar Reihen vor mir einen dekorierten Türkranz aus echten Zweigen im Arm hält, überwiegend Tanne oder Fichte und Kiefer. Aber Eibe ist auch mit dabei. Ich erkenne das glänzende Grün und die kleinen roten Beeren. Vögel und Rotwild lieben die Früchte. Für Menschen, Hunde, Katzen und Weidetiere sind allerdings sämtliche Pflanzenteile hochgiftig, spult mein Hirn ab. Für meinen ersten Job in Australien musste ich zig neue Giftpflanzen büffeln, die es in Schottland nicht gibt. Aber das alte Wissen lagert sicher abrufbar darunter.

In meiner Wohnung in einem Vorort von Sydney habe ich als einzige Deko ein paar halbherzige LED-Kerzen auf einer einmal benutzten Papierserviette mit rotnasigen Kitschrentieren stehen. Und die hat mir eine Arbeitskollegin aufgezwungen und mich »Grinch« genannt. Ich bin nicht so der Weihnachtstyp. Nicht mehr.

Eine flüchtige Erinnerung an verschütteten Eierpunsch und das Zuschlagen einer Tür zieht meinen Magen zusammen, und ich balle eine Faust. Ich muss an Inchconnachan denken, reibe mir über den Bauch und beschließe, den Ansturm auf den verstopften Gang auszusitzen. Ich bin wirklich nicht wegen der anstehenden Weihnachtstage zurückgekommen. Eher *trotz* der Feiertage.

Verdrossen betrachte ich mein Smartphone, es ist immer noch im Flugmodus. Zuerst muss ich mir eine britische SIM-Karte besorgen.

Ich sehe aus dem Fenster. Dicke Schneeflocken klatschen inzwischen gegen die Scheiben und gleiten schmelzend daran herab. Der Edinburgh-Schriftzug am Terminal ist nur durch Schlieren zu erahnen und verschwimmt immer mehr.

Der Sturm rüttelt an der Maschine. Das Flugzeug knarzt und schaukelt. Vielleicht liegt das aber auch an den zappligen Passagieren. Draußen kämpfen Räumfahrzeuge gegen die Schneemassen an, die der Wind vor sich hertreibt. Dick eingemummelte Männer mit weißen Hauben auf Schultern und Kapuzen trotzen den Böen und wuchten Koffer auf die Transportfahrzeuge.

Dann bin ich an der Reihe. Auf einmal sind alle fort, das Flugzeug hat sich geleert. Ich bin dankbar, dass wir keine vereiste Gangway hinunterstaksen müssen, sondern trocken durch den Rüssel der Passagierbrücke ins Innere des Gebäudes kommen.

Unsere ist die letzte Maschine, die heute Nachmittag überhaupt noch eine Landeerlaubnis auf der Insel bekommen hat. Das höre ich bei einer Unterhaltung der Stewardessen vor mir mit. Wegen des aufziehenden Schneesturms startet oder landet in ganz Schottland nicht das kleinste Privatflugzeug mehr, sagen sie. Wer noch in die Highlands oder auf die Inseln weiterwill, sitzt damit also erst mal fest.

Ich nage an meiner Unterlippe und verfolge, während ich das verglaste Terminal betrete, mit den Augen die Unimogs auf der Rollbahn. Mir tun die Männer in ihren dicken Parkas leid. Was für ein Job bei dem Wetter. Dann schießt mir ein anderer Gedanke ein. Und ich? Komme ich hier noch weg? Bis nach Hause? Mein gebuchter Platz im Shuttlebus gilt ab Glasgow. Dorthin muss ich es als Erstes schaffen. Das ist eine gute Autostunde von Edinburgh über die M8 – unter normalen Bedingungen. Aber bei diesem Schneetreiben? Wenn die Züge auch bereits eingestellt wurden, habe ich ein Problem. Ich brauche dringend Informationen über die Lage, und dafür muss ein funktionierendes Telefon her! Ob es den kleinen Laden in der Wartehalle noch gibt? Die hatten auch richtig guten Fudge. Und Tablet. Oh, Butter Tablet, das habe ich sehr vermisst!

MARC

Ich lege den Hörer auf, schiebe das klobige Bürotelefon ein Stück von mir weg und lehne mich zurück. Mein Blick streift das 3-D-Modell auf dem halbhohen Aktenschrank hinter dem Schreibtisch, gleitet kurz darüber hinweg und bleibt dann, wider besseres Wissen, doch an dem Miniaturgebäude hängen: ein kleines Bootshaus mit einer am Hang darüber gelegenen Blockhütte. Nichts Preisverdächtiges, nur mein erstes Gedankenspiel für die Masterarbeit an der Uni. Na ja. Nein. Das war damals schon nicht die Wahrheit. Inchconnachan ist Privatsache. Ich habe den Entwurf nie eingereicht. Jahrgangsbester wurde ich mit einem anderen, der ist längst in der Papierpresse gelandet. Aber an diesem hängt mein Herz. Ich habe die Wände nicht aus dem 3-D-Drucker gezogen, sondern Bohle für Bohle selbst aufgesetzt, gesägt, geschnitten, das Ganze eingerichtet und bemalt. Das Ergebnis ist ziemlich dicht am Original.

Sieben Jahre ist das her, ein bisschen länger sogar.

Hinter dem maßstabsgetreuen Panoramafenster, das zu dem gekräuselten Pappmaché-See hinausblickt, lässt sich ein Weihnachtsbaum erahnen. Daneben, von außen kaum sichtbar, liegen Pakete, hübsch dekoriert mit Schleifen. Das größte ist eigentlich ein gut getarntes Schmuckkästchen. Es wurde nie geöffnet. Und über der Eingangstür hängt immer noch der Mistelzweig. Was für eine Fummelei! Ich schweife ab. Danach hatte ich eine Woche lang Kleber und Farbe an den Händen. Abwesend lächelnd reibe ich mir über die Fingerkuppen. Irgendwann verpuppte sich ein Insekt unter dem Dachvorstand. Mir gefiel der Gedanke, dass daraus ein Schmetterling schlüpfen könnte. Aber vielleicht hatte dort auch eine Spinne ihre karnivoren Vorräte angelegt, wie Darren damals behauptete.

Ich bin ihm nicht mehr böse. Mir war nur wichtig, dass er das Dach lässt, wo es ist. Das Innenleben dieses Blockhauses ist nicht öffentlich. Bei seinem arachnophobischen Versuch, das fragile Modell zu entstauben und von den Spinnweben zu befreien, ist die Wetterfahne am First gebrochen. Letzten Herbst war das, vor der großen Summerwell-Präsentation, als alle im Büro wegen des enormen Auftrags durchdrehten.

… Ob sie noch auf der Miniaturcouch vor dem Kamin liegt, die Fahne?

Ich gebe dem plötzlichen Impuls nach, ziehe das unterste Schubfach des Containers neben meinem Schreibtisch auf, gehe mit Kleber und Fixierstäbchen hinüber und hebe behutsam die Abdeckung der Blockhütte an. Na bitte!

»Das haben wir gleich«, murmle ich, lege das Dach daneben auf den Terminstapel mit dem Vermerk »Eilig!« und verschaffe mir einen Überblick. »Halb so schlimm«, stelle ich fest, angle nach den Bruchstücken und versinke eine ganze Weile in der Arbeit.

Als die Fahne, umgeben von provisorischen Stützstreben, wieder an Ort und Stelle sitzt, trete ich einen Schritt zurück.

Das hätte ich schon längst tun sollen.

»Als ob du etwas dafür könntest«, sage ich leise.

Dann bin ich eben ein sentimentales Schaf, aber ich hänge nun einmal an dem Ding. Die Ziegelwände habe ich im Backofen aus Lehm gebacken, die Äste für die Außenwände stammen von Inchconnachan, das Sofa habe ich mit Harris-Tweed und gesammelter Schafwolle gestaltet. Alles nachhaltig und ökologisch. Ich werde es ganz bestimmt nicht wegwerfen, egal was Fiona oder Darren sagen und wie eingestaubt es auch ist. Albern, eine gelungene, bis ins Detail durchdachte Bastelarbeit wegen ... einer idiotischen, jugendlichen Schwärmerei zu entsorgen. Ich zwinge meinen Blick weg von der ringgroßen Schmuckschachtel neben dem Weihnachtsbaum. So etwas muss man trennen können.

Geräuschvoll atme ich aus und kehre an meinen veloursgrauen Chefsessel zurück, während ich mir Klebstoffreste unter den Fingernägeln herauspule. Mein Blick treibt zum Fenster hinaus. Stirnrunzelnd betrachte ich das immer dichter werdende Schneegestöber. Die weiße Haube auf meinem Wagen ragt bestimmt schon fünf Inches auf.

»Oh verflixt.« Ich sehe auf meine Armbanduhr, mir wird heiß und kalt. Ich hatte Darren versprochen, ihn vom Airport Express am Busbahnhof in Glasgow abzuholen. Fliegt bei dem Wetter überhaupt noch irgendwas? Wieso hat er sich bisher nicht gemeldet?

Auf der Suche nach meinem Handy klopfe ich Brust- und Hosentaschen ab, fahre mit den Händen über die Papierstapel auf dem Schreibtisch, die zerfledderte Tageszeitung, und ... oh, da ist ja die Ausschreibung für das Einkaufszentrum in York, die Fanny heute Vormittag gesucht hatte.

Wo ist das Ding nur wieder? Ich habe keine Ahnung. Und was, zum Kuckuck, schenke ich Fiona zu Weihnachten?, schießt es mir zusammenhanglos durch den Kopf. Absurd, dass ich jetzt daran denke.

Hektisch ziehe ich sämtliche Schreibtischschubladen auf, dann erst fällt mein Blick auf die Ladestation hinter meinem Laptop. Da ist das Smartphone ja, fröhlich blinkt es vor sich hin. Findet sich alles.

Ich lasse mich in meinen Sessel fallen, rühre den Tee um, während das Mobiltelefon sich hochfährt, und nippe daran. Kalt. Natürlich. Ich stelle die Tasse ab und gebe den PIN-Code ein. Vier entgangene Anrufe, zwei Textnachrichten, fünf Sprachnachrichten. Mist. Abwesend nehme ich noch einen Schluck. Die meisten sind von den Dormonds. Zweimal Darren. Die höre ich mir zuerst an. Gedankenversunken zerbeiße ich ein Teeblatt, verziehe das Gesicht und streife die bitteren Krümel an meiner Untertasse ab.

»Hey, Buddy. Ich sitze noch in der Abflughalle. Boarding ist verschoben worden. Der Flug hat Verspätung, also mach dir keinen Stress. Haha, das ist deine Chance, einmal pünktlich zu sein, wenn du mich einsammelst!«

Die Leitung knackt.

»Ich noch mal. TAXI! Sorry, das galt nicht dir.« Ich höre Darren keuchen und nach Luft schnappen, als ob er läuft, irgendwo draußen.

Darren ist so ziemlich der letzte Raucher, den ich kenne, und das scheint er mit seinem Zigarettenkonsum ganz allein wettmachen zu wollen. Die Hintergrundgeräusche klingen nach Großstadtverkehr: Hupen, Straßenlärm. Bremsen quietschen.

»Pass doch auf, Blödmann! ... Nein, wieder nicht du, Marc. Alles gut. Hör zu, Mann. Der Flug ist ausgefallen. Ich übernachte hier in Dublin, hoffe auf besseres Wetter und schicke dir den Vertragsentwurf von Hollister vom Hotel aus per Fax. Wir haben das Ding in der Tasche. Ich habe ihnen zugesichert, dass du die ersten Entwürfe bis Weihnachten aus dem Ärmel schütteln kannst. Kannst du doch, oder? Und hast du die Ausschreibung für das Einkaufszentrum schon abgezeichnet? Fanny hat mich kirre damit gemacht, ob ich sie gefrühstückt hätte. Aber ich schätze, sie liegt unter einem Stapel halb gelesener Zeitungen und der übrigen Post auf deinem Schreibtisch vergraben, oder?« Er lacht. »Wenn du nicht der beste Architekt wärst, den ich kenne ... und mein Chef natürlich ... Scherz beiseite: Ich liebe meinen Job. TAXI! Du irischer Sturkopp, halt an, wenn ich mit dir rede.«

Aus einem metallischen »Klonk« schließe ich, dass Darren seiner Forderung mit Hand-gegen-irischen-Kotflügel Nachdruck verliehen hat. Wieder quietschen Bremsen. Autotüren klappen. Anscheinend hat er es geschafft, dieser Draufgänger!

Darren murmelt irgendetwas, das durch das Schaben seiner Kleidung am Handylautsprecher gedämpft wird. Es raschelt und rauscht, dann ist er wieder da, die Nebengeräusche sind jetzt erheblich leiser.

»Also, ich bin versorgt, Marc. Mach dir keine Sorgen. Fax an dich geht raus. Ah, das Wichtigste hab ich natürlich fast vergessen, du färbst bereits auf mich ab, Buddy.«

Er lacht auf diese warme, gewinnende Art, mit der er von miesepetrigen Servicekräften bis Millionenkunden alle um den kleinen Finger wickelt, bevor sie merken, wie ihnen geschieht. Mich eingeschlossen.

»Du musst jetzt leider die Dormonds heute Abend beim Dinner allein bespaßen, wenn sie eingetrudelt sind. Aber das dürfte bei dem Wetter wohl auch noch dauern. Also kein Stress. Wer weiß, ob sie's überhaupt noch aus London rausgeschafft haben. Fanny hat ihnen die Suite im Kimpton Blythswood Square reserviert. Sag ihr, sie soll die nötigenfalls umbuchen. Und ich habe ihnen noch mal deine Nummer gegeben und gesagt, sie sollen sich auf jeden Fall melden, wenn sie irgendwas brauchen, und zwar egal wann und was. Wir stehen ihnen natürlich jederzeit zur Verfügung – also: du. Hau rein, und halte mich auf dem Laufenden! Cheerio, ich melde mich.«

Zack. Aufgelegt.

Das ist Darren.

Während ich mit einem Daumen zu den Nachrichten der Dormonds scrolle, greife ich nach der Ausschreibung und setze brav mein Namenskürzel auf jede der Vertragsseiten, bevor ich sie in den Postausgangskasten lege. Eine Sache erledigt.

Ich hasse es, wenn Darren mich mit solchen Kunden wie den Dormonds allein lässt. Sie sammelt Kunst wie andere Leute Pokémons, er hat mal als Hotelpage angefangen, und zusammen besitzen sie inzwischen ein weltweites Imperium. Was redet man mit solchen Menschen? Wozu habe ich Darren denn eingestellt? Ganz sicher nicht, weil er sich selbst von Irland aus besser auf meinem Schreibtisch auskennt als ich. Nicht nur jedenfalls.

Er weiß, wie schwierig diese ganze Angelegenheit für mich ist. – Halt. Nein. Weiß er nicht. Ich greife seufzend nach meinem Tee und stelle ihn wieder ab: kalt. Ach ja.

Der Mann ist ein Glücksgriff für mein Architekturbüro. Er ist ein Organisations- und Verkaufstalent. Er weiß viel über mich und wie ich ticke. Nur manche Dinge gehen nicht einmal ihn etwas an.

Es ist fantastisch, wie gut unser kleiner Laden läuft. Wir können uns buchstäblich die Aufträge aussuchen. Es wird beinahe zu viel. Ich merke, dass ich mehr Raum für meine Kreativität brauche. Und ich kann einfach nicht mehr. Ich will weniger arbeiten, auch wenn das weniger Umsatz bedeutet. Das Leben ist zu kurz, um sich immer nur zu verausgaben. Ich sollte das genießen, was ich erreicht habe, bevor ich in einen Burn-out schlittere, sagt Fanny – die weltbeste aller Sekretärinnen und mütterliche Seele unseres Büros. Sie hat nur leider keine Ahnung, dass ich mir längst nicht so viel auf die Seite legen konnte, wie alle denken. Wie gewonnen, so zerronnen – trotzdem: Ich bin über die Phase hinaus, wo ich mich beinahe täglich mindestens bis Mitternacht in Arbeit vergraben habe, um nicht über mein Leben nachdenken zu müssen. Ich bin drüber weg. Ich muss. Sagt Fanny. Und damit hat sie recht.

Darren weiß es noch nicht, aber ich will ihm zu Weihnachten die Teilhabe anbieten. Das hat er mehr als verdient. Und dann fange ich damit an, auch mal an mich zu denken.

CARRIE

Es dauert ewig, bis das Transportband im Terminal anspringt und die ersten Koffer nass und kalt hereingepustet werden. Innerhalb von Sekunden glänzt das ruckelnde Förderband vor schwarzer Nässe.

Etwa genauso lange brauche ich, um Stacy und Morris unter den Wartenden auszumachen. Sie scheinen beide in den Fünfzigern zu sein. Er, etwas untersetzt mit einem grau melierten Dreitagebart, trägt Outdoor-Boots zum Anzug und darüber Tweed. Sie, einen halben Kopf größer – ohne die tadellos sitzende Hocksteckfrisur –, trägt ein beigekariertes Kostüm unter einem offenen, naturweißen Wollmantel, dazu hochhackige Stiefeletten mit passender Handtasche und wirklich große Perlenohrringe zur doppelreihigen Kette, die entweder unecht sind oder ein Vermögen gekostet haben. Ich tippe auf Letzteres.

Ihr Blick streift mich kurz und gleitet dann desinteressiert über mich hinweg, während ihr Mann den ersten gigantischen Koffer auf einen Trolley wuchtet.

»Wo bekommen wir jetzt einen Leihwagen her, Morris? Am besten, du kümmerst dich sofort darum. Wenn diese Hyänen gleich alle nach draußen stürmen und sich um die paar Transfer-Shuttles streiten, möchte ich nicht dazwischengeraten. Nimm einen Mercedes, Schatz. Oder irgendwas mit Allrad. Hauptsache Beinfreiheit und Sitzkomfort. Du weißt ja, dein Rücken. Wir wollen uns nicht mit fremden Menschen in eine noch engere Sardinenbüchse quetschen. Ich bin gleich zurück.«

Morris grunzt unverständlich unter dem Schwung des zweiten, nur unerheblich kleineren Kofferungetüms, das selbst den Metalltrolley kurz zum Ächzen bringt.

Dann kommt mein Gepäck, und ich verliere die beiden aus den Augen. Die Fluggesellschaft wird doch wohl für genügend Plätze in den Ausweichfahrzeugen gesorgt haben? Ich schüttle den abwegigen Hyänengedanken aus dem Kopf und steuere die Waschräume an. Da überholen mich die ersten beiden Mitreisenden.

Nutzt nichts, wird schon nicht so schlimm werden. Ich muss dringend zur Toilette. In Flugzeugen vermeide ich das. Ich bekomme diese Klapptüren nie im ersten Anlauf auf, und das ist irgendwie eine peinliche Sache.

Stacy steht vor dem Spiegel bei den Waschbecken und zieht konzentriert ihre Lippen nach. Sie bemerkt mich nicht, vielleicht tut sie auch nur so.

Als ich aus dem Sanitärbereich zurückkehre, fällt mir auf, wie leer die Halle wirkt. Gespenstisch leer, als ob der AFL Grand Final Day und der Melbourne Cup auf einen Tag fallen würden und alle vor den Fernsehern hängen, die nicht live dabei sein können.

Ich denke schon ziemlich aussie, fährt es mir durch den Kopf. Normalerweise würde mich das zum Schmunzeln bringen, stattdessen grummelt mein Magen warnend, als ich weiter Richtung Ausgang gehe. Nicht einmal die Passkontrollen sind mehr besetzt, nur Morris steht da noch mit seinem vollbepackten Trolley und spricht leise in sein Handy. Sollte er nicht einen Mietwagen besorgen? Ich nicke ihm kurz zu.

Auf der großen Anzeigetafel für die Ankünfte sind alle übrigen Flüge als »cancelled« angegeben – gestrichen. Nur bei unserer Flugnummer steht »delayed« dahinter. Wir sind also wirklich die Letzten, die heute hier abgefertigt werden. Ich habe gar nicht bemerkt, dass wir verspätet gelandet sind. Mein Handy zeigt im Flugmodus immer noch die australische Uhrzeit an, das aktualisiert sich ja nicht ohne Netz.

Ich gehe durch die Schiebetür und verlasse den Sicherheitsbereich. Staunend sehe ich mich um. Für gewöhnlich herrscht hier Trubel. Menschen, die andere tränenreich verabschieden oder abholen, sie mit Schildern begrüßen, mal förmlich, mal mit Luftballons. Stattdessen hallen nur vereinzelt eilige Schritte über den blanken Boden. Ein Mitarbeiter fährt einsame Kreise mit seiner Putzmaschine. Die kleinen Ladengeschäfte und Boutiquen haben geschlossen. Nicht mal einen Kaffee kann man mehr kaufen. Hmm. Und meine SIM-Karte?

»Sir! Moment, bitte!« Der Leihwagenanbieter neben der Wechselstube zieht eben das Rollo herunter, als Stacy – ziemlich schnell für die Höhe ihrer Absätze – an mir vorbei auf ihn zustürmt.

Morris steuert schwer beladen mit dem Trolley hinterher. Ich brauche keinen, ich habe mir schon vor Jahren angewöhnt, mit kleinem Gepäck zu reisen. Wenn mich die Stewardess bei der Abfertigung in London nicht bequatscht hätte, mein Handgepäck aufzugeben, hätte ich überhaupt nicht am Kofferband stehen und warten müssen.

Einen Leihwagen kann ich mir nicht leisten. Ich wickle meinen Schal um mich und ziehe die Strickmütze tief in die Stirn. Ab Glasgow hatte ich einen Shuttle gebucht. Das sollte einfach anzupassen sein, meinte die Stewardess im Flieger. Sie hat alles eingetragen und mir den Ablauf erklärt. Die Ersatzfahrzeuge, die uns nach Glasgow bringen sollen, warten draußen.

Eigentlich.

Als ich in den eisigen Schneewind hinaustrete, sehe ich gerade noch die Rücklichter von zwei Bussen. Ein uniformierter Mitarbeiter der Fluggesellschaft kämpft damit, ein windgebeuteltes Hinweisschild zusammenzuklappen, und stopft es schließlich genervt in einen Mülleimer.

»He! Wo sind denn alle?«

»Alle wer?«, fragt er und mustert mich teilnahmslos.

»Der Flug nach Glasgow. Wir sind umgeleitet worden. Es hieß doch, hier stünden ersatzweise Shuttlebusse für uns bereit?« Ich sehe mich um, als könnte sich hinter einer der Säulen doch noch ein Zehn- bis Zwanzigsitzer verbergen.

Der junge rothaarige Typ zieht die blau gefrorene Nase hoch und taxiert mich mit träge erwachender Aufmerksamkeit. »Sind weg«, sagt er schließlich.

»Das sehe ich«, antworte ich nun doch ein wenig gereizt. »Ohne mich offensichtlich.«

Etwas munterer quält er seine Finger aus einem Handschuh, greift unter dem blauen Anorak mit dem Logo der Fluggesellschaft in die Brusttasche seines Oberhemdes und faltet mühsam ein Papier auseinander. »Sie wollten da nicht auch noch mit, oder? Auf meiner Liste sind alle abgehakt.«

»Geoffrey« steht auf dem kleinen Metallschild, das unter seiner Jacke hervorblitzt.

»Das kann nicht sein, Geoffrey«, widerspreche ich möglichst sanft und schiele ihm über den Arm. »Carrie McIntyre. Bitte sehen Sie noch mal nach. Ich habe gesehen, wie die Stewardess mich notiert hat. Wir haben darüber gesprochen.«

Er fährt mit dem Finger Vorder- und Rückseite seines Handouts ab und schüttelt noch einmal den Kopf. »Ja, hier hab ich Sie.« Sein Tonfall gefällt mir nicht. »Carlie McIntyre. Hotel, steht hier.« Und es gefällt mir noch weniger, wie selbstgefällig er mit dem Finger auf meinen auch noch falsch geschriebenen Namen pocht. »Im Hampton sind Sie auf Ihren Namen eingebucht. Das ist gleich da drüben.« Er zeigt mit nachlässig ausgestrecktem Arm durch das dichter werdende Schneetreiben. »Definitiv die bessere Wahl, wenn Sie mich fragen. Die haben richtig gute Cocktails.«

»Nein!«, kiekse ich entsetzt. »Keine gute Wahl, vor allem

keine, die ich getroffen habe. Ganz sicher nicht. Das ist ein Fehler. Ich muss noch bis nach Luss. Dafür habe ich bezahlt!« Ich wühle in meinem Rucksack nach der nutzlosen Bestätigung für das Shuttlefahrzeug ab Glasgow.

»Tja«, sagt er nun, als ich ihn anstarre. »Was machen wir denn da?«

»Das frage ich Sie! Hören Sie – ich MUSS dorthin! Bringen Sie mich einfach nach Glasgow. Von da komme ich schon weiter. Aber heute noch. Nicht morgen!«

»Oh. Hmm. Ma'm, ich würde Ihnen wirklich gern helfen, aber ...«

»Nennen Sie mich nicht Ma'm. Ich heiße Carrie. Können Sie den Eintrag nicht einfach berichtigen? Shuttle nach Glasgow, nicht Hotel!«

»Ja, schon. Das ist im Prinzip kein Problem, aber ... Carrie, sagen Sie? Nicht Carlie?«

»Geoffrey, bitte. Ich erinnere mich ziemlich genau an meinen Namen, und ich muss nach Glasgow, es ist wirklich wichtig!« Hektisch sehe ich mich um.

Ein einsames Auto steht da noch. Das Taxischild ist unter der frischen Schneehaube kaum zu erkennen. Habe ich eben gesagt, so was kann ich mir nicht leisten? Darüber mache ich mir später Gedanken. Und überhaupt muss das doch in diesem Fall auch die Fluggesellschaft übernehmen, oder? Das habe ich mal irgendwo gelesen.

»Entschuldigen Sie, das ist mein dritter Tag in diesem Job. Es tut mir leid, wenn ich einen Fehler gemacht habe. Vielleicht bin ich in der Zeile verrutscht. Ich ... Carrie McIntyre, nicht Carlie McIntyre.« Geoffrey sieht blass aus, und ich begreife, dass es nicht Teilnahmslosigkeit war, mit der er mich angestarrt hat, sondern Schock.

»Kein Problem, Geoffrey! Wir fangen alle mal an.« Von ihm ist offenbar nicht viel Hilfe zu erwarten.

Ich reiße meinen Arm hoch, selbst ist die Frau. Das Fahrzeug setzt sich rollend in Bewegung. Aber in die falsche Richtung, nämlich von mir fort.

»Halt!«, kreische ich entsetzt, lasse meinen Ballast, den Rucksack und den kleinen Koffer, direkt vor Geoffreys Füßen fallen und renne stolpernd los. Durch eine Wand aus eisigen, weißen Flocken, die sich wie Glassplitter auf meiner Haut anfühlen. Ein paarmal falle ich beinahe hin, weil der Schnee so hoch liegt und es stellenweise so glatt und rutschig ist. Das Taxi rollt im Schritttempo weiter, gemächlich außerhalb meiner Reichweite bleibend. »Hilfe!«, rufe ich keuchend und werde bereits langsamer. Ich kann nicht mehr, das ist mein erster Schnee seit sieben Jahren.

Letztlich ist es Geoffreys schriller Pfiff, der den Wagen stoppt und dazu bringt, den Rückwärtsgang einzulegen. Noch nie fand ich unscheinbare, rotweiße Lichter in einer Auspuffwolke so hübsch. Schalwarmer Dunst nach Autolüftung, Räucherstäbchen und alten Lederpolstern schlägt mir aus dem Wageninneren entgegen, als ich ein wenig atemlos und zitternd vor Anstrengung die Beifahrertür aufreiße. Der Wagen ist schon etwas in die Jahre gekommen, stelle ich fest. Auf Fahrer- und Beifahrerseite sind diese Massagedecken aus Holzkugeln angebracht, und die Folie, mit der die Fenster beklebt sind, hat an der einen oder anderen Stelle ein Loch.

»Bitte«, presse ich zwischen zwei Atemzügen hervor. »Sind Sie frei? Würden Sie mich rüber nach Glasgow bringen? Ab da komme ich weiter, kein Problem.«

»Bis Glasgow!?«, wiederholt der indischstämmige Fahrer mit aufgerissenen Augen, als ob ich ihn um ein Transportziel in Zentralsibirien gebeten hätte. »Bei dem Wetter?«

»Hey, Ravi.« Geoffrey erreicht den Wagen zehn Sekunden nach mir und hängt sich neben mich in die flugrostige Türöffnung, er hat mein Gepäck dabei, wie lieb! »Hier kommt doch noch jemand für dich. Fluggesellschaft zahlt.« Ohne zu fragen, wirft er meine Tasche und den Koffer auf den Rücksitz.

»Ich wollte grade Feierabend machen«, jammert Ravi. »Ich habe Lakshmi schon angerufen. Sie kocht! Paneer Tikka!«

»Ach komm, verschieb dein Date, und freu dich, dass du doch noch die Pauschale kriegst«, lockt Geoffrey und füllt irgendwelchen Papierkram aus, den er mir dann eilig zum Unterschreiben hinstreckt. »Carrie muss wirklich dringend nach Glasgow.« Er sieht mich auffordernd an.

Ich nicke wild.

Ravi seufzt. Er nimmt Geoffrey die Kostenübernahmebestätigung ab, klemmt sie hinter seine Sonnenblende und öffnet von innen die Kofferraumklappe. »Ist ja gut. Dann laden wir mal ein.«

»Oh, das ist nicht nötig«, wende ich hilfreich ein. »Mehr habe ich nicht.«

»Nein? Na, wir packen das trotzdem besser in den Kofferra...«

Das ist der Moment, als hinter mir die Flughafentür aufgeht und Stacy und Morris herausstürmen.

»Wo ist die nächste Leihwagenzentrale?«, ruft Morris und greift nach seinem Hut, den ihm der Schneesturm fast vom Kopf geweht hätte. Dadurch fährt er den Trolley in einen Schneehaufen.

»Sixt, Hertz, lokale Anbieter – ganz egal.« Stacy stakst hinterher.

Gemeinsam gelingt es ihnen, den feststeckenden Kofferwagen zu befreien.

Geoffrey und Ravi sehen sich an. Ravi trägt nur ein Hemd und einen Pullunder. Er zittert ein wenig und hat die Arme verschränkt.

»Das ist alles dicht«, sagt Geoffrey. »Heute werden Sie nichts mehr bekommen. Wo wollen Sie denn hin?«

»Wir waren in der umgeleiteten Maschine nach Glasgow«, erklärt Stacy und mustert mich eingehend.

Auf Flugreisen trage ich grundsätzlich praktische Kleidung: weite Jogginghosen, die nirgends kneifen, meine Outdoorjacke mit den vielen Außen- und Innentaschen und meine Lieblingsboots. Definitiv nicht ihr Kleidungsstil, sagt ihr Blick.

»Oh nein. Warte mal kurz. Vielleicht bekommst du noch einen Gast«, wendet Geoffrey sich an Ravi.

Sein kältegerötetes Gesicht wird ein wenig blasser, wenn ich das richtig sehe.

»Ganz sicher nicht«, sagt Stacy.

»Auf meiner Liste ...«, fängt Geoffrey wieder an. »Das gibt's doch nicht. Dann müssten wir ...«

»Wir stehen auf keiner Liste«, unterbricht ihn Stacy und zieht den Wollmantel enger um ihren Hals. »Ich will in kein Hotel, und ich will mich in keinen Sammelshuttle quetschen. Wir nehmen die Entschädigung und gut, so hatten wir das abgesprochen«, dringt sie auf Morris ein und fährt dann wieder zu Geoffrey herum. »Wo ist das verflixte Leihwagenbüro?«

»Drinnen«, sagt Geoffrey perplex.

»Da kommen wir her. Da ist niemand mehr.«

»Hat er ja gesagt«, hilft Ravi aus und klappt den Kofferraumdeckel zu.

Ich habe gar nicht mitbekommen, wie er mein Zeug verstaut hat.

»Drinnen war ein Schild, dass es hier draußen irgendwo noch eins gibt«, beharrt Stacy.

»Die Anbieter haben alle wegen der Unwetterwarnung geschlossen. Und wir müssen jetzt auch los, wenn ich nicht in Glasgow übernachten will.« Ravi will mich mit einer Handgeste zum Einsteigen bewegen. »Kommen Sie, Carrie?«

»Glasgow?«, schnappt Morris auf und sieht zu seiner Frau. »Das wäre doch perfekt! Wir könnten ...«

»Niemals!«, antwortet Stacy und mustert abwechselnd mich und das wirklich schon etwas in die Jahre gekommene Taxi. »Ich steige nicht ... irgendwo zu. Es muss einen anderen Weg geben! Das hier wird ja wohl nicht die letzte Droschke von Edinburgh sein.«

»Doch. Am Flughafen schon«, sagt Geoffrey hilflos. »Ich würde Sie ja mit in die Stadt nehmen, aber ich bin mit dem Moped da.«

Stacy lacht kurz auf. »Danke, junger Mann. Ich weiß Ihr Angebot zu schätzen, aber auch hypothetisch: nein.«

Ravi steigt ein. Für ihn ist das Thema offenbar abgehakt.

Ich zögere noch.

»Liebling, hast du die Nummer von diesem Architekten?«, fragt Stacy und versucht, den Kragen noch höher zu schlagen.

Morris wühlt pflichtschuldig sein Handy aus der Manteltasche und scrollt darauf herum. »Was willst du denn jetzt von dem?«

»Fällt dir etwa jemand anders ein, den wir in dieser Situation anrufen könnten? Unsere Kontakte in London oder Dubai nutzen uns grade wenig, würde ich sagen. Ich werde ganz sicher nicht in einer ausgestorbenen Flughafenhalle übernachten, ohne Bett und ohne Essen.«

»Das ist auch rechtlich gar nicht ... und das Hotel hier ist wirklich sehr komfortabel. Unsere Fluggesellschaft entschuldigt sich für die Unannehmlichkeiten und würde ...«, versucht sich Geoffrey in mehreren Anläufen ins Gespräch zu bringen.

Stacy ignoriert ihn einfach.

Armer Kerl, für einen dritten Tag im neuen Job stellen wir ihn vor ganz schöne Herausforderungen, das schottische Wetter, Morris, Stacy und ich.

Stacy trippelt frierend von einer Stöckelstiefelette auf die andere.

Ravis Taximotor brummt einladend. Da drin ist es bestimmt schön warm.

»Möchten Sie wirklich nicht bei uns mitfahren? Wie es aussieht, müssen wir wohl alle nach Glasgow, und in meinem Taxi ist ja noch Platz. Wenn wir ein bisschen zusammenrücken, dann ...«

What? Ich kann nicht glauben, dass ich das tatsächlich vorgeschlagen und laut ausgesprochen habe. Ich bin zu gut für diese Welt oder mit dem Klammerbeutel gepudert – wie man's nimmt. Stumm beschließe ich, meine geistige Umnachtung auf den Jetlag zu schieben. Vielleicht haben sie's ja nicht gehört? Oder sie lehnen ab. Ganz sicher nehmen Stacy und Morris das Angebot nicht an.

»Oh, das wäre ja wundervoll! Wie reizend!«, stimmt Morris dankbar zu und sieht seine Frau an.

Ich halte den Atem an.

»Auf keinen Fall«, protestiert Stacy erneut.

Ich atme vorsichtig aus.

Mit strengem Blick mustert Stacy allerdings viel eher mich als Ravis Gefährt. »Das ist viel zu eng. Wer weiß, ob dieses zerbeulte Vehikel nicht unter uns zusammenbricht. Und wie soll denn da unser Gepäck mit hineinpassen?«

»Weißt du was, Liebling: Und wenn wir's mit der Post schicken oder hier stehen lassen. Alles ist besser als erfrieren«, bestimmt Morris und klopft resolut auf das Fahrzeugdach. »Ich nehme die Einladung sehr gern an.«

Ergeben öffnet Ravi noch einmal die Kofferraumluke. »Menschenfreund?«, fragt er und widmet mir einen Seitenblick.

Ich hebe schuldbewusst die Schultern.

Geoffrey nickt und hilft ihm, die riesigen Koffer der Eheleute hineinzuwuchten. Meine beiden Taschen nehme ich bereitwillig entgegen.

Ich öffne die Beifahrertür und stelle mich darauf ein, meinen Rucksack auf den Schoß zu nehmen und den Koffer zwischen meine Beine in den Fußraum zu klemmen.

»Oh, bitte, kann ich? Hinten wird mir schlecht«, meldet sich da Stacy und nimmt mir die Wagentür quasi aus der Hand. »Dann bräuchte ich wirklich einen Fallschirm.« Sie lächelt mich an. Aber ihre grauen Augen bleiben starr.

Ich kann gar nicht in Worte fassen, wie sehr ich mein Angebot in dieser Sekunde bereue. Und gleichzeitig habe ich ein schlechtes Gewissen, weil sie mich erkannt hat.

Ich bin hundemüde und so perplex, dass ich sie vorn einsteigen lasse und mich mit meinem Koffer und dem Rucksack hinter Ravi quetsche.

»Wenn Sie möchten, kann ich Ihren Rucksack auch nehmen«, bietet Morris an, der selbst zwischen zwei kleineren Gepäckstücken eingequetscht neben mich gerutscht ist.

»Alles gut«, schwindle ich, puste mit angelegten Ellbogen noch einmal mein Nackenkissen auf und versuche, ein wenig zu schlafen, sobald Ravi den Weg auf den Zubringer eingeschlagen hat.

Der Wind drückt seitlich gegen den Wagen und reibt die Scheiben mit Schnee ein. Der Duft nach Räucherstäbchen mischt sich mit Morris' würzig herbem Aftershave, nassen Winterschuhen und warmer Autolüftung. Anfangs kommen wir nur im Schneckentempo voran. Immer wieder sind da Schneeverwehungen, die Ravi, so gut es geht, umfährt. Es ist glatt, und wo uns keine Häuserfluchten Deckung geben, muss er teils massiv gegenlenken. Auf der Autobahn wird das hoffentlich besser. Aber was soll's? Wir sind in Bewegung. Mit jeder Meile bin ich näher bei Dad. Mir fallen die Augen zu. Die Motorengeräusche und die Heizungsluft lullen mich ein.

»Mist. Jetzt ging das alles so schnell, dass ich Geoffrey nicht mal Trinkgeld gegeben habe«, schrecke ich noch einmal auf.

Ravi betrachtet mich im Rückspiegel.

»Wem?«, fragt Stacy von vorn. Sie blickt nicht von ihrem mit Strass beklebten Telefon auf. Ihre Ketten klimpern bei jeder Handbewegung.

»Ich habe das erledigt«, sagt Morris leise. »Dienstleistungen sind ein hartes Business.«

Ich glaube, ihn mag ich.

MARC

Ich greife nach einem Stück Traubenzucker und stoße dabei gegen die sich klappernd beschwerende Teetasse.

Prompt unterbricht Mrs. Dormonds Stimme den inneren Lobgesang auf meinen Studienkollegen und hoffentlich künftigen Geschäftspartner. »Mr. Stewart«, schnarrt es aus meinem Handy.

Anscheinend bin ich aus Versehen auf den Startpfeil auf dem Display gekommen.

»Sie müssen uns helfen. Dieses schottische Wetter ist so unkooperativ wie die hiesige Nahverkehrsindustrie. Seien Sie ein Schatz und holen Sie uns hier ab, ja? Ihr Mitarbeiter sagte uns, wir dürfen uns ohne Scheu an Sie wenden, wenn es Schwierigkeiten gibt. Nun – wir stecken in Schwierigkeiten. In großen! Wir sind am Flughafen in Edinburgh gestrandet. Nein – keine Angst!« Sie lacht aufgesetzt. Es klingt ein bisschen angespannt. »Bis Glasgow schaffen wir es dank einer ...« Sie macht eine Pause. »... hilfsbereiten Person.« Sie räuspert sich. »... unerträglich«, murmelt sie dann so leise, dass ich mir nicht sicher bin, ob ich oder jemand anderes es überhaupt hören sollte. In ihrer aufgesetzt säuselnden Stimmlage spricht sie weiter. »Allerdings sieht es so aus, dass wir dann an irgendeinem Busbahnhof in Glasgow abgesetzt werden. Buchanan Street oder so? Kennen Sie den? Es wäre furchtbar reizend, wenn Sie uns dort einsammeln und ins Hotel bringen könnten. Melden Sie sich, sobald Sie das abhören, ja?«

Die nächste Nachricht ist von Morris Dormond. »Mister Stewart. Wir sind unterwegs. Meine Frau ist ein wenig nervös, weil Sie sich noch nicht zurückgemeldet haben. Ich gehe davon aus, dass Sie noch nicht dazu gekommen sind, weil Sie, wie besprochen, unsere Pläne bis zum Abend überarbeiten. Das kann warten, neue Priorität. Bitte melden Sie sich dringend. Laut Navi sind wir in zwanzig Minuten da. Buchanan Street in Glasgow. Das ist die Airportshuttle-Haltestelle. Ich hoffe, diese kurzfristige Angelegenheit durchkreuzt keine Privatpläne von Ihnen.«

Es raschelt. »Sag ihm, er soll sich beeilen. Ich vertrage keine Kälte. Davon bekomme ich Besenreiser«, höre ich Stacy Dormond im Hintergrund zischeln.

»Ich habe schon aufgelegt«, behauptet ihr Gatte.

Dann raschelt und knackt es, und die Aufzeichnung ist wirklich zu Ende.

Ich sehe mir die Aufnahmezeit genauer an und vergleiche sie mit der jetzigen Uhrzeit.

Mist, Mist, Mist. Das wird knapp. Ich habe keine Ahnung, was Besenreiser sind, aber ich glaube, die von Mrs. Dormond möchte ich auf keinen Fall sehen.

Eine weitere neue Nachricht ploppt auf. Noch einmal Darren. »Wie ist eigentlich die Pressekonferenz gelaufen?«, will er wissen.

»Reden wir nicht drüber«, murmle ich, reibe mir erschöpft die Schläfen und betrachte meine Teetasse.

Habe ich noch Zeit, mir einen neuen aufzubrühen?

Kaum.

Ausatmend tippe ich: »Alles im Griff so weit.«

Meine Gedanken fliegen zurück zu dem Anruf vorhin. Das wird wohl die beste Nachricht des Tages bleiben. Ich schulde der Krankenschwester Blumen. Oder Pralinen. Oder beides. Sie hätte mich nicht informieren müssen – und wahrscheinlich gar nicht dürfen.

Aber was immer ich für sie oder für Fiona und die Jungs kaufen werde, es muss warten.

Aus irgendwelchen Gründen will das Universum anscheinend, dass ich trotz Schneegestöber und Darren in Dublin unbedingt noch heute in die Buchanan Street in Glasgow komme.

Entschlossen angle ich nach den Autoschlüsseln. Ich schiebe meinen Schreibtischstuhl zurück, stehe auf und greife nach meinem Parka und dem Schal.

Trotzdem – ganz schön unverfroren von den Dormonds!

Lasse ich mich ausnutzen?

Nein, das wächst alles auf meinem eigenen Mist. Die Dormonds können nichts für mein schlechtes Gewissen. Ich muss endlich aufhören, es aller Welt recht machen zu wollen. ... Diesen Satz habe ich auch schon mal irgendwo gehört.

»Natürlich, Mrs. Dormond. Selbstverständlich, Mr. Dormond.«

Andere Menschen mit diesem finanziellen Hintergrund würden sich stillschweigend ein Taxiunternehmen kaufen, aber das brauchen sie nicht, wenn sie bei Marc Stewart und Darren Hobbes abschließen.

»Hier fährt der Chef noch selbst«, albere ich kopfschüttelnd und zwänge meinen Arm in den Jackenärmel. »Das ist unser Verständnis von Service und Umweltschutz, bei diesem Mistwetter bis runter nach Glasgow zu fahren und Sie in ein Hotel zu bringen, das maximal eine halbe Meile von Ihrem Standort entfernt ist. Ich habe kein Privatleben, ich habe eine Firma, selbst und ständig, und es frisst mich auf.« Ich halte einen kurzen Moment lang in der Bewegung inne. »Wirklich höchste Zeit, das besser in den Griff zu bekommen«, brumme ich in meinen Kragen und ziehe den Reißverschluss in einem Ruck hoch. »Quod erat demonstrandum – was zu beweisen war.«

Ich bin nicht der Typ, der auf gut Glück allein in den Pub geht. Heute wäre mir allerdings danach, vielleicht sollte ich damit anfangen?

Liebes Universum, du hältst besser was richtig Gutes für mich in der Buchanan Street bereit.

»Hast du was gesagt, Marc?« Fanny steht im Flur am Kopierer und sieht mich fragend aus dem Gewirr ihrer roten Locken an.

»Nein, nein, Liebes. Ich rede mit mir selbst. Geh nach Hause, solange die Straßen noch passierbar sind.«

Sie nickt und lächelt auf die Art, die »selber« sagt, und ich weiß, sie wird es nicht tun. Fanny ist ein quirliges Arbeitstier mit unfassbarer Auffassungsgabe, mütterlicher Empathie und mathematischem Supertalent. Sie ist seit Minute eins dieses Büros an meiner Seite, immer im Kostüm, immer mit weißer Bügelbluse. Ich mag mir nicht vorstellen, was aus uns wird, wenn sie jemals in Rente gehen sollte. Manchmal glaube ich, sie ist mehr mit diesem Büro verheiratet als ich. Wenn ich sie nicht bremsen würde, würde sie nach Feierabend auch noch die Fenster putzen.

»Geht es dir gut?«, fragt sie.

Ich nicke mit einem flüchtigen Lächeln und eile weiter.

»... und ... diesem Umweltschützer?«

Die Kraft verlässt meine Hand, die bereits den Türknauf drehen wollte, und ich wende mich noch einmal um. Wieder nicke ich. Diesmal gelingt mir kein Lächeln. »Er ist stabil. Sie haben vorhin angerufen. Glück gehabt. Ich sehe vielleicht heute Abend noch mal zu ihm rein.«

»Soll ich einen Strauß Blumen schicken?«

»Brauchst du nicht. Ich kümmere mich selbst. Das ist das Mindeste.«

»Es ist nicht deine Schuld gewesen, Marc.«

»Ich weiß. Aber es tut gut, dass du das sagst. Danke.«

Sie lächelt wieder.

Für Fanny habe ich schon ein Geschenk. Immerhin etwas.

DAS WALLABY MIT DER NARBE – INCHCONNACHAN

Schneeflocken schmelzen auf den langen schwarzen Wimpern eines Wallabys. Es wischt sie mit einer raschen Bewegung seiner Pfötchen fort, zieht die Nase kraus und blinzelt über Loch Lomond.

Der Wind peitscht Gischt und Schaum auf die Wellen des Sees. Lärmend schlagen sie ans Ufer, hämmern gegen die vergrauten Wände des alten Bootshauses.

Sturm zieht auf.

Heute werden die Boote ausbleiben, die Jetskifahrer genau wie die Kanus und Kajaks. Keine Dieselmotoren, keine menschlichen Stimmen werden die Ruhe der Insel heute stören. Auch der Himmel bleibt leer. Das kleine Känguru mit dem vernarbten Riss im Ohr hebt witternd den Kopf. Wo sonst das Fischadlerpärchen auf der Suche nach unvorsichtigen Singvögeln, Mäusen oder anderen Kleintieren erhaben seine Kreise zieht, jagen sich heute Wolkenberge. Ungestüm tanzend schleudern sie ihre Kissen aus.

Das Wallaby lässt das verfallene Bootshaus links liegen. Hüpft ungelenk in den Windschatten des beinahe kahlen, winterlichen Unterholzes. Eine Bö schabt an einem Stück Rinde, das lose von einer Birke hängt. Das Knacken morscher Zweige geht im aufziehenden Sturm unter.

Der Wind putzt Schnee von den Ästen. Einer bricht und fällt krachend ein paar Meter neben dem Tier auf den Boden. Es springt reflexartig zur Seite und gewinnt Abstand. Prüft dann, lauscht.

Etwas weiter weg stehen andere Kängurus. Ihre Atemwolken

wirken auf die Ferne unwirklich, irrlichternder Feenstaub, der sich mit Schnee vermischt. Das Wallaby duckt sich, scheinbar unentschlossen. Normalerweise hält es sich abseits. Dann schüttelt es den Schnee von seinem Rücken ab und hüpft schwerfällig auf die Gemeinschaft zu.

Langsam schlagen sich alle tiefer zwischen die dichten Büsche, wo Immergrün und Efeu den besten Schutz vor dem Wintereinbruch versprechen. Wo ein paar verschrumpelte, violette Beeren die süße Erinnerung an Sommer in sich tragen. Und das Versprechen in den Samen, dass die Wärme zurückkehren wird.

CARRIE

Von einer Bodenwelle werde ich wieder wach. Morris telefoniert leise, Stacys Kopf ruht auf seinem Jackett am Fenster. Aus dem Radio dudelt indische Musik. Die Scheibenwischer tanzen in ihrem eigenen Takt dazu und quietschen ein bisschen. Der Wind hat etwas nachgelassen, der Schneefall geht unverdrossen weiter. An den Seitenfenstern gleitet die Landschaft meiner Kindheit und Jugend vorbei. Felder, Wiesen, Industrie, kleinere Waldstücke, Seen. Alles ist unter einer weißen Decke begraben. Ich fröstele, trotz der stickigen Wärme im Auto. Mein Mund ist trocken, aber mein Trinkwasser ist aufgebraucht. Was viel schlimmer ist: Durch die geschlossenen Läden habe ich immer noch keine SIM-Karte. Müde reibe ich mir über die Augen und rücke mich ein wenig in den Polstern zurecht.

Die Autobahn ist ziemlich leer. Ravi ist es gelungen, sich an ein Räumfahrzeug zu hängen. Dadurch kommen wir ganz gut voran. Aber das sagt noch nichts darüber aus, wie es auf den kleineren Straßen aussieht. Hoffentlich kann Sue Anne mich abholen. Ich bin mir inzwischen sicher, dass mein Shuttle von Glasgow nach Luss gecancelt ist.

»Ravi, könnten Sie mir zufällig einen Hotspot geben?«

Morris antwortet, bevor Ravi reagieren kann. »Moment.« Er hat sein Handy ohnehin in der Hand, fällt mir auf, als ich den Kopf zu ihm drehe. »Ich kann das gern tun. Warten Sie, das haben wir gleich.« Er wischt über die Einstellungen seines Telefons. »Wir stehen wirklich in Ihrer Schuld.«

»Nicht doch«, sage ich lahm und wähle mich ein. »So was ist selbstverständlich bei uns in Schottland.«

»Oh, Sie sind Schottin? Nichts für ungut. Das hätte ich bei Ihrem Akzent gar nicht vermutet. Sie klingen eher ... amerikanisch? Neuseeländisch?«

Ich lächle und wähle Dads Nummer. Ich lasse es ewig klingeln, aber er hebt nicht ab.

»Fast, ich lebe seit einigen Jahren in Australien. Das kann ich wohl nicht verleugnen.«

Ehe ich michs versehe, hat Morris meine halbe Lebensgeschichte aus mir herausgekitzelt. Dass ich zuerst in Byron Bay war, wegen der herrlichen Strände und des legendären Tierparks von Steve Irwin.

»Der verstorbene Crocodile Hunter?«

»Ja, genau der.«

Ich erzähle weiter, dass ich nun in Sydney arbeite und nach langer Zeit zum ersten Mal wieder die Feiertage bei meiner Familie in Schottland verbringe. Dass meine Mutter schon lange nicht mehr lebt und meine Schwester sich um meinen Vater kümmert. Wie wichtig Dad für mich ist und dass er mich immer gefördert hat. Und dass wir alle die Natur und die Highlands und den wunderschönen Loch Lomond lieben.

»Oh, das haben wir gemeinsam«, freut sich Morris. »Wir haben grade ein Wassergrundstück dort gekauft, meine Frau und ich. Wir wollen dort bauen.«

»Wir lassen bauen«, meldet sich Stacy ein wenig schlaftrunken zu Wort. »Noch sind wir in der Planungsphase.«

»Wie schön«, erwidere ich höflich, während ich versuche, Sue Anne zu erreichen. Wieso geht sie nicht ran? »Ist das im Naturschutzgebiet nicht mit ziemlichen Auflagen verbunden?«, frage ich und bin abgelenkt, als ihre Mobilbox anspringt. Ich lege auf.

»Kann man sagen«, stöhnt Stacy resigniert. »Sie ahnen ja nicht, mit welchen Schwierigkeiten wir uns da befassen müssen. Einen Floh zu melken ist leichter. Und dann noch diese unnützen …«

»Wir arbeiten daran.« Morris hebt die Schultern und lächelt. »Unser Architekt ist sehr engagiert. Er bemüht sich nach allen Seiten.«

Stacy brummt etwas Unverständliches in sich hinein.

Ich versuche noch einmal Dads Nummer. Besetzt. Das ist ja immerhin was. Parallel kündigt mir mehrmaliges Brummen den Eingang diverser Benachrichtigungen an.

»Oh, sehen Sie mal, das Wetter beruhigt sich«, sagt Morris im Plauderton. »Wie gut! Ist das da vorn schon Glasgow?«

»*Schon* ist gut«, brummt Ravi mürrisch. »Wenn die M8 frei ist, brauche ich für die Strecke normalerweise nicht viel länger als eine Stunde. Heute kann ich froh sein, wenn ich um Mitternacht zurück zu Hause bin.«

»Jetzt übertreiben Sie aber«, meldet sich Stacy zurück. »Es ist noch nicht einmal dämmrig draußen.« Sie wendet sich an Morris. »Hast du jemanden erreicht?«

»Natürlich, Liebling.«

»Wann ist er da?«

»Er sollte zeitgleich mit uns eintreffen.«

»Geht doch«, seufzt sie und lässt sich gegen die Rücklehne fallen. »Wozu hat man bemühte und engagierte Angestellte?«

»Er ist selbstständig, Liebling«, berichtigt Morris.

Stacy grunzt. Ich fange den Blick auf, mit dem sie Ravi bedenkt. Dann klingelt mein Telefon.

»Dad?«, frage ich erfreut.

Aber es ist Sue Anne, die sich von seinem Handy aus meldet. »Carrie?! Wo, in aller Welt, steckst du denn? Hast du meine Nachrichten nicht abgehört? Wieso meldest du dich nicht?«

Keine Begrüßung. Kein Wie-geht-es-dir? Der vorwurfsvolle

Ton meiner älteren Schwester drückt all die Knöpfe, von denen ich dachte, dass ich sieben Jahre gelassener und reifer wäre.

»Danke, ich bin gut gelandet«, erwidere ich verletzt und fange sofort an, mich zu rechtfertigen. »Ich hatte noch keine Gelegenheit, mir eine SIM-Karte zu holen. Wegen des Sturms sind sämtliche Busse futsch.« Als wäre die Zeit stehen geblieben und ich immer noch das schüchterne, nach Zuspruch heischende kleine Mädchen, dessen große Schwester die Mutterrolle übernommen hat.

Aber etwas in ihrer Stimme ist anders. Da schwingt Angst mit. Sue Anne hat nie Angst.

»Wieso? Was ist los?«, unterbreche ich mich und halte mir ein Ohr zu, als könnte ich sie dann besser hören. Mein Magen grummelt ahnungsvoll. »Ist was mit Dad?«

Ich höre meine Schwester am anderen Ende der Leitung atmen. Es sind die längsten zwei Sekunden meines Lebens.

»Sue Anne? Was ist passiert?«

»Er ist im Krankenhaus. Ein Herzanfall. Er ist bei dieser Veranstaltung gestern Abend zusammengebrochen. Ich hab ihm gesagt, er soll sich nicht so aufregen, aber du weißt ja, wie er an den Wallabys hängt und ...«

»Was haben die damit zu tun? Ihr habt doch gesagt, es geht ihnen gut? Welche Veranstaltung? Wann?«

Im Wagen ist es plötzlich totenstill. Ich spüre die Blicke meiner Mitfahrenden auf mir. Unwillkürlich drehe ich mich zum Fenster und zwinge mich, leiser weiterzusprechen. »Wovon redest du, Sue Anne? Wie geht es Dad?«

»Komm erst mal an. Dann erzähle ich dir alles. Er ist stabil«, sagt sie endlich. »Er hat noch mal richtig Glück gehabt.« Wieder macht sie eine Pause, die ich nicht verstehe.

Mein Herz wummert so heftig gegen meine Brust, dass ich kaum zuhören kann, und das passt so gar nicht zu der Zeitlupe in meinem Kopf und draußen vor dem Fenster. Sogar die Bäume und Büsche gleiten nur noch in reduzierter Geschwindigkeit an uns vorbei. Mir ist plötzlich sehr flau im Magen.

Sue Annes Stimme klingt, als wäre ein Wattevakuum zwischen unseren Telefonen. »Jemand ... hat Erste Hilfe geleistet. Das war wohl ... das hat ihm ... Es war Glück, sagen die Ärzte. Dass er da war. Dieser ... er hat ihn gerettet. Es geht Dad ... es geht ihm gut. Er kommt durch.«

Ich brauche eine Weile, bis ich kapiere, dass Sue Anne mühsam versucht, die Kontrolle über ihre Stimme zu behalten und nicht in Tränen auszubrechen, während sie ihrer kleinen Schwester diese Neuigkeiten überbringt. Kontrolle ist das Wichtigste in Sue Annes Leben. Er kommt durch, dringt an mein Hirn. Erste Hilfe? Gerettet? Es geht Dad gut ... Sue Anne weint. Diese Informationen passen nicht zusammen.

»Ich kann dich nicht abholen«, sagt Sue Anne in mein Gedankenchaos hinein. »Ich muss hierbleiben. Ich kann nicht weg ... Komm zum Krankenhaus, ja? Wir sind im St. Marys Hospital. Wie lange brauchst du noch? Hörst du mir zu? Wann bist du hier?«

»Ich ... zum St.-Marys-Krankenhaus? Ja natürlich ... Ich weiß nicht genau«, stammle ich und sehe zu Morris, der mich aufmerksam ansieht. »Zwanzig Minuten bis zum Busbahnhof in Glasgow, glaube ich. Von da muss ich sehen, wie ich nach Alexandria komme. Mein ursprünglicher Shuttle wurde storniert ...«

»Ich kann dich nicht abholen«, unterbricht mich Sue Anne. »Michael hat den Wagen. Er bringt die Kinder nach Hause. Sie waren nach der Kita bei Freunden. Ich kann hier nicht weg.«

Morris nickt, er drückt meine Hand. »Wir haben einen Fahrer«, formt er die Worte mit den Lippen, und ich verstehe nicht, was er damit meint. Dass Sue Anne weiter auf mich einstürmt, macht es nicht einfacher.

»Ich habe die halbe Nacht hier verbracht. Als Michael mich heute Morgen kurz abgelöst hat, habe ich Dad ein paar Sachen von zu Hause geholt, und prompt hat er mich zurückgeschickt, weil er meinte, der Kater hätte Hunger. Da waren zum Glück die Straßen noch passierbar. Kann dieses Tier sich nicht Mäuse fangen wie jede andere Katze auch? … Er ist so stur! Ein sturer alter Mann ist das! Michael wäre deswegen fast zu spät zur Arbeit gekommen. Schlimm genug, dass ich Urlaub nehmen musste. Um diese Zeit geben die Leute das meiste Trinkgeld.« Meine Schwester arbeitet als Kosmetikerin in einem großen Kaufhaus.

»Merlin?«, unterbreche ich Sue Anne und bin einen Moment lang ganz weit zurück in der Zeit, bei einem ungestümen, jungen roten Kater.

Ich sehe, wie er von Dads Schoß springt, über Zeitung und Küchentisch hechtet und dabei Sue Annes Müslischale umreißt, weil er mich mit dem eben gekauften Futter zur Tür hereinkommen hört. Milch und Schokolade spritzen bis in Sue Annes frisch geschminktes Gesicht. Tropfend und kreischend stürmt sie ins Bad, Dad fegt lachend Zeitung, Müsli und Milch zusammen, und Merlin hängt auf meinem Arm, beißt mir zärtlich ins Kinn und schnurrt, als ginge ihn das ganze Chaos gar nichts an.

Mir wird warm und weich ums Herz, und gleichzeitig ist da ein Wehmutsknoten, der meinen Hals einschnürt und mir die Luft nimmt.

»Du meldest dich, wenn du da bist, ja? Ich komme runter.« Sue Annes Stimme passt nicht zu diesen Bildern und den damit verbundenen Gefühlen.

Unvermittelt rutsche ich wieder in die Gegenwart.

Morris beugt sich zwischen den Sitzen nach vorn. »Wir wollen nicht zum Busbahnhof. Bringen Sie uns bitte auf direktem Weg zu diesem St.-Marys-Krankenhaus.«

»Warten Sie. Nein, das liegt nicht auf dem Weg dorthin, sondern viel weiter nördlich«, versuche ich zu widersprechen. »Die Fluggesellschaft zahlt den Shuttle nur bis Glasgow, und das sind noch mal …«

Morris zückt eine Fünfzigpfundnote und hält sie nach vorn. »Genügt das?«

»Behalten Sie Ihr Geld«, sagt Ravi zu Morris und schiebt seine Hand fort. »Was halten Sie denn von mir?« Er klingt gekränkt. »Gibt es eine Adresse?«

»Ein Krankenhaus wird ja wohl ausgeschildert sein«, geht Stacy dazwischen.

»Dellmore Road in Alexandria«, sage ich halblaut, und Ravi tippt es in das Navi seines Handys ein, das abenteuerlich in der Lüftung klemmt und mit dem Ladekabel über den Zigarettenanzünder verbunden ist.

»Wir müssen jetzt aber nicht bis Ägypten, oder?« Stacy lacht nervös.

»Nein«, sage ich schleppend. »Alexandria liegt ein Stückchen nordwestlich von Glasgow, am Südufer vom Loch Lomond.«

»Ach, dann hätten wir ja doch schon das andere Hotel ... sollen wir umbuchen?«

Ich blende Stacys Stimme aus.

In meinem Kopf dreht sich alles. Das Handy auf meinem Schoß tutet kurz, dann schaltet es sich ab. Wann hat Sue Anne aufgelegt?

Lahm betrachte ich das dunkle Display, in dem sich mein Gesicht spiegelt. Schmal und blass sehe ich aus, trotz der australischen Bräune und den Sommersprossen auf den hohen Wangenknochen. Zauselige blonde Strähnen schieben sich unter meiner blauen Strickmütze hervor. Gedankenverloren ziehe ich mir die Mütze vom Kopf und zucke zusammen, als ich Stacys Hand auf meinem Knie spüre.

»Honey«, sagt sie seltsam weich. »Machen Sie sich keine Gedanken, wie wir von dort weiterkommen. Wir haben unsere Abholung längst organisiert. Unser Fahrer vor Ort sammelt uns ein, wo immer es nötig ist, nicht wahr, Morris?«

Ich nicke mechanisch. Mit halbem Ohr nehme ich wahr, wie ihr Mann bereits telefoniert. »Hören Sie. Es gibt eine kleine Planänderung. Können Sie uns bitte am St. Marys treffen? ... Ja, genau ... das Krankenhaus in Alexandria, in der Dellmore Road, richtig. ... Nein, an der Uhrzeit ändert sich deswegen nichts ... Oh, uns geht es gut, alles in Ordnung, nein, eine Mitreisende muss ... Danke schön. Das wissen wir sehr zu schätzen ... Möchten Sie einen Schluck Wasser?«

Die Frage galt mir. Ich schüttle den Kopf und knete die Mütze in meiner Hand. Abwesend reibe ich mir übers Kinn und zwinge mich vollständig in die Gegenwart zurück. Wenn man mit Tieren arbeitet, muss man lernen, auf Knopfdruck präsent zu sein, sonst wird es schnell gefährlich.

»Danke«, sage ich leise in das Schweigen und die Fahrgeräusche hinein.

Ich atme tief durch und begegne Ravis besorgtem Blick durch den Rückspiegel. Meine Lippen zittern, als ich an einem Lächeln scheitere und mit den Augen nach draußen flüchte. Dad, Dad, Dad, bebt meine Stimme irgendwo in mir drin. Bleib, bleib, bleib.

Es hat aufgehört zu schneien. Ravi schaltet einen Gang hoch. Am liebsten würde ich die Wagentür aufreißen und gegen die Angst und den Schmerz anrennen. Das Adrenalin auspowern, so wie ich es mir in Byron Bay angewöhnt habe. Jetzt fühlt sich der Schnee erst recht nicht mehr wie Nach-Hause-Kommen an, sondern wie ein pappiger Albtraum. Ein weiteres Weihnachten, auf das ich lieber verzichten würde.

MARC

Ich brauche zehn Minuten, bis ich das Auto halbwegs von den Schneemassen befreit habe. Am Ende sehe ich aus wie ein Yeti. Irgendein Spaßvogel hat mir die Nachmittagsausgabe vom »Express« unter den Scheibenwischer geklemmt. Das Blatt war an der Windschutzscheibe festgefroren. Bei dem Versuch, die letzte Seite abzukratzen, ist mir der Eisschaber abgebrochen. Jetzt sind meine Finger blau gefroren und schmerzen beim Auftauen. Mühsam starte ich den Motor. Die vor sich hin schmelzende Zeitung auf dem Beifahrersitz sehe ich nicht an.

Das muss ein Witz sein. Ich sage ab. Die können sich jemand anderen suchen. Entschlossen greife ich zum Telefon, lasse es wieder sinken, starre durch mein Armaturenbrett hindurch, schließe die Augen, zähle bis drei und öffne sie wieder. Natürlich hole ich sie ab. Ich ziehe das durch, ich weiß wofür. Durchhalten, Marc!

Dann setze ich den Blinker und parke aus, so zügig das bei den links und rechts am Fahrbahnrand aufgetürmten Schneemassen geht. Hinter mir hupt jemand. Der kann mich mal, aber ich verwünsche nacheinander Darren, den Hollister-Abschluss in Dublin, die Dormonds, die Reporter vom »Express« und am heftigsten mich selbst.

Wieso habe ich diesen Auftrag angenommen? Selbstüberschätzung? Größenwahn? Helfersyndrom? Die fixe Idee, irgendetwas wiedergutmachen zu können? Zu müssen? Oder viel eher, weil ich wieder mal besser sein muss als alle anderen – und dann fahre ich den Bus sehenden Auges mit Volldampf gegen die Wand.

Das ging jedenfalls schön nach hinten los, noch schneller als geahnt. Ich hätte es wissen müssen. Oh nein, ich wusste es. Ich bin nicht dumm, nur ein dickschädeliger Idiot mit einem gigantischen Minderwertigkeitskomplex. Das hat mir mal jemand an den Kopf geworfen, der mir sehr wichtig war. Und vielleicht lag sie damit gar nicht so falsch. Wegsehen geht für mich nicht, weglaufen erst recht nicht. Wenn ein Schiff untergeht, dann buche ich einen Platz in der ersten Reihe. Oder steuere das Ding direkt selbst – als Kapitän.

Natürlich wäre es besser gewesen, der Job wäre an Sturbes & Higgins gegangen, aus vielerlei Gründen, und seit gestern aus noch einem mehr. Ein Londoner Büro. Eins, das nichts mit alldem hier zu tun hat, nichts von den Geschichten weiß, nicht verstrickt ist in all die Sommer, in Kinderlachen und Teenagerschwüre, invasive Artendiskussionen, Naturschutz und die erste große Liebe. Architekten aus der Stadt, die die Inseln nur vom Papier kennen und die nach Projektende wieder verschwinden. So, wie ich es längst hätte tun sollen. Sentimentalen Erinnerungen den Rücken zudrehen, mich nicht verantwortlich fühlen für Dinge, auf die ich keinen Einfluss habe. Für alle anderen wäre es nur ein Job. Nur für mich nicht. Jobs kann man kündigen. Seine Vergangenheit nicht.

Alle wären besser dran, wenn ich mich nicht eingemischt hätte. Aber ich musste diese Sache ja unbedingt übernehmen, die Ausschreibung gewinnen, nicht wahr? Weil ich mir ernsthaft eingebildet habe, ich könnte etwas oder jemanden retten? Auch nur einen von ihnen? Im Alleingang? Dass es glimpflicher ausgehen würde, wenn *ich* verantwortlich zeichne? Was für eine perfide Art der Selbstbestrafung. Ohne Rücksicht auf Verluste. Auf Tony. Und den alten Mann.

»Marc Stewart, Weltverbesserer und Superstar! Was ist die Wahrheit? Was sind deine Motive, hmm? Haben diese Pressefuzzis recht? Haben sie dich durchschaut? Du Blender!«

Ich glotze den Gesichtsausschnitt des Typen im Spiegel an. Müde Augen, mehr grau als blau heute, eingerahmt von tiefen Krähenfüßen, geröteten Lidrändern und unterstrichen von dunklen Schatten. Ich müsste dringend mal wieder schlafen. Geschieht mir ganz recht. Alles.

»Arschloch«, sage ich abfällig. »Masochist. Von allen Projekten dieser Welt ausgerechnet dieses anzunehmen, da gehört schon etwas dazu. Wie viele Zeichen brauchst du noch? Wie viel Bestätigung? Ist sie das wert, die ganze Kohle? Bist du so käuflich, wie sie sagen?«

Architekt aus Luss verkauft unsere Wallabys – Tierschützer erleidet Herzanfall!

Die Schlagzeile der Titelseite schreit mich blutrünstig vom Beifahrersitz aus an. Ich habe keine Ahnung, wie sie das so schnell ins Blatt gehievt haben.

Mit Gegenwind habe ich gerechnet. Auch von der heftigeren Sorte. Nur nicht mit der Geschwindigkeit.

»Ja, ich brauche diesen Auftrag. Und ich will das Geld«, knirsche ich meinem Spiegelbild entgegen. »So viel ich kriegen kann, wenn ihr es genau wissen wollt. Das ist bitter verdient! Ihr habt keine Ahnung, wer ich bin und was in mir vorgeht. Und es geht euch auch nichts an. Niemanden von euch.«

Wütend trete ich aufs Gaspedal. Einen Moment später hupt neben mir jemand. Reflexartig weiche ich aus. Ich lenke in eine Schneewehe, bremse zeitgleich und würge dabei schlingernd den Motor ab. Nichts passiert, der Knall bleibt aus. In Schrittgeschwindigkeit fährt jemand wild gestikulierend und weiter laut hupend an mir vorbei.

»Du mich auch.« Mit geblähten Wangen hupe ich zurück.

Es ist ein Segen, dass bei diesem Wetter ohnehin alle nur im Schneckentempo vor sich hin rutschen.

Erschöpft atme ich aus und blicke nacheinander in alle Spiegel und dem Wagen hinterher. »Überreagieren – kann ich.«

Meine Finger schwitzen leicht. Ich fasse das Lenkrad fester und gestehe mir zu, dass auch meine Nerven nach so einem Tag ein wenig blank liegen dürfen. Ganz ruhig bleiben, Marc. Du kannst das. Dieses Käseblatt liest niemand, der dir wichtig ist. Zumindest wird niemand sich auch nur ein Ei darauf pellen.

Ich muss an die Pflegekräfte im Krankenhaus denken. An Henrys Familie. An Tony.

»Total bescheuert«, murmle ich und fahre langsam weiter. »Lern endlich, dich abzugrenzen.«

Nur ein paar dick eingemummte Fußgänger sind noch unterwegs, weit hinter mir ein anderes Auto. Die Straßen sind wie ausgestorben. Es wird langsam dunkel, die Laternen gehen an. Im Zusammenspiel mit der dicken Schneedecke tauchen sie Straßen und Geschäfte in ein unwirkliches Licht. Die meisten Läden haben schon seit Stunden geschlossen. Vielleicht sticht mir deshalb das erleuchtete Heimtiergeschäft an der Ecke ins Auge. Himmel! Ob irgendjemand in dem Chaos daran gedacht hat, den alten Kater zu füttern?

Ich vergewissere mich, dass diesmal niemand neben mir fährt, und ziehe rüber. Diese fünf Minuten können die Dormonds jetzt auch noch warten.

Sieben Nassfutterdosen und eine Tüte Leckerlis später rutsche ich wieder hinters Steuer und biege zum St. Marys ab. Zum zweiten Mal innerhalb von vierundzwanzig Stunden. Aber diesmal bin ich um einiges entspannter.

Ich lasse den Wagen so nah wie möglich am Eingang stehen und steige aus. Ein Taxi kommt mir entgegen, die dürfen bis ganz vorn fahren. Zuerst denke ich, der Fahrer würde mir zuwinken, und wundere mich. Aber er meint wohl eher das ältere Ehepaar, das mit einem Berg voller Koffer im beheizten Eingangsbereich wartet. Ich atme tief durch und beschleunige meine Schritte. Immerhin scheinen die Dormonds auch gerade erst angekommen zu sein.

Eine weitere Frau mit Reisegepäck fällt mir ins Auge, sie steht mit dem Rücken zu mir neben dem üppig dekorierten Weihnachtsbaum, scheint aber keinen Blick für die glitzernde Kitschpracht zu haben. Eine zweite Frau nimmt ihr den Rucksack ab, während sie auf sie einredet. Eine typische Krankenhausimpression – wenn mir nicht irgendwas an den beiden bekannt vorkäme. Ich bin zu weit weg, um Gesichter zu erkennen. Und bevor ich länger darüber nachdenken kann, erspäht mich Mr. Dormond und eilt gestikulierend durch die Halle in Richtung Ausgang. Offensichtlich sagt er ebenfalls etwas. Denn sowohl seine Gattin als auch die beiden anderen Frauen drehen sich suchend zu mir um.

Die Schiebetür öffnet sich, und Mr. Dormonds fliegende Mantelschöße versperren mir den weiteren Blick nach innen, als er durch den geschmolzenen Schnee im Eingangsbereich auf mich zustapft.

»Mr. Stewart, da sind Sie ja endlich. Meine Gemahlin fürchtete bereits, wir müssten mit Erfrierungen dritten Grades gleich hier einchecken.«

Ich ignoriere den höflich versteckten Vorwurf, lächle gewinnend und schlittere auf ihn zu, erneut halb abgelenkt durch die zwei Frauen im Foyer, die jetzt miteinander diskutieren. Das eine ist doch Sue, oder bilde ich mir das ein? Natürlich ist sie das, liegt ja auch nahe!

Der Körpersprache nach vermittelt Sue der anderen schlechte Neuigkeiten. Unglauben, Verzweiflung, Hoffnung, Trost, all das liegt in den stummen Gesten aus Armen und Händen, hängenden Schultern und einer sanften Umarmung.

In meinem Magen zieht sich etwas zusammen. Sieh weg, ermahne ich mich, kümmere dich um deine Kunden und deine eigenen Hiobsbotschaften. Wenn sie dir nicht vertrauen, geben sie dir nicht ihr Geld.

»Mr. Dormond.« Ich strecke ihm meine rechte Hand hin. »Wie geht es Ihnen? Es tut mir so leid, dass Schottland Sie beide auf diese Weise begrüßt hat. Ich hoffe, ich kann das wiedergutmachen«, plappere ich drauflos und überlege, was Darren an meiner Stelle sagen würde. »Sie werden sehen, nach einem kleinen Dram Whisky und einem guten Essen im Hotel sieht die Welt sofort ganz anders aus. Morgen werden Sie den Zauber dieser weißen Märchenlandschaft entdecken. Darf ich Ihnen mit dem Gepäck helfen?«

Mr. Dormond umschließt meine Hand mit beidhändigem, festem Klammergriff. »Danke, dass Sie gekommen sind, Mr. Stewart. Ich bin mir da noch nicht so sicher, ehrlich gesagt.«

Schon schieben sich die zwei Frauen wieder in mein Blickfeld. Sue und ihre Begleiterin gehen langsam zu den Fahrstühlen hinüber, und ich versuche zu entschlüsseln, was mich an ihr so nachhaltig gefangen nimmt. Da ist etwas an diesem Rucksack. Aber das allein kann es nicht sein. Ist es die Art, wie sie ihn hält? Wie sie sich mit beiden Händen über die Mütze fährt? Beides kommt mir auf unheimliche Art bekannt vor. Es sieht verdammt nach Carrie aus. Aber das kann nicht sein. Ich wische den Gedanken beiseite. Verfolgungswahn, schlechtes Gewissen, Einbildung ... mein Verstand spielt mir Streiche von der ganz üblen Sorte. Ich brauche wirklich eine Auszeit. Der Stress der letzten Tage hat das alles nicht besser gemacht.

»Wir kriegen das hin«, verspreche ich, lege einen Arm um die Schulter von Mr. Dormond, und wir marschieren gemeinsam auf den Krankenhauseingang zu.

»Ihr Wort in Gottes Gehörgang.«

Die automatische Tür öffnet sich. Warme Luft, die nach Desinfektionslösung und Kernseife riecht, schlägt uns entgegen.

Mr. Dormond eilt voraus.

»Darf ich Ihnen meine Gemahlin vorstellen? Stacy? Das ist Mr. Stewart.« Er legt seinen Arm um eine hagere Mittfünfzigerin, die mich frostig mustert.

Meine Augen suchen jemand anderen. Reiß dich zusammen, Marc!

»Bitte nennen Sie mich Marc.« Mein Versuch, die berüchtigte Kunstsammlerin Stacy Dormond mit einem warmen Lächeln aufzutauen, scheitert. Vielleicht liegt es daran, dass ich bereits wieder halb an ihr vorbeisehe, aber ich kann nicht anders.

Sue reagiert, als sie meine Stimme hört – vielleicht auch meinen Namen oder beides. Sie dreht sich um, suchend, gerade, als ich Stacy Dormond die Hand reiche, und starrt uns an. Ihr Blick hastet ungläubig von mir zu meinen Begleitern, versteinert, wandelt sich zu: vernichtend. Und das liegt nicht an den Schlagzeilen des Käseblättchens, das sich vielleicht doch schon weiter verbreitet hat, als ich ahnte. Nicht *nur* jedenfalls, da bin ich mir ziemlich sicher.

Sie hasst mich nicht erst seit gestern.

Noch bevor ich den Mund öffnen kann, legt Sue einen Arm um die Schulter ihrer Begleitung und schiebt sie blitzschnell in den Fahrstuhl. Ich könnte schwören, dass das neben ihr wirklich Carrie ist ... aber das kann nicht sein, oder etwa doch? Mein Herz schlägt ein paar desorientierte Schläge lang schneller, lässt ein paar andere dazwischen aus und stolpert sich dann wieder zurecht.

»Mr. Stewart? Hallo?« Mr. Dormonds Gesicht schiebt sich nachdrücklich vor meins. Anklagend sieht er mich an, als es mir endlich gelingt, meinen Blick von der Fata Morgana zu lösen, die eben neben Henrys Tochter im Fahrstuhl verschwunden ist.

Henry, der Tierschützer, der gestern Abend bei der Pressekonferenz zusammengebrochen ist.

Die ich geleitet habe.

Im Auftrag der Dormonds.

Henry McIntyre hat zwei Töchter. Die jüngere von beiden sieht verdammt so aus wie Sues Begleitung. Aber Carrie ist in Australien, buchstäblich am anderen Ende der Welt. Sollte sie zumindest sein. Ich halluziniere. Kein Wunder nach allem, was geschehen ist, der ganze Stress, der Druck. Anscheinend habe ich noch größere Schuldgefühle, als ich dachte. Meine Gedanken überschlagen sich immer weiter. Selbst wenn Sue Carrie davon erzählt und sie sich in das erste erreichbare Flugzeug gesetzt hätte ... nein, das kann nicht sein, völlig abwegig, allein von der Reisedauer her. Und sie war seit sieben Jahren nicht hier – soweit ich weiß, zumindest. Es spielt auch keine Rolle. Zum Glück. Weil es alles nur noch mehr verkomplizieren würde.

»Mr. Stewart!« Die Dormonds sind immer noch da. Morris Dormond mit seinem Gesicht quasi auf Brusthöhe direkt vor mir. »Haben Sie ein Gespenst gesehen?«

»Entschuldigen Sie, was haben Sie gesagt?« Mir wird erst jetzt bewusst, dass ich meine Hand mit dem Handschuh darin zur Faust geballt habe, als ich damit in Richtung Ausgang zeigen will.

Mein Herz rast. Schnell greife ich mir zwei der Koffer.

Meine zwischenzeitliche Idee, die Dormonds für ein paar Minuten zu vertrösten oder am besten mit ihnen zusammen einmal kurz nach dem Patienten im dritten Stock zu sehen, habe ich da bereits verworfen.

»Was genau ist auf der Pressekonferenz gestern Abend passiert?«

Ich drehe den Kopf zur Quelle des schneidenden Verhörtons – Mrs. Dormond – und verwünsche ein weiteres Mal Darren und die gesamtbritische Wetterlage.

»Wieso meldet sich der ›Daily Standard‹ bei mir und bittet mich um eine Reaktion? Auf was genau soll ich da reagieren?« Sie winkt nachdrücklich mit ihrem Smartphone. Ihre Armreifen klimpern. Ich stehe in einer Parfümwolke.

Ich fange einen ungnädigen Blick des Pförtners auf und dirigiere die beiden zur gläsernen Schiebetür.

»Mein Wagen steht gleich da drüben«, keuche ich vage. Was zur Hölle haben die in ihren Koffern? Grundsteine zur Auswahl?

Mr. Dormond überholt mich erstaunlich flink dafür, dass er das restliche Gepäck trägt und nicht weiß, wo genau ich geparkt habe.

Mrs. Dormond dagegen bleibt hartnäckig mit mir auf einer Höhe und fuchtelt weiter mit ihrem strassbesetzten Telefon und ihren Perlenarmbändern vor meiner Brust herum. »Am besten, Sie bringen uns auf dem Weg ins Hotel auf den aktuellen Stand. Wo ist Ihr Fahrzeug? Ich muss aus diesen Schuhen raus«, fordert sie unmissverständlich.

Und das Funkeln ihrer Augen hat nichts mit dem Christbaumschmuck zu tun, der sich blinkend darin spiegelt, bevor sie an mir vorbei in die Nacht schießt.

MERLIN

Der Kater lag zusammengerollt auf einer nachlässig hingeworfenen Strickweste im Schaukelstuhl. Er stellte ein Ohr auf, als Schritte näher kamen. Aber es war nur die Post, die durch den Haustürschlitz in den Flur geworfen wurde. Ein Schwall kalter Luft und ein paar vorwitzige Schneeflocken wehten mit Werbung und Briefen herein. Die Schritte entfernten sich wieder.

Merlin kräuselte im Nebenzimmer die Nase, fuhr prüfend die Krallen seiner rot getigerten Vorderpfoten aus und drückte sie knetend in die Weste. Einmal, zweimal. Dann zog er den Schwanz enger um den Körper. Es wurde langsam kälter in der Stube. Sonst brühte sich der alte Mann um diese Zeit längst die zweite Tasse Tee auf und schürte den abgewetzten Küchenofen noch einmal nach. Heute nicht. Die Frau, die so verwirrend hinter Putzmitteln, Kindercreme, Stress und Krankheit auch entfernt nach ihm roch, hatte bei Tagesanbruch die Schränke im Schlafzimmer durchwühlt und hastig eine Tasche mit Sachen gefüllt. Bei ihrer Rückkehr kurz darauf hatte sie eine Dose geöffnet und auf den Küchenboden gestellt. Sie hatte nicht einmal bemerkt, dass die Schlafzimmertür einen Spalt offen geblieben war. Er hätte die Gelegenheit nutzen und in den Schrank klettern können. Oder aufs Bett. Sonst machte er das immer. Nicht heute.

Die Stimme der Frau wurde höher und nahm eine schrille Klangfarbe an, wenn sie haarige Spuren dieser Besuche sah. Den alten Mann störte das nicht. Er lachte dann leise und strich dem Kater über das Fell.

Merlin schnurrte. Damit schlief er wieder ein und träumte sich zurück in den Duft und die Schoßwärme des alten Mannes.

CARRIE

Die Haare in meinem Nacken stellen sich auf. Es ist dasselbe Gefühl, das man hat, wenn man von jemandem intensiv beobachtet wird. Aber als ich mich umdrehe, kann ich niemanden ausmachen. Da ist überhaupt nur Morris, der mit wehendem Mantel aus der Klinik eilt und dabei wie ein Albatros wirkt, der verzweifelt versucht, der Schwerkraft zu trotzen und abzuheben. Steht jemand im Dunkeln, von seinen Trenchcoatflügeln verdeckt? Knapp außerhalb des Lichtkegels, den die Krankenhauslaternen in den Schnee schreiben? Einbildung. Oder doch nicht?

Ich erahne einen Schatten, da zieht mich Sue Anne zu sich herum. Ich lese den Schock in ihren Augen. Steht es so schlimm um Dad?

»Sag mir die Wahrheit, Sue Anne! Wird Dad sterben? Hat er auch nur Bauchweh, so wie Mum damals? Ich bin inzwischen erwachsen, ich kann die Wahrheit vertragen. Ich hasse es, wenn ihr meint, mich schonen zu müssen, weil ich die Kleine bin.« Meine Nerven liegen blank. Das bin so gar nicht ich. Nicht mehr.

Kurz habe ich das irrationale Bedürfnis, an Morris vorbeizustürzen, ihn zu überholen, die Mietwagentür aufzureißen und mit Ravi zu flüchten. Zu seiner Frau Lakshmi und den drei Kindern, nach Timbuktu, Delhi oder Dover – egal wohin. Nur weg von diesen furchtbaren Neuigkeiten, von diesem Krankenhaus. Was für ein Albtraum.

»Dad war immer gesund. Wieso Herzfehler? Was für eine Pressekonferenz? Und was hat das alles mit den Wallabys zu tun?«

Sue Annes Stimme dringt nur durch ein Rauschen an mein Ohr. Sie klingt verschwommen, weit weg. Meine Schwester packt mich bei den Schultern, zieht mich an sich, schiebt mich wieder auf Abstand und betrachtet mich prüfend. Im nächsten Moment steckt sie mir eine Haarsträhne zurück hinters Ohr, und während dieser ganzen Zeit redet und redet sie, und ich verstehe gar nichts. Nur ab und zu bleiben neue und alte Schlagworte an meinen Gedankenblasen kleben.

Ich trete einen Schritt zurück. Ich muss mich sammeln und meine Fragen in eine vernünftige Reihenfolge bringen. »Ganz langsam, bitte. Dad wollte Inchconnachan ersteigern? Wieso denn das? Ganz allein? Und womit?«

»Nein, er hatte ein Crowdfunding initiiert, aber nicht den Zuschlag erhalten.«

»Aber ... er hat mir immer erzählt, dass alles in Ordnung ist. Warum habt ihr nichts gesagt? Ich wäre doch sofort ...« Inchconnachan war über siebenhundert Jahre im Besitz eines uralten schottischen Clans. Dort leben Hirsche, Damwild, Otter, Auerhähne und Fischadler – und seit etwa achtzig Jahren auch einige der kleinen Wallaby-Kängurus.

»Ach was, dann wärst du gekommen? Zur Beerdigung der Gräfin, oder wie?«

»Ihr hättet mir wenigstens eine Chance geben können!«

»Carrie, du hast es nicht mal zur Geburt der Zwillinge geschafft. Vielleicht hättest du nicht so oft betonen sollen, wie schwer du dich aus deiner neuen Heimat loseisen kannst und wie schmerzlich du alles findest, was mit Inchconnachan und uns hier zu tun hat. Dad wollte nicht, dass du dir Sorgen machst, so beschäftigt, wie du bist. Ich durfte mit keiner Silbe irgendwas erwähnen, was dich beunruhigt ...«

»Ich war zur Taufe da!«, protestiere ich.

»Für ganze vier Tage. Und seitdem nie wieder«, antwortet Sue Anne ruhig. »Bitte reg dich nicht so auf. Was hätte ich denn tun sollen?«

»Mich anrufen zum Beispiel! Mir die Wahrheit sagen! Was passiert jetzt mit den Tieren? Er hat mir immer versichert, dass sich durch seinen Ruhestand für die Wallabys nichts ändert. Stimmt das denn wenigstens? Warte ... die Gräfin hat ihn gar nicht wirklich in den Ruhestand geschickt, oder?«

»Na jaaaa«, sagt Sue Anne gedehnt. »Im Prinzip schon ... nach ihrem Tod fanden die Erben ...«

»Sie haben Dad entlassen? Moment ... ohne Dad als Leitung, mit neuen Besitzern ... das gefährdet auch seine Pläne für ein ökologisches Besucherzentrum auf der Insel, oder? Er sagte, die Gräfin fand die Idee super. Oh Gott, wenn ich nur etwas von dem Crowdfunding gewusst hätte ... Ich habe gespart drüben. Um wie viel haben wir den Zuschlag verpasst? Wir hätten doch gemeinsam ... Wieso hat er mir nichts gesagt?«

»Carrie! Sieh mich an. Hör mir zur Abwechslung mal richtig zu, okay? Heute geht es ausnahmsweise nicht um dich. Es tut mir leid, dass Dad dich aus allem rausgehalten hat. Das muss schrecklich für dich sein. Aber wir haben grade wirklich andere Sorgen ...« Sue Anne legt mir ihre Hände um Wangen und Ohren, damit ich ihrem Blick nicht ausweichen kann. »Du hättest nichts ändern können. Die Insel ist für 1,6 Millionen Pfund versteigert worden. Das hätten wir niemals auftreiben können. Dad wusste das.«

»Er hat mich die ganze Zeit belogen?!«

»Er wollte dich nicht beunruhigen. Du bist sein Prinzesschen, und er hat wie immer versucht, dich zu behüten. Eltern tun so was.«

»Das macht es nicht besser.«

»Kleines. Ich versteh dich ja. Das ist jetzt kein Vorwurf, aber du warst – und zwar ganz schön lange – ziemlich weit weg. Du wolltest das so, und wir haben das respektiert. Schaffst du das auch? Dad zuliebe?«

»Aber wir müssen doch ...« Ich schlucke.

Keine Ahnung, was wir müssen, wie das alles zusammenhängt und was wir tun können. Es stimmt, was sie sagt. Äußerlich jedenfalls. Von außen betrachtet war ich lange weg. Ich hatte Gründe dafür. Gute Gründe. Weshalb ich mich auch nie wieder verlieben werde. Nicht in jemanden, der so offensichtlich alles andere über die Beziehung stellt jedenfalls. Der nicht bereit ist, auch nur die geringsten Zugeständnisse zu machen, und dann einfach verschwindet, wenn man ihn am nötigsten braucht. Nicht bindungsfähig. Selbstsüchtig. Egoistisch. Weltfremd. Feige. Stur. Ein Typ, der nie Nein sagen kann – und nie auf andere hört. Kenne ich. Hatte ich schon. Brauche ich nie wieder. Er hat mir die Highlands gestohlen. Meine Freude an Weihnachten. Ich weiß nicht, was schlimmer ist. Und jetzt ist auch noch unsere Insel weg?

Und Dad hat mir vorgegaukelt, dass hier alles in Ordnung ist. Er hatte einen Herzanfall! Er benötigt einen Schrittmacher. Das ist einfach zu viel auf einmal. Damit kann ich mich jetzt nicht auseinandersetzen. Ich kann es einfach nicht. Ich brauche Dad. Wir alle brauchen ihn. Egal, wie weit ich weg bin. Er ist immer da. Stark und gesund und voller Tatendrang. Ich weigere mich, mir irgendetwas anderes vorzustellen. Ich halte es nicht aus, das weiterzudenken. Also denke ich wieder an Inchconnachan. Die Insel ist auch Dads Zufluchtsort, unser Paradies.

»Was wird denn mit Tony, wenn da jetzt ... ein Hotel hast du gesagt?«

Sue Anne glotzt mich fassungslos an. »Unser Vater hat knapp einen Herzinfarkt überlebt, und du denkst an dieses Känguru?«

»Rotnacken-Wallaby«, präzisiere ich mechanisch. Manche Dinge wird meine Schwester nie verstehen. »Und *du* hast davon angefangen.«

»Ja, weil du genauso stur bist wie ...« Sie bricht ab. Irgendetwas hinter mir scheint ihre Aufmerksamkeit zu fesseln. Aber als ich mich umdrehen will, schiebt sie mich geradezu mit Gewalt in den Fahrstuhl. »Wie Dad«, keucht sie und drückt hektisch auf alle Knöpfe gleichzeitig. Ihr Kinn zittert ein wenig. Sie versucht, es zu verstecken, aber ihre Fassade bröckelt.

»Schwesterherz, Sue«, versuche ich sie zu beschwichtigen. »Alles wird gut, nicht wahr? Das hast du selbst gesagt.«

»Nenn mich nicht so! Ich heiße Sue *Anne*!«, bricht es aus ihr heraus. »Gott, ihr habt immer noch diese unheimliche ... Was glotzt du mich so an? ... Natürlich wird alles gut. Dad hat es versprochen.« Ihr Kinn zittert noch mehr. »Himmel, ich hab dich so vermisst, du zickiger kleiner Sguainseach.«

Dann bricht sie in Tränen aus, weil Mum mich als kleines Mädchen so taufte und Dad den Kosenamen all die Jahre bewahrt hat. Noch nie hat sie mich so genannt, es ist ein Tabubruch und auch wieder nicht.

»Es ist gut, hörst du? Ich bin ja da«, flüstere ich. »Und es tut mir ehrlich leid, dass ich nicht bei der Geburt der Zwillinge hier war.«

»Nicht schlimm. Du bist ja zur Taufe gekommen. Jetzt geht's um Dad.«

Als wir im dritten Stock in der Kardiologie ankommen, sind unsere Rollen vertauscht. Nun bin ich es, der kleine Wildfang, der tröstend die Arme um seine immer starke Schwester gelegt hat und sie liebevoll aus dem Fahrstuhl schiebt.

»Welches Zimmer?«, frage ich fröhlicher, als mir zumute ist.

Sue Anne zeigt mit ihrem zerknüllten Taschentuch den Gang hinunter. »314.« Sie wischt erst sich über die Augen, dann mir, dann putzt sie sich die Nase. »Bereit?«

»Ich habe Angst«, gestehe ich.

»Dito.«

Wir nicken uns tränenfeucht Mut zu.

»Ich hab dich auch vermisst«, schniefe ich und merke, dass es wahr ist.

Mein Rucksack schleift an meinem kraftlos herabhängenden Arm über den Boden, während wir eingehakt Dads Krankenzimmer ansteuern.

Ich war wirklich sehr lange weg. Aber ich habe die Zeit gebraucht. Und jetzt kann ich nur hoffen, dass es nicht zu lange gedauert hat, über die Highlands und Tony und diesen Mistkerl hinwegzukommen ...

»Mir geht's fantastisch.«

»Das sieht man.«

Sue Anne klopft und schüttelt an Dads Kissen herum, während ich ihn mit beiden Armen stütze und in einer halbwegs aufgerichteten Position halte. Sie lässt sich weder von den ganzen Kabeln beeindrucken, die an den verschiedensten Stellen aus unserem Vater zu kommen scheinen, noch von dem Piepen der ganzen Apparate. Mich macht die geballte Technik nervös. Dad sieht so zerbrechlich und klein aus zwischen all den Geräten, so blass in all dem Weiß und Grün. Es steht ihm nicht. Unseren Vater wirft nichts um, standfest wie eine schottische Eiche trotzt er jedem Sturm. Und jetzt ... er hat sogar eine Platzwunde am Hinterkopf. Davon hatte Sue Anne nichts erzählt.

»Inchconnachan?«, platze ich heraus. »Ein Luxushotel? Stimmt das?«

»Da hast du also gleich die Gelegenheit genutzt und Carrie alles brühwarm erzählt, ja?«

»Nur das Dringendste. Wäre es dir lieber gewesen, ich hätte ihr erzählt, dass du in der Küche ausgerutscht bist, weil du dich über den Wetterbericht aufgeregt hast?« Sue Anne lässt sich nicht aus der Ruhe bringen. »Alles Weitere kannst du ihr selbst sagen. Das macht ihr hübsch unter euch aus.«

»Oh ja, ich bitte darum«, werfe ich ein. »Ich habe tausend Fragen!«

»Später!« Sue Anne widmet Dad einen seltsamen Blick und sieht dann erst auch mich warnend an.

»Aufmüpfige Kinder, alle beide ...«

An Dads Brummigkeit sind wir gewöhnt, und dass er die nicht verloren hat, nehme ich als gutes Zeichen. Es gibt mir etwas von meinem Urvertrauen zurück.

»Ist gut«, lenke ich ein.

Dad beschränkt sich auf ein mürrisches Geräusch.

»Besser«, brummt Sue Anne in einem Tonfall, der seinem in nichts nachsteht. Sie verschränkt die Arme, tritt einen Schritt vom Krankenbett zurück und beobachtet, wie Dad sich mit meiner Hilfe vorsichtig in das Kissen zurücksinken lässt. Dann füllt sie Mineralwasser und Orangensaft zu gleichen Teilen in eine Schnabeltasse und stellt sie auf den schmalen Rollwagen, der unserem Vater als Nachttisch dient.

Er straft den Becher mit Verachtung. »Wenn ich endlich nach Hause dürfte, würde es mir gleich noch besser gehen.«

»Besser als fantastisch?« Sue Anne zieht die Augenbrauen bis kurz unter den Haaransatz. Ihr Blick fällt auf den Aktendeckel auf Dads Nachttisch. Mit gerunzelter Stirn öffnet sie den dünnen Ordner und fängt an, darin zu blättern. »Du hast uns einen ganz schönen Schrecken eingejagt.«

»Man tut, was man kann, wenn es der Sache dient«, grunzt er zufrieden. »Zumindest haben wir dadurch ein bisschen Aufmerksamkeit in der Presse. Spätestens jetzt müssen die Dormonds ihre feinen Ärsche mal herbewegen und sich äußern.«

»Die Dormonds?«, frage ich und setze mich sicherheitshalber auf die Bettkante.

Das kann natürlich ein Zufall sein, aber die Welt ist ein Dorf.

»Das sind die Leute, die Inchconnachan gekauft haben«, erklärt Sue Anne abwesend. »Die Gerüchteküche brodelt.«

»Stacy und Morris Dormond?«, frage ich tonlos.

Unsere Insel?, schreit es in mir.

»Ja. Aber das tut jetzt nichts zur Sache.« Sue Anne blickt auf und wedelt mit der Krankenakte. Plötzlich klingt sie gereizt. »Wieso hast du uns verschwiegen, dass du am Herzen operiert werden musst, Dad? Seit wann reden wir nicht mehr miteinander in dieser Familie?«

Ich lache kurz sarkastisch auf.

Dad weicht ihrem Blick aus und rettet sich dankbar in meinen. Dann stutzt er. »Was hast du, Sguainseach? Ist dir der Krankenhauskaffee nicht gut bekommen? Du wirkst ein wenig blass um die Nasenspitze.« Er tätschelt meinen Handrücken.

Seine Finger fühlen sich kühl an auf meiner Haut. Aber am meisten irritiert mich der Schlauch, der in seiner Vene steckt.

»Ich kenne die Dormonds«, sage ich und japse ein bisschen nach Luft. »Ich habe mir das Shuttle mit ihnen geteilt. Also – falls wir tatsächlich von Stacy und Morris Dormond reden.«

»Ihr habt euch das Shuttle geteilt? Du dir ... mit diesen ...?« Dad versucht, sich aufzurichten, aber er bekommt es nicht hin.

»Ich hatte ja keine Ahnung, wer sie sind! Wieso muss ich euch eigentlich alles aus der Nase ziehen? Wir saßen in derselben Maschine. Das Taxi von der Fluggesellschaft sollte uns zum Busbahnhof bringen. Als Sue Anne mir das von dir erzählt hat, haben die Dormonds dafür gesorgt, dass der Fahrer uns alle drei hier abgesetzt hat«, erkläre ich.

»Na wunderbar! Bislang haben sie sich noch nicht hergetraut«, erzählt er grimmig. »Die würde ich zu gern in die Finger bekommen. Moment – sie sind hier?«

Ich nicke bleiern. »Und wissen natürlich umgekehrt auch nicht, wessen Tochter ich bin.«

»Dad!?« Sue Annes Stimme ist mindestens eine Terz höher als sonst. »Herzoperation? Termin zweimal verschoben?« Sie pocht mit spitzen Fingern auf einer Seite herum.

»Meine Krankenakte geht dich gar nichts an«, knurrt er und drückt mir seine Schnabeltasse so schwungvoll in die Hand, dass es kleckert.

»Dad!«, protestiere jetzt auch ich und schnappe schnell ein Papiertuch vom Stapel auf dem Nachttisch.

»Reine Routine«, behauptet er und verschränkt beide Arme vor der Brust.

»Routine«, wiederhole ich sarkastisch und tupfe abwechselnd über meine Finger und die Bettdecke. »Sieht man ja.«

»Es ist ein klitzekleiner Eingriff. Und der hat nichts mit ...«

»Ha!«, ruft Sue Anne. »Deswegen wolltest du, dass Carrie noch vor Weihnachten herkommt!«

»Nein, wegen der Wallabys«, beharrt er und scharrt unter der Bettdecke unruhig mit den Füßen. »Ich mag Ärzte genauso wenig wie ihr, und es konnte ja nun keiner ahnen, dass so ein bisschen Stress mich gleich umhaut.«

Als wir nicht nachgeben, sondern ihn beide weiter wortlos mit den Augen fixieren, atmet er mit einem Stoßseufzer aus. »Gut. Ich wollte Carrie ... euch beide ... in meiner Nähe haben. Aber ohne dass ihr euch unnötig Sorgen um euren alten Herrn macht.«

»Ist dir beinahe gelungen«, antworte ich versöhnlich und werfe das Taschentuch wie einen Korbball in den Mülleimer in der Zimmerecke. »Also, was kann ich tun?«

Dad lächelt und zwinkert mir zu. »Diese Weißkittel wollen mich jetzt unbedingt noch vor Weihnachten unters Messer kriegen und mir einen Herzschrittmacher einbauen. Nach gestern gehen mir ein bisschen die Argumente aus. Aber ich kann mich wohl kaum in Vollnarkose legen lassen, solange die Wallabys nicht in Sicherheit sind. Die Dormonds mögen keine invasiven Arten auf ihrer Insel. Aber die haben ihre Rechnung ohne uns gemacht!«

Ich sehe Tony vor mir. Sein vernarbtes Ohr, das Hinkebein.

Marc und ich, wie wir auf dem Gang der Tierarztpraxis auf und ab gehen, beide blutverschmiert. Das alles ist lächerlich lange her. Tony hat uns längst vergessen – wenn es ihn überhaupt noch gibt. Ich traue mich nicht, Dad zu fragen. Winter in Schottland können sehr hart sein, und mit seinen Beeinträchtigungen …

Dad greift nach meiner Hand. Aber ich bin es, die seine klammen Finger in meine nimmt und sie mit beiden Händen zu wärmen versucht, irgendwie um diese störende Kanüle herum.

»Du kannst dich auf mich verlassen, Dad. Wie ist der Plan? Wie kann ich helfen?«

Er grinst verschmitzt und löst seine Hand aus meiner. Sie zittert ein wenig, doch das hält ihn nicht davon ab, das Schubfach seines Nachttisches aufzuziehen und im zweiten Anlauf einen vollbeschriebenen Notizblock herauszuziehen. »Wir brauchen Öffentlichkeit. Eine Protestaktion wäre gut. Ruf die Leute von der Unterschriftenliste an. Die kommen alle. Weißt du, wo die Dormonds wohnen?«

Sue Anne steht am Fußende und hält sich schon die ganze Zeit wie ein Matrose an der Reling des Bettes fest. Jetzt stemmt sie die Hände in die Hüfte und schüttelt ungläubig den Kopf.

»Ihr habt sie doch nicht mehr alle. Alle beide!« Sie dreht sich zum Fenster und sieht dann wieder abwechselnd von mir zu Dad. »Wann wolltest du ihr eigentlich sagen, wessen Architekturbüro da mit drinsteckt?«, fragt sie unseren Vater dann. »Sollte sie nicht erfahren, mit wem sie es zu tun bekommt, bevor du sie einspannst?«

Er wechselt wieder so einen Blick mit Sue Anne.

Moment, da kommt noch mehr?

Meine Schwester wischt den stummen Einwand meines Vaters mit einer heftigen Handbewegung beiseite. »Sie hat gesagt, sie will alles wissen. Sie hat ein Recht darauf. Und ich auch. Ich habe ihn unten gesehen«, sagt sie zornig. »Was wollte er hier?«

»Das entzieht sich meiner Kenntnis.«

»Als ob!«

»Wer?«, frage ich bemüht ruhig dazwischen.

Wie viele Architekten hier in der Gegend kenne ich, die für so ein Projekt geeignet wären? Mir ist schwindelig, und ich bin mir ziemlich sicher, dass ich die Antwort nicht hören will.

Dad starrt den Papierkorb an, als könne er das ganze Ding durch Willenskraft zum Fliegen bringen. »Los, sag's ihr endlich. Sie wird es ja sowieso erfahren«, fordert er dann verkniffen und sucht mit der linken Hand nach seiner Schnabeltasse. Die andere, die mit der Kanüle, aus der der dünne Schlauch zum Infusionsständer mit einem Beutel klarer Flüssigkeit führt, ruht auf seiner Brust.

Er hat wieder Schmerzen. Unser Vater hatte einen Herzanfall. Er muss operiert werden. Er braucht einen Schrittmacher. Noch vor Weihnachten. Die Angst schnürt mir die Luft ab. Ohnmacht und Hilflosigkeit überrollen mich. Sie treiben mir kalten Schweiß auf die Stirn. Ich klammere mich an Dads Notizheft. Er kennt mich. Es tut mir gut, etwas zu tun. Ich muss das nicht wissen. Ich könnte gleich loslegen. Oder schlafen.

»Marc«, platzt Sue Anne heraus. »Er hat sich unten herumgedrückt, aber als er mich gesehen hat, ist er abgehauen, feige, wie er ist. Oh, wenn ich ihn in die Finger gekriegt hätte, ich hätte Haggis aus ihm gemacht!«

»Marc«, wiederhole ich sprachlos.

»Sguainseach«, sagt Dad weich und tastet nach meiner Hand.

Aber diesmal entziehe ich sie ihm. Auf einmal funktioniert mein Hirn wieder. In meinem übermüdeten Kopf fügen sich gerade erstaunliche Puzzleteile aneinander.

»Die Dormonds haben auf *ihn* gewartet«, murmle ich. So passt das also zusammen: *Marc* ist der Architekt, den sie mit dem Hotelbau mitten im Naturschutzgebiet beauftragt haben? Auf *unserer* Insel? Es ergibt totalen Sinn, ebenso logisch wie absurd. Ich kann es nicht glauben. Ich bin fassungslos.

Jetzt starren mich Dad und Sue Anne fragend an.

»Sie haben von unterwegs jemanden zum St. Marys beordert, der sie dann hier abholen und ins Hotel bringen sollte. Mrs. Dormond war nicht besonders gut auf ihn zu sprechen«, erinnere ich mich.

»Laufbursche Marc, der preisgekrönte Stararchitekt und Mitarbeiter des Monats. So herum ergibt es natürlich auch Sinn. Ich frage mich, was er Schreckliches angestellt hat, dass er bei ihnen in Ungnade gefallen ist«, lästert Sue Anne.

Dad brummt etwas Unverständliches.

Ich sehe von ihm zu Sue Anne, und plötzlich begreife ich. »Du wolltest nicht, dass ich ihn sehe, nicht wahr? Unten. Vorhin. Bevor wir in den Fahrstuhl gestiegen sind.«

»Ich wollte vermeiden, dass du dich so aufregst, wie du es jetzt grade tust. Die Vene auf deiner Stirn ist schon so dick wie Seans kleiner Finger.« Sie schüttelt sich.

»Und die wird gleich noch dicker«, schimpfe ich.

Dad räuspert sich. »Da ist noch etwas, was ihr beide wissen solltet, bevor ihr gemeinschaftlich deinen Exfreund lynchen geht.«

»Ach ja?«

»Was denn noch?« Meine Kampflust weicht einer diffusen Angst.

»Der Mensch, der Erste Hilfe geleistet hat – das war auch Marc. *Er* hat mir bei der Pressekonferenz das Leben gerettet.«

Für mindestens dreißig Sekunden ist das einzige Geräusch im Zimmer das leise »Pling ... Pling« einer dieser Maschinen an Dads Bett.

»Er hat was?«, durchbreche ich als Erste das Schweigen.

»Nachdem er dich vorher beinahe umgebracht hätte.« Sue Anne rümpft entgeistert die Nase.

Ich bin fast versucht zu fragen, was Marc dort überhaupt verloren hatte. Dann fällt mir wieder ein, dass er ja der Architekt der

Dormonds ist. Das sind mir definitiv zu viele Informationen auf einmal.

Wie sehr er mich hassen muss, wenn er so weit gegangen ist. Dass er sich gegen die Wallabys stellt, gegen Tony – nach allem, was wir auf dieser Insel erlebt haben!

Gemeinsam.

Gut, er hat Dad Erste Hilfe geleistet. Aber das heißt gar nichts. Er konnte ihn ja schlecht da liegen lassen.

Auf wackeligen Knien stakse ich zum Fenster, ziehe den Vorhang ein Stück zur Seite und starre auf den beinahe leeren Parkplatz und die Häuser dahinter. Dächer, Bäume, Asphalt – alles trägt eine friedliche weiße Haube.

Die Reifenspuren und Fußabdrücke in der unberührten Schneedecke wirken auf mich umso mehr wie Fremdkörper, wie frische Wunden. Die Turmuhr schlägt einmal. Wie spät ist es? Schon eins? Oder einfach nur Viertel nach irgendwas? Auf einmal bin ich furchtbar müde.

Die Nachtschwester kommt mit einer frischen Infusion herein und will Dads Vitalwerte überprüfen. »Soll ich noch mal wiederkommen?«, fragt sie.

»Die Damen wollten eh grade gehen«, behauptet er. »Sie haben sich erfolgreich versichert, dass sie noch eine Weile auf ihr Erbe warten dürfen.« Er sieht meinen entsetzten Blick und zwinkert mir sichtlich zufrieden zu. »Es war ein langer Tag. Morgen früh dürft ihr wieder vorbeischauen. Ich brauche meinen Schönheitsschlaf.«

»Einverstanden«, sage ich widerstandslos.

Sue Anne zieht sich bereits die Jacke an. »Wir müssen wohl alle ein paar Dinge sacken lassen.«

Nacheinander hauchen wir Dad einen Kuss auf die Stirn. »Wo übernachte ich eigentlich?«, fällt mir ein. »Und wie kommen wir von hier weg, wenn kein Bus fährt?« Ich sehe meine Schwester an.

»Bei mir natürlich«, ruft Dad, bevor Sue Anne reagieren kann. »Bei diesen Rackern Sean und Mel bekommst du kein Auge zu, und Merlin braucht ganz dringend verständnisvolle und fachkundige Gesellschaft. Deine Schwester hat ...«

»Ist der arme Kerl etwa ganz allein? Seit gestern schon?«, rufe ich dazwischen.

»... andere Talente«, gibt Sue Anne freimütig zu und seufzt. »Michael holt uns ab. Ich habe ihm eben geschrieben. Um diese Zeit schlafen die Zwillinge tief und fest. Er sagt nur kurz Molly nebenan Bescheid und bringt ihr das Babyfon rüber.«

Ich beiße mir auf die Unterlippe und betrachte sie schuldbewusst. Meine Schwester ist Mutter. Mit keiner Silbe habe ich mich bisher nach den Zwillingen erkundigt. Sieht mir ähnlich.

»Das Tier ist gut versorgt. Ich habe ihm eine Dose hingestellt und das Katzenklo sauber gemacht«, versichert sie Dad. »Wie du es mir aufgetragen hast. Und es hat mich nicht mal gekratzt«, schiebt sie Grimassen schneidend hinterher.

Das lustige Überspielen von ernsten Angelegenheiten hat sie eindeutig von unserem Vater geerbt.

»Du gehst morgen Futter kaufen, ja?«, bittet er mich. »Das wollte ich eigentlich gestern nach der Pressekonferenz erledigen. Mir kam leider eine Kleinigkeit dazwischen.«

»Ich kümmere mich«, flüstere ich ihm zu, bevor wir das Zimmer verlassen. »Und um das hier!« Ich klopfe mir auf die Jackentasche, in die ich sein Notizbuch gesteckt habe, und wir beide passen auf, dass Sue Anne unser verschwörerisches Grinsen nicht sieht.

Ich kann ihm nicht böse sein. Ich weiß ja, dass Dad mich immer nur beschützen will.

MARC

Der Abend ist schon weit fortgeschritten, als ich die Dormonds endlich satt und halbwegs beruhigt in ihrem Hotel verabschiedet habe und es in die Granding Street 14 in Luss schaffe.

Eigentlich haben sie es ganz gut aufgenommen. Vielleicht war das aber auch nur Höflichkeit. Ich habe keine Ahnung, was ich noch hätte tun sollen. Ich habe die beiden von Alexandria aus durch halb Glasgow kutschiert, das Dinner und diverse Cocktails im teuersten Hotel der Stadt bezahlt, den Alleinunterhalter gespielt und auch sonst mein Bestes gegeben, den Ruf ihrer und meiner Firma wiederherzustellen. Keine Ahnung, ob sie kapiert haben, dass sie Stellung beziehen müssen, wenn die Situation nicht weiter eskalieren soll. Letztlich habe ich ihnen einen Gefallen getan.

»Kompetenzen überschritten ... pff.«

Ächzend bücke ich mich. Halb unter dem Schnee vergraben, liegt eine – nein, liegen zwei Zeitungen, und eine eingefrorene Milchflasche steht da auch noch. Ich klopfe den Schnee an meinem Hosenbein ab und überfliege kurz die Schlagzeilen der aktuellen Ausgabe.

Zwischenfall bei Pressekonferenz zu Inchconnachan-Hotelbau

Immerhin stehen wir hier nur einspaltig auf der Titelseite. Die Randnotiz verweist auf Seite drei.

Nachdenklich klemme ich mir die Zeitungen unter den Arm, hebe die Milchflasche auf und stecke mit der freien Hand den Schlüssel ins Schloss. Mit einem protestierenden Knarzen gibt die alte rote Holztür ihren Widerstand auf und lässt mich hinein. Drinnen schlägt mir der leicht muffige Geruch einer Wohnung entgegen, die seit zwei Tagen nicht gelüftet, aber dafür mehr als ordentlich beheizt wurde. In der Küche höre ich das leise Plitschen eines Wasserhahns. Sonst ist alles still.

»Merlin, alter Rumtreiber, wach auf. Ich bin's.«

Ich lege meinen Autoschlüssel zusammen mit den Zeitungen auf die kleine Kommode im Flur und schalte das Licht ein.

Meine Schuhe hinterlassen eine Tropfspur geschmolzenen Schnees auf dem Teppichläufer. Schuldbewusst ziehe ich sie aus und stelle sie auf den dafür vorgesehenen Packen ausgebreiteter alter Zeitungen.

Auf Socken gehe ich in die Küche, stelle meine Stofftüte mit dem Katzenfutter auf den Tisch und gebe zuerst die Milch in den Kühlschrank. Sicherheitshalber mit einem Schälchen darunter, und den Deckel schraube ich auch auf. Ich habe keine Ahnung, ob das Glas nicht doch noch platzt, wenn die gefrorene Flüssigkeit auftaut. Die Schweinerei will ich Henry ersparen. Seufzend sehe ich mich um.

Im Ausguss der Spüle steht offenbar schon länger ein Glas, das durch das stete Tröpfeln bis zum Überlaufen gefüllt ist. Ich gieße damit die durstigen Kräuter auf der Fensterbank und spüle schnell das Glas ab. Dann drehe ich den Hahn fester zu. Die Dichtung muss gewechselt werden. Normalerweise repariert er so eine Kleinigkeit sofort. Es muss Henry schon länger schlecht gegangen sein.

Ich weiß, dass er seine Werkzeuge im Schuppen hinter dem Haus aufbewahrt, aber in seinem System mit Schachteln und Kisten kenne ich mich nicht aus, und ich will nicht alles durcheinanderbringen, während er nicht da ist. Das kleine Plus in der Wasserrechnung wird ihn nicht umbringen.

»Kümmern wir uns um die Lebenden«, murmle ich halblaut und erschrecke über den rauen Klang meiner Stimme in der stillen Wohnung.

Merlins Futternapf auf dem Boden neben dem Herd ist sauber. Daneben stehen eine geöffnete Dose mit Makrelen in Aspik und eine mit einer Billigsorte Nassfutter aus dem Discounter – beides ist unberührt.

»Kluge Katze«, lobe ich brummig und bücke mich, um das Zeug zu entsorgen.

Sue wird es nie lernen, dass Merlin diesen Kram nicht frisst, noch dazu direkt aus der Dose, wo er sich die Zunge mit dem scharfen Rand verletzen könnte.

Wo steckt der kleine Kerl überhaupt?

»Merlin?! Komm schon, roter Plüschmann. Ich weiß, dass du irgendwo da oben im Schlafzimmer liegst. Da hast du nichts verloren. Soll ich's etwa deinem Herrchen petzen? Na, komm schon. Trau dich runter, du alter Räuber! Ich bin's nur.«

Als hätte er auf das Zeichen gewartet, dass die Luft tatsächlich rein ist, tapst der alte rotweiße Kater erstaunlich flink die Treppe herunter und flitzt mit dem ihm eigenen, lang anhaltenden, auf und ab schwellenden Begrüßungsmaunzen zu mir in die Küche.

Zwischen kleinen Streichel- und Schnurrpausen, in denen er immer wieder Köpfchen gibt und mir um die Beine streicht, stürzt er sich auf das Nassfutter, das ich ihm portionsweise mit der Gabel zerdrücke.

»Nicht zu viel auf einmal«, mahne ich und räume die übrigen Dosen zu Henrys Futtervorrat in den Küchenschrank. »Ach, siehst du, zwei Dosen wären sogar noch da gewesen.« Ich raschele mit einer Packung Trockenfutter. »Damit hätten wir dich gerade noch übers Wochenende gekriegt.«

Merlin schnurrt und bettelt um einen Nachschlag. »Ausnahmsweise«, behaupte ich und gebe eine Handvoll Trockenfutter in die zweite Schale. Dann fülle ich sein Wasser auf.

Während er frisst, führt mich mein nächster Gang in das kleine Wohnzimmer, den elektrischen Radiator runterregeln. Diese antiquierten Heizkörper bringen Henry noch mal um. Aber er will partout nicht umrüsten. Stur wie ein Felsbrocken am Ben Lomond …

Seufzend sehe ich mich um. Auf dem Schaukelstuhl liegt noch Henrys Strickjacke. Katzenhaare darauf zeugen davon, wie sehr er vermisst wird – oder dass die Jacke saubequem ist. Carrie hat sie ihrem Vater zum Geburtstag gestrickt, da waren wir schon getrennt. Ich war dabei, als das Paket ankam. Australische Schafwolle. Henry schwört, dass sie weicher ist als schottische.

Ein paar Monate nach unserer Trennung hat Henry mich angerufen. Er wolle die Wand zum Esszimmer einreißen und wüsste nicht, ob sie tragend sei. Natürlich bin ich hingefahren. Kurz danach brauchte er jemanden, der ihn und Merlin zum Tierarzt fuhr – sein Führerschein sei für ein paar Wochen zur Kur, wie er mir spitzbübisch anvertraute.

Ich falte die Strickjacke zusammen und lege sie über die Lehne. Nachdenklich streiche ich darüber.

Merlin ist mir gefolgt und reibt seinen Kopf an meinem Hosenbein.

»Du vermisst ihn ganz schön, wie? Er ist bald wieder da.« Ich muss mich räuspern. Das hätte ganz anders kommen können.

Vor meinem inneren Auge steigen noch einmal die Bilder des gestrigen Nachmittags auf: die kleine Protestaktion der Naturschützer während der Pressekonferenz. Alles lief gut, bis zu dem Moment, als der Farbballon flog und knapp mein Gesicht verfehlte. Das darauffolgende Handgemenge der Randalierer mit der Polizei, Henry natürlich dazwischen, seine Leute zur Ordnung rufend, schlichtend. Das Blitzlichtgewitter, als er stürzte. Jemand rief: »Er atmet nicht.« Das war wohl ich.

Ich muss mich kurz setzen. Merlin springt mir schnurrend auf den Schoß und rollt sich auf meinen Beinen zusammen. Abwesend kraule ich ihn.

Ab da ist alles verschwommen. Wie gut jedenfalls, dass Fanny im Herbst darauf bestanden hatte, dass wir alle den Erste-Hilfe-Kurs wiederholen. Er atmete doch. Dann waren da Sirenen.

»Weißt du eigentlich, wie wir Freunde wurden, dein Herrchen und ich?«, frage ich den alten Kater. »Er hat mich zum Fischen mitgenommen, kurz nachdem mich Carrie zu Hause vorgestellt hatte. Ich war so aufgeregt und wollte es nicht vermasseln. Er hatte die erste Forelle schon aus dem See gezogen, und ich war geschockt, weil ich nie damit gerechnet hätte, wie schnell das ging. Erst da habe ich es geschafft, ihm zu sagen, dass ich Vegetarier bin. Darauf hat Henry mir gestanden, dass er Fisch hasst, weil er als Kind immer Gräten im Filet hatte. Wir haben das arme Tier schleunigst zurückgesetzt und uns tausend Mal bei ihm entschuldigt. Tja. Es hat gehalten, würde ich sagen. Auch über Carrie hinaus. Und dafür bin ich dankbar, so einen Dad hätte ich mir als Kind gewünscht. Aber das darfst du niemandem weitersagen. Unser Geheimnis, hörst du?«

Merlin ist eingeschlafen. Im Traum zucken seine Schnurrhaare. Er bewegt die getigerten Vorderpfoten und schmatzt. Vielleicht fischt er im Nachbarteich. Ich bringe es nicht übers Herz, ihn zu wecken. Ganz sachte streichle ich ihm über das weiche Rückenfell und sehe ihm beim Schlafen zu. Irgendwann schließe ich die Augen. Nur ganz kurz.

»Hast du vergessen, das Licht auszumachen?«

»Wonach riecht's denn hier?«

Es zieht. Ein Schwall kalter Luft drückt ins Wohnzimmer und lässt mich sofort schauern. Die beiden Frauenstimmen erreichen mein Bewusstsein viel langsamer.

»Diese alten Elektroradiatoren sind brandgefährlich.«

»Wieso benutzt er die immer noch? Damit zu heizen ist doch auch irre teuer.«

»Er kann das Holz nicht mehr so gut tragen, und die Dinger machen schnell ... ähm ... hast *du* die Post aufgehoben? Warte, Dad hat nicht so einen Autoschlüssel ... und wessen Schuhe sind das?«

»Seit wann ziehen Einbrecher ihre nassen Schuhe aus?«

Die Dielen im Flur knarzen. Zögernde Schritte pirschen näher, während ich mir verschlafen über die Augen reibe und meine ausgekühlten Zehen bewege.

»Hallo?«, fragt die erste Stimme wieder und durchdringt endlich meinen erschöpften Dämmerschlaf. »Wer ist da?«

Merlin springt schwungvoll von meinem Schoß und drückt mir seine Krallen in die Oberschenkel, bevor ich antworten kann. Ich jaule auf und bin damit hellwach.

Der Kater schießt um die Ecke und fegt die Treppe hinauf wie ein roter Blitz.

»Autsch. Nicht erschrecken. Ich bin im Wohnzimmer.«

Ich presse meine Hand auf den schlimmsten Schmerz und kämpfe mich einbeinig aus dem Schaukelstuhl.

Als ich mich aufgerichtet habe, starre ich geradewegs in Carries Gesicht, verliere prompt das Gleichgewicht und plumpse rückwärts zurück auf die Sitzfläche.

»Duuuu?«

Ich würde ja dasselbe sagen, aber ich bringe keinen Ton heraus.

Carrie steht drohend halb über mir und blitzt mich an. Ihre grünen Augen lodern, als könnten sie jeden Moment Funken schlagen. Wenn das Holzscheit in ihrem erhobenen Arm Feuer fängt, möchte ich den unausweichlich darauffolgenden Wohnungsbrand nicht der Versicherung erklären müssen.

»Was, in aller Welt, tust du hier?«

»Und wie bist du reingekommen?«, setzt Sue aus sicherem

Abstand hinter ihr nach. Sie stellt eine Blumenvase ab, die klappernd auf der Kommode zur Ruhe kommt, rennt durch den Flur und überprüft bereits rüttelnd die Hintertür.

Um meine Harmlosigkeit zu unterstreichen, hebe ich die Hände. »Ich habe einen Schlüssel.« Zu meiner Entlastung greife ich in die Jackentasche, ziehe Beweisstück A heraus und klimpere ein wenig damit, die Hände sofort wieder brav neben den Ohren.

»Du hast WAS?« Carries Stimme überschlägt sich.

»Dein Dad hat ihn mir gegeben«, füge ich hinzu.

»Und das sollen wir dir glauben?«, fragt Sue misstrauisch.

»Wieso, in aller Welt, sollte Dad das tun?«

Mutig senke ich meine Arme und zeige mit dem Kinn in Richtung des alten Katers, der in sicherer Entfernung auf dem Treppenabsatz sitzt und durch die gedrechselten Holzstreben des Geländers späht.

»Merlin!«, quietscht Carrie und geht in die Hocke, um den Kater zu sich zu locken.

»Er mag keinen Dosenhering in Aspik«, sage ich halblaut.

»Dosenhering? Nee, der ist ja auch viel zu salzig. Wer kommt denn auf so eine bescheuerte ...«

Ich verziehe das Gesicht, und Carrie fliegt zu ihrer Schwester herum. »Duuu hast ihm dieses Zeug gegeben? Du hast gesagt, du hast dich gekümmert!«

»Ich habe auf die Schnelle nichts anderes gefunden. Hallo? ... Katzen? – Fisch?« Sue hebt abwehrend die Hände.

Carrie schnaubt. »Als ob du nicht wüsstest, dass Dad das Katzenfutter immer da drüben im Eckschrank aufbewahrt.« Zielstrebig geht sie zu den Hängeschränken in der Küche hinüber und reißt die entsprechende Tür auf.

Merlin nimmt Reißaus vor den lauten Geräuschen und den schnellen Bewegungen. Reumütig sieht sie ihm hinterher. Ihre Schultern fallen in sich zusammen.

»Entschuldige, dass ich in dem Moment eher an die Zahnbürste und Wechselwäsche für unseren Vater gedacht habe.«

»Wie geht es ihm?«, frage ich.

»Gut.«

»Nicht gut.«

Die ungleichen Schwestern blitzen sich an. An ihrer Uneinigkeit hat sich also nicht geändert.

»Okay, also wenn es für mich hier nichts mehr zu tun gibt, dann würde ich jetzt …« Ich stehe langsam auf und komme mir ziemlich dämlich vor.

»Hiergeblieben.«

»Ja, das ist ganz bestimmt besser so«, widersprechen sich Carrie und Sue ein weiteres Mal synchron.

In Strümpfen und mit krummem Rücken – wegen der Hand auf dem immer noch zwiebelnden Oberschenkel – friere ich in der Bewegung ein, kaum dass ich mich einigermaßen aus dem Schaukelstuhl geschält habe.

»Du hast meine Frage nicht beantwortet.«

Ich bleibe, wo ich bin. Carrie hat immer noch das Holzscheit in einer Hand, und ich erinnere mich, dass sie ziemlich treffsicher werfen kann.

Ihre Haut ist sonnengebräunt, und sie sieht keinen Tag älter aus als … ist das wirklich schon sieben Jahre her? Sie hat sich die Haare abschneiden lassen. Das diffuse Licht der überalterten Glühlampen lässt das helle Blond in einem weichen Honigton schimmern, der so gar nicht zu ihrer eisigen Miene passen will. Atemberaubend schön.

»Marc!«

Ich konzentriere mich auf das Wesentliche. Hat sie mir eine Frage gestellt?

»Wieso hast du einen Schlüssel zu Dads Haus?«

»Es hat sich so ergeben damals.«

»Damals?« Carrie starrt ihre Schwester an.

»Das kann nicht sein.« Sue schüttelt den Kopf. »Das hätte Dad mir doch auf jeden Fall ...« Sie bringt den Satz nicht zu Ende.

Ich habe gelernt, in manchen Situationen besser nichts zu sagen. Dies ist eine davon.

CARRIE

»Alles okay, Babe?« Auf einmal steht Michael in der Tür und schüttelt seine Haare wie ein junger Hund. Schnee tropft von seiner Jacke und den Winterschuhen auf Dads Teppich. Mike folgt meinem Blick und tritt unbehaglich auf der Stelle. Dann macht er einen Ausfallschritt zur Seite, wo eine dicke Lage alter, ausgebreiteter Zeitungen nasse Schuhe aufnehmen soll.

Marcs Schuhe stehen da bereits.

Mike nennt Sue Anne »Babe«? Besser als »Mum«, schätze ich.

»Wir müssen los«, drängt der Ehemann meiner Schwester. »Molly muss früh raus.«

Sue Anne nickt, aber sie starrt immer noch Marc an.

»Ist das nicht …?«, fragt Mike und zeigt mit seiner Mütze auf ihn.

»Ja, ist es«, schneidet sie ihm das Wort ab, ohne ihre Augen von Marc zu nehmen, und zieht mit einem kräftigen Ruck den Reißverschluss ihrer Winterjacke hoch. »Frag nicht. Später.«

Dann geht ihr Blick zu mir und wechselt von frostig zu fragend.

»Fahrt nur, ich komme zurecht«, versichere ich ihr und werfe das Holzscheit großspurig zurück in den Korb zu den anderen.

Die beiden wohnen in Tarbet, das sind noch einmal acht Meilen von hier, auf der A82 weiter am See hinauf.

»Ich ruf dich morgen früh an.«

Sie ist offenbar müde genug, nicht zu widersprechen. Sue Anne umarmt mich flüchtig. Dann schiebt sie Michael vor sich her in den Flur.

Marc und ich folgen ihr langsam. Und ich hasse es, »Marc und ich« auch nur zu denken.

Mit dem Türknauf in der Hand bleibt Sue Anne einen Augenblick stehen. Sie wirft einen vernichtenden Blick zurück und lässt vielsagend die Haustür offen. Dann stapft sie Mike hinterher.

Eisige Nachtluft fällt zu uns herein. Ich drehe mich zu Marc um, tausend Dinge auf den Lippen, die ich ihm an den Kopf werfen will. Seit Jahren schon. Aber nichts davon will der erste Satz sein.

Mit wortlosen Gesten bittet er sich beinahe schüchtern vorbei zu seinen Schuhen. Ich mache ihm Platz und atme sein Aftershave ein. Derselbe würzige Duft wie früher.

»Wie geht es dir?«, fragt er leise, mit dieser Stimme wie torfiger Whiskylikör.

»Fantastisch«, behaupte ich. »Mein Vater liegt im Krankenhaus, Inchconnachan ist verkauft, die Zukunft der Wallabys steht in den Sternen – oh, warte. Das weißt du ja alles. Also, warum fragst du?«

»Es wäre schön, wenn wir mal über alles reden könnten ... wenn du angekommen bist und die Lage sich ein wenig beruhigt hat.«

»Da gibt es nichts zu reden.«

»O...kay.« Ein Schatten legt sich über Marcs Augen. Er nickt. Zögert. Dann greift er nach seinem Autoschlüssel auf der Kommode, und mir fällt wieder ein, wie selbstverständlich er hier hereingekommen sein muss. Nach all dem, was passiert ist.

»Moment«, sage ich scharf und halte die Hand auf.

Marc stutzt.

»Dads Hausschlüssel«, fordere ich. »Gib ihn mir.«

Mein Hirn sucht nach einer plausiblen Rechtfertigung. So was wie: Ich finde die Vorstellung ziemlich creepy, dass du ... Solange Dad im Krankenhaus ist ... Ich wohne jetzt hier und ... Keinen dieser Gedanken formuliere ich zu Ende. Einer klingt alberner als der nächste, noch bevor ich ihn ausspreche. Weil es Marc ist.

»Bitte«, sage ich schließlich, damit er endlich aufhört, mich anzustarren.

Dunkelblaue Augen, in denen man Wolken ziehen sehen kann, oder die Weite des Meeres. Oder einfach nur einen seelenlosen Mistkerl. In mir wächst das Bedürfnis, mich schneller als er nach seinen Schuhen zu bücken und sie ihm voraus auf die Straße oder – noch besser – direkt an den Kopf zu werfen.

»Okay«, sagt er noch einmal. Dann macht er den Schlüssel von seinem Bund ab und lässt ihn sachte in meine Hand sinken.

Für den Bruchteil einer Sekunde berühren sich unsere Finger. Er zuckt zurück, als würde er einen elektrischen Schlag erwarten – oder als hätte er Angst, mir einen zu versetzen.

Ich bin einfach nur verwirrt und müde und erleichtert, dass er nicht diskutieren will.

Stumm beobachte ich, wie er seinen Schal auf die ihm eigene, immer etwas unbeholfen wirkende Art verdreht, die Enden in den Halsausschnitt steckt und anschließend den Kragen hochschlägt. So, wie er es immer getan hat.

»Tja, also dann«, sagt er und nickt mir zu. Er wendet sich schon halb zur Tür und hält noch einmal inne. »Alles Gute für ...« Er bricht ab und setzt neu an, dabei zeigt er an mir vorbei zur Küche. »Im Kühlschrank steht noch eine angebrochene Dose Nassfutter. Kaninchen in Pastete. Merlins Lieblingssorte im Moment.«

Der rote Kater hört seinen Namen und maunzt leise. Ich sehe Marcs Impuls, hinüberzugehen und sich von ihm zu verabschieden. Aber er gibt ihm nicht nach. Dazu müsste er ein weiteres Mal an mir vorbei, und der Flur ist schmal.

Dads Schlüssel in meiner Hand fühlt sich warm an. Ich knete darauf herum und fahre mit dem Fingernagel die kleinen scharfen Zacken am Bart ab. Es fällt ihm auf, und ich packe gereizt den Schlüssel fester.

»Gute Nacht«, sagt er nur und steckt die Hände in die Jackentaschen. Dann dreht er sich um und geht.

Er hat ein feines Gespür für alles Mögliche. Nur nicht für die wirklich wichtigen Dinge.

»Gute Nacht«, erwidere ich leise. Meine Stimme zittert ein wenig, weil es schon so spät ist und ich wirklich übermüdet bin.

Ich mache einen Schritt zur Tür und will sie endlich hinter ihm schließen, da kehrt er noch einmal um und prallt beinahe in mich hinein.

Einen Moment lang berühren sich unsere Augen.

Marc schüttelt den Kopf. Ehe ich reagieren kann, schnellt seine Hand vor, und er nimmt mir den Schlüssel wieder ab. Ich bin total überrascht und kann keinen Widerstand leisten.

»Nein«, sagt er leise und doch nachdrücklich. »Er hat ihn mir gegeben. Hier geht es nicht um dich. Du bist bald wieder weg. Dann braucht er einen Freund.«

»Und der bist ausgerechnet du?«, blaffe ich ihn an.

»Seine Entscheidung, nicht deine.« Provokativ befestigt er Dads Hausschlüssel an dem Tartanflicken mit seinem Autoschlüssel.

Marc ahnt gar nicht, wie kurz davor ich bin, ihm die Augen auszukratzen. Was für ein arrogantes Arschloch.

»Du hast dich überhaupt nicht verändert«, zische ich.

Er sieht mich mit seinen großen dunklen Augen undefinierbar an. »Du dich auch nicht.«

Damit lässt er mich stehen, und alles, was mir übrig bleibt, ist, die Tür hinter ihm zuzuknallen, dass die Zierteller an der Wand im Flur klirren.

Merlin faucht in sicherer Entfernung. Keine Ahnung, ob das

solidarisch oder missbilligend gemeint ist, und vor allem wem gegenüber.

Ich schaffe es gerade so eben bis zur Küche. Dann verlässt die Kraft meine Beine, und ich lasse mich auf den Holzboden sinken. Mein Kinn bebt, und auf einmal habe ich einen Kloß im Hals, der zu groß ist, als dass ich ihn einfach hinunterschlucken könnte. Schluchzend bahnt er sich seinen Weg nach oben, dann brechen die Dämme, und ich weine alles aus mir heraus: die Angst um Dad, das Schneechaos, die langen holprigen Flüge und die chaotische Autofahrt, die Dormonds, die Apparate und Dads eingefallenes Gesicht, die Neuigkeiten von der Insel. Und schließlich die unverhoffte Begegnung mit dem Mann, der mir vor vielen Jahren das Herz gebrochen hat und den ich von allen Einwohnern Schottlands am allerallerwenigsten jemals wiedersehen wollte.

Irgendwann traut sich Merlin in meine Nähe, schleicht sich auf meinen Schoß und rollt sich schnurrend darauf zusammen. Als wäre ich nie weg gewesen. Er weiß noch, wer ich bin! Da geht es noch mal von vorn los.

Und so sitzen wir eine ganze Weile, bis ich leer geweint und heiser bin und meine Nase verstopft ist.

»Was machen wir denn jetzt? Ich brauche ein Taschentuch«, schniefe ich hilflos.

Wenn ich aufstehe, ist der Kater fort, und das will ich auf keinen Fall. Mit einer Hand streichle ich ihn, damit er bleibt. Mit der anderen durchsuche ich vorsichtig sämtliche Jacken- und Hosentaschen. Dabei fallen mir zu guter Letzt die Serviette aus dem Krankenhaus und Dads Notizheft in die Hände. Ich putze mir die Nase und fange an zu blättern.

Er hat jede Menge Material akribisch gesammelt, Texte und Zahlen, hauptsächlich Zeitungsartikel: über den Tod der Gräfin, in deren Besitz die Insel war, die Verkaufspläne der Erben. Eine Kopie von Dads Entlassungsschreiben als Inselhüter liegt zwischen den Seiten. Ebenso der ausgeschnittene Kommentar eines

Zeitungsredakteurs, er ist mit Textmarker umrahmt. Daran lese ich mich fest.

Der Journalist namens Kester Murphy beklagt, dass mit Dads Ruhestand und dem Ableben der Gräfin die Ära der Wallabys im Loch Lomond zu Ende gehe. Überschrift: »Bleiberecht der invasiven Art verwirkt? Die Wallabys haben keine Fürsprecher mehr«.

Dad hat neben dem Datum des Artikels noch etwas an den Rand geschrieben. Im Dämmerlicht der Küche kann ich seine Handschrift nur schwer entziffern: »Bin noch nicht tot, Murphy!«

Der Kloß in meinem Hals meldet sich zurück. Ich könnte schon wieder losweinen, weil ich an all die glücklichen Jahre meiner Kindheit und Jugend auf Inchconnachan denken muss. Mit Daddy, Fernglas und meinem ersten Fotoapparat auf der Pirsch im Morgennebel, um Fischadler auszuspähen, die hier Nester bauen und ihre Jungen großziehen, bevor sie wieder nach Afrika zurückkehren. Mit ihm im Boot an der Seite habe ich meinen ersten Hirsch an uns vorbeischwimmen sehen, so nah, dass ich ihn fast hätte streicheln können. Ich erinnere mich an den Anblick der Bewegungen seiner Hufe im kristallklaren Wasser des Sees, höre noch das Plätschern. Und auch das Gesicht des Zwölfenders habe ich abgespeichert, die Atemwölkchen aus den angestrengt geblähten Nüstern, das leise Prusten.

Später folgten sommerliche Zeltnächte mit Freunden, Gitarrenmusik unterm Sternenzelt und Nordlichterstaunen im Winter. Hier habe ich Liebesschwüre und Liebeskummer erlebt und bin erwachsen geworden – und immer waren irgendwo die Wallabys dabei.

Tony. Ich sehe die angsterfüllten, schokoladendunklen Augen des verletzten Wallabys vor mir. Ich spüre seinen Schmerz wie heute, als wir verzweifelt gegen die Kraft der illegalen Schlagfalle ankämpften. Ich fühle noch die Fahrt mit dem Kajak über den

See zum Tierarzt. Das blutende Tier in Marcs Jacke gewickelt, mit verbundenen Augen zwischen meinen Beinen. Wir beide völlig zerkratzt und panisch, voll bitterer Furcht und Schuldgefühlen.

Von diesem Tag stammt die kleine Narbe auf meinem Handrücken. Tony hat um sich gebissen und so gehechelt, dass ich dachte, der Stress bringt ihn um. Zu zweit haben wir ihn am Schwanz gepackt und zu Boden drücken müssen. Er hätte Marc um Haaresbreite die Schulter ausgekugelt. So klein und so viel Power. Wir tauften ihn Tony, weil das neutral war und er einen Namen brauchte.

Ich schlucke und schließe kurz die Augen. Sie brennen vor Anstrengung in dem trüben Licht.

»Warum hast du mir nichts von alledem erzählt, Dad? Ich wäre wirklich sofort gekommen!«

Ich blättere mich weiter durch Petitionsentwürfe, Bittschreiben, Antwortbriefe, Anwaltstexte, Gutachten. Es folgen Berichte über das Scheitern von Antrag über Antrag, Statistiken, Studien über die Tierwelt auf Inchconnachan, Adressen von Aufsichtsbehörden. Dann finde ich die Liste mit den Unterschriften, von denen mein Vater sprach. Dad hat alles akribisch abgeheftet. Es sind immerhin fast zweitausend Leute. So viele – und doch niemals genug.

Sue Anne hatte recht. Dad hat nie auch nur den Hauch einer Chance gehabt, mit diesem Crowdfunding den Zuschlag zu erhalten. Daran hätten auch meine gesamten Ersparnisse nichts geändert. Seine ganzen Anstrengungen haben nur ein paar Tausend Pfund gebracht. Alles, was er mir über den positiven Fortgang der Pläne für sein ökologisches Zentrum erzählt hatte – Illusionen eines Idealisten.

Die Dormonds haben die Insel bereits vor Monaten ersteigert. Inchconnachan gehört rechtmäßig ihnen. Und nun wollen sie die Wallabys loswerden. Laut der letzten Wärmebildaufnahmen gibt es nur noch sieben Stück.

Sieben.

Es waren mal fast hundert.

Aber selbst die stören offenbar das »Weltklasse-Erlebnis«, das die Dormonds mit ihrem exklusiven Wellnesshotel für Besucher schaffen wollen. Es soll das alte Bootshaus und die Blockhütte mit Blick auf den See ersetzen, in der Sue Anne und ich als Kinder gespielt haben und wo Marc und ich … Nein, da gehe ich gedanklich auf keinen Fall hin.

Die Chancen der Dormonds stehen leider gut. Sie haben den Besten für ihr ehrgeiziges Projekt verpflichtet. Wenn einer es schafft, dieses Ding mitten ins Naturschutzgebiet zu setzen, dann er.

Aber warum? Was hat er davon? Er liebt Tiere, genau wie ich, und besonders die Wallabys. Daran hat sich doch nichts geändert, oder?

Schuldbewusst beiße ich mir auf die Unterlippe. Das hätte ich ihn fragen können, wenn ich ihn vorhin nicht so hitzköpfig vor die Tür gesetzt hätte.

»Also?«, frage ich Merlin. »Wie gehen wir vor?«

Manchmal kommt man besser zum Ziel, wenn man mit Gegnern zusammenarbeitet, statt sie gegen sich aufzubringen. Im Tierreich gibt es viele Beispiele für solche Zweckgemeinschaften. Dad hat mir das beigebracht, und während meiner Ausbildung habe ich einige solcher Arten kennengelernt. Manche Frösche leben mit Vogelspinnen zusammen. Statt ihn aufzufressen, beschützt die kluge Spinne ihren Untermieter sogar vor anderen Räubern. Der sorgt nämlich dafür, dass ihre Brut nicht von Larven oder Insekten gefressen wird. Das Bild gefällt mir nicht, viel zu vertraut. Marc zu verteidigen fiele mir im Traum nicht ein. Und wenn ich der Frosch wäre? Pff. Seine Brut mit irgendeiner dahergelaufenen Vogelspinne wäre mir so was von herzlich egal.

Ob er Kinder hat? Mir ist zumindest kein Ring aufgefallen.

»Wo drifte ich denn hin?«

Merlin kratzt sich hinterm Ohr. Auch eine Antwort.

Dann Madenhacker. Diese afrikanischen Stare begleiten Großwild, befreien es von Zecken und warnen es vor Gefahren. Nein, das schüttelt mich auch. Ich bin mir sehr sicher, dass ich Marc nicht von Parasiten befreien will. Und mich muss erst recht niemand beschützen.

Schiffshalter haben nicht mal Angst vor Haien. Die Stachelflosser saugen sich einfach bei größeren Fischen an, lassen sich ein Stück mitnehmen und schnappen sich auch noch was von deren Beute. Probiose statt Symbiose. Das gefällt mir besser.

Eine Erinnerung schleicht sich hinterrücks an: Marc und ich am Strand, irgendwo im Süden. Sommerurlaub, Wellenrauschen und Lachen. Der Sand war so heiß, dass er mir die Fußsohlen verbrannt hat. Marc hat mich huckepack genommen und ist im Zickzack mit mir bis zum Meer gerannt. Ich spüre wieder die Sonne auf meinen Armen, die Gänsehaut, als wir beide im Wasser landeten. Unsere Körper, eng aneinandergeschmiegt, seine Küsse. Abwesend lächelnd streiche ich mir über den Nacken. Dann schrecke ich auf.

»Nein!«, sage ich laut.

Ich lenke meine Gedanken wieder in die richtige Richtung. Nur noch sieben Wallabys. Ob Tony eines von ihnen ist? Ich muss auf die Insel. Ich muss es wissen.

Merlin sitzt mitten auf den Unterlagen. Verdutzt sieht er zu mir und unterbricht seine Körperpflege. Ein Hinterbein hängt wie vergessen in der Luft.

»Schiffshalter spielen geht gar nicht«, erkläre ich und ziehe behutsam das Notizheft unter ihm hervor.

Ich überfliege die nächste Kopie, die zwischen den Seiten steckt. Es scheint etwas Offizielles zu sein. Ein Briefwechsel zwischen NatureScot , der schottischen Naturschutzbehörde, und den Dormonds. Ich frage mich, wer ihn Dad wohl zugespielt haben mag. Von Wiederaufforstung und Bewahrung des Habitats ist im Text die Rede – und dass NatureScot in diesem Zug Maßnahmen zur Bekämpfung invasiver Arten als wünschenswert begrüßt und unterstützt. Dabei scheren sie das Überhandnehmen von Rhododendren an der Westküste mit der Reduzierung von Wildverbiss durch das Ausrotten von Säugetieren über einen Kamm. Auf lange Sicht würden die Wallabys – noch dazu als zugewanderte Art – die Flora negativ beeinflussen.

»Wenn man das so liest, müsste die Insel längst kahl sein. Die Tiere sind seit achtzig Jahren da. Was für ein Schwachsinn!«

Immerhin scheinen diese Meinung auch diverse Einsender von Leserbriefen an den »Express« zu teilen. Die Zeitungsseite ist mit einer Büroklammer an das Schreiben geheftet.

»Oh, Dad!«, murmle ich leise. Diese Aufgabe ist eine Herausforderung. »Was soll ich nur zuerst tun?«

Als Letztes fällt mir ein Foto von Marc mit den Dormonds entgegen. Sie reichen einander die Hände über dem 3-D-Entwurf der beiden ziemlich großen Gebäude, die auf der Insel neu errichtet werden sollen.

Und der Mistkerl hat immer noch seinen Hausschlüssel? Ich hätte doch die Schuhe werfen sollen!

»Oder das Holzscheit. Oder beides.«

Ich stöhne auf, und Merlin maunzt empört, weil er sich inzwischen auf dem Tisch zusammengerollt hat und ich ihn nun aus dem Schlaf gerissen habe.

»Marc hat Tony verraten«, erkläre ich dem alten Kater. »Es wird dir nicht gefallen, aber auch wenn Dad es nicht schafft, ich kann es: Zwischen deinem heuchlerischen Dosenöffner von vorhin und mir wird Krieg sein. Und morgen wechseln wir das Schloss aus.«

DER ALTE FUCHS

Der Fuchs sprang mit einem Satz auf die Mülltonne zwischen den Containern. Er brauchte eine ganze Weile, um mit den Pfoten Schnee und Eis wegzuscharren. Immer wieder hielt er inne, kräuselte die lange schwarze Schnauze und sog witternd die Nachtluft ein. Seine Ohren spielten in alle Richtungen, sondierend, welche Geräusche womöglich Gefahr bedeuteten und ihm galten. Dann machte er weiter, kratzte und zerrte, bis der Deckel mit einem lauten, metallischen Scheppern gegen den Container krachte und zu Boden fiel. Schnee stob auf. Der Fuchs verschwand hinter den Tonnen, den buschigen Schwanz bis zum Bauch zwischen die Hinterläufe geklemmt, und wartete.

Ein Hund schlug an. Ein zweiter antwortete. Beide waren weit weg und kamen auch nicht näher. Er zögerte immer noch. Erst, als er sich ganz sicher war, lugte er wieder aus seinem Versteck, eine Vorderpfote abwartend in die Luft gehoben. Dann riskierte er einen neuen Versuch.

Der dunkle Müllsack in der Tonne war zugebunden, aber das Plastik hatte seinen nadelspitzen Zähnen nichts entgegenzusetzen.

Als über ihm im zweiten Stock das Licht anging und das Fenster geöffnet wurde, hatte er den Sack, der am verheißungsvollsten duftete, bereits aufgezerrt. Die Tonne gab unter dem wilden Ungleichgewicht nach, als er sich durch die Restaurantabfälle wühlte. Mit Getöse krachte der Behälter um und wurde zum Füllhorn.

Bis im Erdgeschoss der Nachtportier schwerfällig den Schlüssel in der Hintertür umgedreht und die Kette entfernt hatte, lag der halbe Inhalt verstreut im Hinterhof.

Der Fuchs hatte sich mit einer halben Pizza und den Resten eines Grillhähnchens im Maul davongemacht. Wenn es nicht noch Stunden weiterschneite, würden sich bei Tagesanbruch die Krähen auf die Reste seines Festmahls stürzen.

»Was war das?«, fragte Stacy Dormond oben in der Suite des Hotels im Halbschlaf.

Ihr Mann stand im Schlafanzug am Fenster und spähte in die Nacht.

»Ein Fuchs, glaube ich. Da sind Spuren im Schnee, und eine der Mülltonnen ist umgestürzt. Er hatte wohl Hunger.«

»Mir liegt der Lachs schwer im Magen. Erinnere mich daran, diesen Architekten morgen rauszuwerfen.«

»Weil dir der Lachs nicht bekommen ist?« Morris schloss das Fenster und zog die Gardine wieder vor.

»Nein, mein Eselchen. Weil der barmherzige Samariter uns ein Kabuff mit Blick zum Hinterhof gebucht hat. Ich zweifle an seiner Loyalität.«

»Es ist eine Suite mit drei Räumen, und ich bin froh, dass das Schlafzimmer nicht zur Straße raus geht. Du kannst ihn außerdem nicht feuern. Beim derzeitigen Stimmungsbild in der Öffentlichkeit wird sich niemand hier in der Gegend trauen, seine Nachfolge anzutreten. Und wenn wir außerhalb suchen, verlieren wir zu viel Zeit. Die Feiertage stehen vor der Tür. Abgesehen davon ist sein Entwurf wirklich fantastisch.«

»Und dass er diesen Tierschützer wiederbelebt hat, beschert uns gute Publicity.« Stacy rekelte sich und gähnte. »Mein kluger, nachtaktiver Schatz. Ich bin trotzdem froh, dass wir nur eine Nacht hier sind. Es fühlt sich gut an, nach Luss zu kommen. Am Puls des Geschehens zu sein, unsere Insel im Schnee zu erleben. Und dann hoffentlich endlich: Spatenstich! Aufregend, findest du nicht?«

»Auch wenn es nicht die Karibik ist?« Morris schmunzelte.

»Ich hoffe nur, dass in dem Landhotel die Matratzen besser sind als diese. Holst du mir ein Glas Wasser?«

»Natürlich, mein Engel.« Er zog die Vorhänge zu und schlurfte ins Bad.

Noch bevor er ins Schlafzimmer zurückkehrte, hatte der Fuchs sein Versteck unter dem alten Holunder auf dem Friedhof erreicht. Diese Nacht würde er nicht hungern. Und am nächsten Tag auch nicht.

ELF TAGE BIS WEIHNACHTEN

MARC

Sehr geehrte Mrs. Dormond, sehr geehrter Mr. Dormond,

leider ist es mir nicht länger möglich, Ihr Projekt ...

Nach reiflicher Überlegung bin ich zu dem Schluss gekommen ...

Aus privaten Gründen muss ich ...

Um es kurz und deutlich zu machen: Steckt euch euer Geld doch ...

Entnervt lösche ich den bestimmt zwanzigsten Textentwurf und klappe den Laptop zu.

»Da hab ich mir was Schönes eingebrockt. Ich kann nicht mal kündigen, egal wie sehr ich rauswill«, klage ich die Wand an. »Die Dormonds dürfen nur nie erfahren, wie tief ich da drinhänge.« Ich stöhne. »Es gibt kein Zurück mehr, ganz egal, ob ich noch will oder nicht. Und ich will so was von nicht! Nicht mit ihr hier in Schottland! Das ist einfach zu viel verlangt. Das können die mir gar nicht bezahlen. Mit keinem Geld der Welt.«

Ich starre auf das Modell des Blockhauses. Dieser eine Job noch, dachte ich. Was war ich naiv.

»Mein Leben ist armselig, und ich sag dir auch, wieso«, erkläre ich meinem ehemaligen Traumhaus. »Dass mich in Luss die Hälfte des Dorfes nicht mehr grüßt – geschenkt. Aber ich trinke Tee aus der Tasse von gestern. Ich habe im Büro geschlafen, weil ich nach der ganzen Fahrerei und dem Hin und Her bei den Straßenverhältnissen zu müde war, es das letzte Stück bis nach Hause zu schaffen. Mein Mitarbeiter steckt mindestens einen weiteren Tag im Schneechaos in Dublin fest und lässt mich im Stich. Ich bin hier der Chef, und doch zwingt mich dieser Job dazu, mich nicht nur mit all diesen verschiedenen Leuten herumzuärgern, sondern jetzt auch noch mit der einen Person konfrontiert zu werden, die ich nie mehr wiedersehen wollte. Sie hasst mich!« Ich funkle das Haus an. »Oh nein! Sag jetzt nicht, dass ich mir über die Freundschaft mit Henry mein eigenes Grab geschaufelt habe. Sie war weit weg, hörst du? Da, wo der Pfeffer wächst. Buchstäblich auf der anderen Seite der Welt. Und dorthin kann sie gern wieder verschwinden, damit ich hier in Ruhe meiner Arbeit nachgehen und das Geld verdienen kann, das ich brauche, um ... Ach, leck mich doch. Ich rede mit einem Haus aus Pappmaché und Stöckchen, so armselig bin ich. Jetzt reicht's.«

Ich stehe auf, nehme das Modell in beide Hände, stampfe damit über den Flur zum Kopierer – weil da der größte Mülleimer des Büros steht. Und darin versenke ich es. Mit Schwung.

Sie hat mir einmal das Herz gebrochen, das wird in diesem Leben kein zweites Mal passieren. Die Eiskönigin ist zu mehr Liebe fähig. Armer Henry.

Dann gehe ich, ohne einen Blick zurück, in die Büroküche und koche mir Kaffee.

»So«, knurre ich anschließend und betrachte mein Werk.

Die Arbeitsplatte sieht aus, als wäre ein Kaffeemonster durchgezogen. Ich habe mit dem Pulver gekleckert. Sogar auf dem Fußboden trete ich in das Zeug. Mit dem Handrücken schubse ich ein paar Krümel in die Spüle. Nass. Beim Umfüllen des fertigen Kaffees in die Thermoskanne habe ich anscheinend ebenfalls gekleckert. Oder das Ding ist undicht.

Nachdenklich kratze ich mich am Kinn. Ich müsste mich rasieren. Aber das werde ich heute auch nicht tun. Grimmig setze ich die Tasse an, verlasse im Gehen das Schlachtfeld und verbrühe mir die Zunge.

»Das ist doch alles ein armseliger Witz! Ich bin ...«, brülle ich los.

Da wird der Schlüssel im Schloss umgedreht. Ich unterbreche mich und schlage reumütig einen erheblich friedlicheren Tonfall an.

»Guten Morgen, Fanny. Kaffee? Äh, die Schweinerei in der Küche mache ich gleich weg. Kümmere dich nicht darum!«

CARRIE

Als der Wecker in meinem Smartphone klingelt, habe ich das Gefühl, gerade einmal zehn Minuten die Augen zugemacht zu haben. Davor habe ich mich die ganze Nacht – oder was davon noch übrig war – auf der Couch im Wohnzimmer herumgewälzt. Ich habe es nicht über mich gebracht, in Dads Bett zu schlafen. Es fühlt sich ... falsch an.

Mein ehemaliges Kinderzimmer, das bei meinem letzten Besuch immerhin noch als Gästezimmer fungierte, ist mit zwei Kinderbetten, Kartons, Kisten und Spielsachen für die Zwillinge vollgestellt. Das Leben ist weitergegangen. Und das ist ja auch gut so. Als ich damals gegangen bin, war meine größte Sorge, Dad könnte aus dem Zimmer seines kleinen Mädchens ein Museum machen. Nun, das hat er offensichtlich nicht. Er hat mich ersetzt.

Ich schäle mich aus den karierten Wolldecken, setze Teewasser auf und schlurfe ins Bad. Mein Spiegelbild hat Ringe unter den Augen und offenbar schlechte Laune.

Aber wieso? Es ist wirklich gut so. Sue Anne scheint regelmäßig mit den Kindern hier zu sein, sinniere ich, während ich mir die Zähne putze. Sie hat ihn im Blick, Mutter durch und durch eben.

Und doch hat sie nicht mitbekommen, wer hier offenbar sonst noch ein und aus geht.

Ich spucke Zahnpastaschaum in den Abguss, spüle mir den

Mund aus und springe unter die Dusche. Das warme Wasser ist eine Wohltat.

Marc hat gut ausgesehen. Ein bisschen überarbeitet vielleicht. Ha! Das ist die Strafe, wenn man moralisch derart verwerfliche Jobs annimmt. Wie konnte er das nur tun? Will er sich auf diese Weise etwa an mir rächen?

»Oh, wie tief muss ein Mensch sinken, um seinen Groll an unschuldigen Tieren auszulassen?«, frage ich Merlin, der auf dem Waschbecken im Bad sitzt und mich nicht aus den Augen lässt.

Der Kater streicht mir um die Beine, sobald ich aus der Dusche komme, nimmt aber sofort Abstand und schüttelt sich angewidert, als er merkt, dass ich mich noch nicht gründlich abgetrocknet habe.

Ich mache das wieder gut, indem ich ihm wenig später eine Extraportion des Nassfutters gebe, das Marc für ihn gekauft hat.

Wieder Marc. Ich muss Dad fragen, wie lange das schon geht. Wieso hat er ihm seinen Schlüssel anvertraut – und dieses Geheimnis offenbar weder mit mir noch mit Sue Anne geteilt?

Seufzend schalte ich das Radio an und setze Tee auf. Im Kühlschrank steht eine Flasche frische Milch in einem Extraschälchen. Hatte Dad Angst, dass sie überlaufen könnte? Skeptisch schnuppere ich. Noch gut, wunderbar. Butter ist auch da, und im Schrank stehen Haferflocken: Es gibt Porridge!

Während der Haferbrei vor sich hin köchelt und der Tee zieht, suche ich Dads Notizheft, Handy, Laptop, dazu ganz altmodisch Block und Stift zusammen und mache mich an meine Hausaufgaben. Bevor ich die mir bekannten Namen abtelefoniere, sollte ich wohl herausfinden, wo und wann ich unsere kleine Protestaktion am besten arrangiere.

Auf der Fahrt gestern habe ich tatsächlich mitbekommen, wo die Dormonds untergebracht sind: im Kimpton Blythswood Square, dem nobelsten Hotel am Platz, fünf Sterne oder so. Aber dort sind sie nur für die erste Nacht abgestiegen. Gut für uns. Es wäre eine ziemliche Herausforderung, eine Demonstration in Glasgow zu organisieren. Die Straßenverhältnisse sind immer noch chaotisch, heißt es im Radio. Allein an der Logistik wären wir vermutlich schon gescheitert.

Ich setze mich mit dem fertigen Tee und einer Schüssel Porridge an den Küchentisch und überlege weiter. Check-out ist in den allermeisten Hotels spätestens um zwölf Uhr. Zur Sicherheit prüfe ich das noch einmal auf der Website des Kimpton nach. Elf Uhr sogar. Selbst bei Sonnenschein und schneefreien Straßen – bis dahin hätten wir auf keinen Fall etwas auf die Beine stellen können, so wie es Dad vorschwebt. Also … wo werden sie die nächsten Nächte verbringen?

»Natürlich zieht es die Täter in die Nähe des Tatorts!«, erkläre ich dem staunenden Kater, der mitten auf dem Küchentisch Platz genommen hat, und tippe mit dem Esslöffel in meinem Porridge herum.

Merlin verfolgt jede Bewegung aufmerksam und macht sie mit dem ganzen Kopf mit.

»Was ich brauche, ist ein Gastgeberverzeichnis vom Westufer des Loch Lomond. Warte, das haben wir gleich.«

Nach drei Klicks habe ich, was ich suche. Es lebe das Internet und Dads schnelles WLAN! Ein Hoch auf den schottischen Tourismusverband!

»Bed and Breakfast scheidet aus«, erkläre ich Merlin mit vollem Mund. »Airbnb genauso. Mrs. Dormond braucht Luxus. Ich muss also nur die hochpreisigen Etablissements der Reihe nach abtelefonieren und fragen, ob dort Zimmer auf die Dormonds reserviert sind, oder? Sagen wir, weil … ich ein besonderes Geschenk zu ihrer Ankunft liefern soll.«

Fünf Minuten später weiß ich, wohin ich mein Begrüßungskomitee schicken werde.

Ich grinse den alten Kater grimmig an und stecke mir den Löffel in den Mund, um die Hände frei zu haben. »High five«, schlage ich vor. Aber Merlin nutzt lieber die Gunst der Stunde, tunkt blitzschnell seine Pfote in die Porridgeschüssel und schleckt sie ab. »He! Das gilt nicht, du Dieb. Meins!«, rufe ich und beende eilig meine Mahlzeit.

Dann starte ich eine kleine, aber feine Telefonkette. Einer der vielen Vorteile der Dörfer in den Highlands ist, dass quasi jeder jeden kennt – und wenig Scheu hat, das dort zu ändern, wo es noch nicht der Fall ist.

»Wir müssen in den Baumarkt«, begrüße ich meine Schwester, kaum dass ich eine halbe Stunde später die Autotür aufgerissen habe. »Ich will die Schlösser austauschen, ich brauche Material für Banner und Plakate und eine SIM-Karte. Und wie meldet man kurzfristig eine Demo an? Kennst du dich mit so was aus?«

»Dir auch einen guten Morgen. Hast du schon was aus dem Krankenhaus gehört?«

Ich war eben dabei, mich anzuschnallen. Erschrocken halte ich inne. »Nein, du? Ich habe die ganze Zeit telefoniert.«

Sie schüttelt den Kopf.

Auf dem Rücksitz kichert jemand. Ich drehe mich um und erspähe da erst die Zwillinge, die mich aus ihren Kindersitzen mit großen Augen beobachten.

»Sagt Hi zu eurer Tante Carrie.«

»Sie kommen mit?«, frage ich baff und raste endlich den Gurt ein. »Ich meine, findest du, das Krankenhaus ist ein guter Ort für ...? Ach, was soll's. Hey, hallo, ihr beiden! Kennt ihr mich noch?« Ich strecke mich nach hinten und versuche etwas unbeholfen, die kleinen Füßchen zu fassen.

Die Zwillinge entziehen sich quietschend.

Sue Anne biegt auf die Hauptstraße und hebt die Schultern. »Was soll ich machen? Michael muss arbeiten, und samstags hat die Kita zu.«

»Samstag?« Erstaunt drehe ich mich wieder zu ihr nach

vorn. »Dann erreiche ich nachher auch niemanden bei den Behörden.«

»Kaum.«

»Ich habe total das Zeitgefühl verloren.«

»Merke ich«, sagt Sue Anne knapp, die Augen auf den Verkehr gerichtet.

Ich rutsche unwillkürlich mehr Richtung Wagenmitte.

»Was?«, fragt sie lachend, als ich beinahe auf der Mittelkonsole klemme.

»Ich bin die engen Straßen in den Dörfern nicht mehr gewohnt«, gestehe ich.

»Ja, du warst lange weg«, antwortet sie leise. »Du klingst sogar australisch.«

Ich verziehe das Gesicht. »Das höre ich gerade öfter.«

»He, wollen wir alle zusammen auf den Weihnachtsmarkt gehen? Ich habe gesehen, dass einer oben am Balloch Castle stattfindet. Das wäre doch hübsch, oder?«

»Ich weiß nicht, Sue Anne.« Ich winde mich in meinem Autositz und hüpfe ihr beinahe auf den Schoß, weil ich das Gefühl habe, die verschneiten Büsche und Hecken kommen immer näher. »Diese ganze Weihnachtsstimmung ist nicht so meins. Geht lieber ohne mich. Ich will euch nicht den Spaß verderben.«

»Nicht dein Ernst, oder? Seit wann magst du Weihnachten nicht mehr?«

»Habe ich mir in Australien abgewöhnt«, behaupte ich.

Sue Annes Blick wechselt zwischen mir und der Straße hin und her. »Los, gib dir einen Ruck. Ein Familienausflug mit leckerem Mulled Wine für die Großen und einem Besuch in Santas Grotte für die Kleinen.«

»Jaaaaa«, kreischen die Zwillinge hinten und klatschen in die Hände.

»Santa!«

»Ich will den Weihnachtsmann sehen!«

»Also gut«, lenke ich ein. Vielleicht ist das eine gute Gelegenheit, Geschenke zu besorgen. Im Baumarkt werde ich wohl kaum etwas Passendes für die Zwillinge finden. »Wann denn?«

»Wie wär's gleich heute Nachmittag?«

Ich verziehe das Gesicht. »Äh ... können wir das bitte auf morgen schieben? Heute ist leider schlecht.«

»Nein, heute! Heute! Heute!«, stimmen die Kinder an.

Schon mache ich mich unbeliebt, tolle Tante aus Australien.

Sue Anne sieht überrascht zu mir. »Hast du was Besseres vor? Mit wem triffst du dich denn?«

Ich hebe verlegen die Schultern. »Wenn's klappt, mit etwa achtzig bis hundert Umweltschützern ...?«

»Oh! Mein! Gott!«

»Oh – mein Gooooott«, wiederholt einer der Zwillinge begeistert.

Der oder die andere kichert. Dann tauschen sie die Rollen und krähen noch einmal mit demselben Text los.

Sue Anne und ich gucken wohl ziemlich entsetzt. Das finden sie nur noch komischer.

»Das ist nicht lustig«, behauptet Sue Anne stur, während ich mir bereits verstohlen Tränen aus den Augenwinkeln wische. Ich muss mir so sehr das Lachen verkneifen.

»Deine Mundwinkel zucken. Ich sehe es.«

»Gar nicht.« Verstohlen grinst sie mir zu. Sie räuspert sich und ringt um Beherrschung, bevor sie sich mit erhobenem Zeigefinger an ihren Nachwuchs wendet. »Ruhe da hinten. Wir besuchen jetzt Opa, und ich möchte kein Wort über diese Sache von euch hören. Das gilt übrigens auch für dich!« Sue Annes Augen verengen sich kurz, als sie mich ansieht. »Dad soll sich nicht aufregen. Und Santa mag artige Kinder!«

Zack ist es still auf den Rücksitzen. Ich bin mir nicht sicher, wie ich diese Ansage finden soll. Auf jeden Fall verspreche ich gar nichts.

Sue Anne bekommt mein Schweigen mit und wechselt das Thema.

»Sag mal ... nicht böse sein bitte, aber habe ich da gestern Nacht eine gewisse – Restspannung zwischen dir und *ihm* wahrgenommen? Nicht, dass es mich etwas anginge, aber ...«

»Restspannung?« Ich drehe mich über die Schulter zu den Kindern um, aber die sind wieder in ihre eigenen Spiele miteinander vertieft.

»Es geht dich in der Tat nichts an, aber ich kann dir versichern: Selbst wenn *er* der letzte Mann auf dieser Erde wäre und es uns auf eine einsame Insel verschlagen würde ...«

»... so eine wie Inchconnachan – nur als Beispiel?«

»Erst recht nicht auf Inchconnachan! Hast du vergessen, was er mir angetan hat?«

»Ehrlich gesagt – ich hab nie so ganz verstanden, wieso ihr euch getrennt habt. Was ist da passiert zwischen euch, dass du bis nach Australien vor ihm fliehen musstest?«

»Er wollte mich heiraten.«

»Was?« Sue Anne fährt beinahe in den Graben.

Ich halte mich mit beiden Händen fest und atme tief durch. »Ja, verrückt, oder? Ist ihm bei dem Streit rausgerutscht, als wir uns getrennt haben, damals an Weihnachten. Wir waren auf dem Weg zu dir und Collum.«

»Ach ja, Collum. Den hatte ich völlig verdrängt. Sorry, erzähl weiter.«

»Das war natürlich nicht ernst gemeint. Einen Antrag stelle ich mir jedenfalls ein bisschen anders vor. Pff.« Ich schnaube verächtlich. »Wir wollten einfach unterschiedliche Dinge und haben permanent aneinander vorbeigeredet. Komplizierte Geschichte. Ich war eben nicht die Richtige für ihn. Zum Glück hat es rechtzeitig geknallt.«

»Das tut mir so leid, Kleines.« Sue Anne streicht mir sanft über den Arm. »Ich dachte immer, ihr beide ...«

»Tja. Das dachte ich auch.« Ich zucke mit den Schultern und sehe kurz zum Fenster hinaus, um mich zu sammeln. »Nein. Alles gut. Es hätte so oder so nicht gehalten. Wir sind einfach grundverschieden. Oh, warte. Da vorn ist ein Baumarkt. Können wir dort kurz anhalten?«

MARC

»Sie haben *was* zugesagt? Das werde ich auf keinen Fall unterschreiben.«

»Es war die einzige Chance, nicht die halbe Welt gegen das Bauprojekt aufzubringen!«

»Darüber sprechen wir noch!« Mrs. Dormond rührt keinen Finger, sondern wartet divenhaft darauf, dass ich ihr die Tür des Leihwagens öffne. Der Hotelpage ist gerade anderweitig beschäftigt. Er und Morris verstauen die zweite Ladung Koffer und Taschen auf den Rücksitzen. Der Kofferraum ist bereits voll.

»Sehr gern«, säusele ich. Ein wenig zu heftig werfe ich die Autotür hinter ihr zu, nachdem sie eingestiegen ist.

Ich sehe, wie sie im Wageninneren kurz zusammenzuckt und dann gleich Morris anherrscht, sich mein »infames Pamphlet« anzusehen. Autowände sind dünn. Immerhin hat sie meinen Textvorschlag für eine weitere Pressemitteilung nicht gleich zerknüllt und weggeworfen.

Wieso noch mal musste ich ihnen den Leihwagen nach Glasgow bringen und sie ins Hotel nach Luss begleiten?

»Mach dir keine Sorgen, Marc«, höre ich Darren in meinem Kopf schmeicheln. »Natürlich war es richtig, diesen Fisch an Land zu ziehen. Du bist der Insel verbunden, du kennst die lokalen Besonderheiten, du hast die Herausforderungen im Blick. Und wenn du privat die Wallabys kraulen gehst, wen kümmert's?

Im Gegenteil, wenn dich jemand dabei erwischt, ist es perfekte PR, die den Tierschützern den Wind aus den Segeln nimmt. Vertrau mir: Baupläne und Bauaufsicht vor Ort, mehr brauchst du nicht zu tun. Ich kümmere mich um alles Weitere: Naturschutzbehörde, Bauamt, Aktivisten – die komplette Kommunikation, das übernehme alles ich, wie immer: Ich Krawatte und Telefon – du Bleistift und Gummistiefel. Ich bin freundlich – du zeichnest. Die Dormonds bekommen das volle Leistungspaket, Fanny setzt die Glückspauschale als Service mit auf die Rechnung, und du bist einfach nur so genial wie immer. Mehrwert für alle.«

Von wegen. Ich würde jetzt auch lieber in Dublin an einer Bar sitzen, kluge Sprüche ablassen und dabei von drinnen aufs Wetter gucken.

Mühsam beherrscht stiefle ich zu meinem eigenen Auto.

»Danke, dass Sie uns den Allerwertesten gerettet haben«, knurre ich halblaut vor mich hin. »Und natürlich auch dafür, dass Sie uns den Mietwagen besorgt haben und sich sogar am Wochenende so viel Zeit für uns nehmen.«

Die ganze Welt dreht durch, und Darren steckt immer noch in Irland fest. Ich müsste dringend an anderen Projekten weiterarbeiten, mich an die Entwürfe für Hollister machen, die er leichtsinnigerweise bis Weihnachten zugesagt hat, zum Beispiel. Aber zuerst muss ich Stacy Dormond dazu bringen, nicht alles mit dem Hintern rückwärts einzureißen, was ich mühsam aufgebaut habe.

Ich fahre den beiden voraus. Es dauert, bis wir die Stadt und ihre Ausläufer hinter uns lassen. Wir arbeiten uns im Schritttempo durch Dumbarton und Alexandria. Der Verkehr ist dicht und die Straßen rutschig. Am Morgen hat es noch einmal geschneit.

Mein Blick fällt auf den Wegweiser zum Krankenhaus. Es ist Samstag. Ich habe einen Ballen Heu im Kofferraum, und zu Henry wollte ich auch noch. Ob er seine Lieblingsschnapspralinen essen darf? Besser kein Whisky-Fudge wahrscheinlich, lieber dunkle Schokolade. Ich kenne seine Lieblingssorte, immerhin das – er wird es trotzdem hassen. Vielleicht bekomme ich die Dormonds dazu, eine Karte für ihn zu unterschreiben.

Endlich sind wir auf der Landstraße. Sie führt in weiten Teilen direkt am Westufer des Loch Lomond entlang. Ich spüre, wie schlagartig mein Stresspegel sinkt, als die Straße zum ersten Mal die Sicht auf den See freigibt. Atemberaubend schön liegt er mit seinen tausend Inseln vor uns. Jedes Mal wieder geht mir beim Anblick dieser Wasserwelt das Herz auf. Egal bei welchem Wetter und in welcher Jahreszeit, ob der Himmel wolkenverhangen und grau ist wie heute, ob Wind die Wellen kräuselt oder das Wasser spiegelblank und blau den Himmel nachahmt. Wenn ich ein Maler wäre, würde ich meine Staffelei immer nur hier aufstellen.

Aber ich bin Architekt geworden. Ein mehrfach preisgekrönter. Das habe ich nun davon.

Ich sehe in den Rückspiegel, wo Morris und Stacy langsam hinter mir herzuckeln, und schalte reumütig einen Gang zurück. Die Dormonds sind die schmalen schottischen Straßen im Schnee nicht gewohnt. Ich bin gespannt, ob Fiona bei diesem Wetter trotzdem mit dem Motorrad kommt. Sie liebt es nach allem, was sie hinter sich hat, immer noch, im Winter zu fahren, und besitzt die verrückteste Ausrüstung, die ich kenne: Lenkerstulpen, beheizbare Handschuhe und Stiefel und am Motorrad Schneeketten oder sogar Spikes.

»Mist. Ich habe vergessen, ihnen zu erzählen, dass ich eine Fotografin ins Hotel bestellt habe.« Ich überlege kurz, die Dormonds übers Handy anzurufen und vorzuwarnen. Aber was würde das ändern, außer dass ich die letzten Minuten wunderbarer Stille vergeude und Morris womöglich im Graben landet, bevor er die Karte für Henry unterschrieben hat? Ich beschließe, dass diese Information warten kann, bis wir im Bonnie Banks Lake View angekommen sind.

Und dort brauche ich als Erstes die Freigabe für den Pressetext. Nach allem, was passiert ist, habe ich keine Lust, mit Mrs. Dormond darüber diskutieren zu müssen. Auch das hatte ich mir einfacher vorgestellt.

Grimmig schalte ich das Autoradio ein. »Last Christmas« singt mir George Michael entgegen, und ich suche eilig nach einem anderen Sender. Nicht letztes Weihnachten. Sieben Jahre ist es her, dass sie mir das Herz gebrochen hat, und eigentlich wollte ich das liebend gern hinter mir lassen. So, wie es aussieht, habe ich die Rechnung jedoch ohne Carrie gemacht.

»Carrie?!« Wenn man vom Teufel spricht ... »Heiliges Kanonenrohr, was führt sie denn jetzt im Schilde?«

Ich setze den Blinker und biege in die Einfahrt. Das Bonnie Banks Lake View liegt direkt vor mir. Die Zufahrt zum Hotelparkplatz ist durch eine Gruppe von bestimmt dreißig oder vierzig Menschen blockiert, die niemand Geringeren als Carrie McIntyre umringen. Aber ich glaube nicht, dass sie unter ihrer Anleitung Weihnachtslieder singen wollen.

Die Eiskönigin klettert gerade auf einen Felsblock und will anscheinend eine kleine Ansprache an ihr Volk richten – mit zusammengerollten Blättern Papier als Megafon. Ich weiß nicht, ob ich lachen oder weinen soll. Die Veranstaltung erinnert mich unwillkürlich an die verrückten Reden, die ich während meiner Studienzeit in Speakers' Corner im Hyde Park in London erlebt habe. Dann sehe ich die ersten Plakate in der Gruppe.

Jepp, das werden definitiv keine Christmas Carols.

Erschrocken bleibe ich auf der Bremse stehen. Hinter mir hupen die Dormonds. Ich möge weiterfahren.

Tja, was soll ich tun?

Langsam rolle ich auf die Gruppe zu, die mir höflich eine Schneise zu einem freien Parkplatz weiter hinten räumt. Als die Ersten jedoch erkennen, wer ich bin, und dann auch noch richtig zuordnen, wer im Wagen hinter mir sitzt, ändert sich die entspannte Gemütslage.

Ein paar Leute rufen aufgeregt, die Stimmung kippt. Plötzlich schallen Buhrufe über den Platz, aus dem Nichts werden Banner ausgerollt und Pappen hochgehalten. Die Sprüche und Parolen ähneln sich alle:

»Du sollst nicht töten!«

»Rettet die Wallabys!«

»Wir wollen kein Bonzen-Hotel auf der Insel!«

»Die Kängurus gehören zu Inchconnachan!«

»Die auf Tierblut bauen – denen kann man nicht trauen!«

»Die invasive Art seid ihr!«

»Oh, bitte nicht!« Ich kauere mich über mein Lenkrad und klammere mich daran fest. »Nicht dieses Fass aufmachen. Nicht jetzt! Beam dich her, Darren! Ich brauche dich hier!«

Das Knattern einer Honda Deauville lässt mich den Kopf heben. Damit wäre diese Frage beantwortet. Fiona winkt mir lässig zu. Auf die Dormonds muss das wirken, als hätte ich sie geradewegs in einen Hinterhalt gelockt. Vielleicht male ich auch den Teufel an die Wand.

Unbehelligt parke ich ein. Die Menschen draußen fokussieren sich auf die Dormonds. Ich kenne ein paar der Gesichter, die früheren Nachbarn meiner Eltern, den Inhaber des kleinen Krämerladens. Ich erspähe die Tierärztin und die Frau der Bäckerin. Mrs. Miller aus der Hammond Street steht hinten mit ein paar Jugendlichen, sie hat früher einen Musikinstrumenteladen betrieben. Eddie ist auch dabei. Der sommersprossige Rotschopf ist immer dabei, wenn man Ärger machen kann. Als er sieht, dass ich ihn erkannt habe, setzt er sich seine Kapuze auf und zieht sie sich tief in die Stirn. Ich bin mir ziemlich sicher, dass er nicht einmal weiß, was Wallabys überhaupt sind. Und da sind einige mehr, die ich gerade nicht einordnen kann – aber sie mich. Sei's drum. Er ist verdammt hoch, doch das ist der Preis.

»Dann bin ich jetzt also auch noch Bodyguard«, stöhne ich, stelle den Motor aus und eile meinen Gästen zu Hilfe.

Morris macht Anstalten, den Kofferraum zu öffnen. Carrie und Fiona habe ich aus den Augen verloren, ich bin mir nicht sicher, ob das gut oder schlecht ist. Auf jeden Fall würde ich den Dormonds unsere Fotografin gern vorstellen, bevor sie das in den falschen Hals bekommen. Drin!

»Vielleicht lassen wir das Gepäck im Auto. Das kann später jemand holen«, schlage ich vor und öffne die Beifahrertür für Stacy. Dabei schirme ich sie so gut wie möglich vor den Menschen mit den Plakaten ab. Ich möchte die Dormonds auf schnellstem Weg in die Lobby dirigieren und für ein kurzes Statement briefen. Danach kommen wir wieder raus, deeskalieren das Ganze, machen ein paar hübsche Fotos, bei denen sich alle die Hände reichen, und alle sind glücklich und können nach Hause gehen und Tee trinken. So würde Darren das handhaben. »Easy Peasy. Lemon Squeezy«, murmle ich.

Für Darren vielleicht.

Ich fange einen argwöhnischen Blick von Morris auf und fühle mich ziemlich unwohl in meiner Haut. Mein Plan gestaltet sich allein schon als etwas schwierig, weil sich mehrere Leute aus der Gruppe lösen und schweigend mitten vor uns in den Weg setzen.

»Was wollen diese Menschen?«, fragt Stacy und hält ihre Handtasche höher. Ich frage mich kurz, ob sie die Plakate wirklich nicht entziffern kann und eine Lesebrille braucht.

»Nun, ich denke ...«, setze ich an und balanciere zwischen zwei jungen Leuten hindurch, bemüht, nicht auf Handschuhe oder Körperteile zu treten.

Dann schiebt sich plötzlich Carrie nach vorn. »Hallo, Stacy. Morris.« Sie nickt den beiden zu, als ob sie sie persönlich kennen würde.

Es ist eigentlich unmöglich, dass sie mich nicht gesehen hat. Ich gehe also davon aus, dass sie mich bewusst ignoriert.

»Carrie?«, fragt Morris verwundert. »Wie geht es Ihrem Dad?«

»Besser«, erwidert sie knapp. »Danke.«

Nanu? ... Ach, so ist das! Carrie war die Shuttle-Mitreisende, die ins Krankenhaus zu ihrem Dad musste? Was für eine Ironie! Und alle drei hatten garantiert keine Ahnung, mit wem sie es jeweils zu tun hatten – nur Carrie weiß es offensichtlich inzwischen. Bei mir fällt der Groschen etwa eine Sekunde, bevor sie die Dormonds aufklärt.

»Mein Name ist Carrie McIntyre. Mein Vater war bis vor Kurzem Inselhüter auf Inchconnachan«, erklärt sie so laut, dass alle Menschen auf dem Parkplatz sie hören können. »Ich habe hier ein Schreiben der Naturschutzbehörde NatureScot, in dem Ihre Initiative begrüßt wird, den Bestand der Wallabys auf der Insel zu kontrollieren. Was sagen Sie dazu?«

Morris und mir fällt ganz wörtlich die Kinnlade herunter, wenn auch aus verschiedenen Gründen.

»Ich bin nicht von der Naturschutzbehörde«, kontert Stacy Dormond kühl und bleibt stehen, weil Carrie ihr den Weg versperrt. »Was soll ich also dazu sagen?«

Carrie schnappt nach Luft.

Durch die Menge geht ein empörtes Raunen. Mit halbem Ohr nehme ich ein Klicken wahr. Auch das noch. Fiona ist zum Fotografieren da, darum tut sie das.

»Würden Sie meinen Mann und mich bitte durchlassen? Und hören Sie auf damit!«

Carrie hat ihre Sprache wiedergefunden. »Wir hätten gern verlässliche Antworten, und zwar direkt von Ihnen! Sie könnten einfach sagen, dass die Wallabys unbehelligt bleiben dürfen. Oder Sie geben zu, dass Ihnen die Wallabys im Weg sind und Sie sich die Erlaubnis zum Abschuss geholt haben«, sagt sie mühsam beherrscht und springt den beiden erneut in den Weg. Ich bemühe mich, Schritt zu halten und zu schlichten, ich weiß nur gerade nicht, wie.

»Wir tun nichts, was nicht rechtmäßig wäre«, sagt Stacy Dormond.

Nicht hilfreich, denke ich, und ihrem Gesichtsausdruck nach scheint Carrie dasselbe zu denken.

Die ersten Protestierenden beginnen zu pfeifen: Manche auf zwei Fingern, andere ziehen Trillerpfeifen aus ihren Taschen. Es fängt wieder an zu schneien. Eiskalte weiße Miniflöckchen, die der Wind beißend auf jede freie Körperstelle treibt. Mein Gesicht brennt. Was mache ich denn jetzt? Was tue ich?

Ich starre abwechselnd Carrie und Mrs. Dormond an, die sich gerade gegenseitig zu hypnotisieren versuchen.

Carrie zieht eine Art Mini-Didgeridoo aus ihrem Mantel. Sie würde nie jemandem etwas tun. Aber nach den Ereignissen von vergangener Nacht traue ich ihr vielleicht doch zu, es nicht nur zum Musizieren zu benutzen?

Mrs. Dormond hebt das Kinn und macht den Rücken gerade. Carrie streicht sich eine nasse Haarsträhne aus dem Gesicht. Und beide blinzeln nur, weil der Schnee sich zwischen ihre Wimpern setzt.

Deeskalation, Marc! Du musst die Situation im Griff behalten!

»Niemand hier hat vor, den Wallabys etwas anzutun«, gehe ich dazwischen.

»Wer soll dir das glauben?«, ruft jemand von hinten.

»Wie willst du dir sicher sein, dass du das verhindern kannst?«

»Er kann offensichtlich gar nichts verhindern«, sagt Stacy spitz, ohne den Augenkontakt mit Carrie zu unterbrechen.

»Ich glaube, jetzt wäre ein wirklich guter Zeitpunkt, öffentlich zu bestätigen, dass den Tieren nichts geschehen wird«, zische ich Morris Dormond ins Ohr.

Mr. Dormond sieht mich erschrocken an.

»Stacy, Liebling«, wendet er sich pflichtschuldig an seine Gattin. Aber die wischt seinen Arm weg und ...

Das ist der Moment, als Eddie ein Ei wirft und ich eine

schnelle Entscheidung fällen muss: Soll ich Stacy Dormond in den Schneehaufen schubsen, damit sie nicht davon getroffen wird? Sie würde mich dafür hassen. Ich beschließe, mich heldenhaft vor sie und Carrie zu schieben – wie gute Bodyguards im Fernsehen das machen.

»Achtung!«, rufe ich. Ich kneife die Augen zu und rechne mit dem Schlimmsten.

Das Ei erwischt mich an der Schulter. Im Moment des Aufpralls spritzt mir roher Glibber bis ins Gesicht. Immerhin riecht es nach nichts. Es hätte auch faul sein können. Eddie ist vieles zuzutrauen.

»Igitt«, sagt Stacy Dormond aus vollem Herzen in der Sekunde, als ich es wage, die Augen wieder zu öffnen.

Ich kann ihr nur zustimmen. Gelbe Flüssigkeit klebt an meinem Schal und rinnt in Schlieren an meiner Winterjacke hinab. Ich streife die gröbsten Eireste mit den Fingern ab und versuche, meine Hände im Schnee zu reinigen. Es klappt nicht besonders gut, nur dass sie sich jetzt auch noch eiskalt anfühlen.

»Marc!«, kreischt Carrie. »Eddie, nein!«

Der Idiot hat bereits ein zweites Geschoss gezückt. Als er Carries Blick sieht, duckt er sich und taucht in der Menge ab, die sich neugierig näher an uns heranschiebt. Als ob die noch nie jemanden mit Ei an der Jacke gesehen hätten.

»Sind Sie verletzt, Marc?«

Ich schüttle den Kopf.

Mrs. Dormond öffnet ihre Handtasche.

Ich strecke die Hand aus, weil ich auf ein Taschentuch hoffe, aber sie sieht mich nur an und zückt ihr Telefon.

»Ist diese Demonstration eigentlich angemeldet?«, fragt sie unbestimmt über den Parkplatz. »Ich finde, jetzt ist ein wirklich guter Zeitpunkt, die Polizei zu holen.«

»Nein, das ist nicht nötig«, sage ich eilig.

»Das tut mir sooo leid!« Auf einmal ist Carrie da und wischt mit ihrem Halstuch an mir herum, als wären wir allein auf der Welt und nicht das Zentrum eines inzwischen ohrenbetäubenden Pfeifkonzerts. »Eddie ist so ein Idiot. Ich habe ihn gewarnt. Na ja, du weißt ja, wie er ist. Ei ist übrigens gut für die Haare.«

»Ist es das?« Ich will wirklich nicht, aber ich muss schmunzeln. Stacy Dormond beobachtet uns kritisch. »Sie kennen sich?«

»Ja, wir ...«

»Nein«, unterbreche ich Carrie, zerknülle das glibberige Halstuch in meiner Hand und räuspere mich. »Flüchtig. Schottland ist ein Dorf.«

»Was?« Ihr verletzter Blick versengt mir die Haut.

Aber der von Mrs. Dormond ist nicht viel besser.

»Wir brauchen keine Polizei. Bitte. Mir ist nichts passiert. Wir verstehen die Sorgen dieser Menschen ja«, versuche ich sie zu erinnern. »Ich habe ein Statement vorbereitet – *wir* haben ein Statement vorbereitet.«

Wie genau habe ich es geschafft, dass mich jetzt beide mit ihren Blicken töten wollen?

Ich wische übersprungartig mit dem Halstuch in meinen Haaren herum. Noch nie war ich so froh, eine gläserne Schiebetür sich öffnen zu sehen.

»Nun, Ihre Sache, wie Sie mit dem Vorfall umgehen.« Immerhin steckt Stacy Dormond ihr Handy wieder ein. »Ich werde allerdings Anzeige erstatten. Sie werden von unserem Anwalt hören«, richtet sie sich an Carrie. Ihr Blick gilt jedoch mir. »Dies ist nur unser Architekt. Und ich bin mir momentan nicht sehr sicher, wie lange noch.«

Erschüttert bleibe ich neben Carrie stehen.

Immer noch gellen Pfiffe und Buhrufe in meinen Ohren. Ich bekomme Kopfschmerzen davon. Und von dem, was Stacy Dormond sagt. Und von Carries vernichtendem Blick.

Eine Hotelmitarbeiterin kommt uns entgegen. Ist das nicht Becky? Wir waren zusammen in der Abschlussklasse.

Stacy Dormond hakt sich bei ihrem Mann ein und stöckelt auf die Dame zu.

»Herzlich willkommen am Loch Lomond«, begrüßt Becky die beiden.

Ich sollte machen, dass ich hinterherkomme, wenn ich diese Wogen einigermaßen glätten will, bevor Schlimmeres passiert. »Wir sollten darüber ...«, setze ich an, aber Carrie steht nicht mehr neben mir. Verwirrt betrachte ich ihr klebriges Halstuch in meiner Hand. Dann flüchte ich den Dormonds hinterher.

»Oh, hallo Marc. Wie siehst du denn aus?«, begrüßt mich Becky, als ich sie an der Rezeption einhole.

»Hey, wie geht's dir?« Sie ist es tatsächlich. »Würdest du bitte von deinem Hausrecht Gebrauch machen und diese Veranstaltung auflösen, bevor ...?«

»Sorry, was meinst du?« Unschuldig lächelnd zeigt sie hinter mich. Die Gruppe vor dem Hoteleingang hat sich zerstreut, als wäre nie etwas gewesen.

An der Rezeption zückt Stacy Dormond gerade ihre Ausweise. Morris drückt einem Pagen den Autoschlüssel in die Hand, damit er das Gepäck holt.

»Keine Sorge, ich kriege das schon wieder hin«, raunt mir Mr. Dormond zu. »Geben Sie mir diesen Wisch. Ich kümmere mich darum, dass sie es unterschreibt.« Er zwinkert mir zu und nickt mit dem Kopf in Richtung einer Gestalt schräg hinter mir. »Wir sehen uns morgen auf dem Weihnachtsmarkt. Jetzt gehen Sie, und kümmern sich um Ihre Freundin.«

»Sie ist nicht meine ...!« Mit klopfendem Herzen drehe ich mich um und pralle beinahe in eine Frau mit schwarzer Motorradkluft hinein.

»Ich schätze, die Fotos für die Presse machen wir ein andermal?« Fiona betrachtet grinsend meine triefende Erscheinung und drückt noch einmal auf den Auslöser. »Fürs Familienalbum ... Kaffee?«

CARRIE

Der Scheibenwischer quietscht. Es hat aufgehört zu schneien, das Gummi rubbelt trocken über die Windschutzscheibe. Das Geräusch zerrt an meinen Nerven, aber ich brauche eine ganze Weile, bis ich es zuordnen und reagieren kann.

Weinend schalte ich den blöden Wischer aus. Dann setze ich den Blinker und steuere den nächsten Parkplatz an. Schotter und Schnee knirschen unter den Reifen von Dads altem Vauxhall Adam, als der Wagen zum Stehen kommt.

Ich hab's vermasselt! Was für ein bescheuerter Schnellschuss. Wieso habe ich nicht auf Sue Anne gehört? Eine ungenehmigte Demonstration anzetteln – um ein Haar hätte ich uns alle ins Gefängnis gebracht. Und dann auch noch Eddie. Und was habe ich erreicht? Nichts. Himmel, wenn Marc nicht gewesen wäre. Die Dormonds waren sooo sauer.

Mit leerem Blick sehe ich nach draußen. Die Äste der Birken an der Böschung biegen sich unter der Schneelast. Hinter einer kleinen Mauer geht es zum See hinunter. Hier ist ein beliebter Aussichtspunkt und Fotospot für Touristen, mit wunderbarer Sicht auf den Loch Lomond und die Inseln darin. Heute ist nichts los. Kein Wunder, bei dem Mistwetter. Nicht einmal ich habe einen Blick für die Schönheit dieser Natur, nach der ich mich so gesehnt habe.

Alles und jeden hier habe ich so vermisst, dass es einfach nur wehtut. Das wird mir jetzt erst klar, da ich zurück bin und mein Paradies zu verlieren drohe. Und nun bin ich drauf und dran, es nur noch schlimmer zu machen. Wieder hier zu sein ist schrecklich.

Ich bin froh, dass Inchconnachan von diesem Standort aus kaum zu sehen ist. Die vorgelagerten Inseln verbergen die vielen geheimen Buchten und bezaubernden Strände. Im Sommer sieht man von weiter oben manchmal die Lagerfeuer wilder Camper herüberleuchten. Yachten ankern gern davor. Dad hatte als Inselhüter viel damit zu tun, an die Einsicht der Hundebesitzer zu appellieren, ihre Tiere nicht frei über die Inseln stromern zu lassen und die seltenen Auerhühner aufzuscheuchen.

Eddie hat auch so einen unkontrollierbaren Hund – wenn es Howie noch gibt. Ich rechne im Kopf nach. Das Tier müsste inzwischen elf oder zwölf Jahre alt sein. Egal. Howie ist nicht das Problem grade.

Ich könnte Eddie erwürgen. Und Marc gleich mit. Aber beides täuscht nicht darüber hinweg, dass ich letztlich den Wallabys mit meiner übereilten Aktion einen Bärendienst erwiesen habe.

Mein Blick wabert tränenblind über das Wasser. Ich komme noch nicht mal nach Inchconnachan rüber, weil Dads Motorboot zur Überholung in der Werkstatt ist. Aber vielleicht ist das auch gut so. Ich weiß gar nicht, ob ich mir das ansehen möchte.

Vor meinem geistigen Auge entstehen grellpink gestrichene Markierungspfähle überall um die Hütte und das Bootshaus herum. Womöglich sind auch die ersten Bulldozer längst bereit. Nein, die werden sicher nicht vor kommendem Frühjahr übergesetzt werden. Aber was weiß ich schon? Vielleicht sind sie ja seit Herbst da drüben und warten auf ihre Einsatzerlaubnis? Verkauft wurde die Insel vor Monaten. Keine Ahnung, wie lange wir die Genehmigung des Bauantrags noch herauszögern können. Wenn es nicht ohnehin schon zu spät dafür ist. Marc hat von irgendeinem Pressetext gesprochen. Vielleicht kämpfen wir hier ja gegen

Windmühlen. Oh, Dad. Wieso hast du mir das alles verschwiegen?

Ich fische ein Taschentuch aus meiner Jackentasche und putze mir die Nase. Schniefend betrachte ich mein verquollenes Gesicht im Rückspiegel und wische mir die verlaufene Wimperntusche und den Kajal weg.

»Mich mit dem Feind verbünden – hat ja super geklappt«, beschwere ich mich bei meinem Spiegelbild.

Ach verdammt, was sage ich Dad denn nachher?

Sue Anne wird nicht petzen, allein schon, weil Dad sich nicht aufregen soll.

Aber ich kann ihn nicht belügen. Er wird fragen, wie es gelaufen ist.

Immerhin ist niemand verhaftet worden. Ich kann ja mit den positiven Neuigkeiten anfangen.

»Bringen wir's hinter uns«, beschließe ich und werfe einen letzten wehmütigen Blick auf die Inseln. Am Himmel entdecke ich einen Fischadler, der auf der Suche nach Beute über dem Wasser kreist. Ich hab's nicht so mit Vorzeichen. Marc war der Abergläubische von uns beiden. Aber das weiß der Adler ja nicht. »Bring uns Glück«, bitte ich leise und starte den Motor.

Marcs Büro liegt auf dem Weg zum Krankenhaus. Mein Kummer ist Zorn gewichen. Wieso hat er diesen Job übernommen? Warum läuft er mir überhaupt ständig über den Weg? Und wieso behauptet er, mich nicht zu kennen? Nur flüchtig?! Und Schottland ist ein *Dorf*?!

»Schottland ist ein *Land*«, schimpfe ich lautstark gegen die Rockmusik im Autoradio an. Freddie Mercury fordert »Don't stop me now« – und ich will mein Halstuch zurück.

Es dämmert schon wieder, als ich in den Shadepark Drive biege.

Als ich sehe, dass in seinem Büro noch Licht brennt, verlässt mich beinahe der Mut. Aber da habe ich bereits den Motor ab-

125

gewürgt. Mit dem letzten Schwung des kleinen Vauxhall Adam rolle ich in die freie Parkbucht.

Ich weiß gar nicht, wieso Sue Anne die treue kleine Kiste nicht mag, vermutlich einfach, weil sie die Kindersitze hinten nicht angeschnallt bekommt.

Ich ziehe die Handbremse an, den Schlüssel ab und stürme die feindliche Festung. Die drei Treppenstufen ins Gebäude sind rutschig, und ich falle buchstäblich beinahe mit der Tür ins Haus. Niemand reagiert auf mein Gepoltere. Aus dem Chefbüro am Ende des Gangs dröhnt Rockmusik, der Schreibtisch der Sekretärin liegt verlassen. Umso besser, ich habe nicht vor, mich von Fanny oder irgendwem anders aufhalten zu lassen.

Schnaubend fege ich über den Flur und reiße die Tür zu seinem Zimmer auf. »Was hast du dir dabei gedacht?«, schimpfe ich drauflos. »Seit wann verleugnest du mich? Bin ich dir etwa peinlich?« Dann stutze ich. In Marcs Chefsessel sitzt ein völlig fremder dunkelhaariger Typ. Erst guckt er verdutzt. Dann grinst er unverschämt.

»Sie sind nicht Marc«, stelle ich fest.

»Nein.« Er grinst noch breiter und stellt das Radio leiser. »Aber anscheinend ist das gut, oder?«

»Weiß ich nicht«, gebe ich zu. »Ich bin verwirrt.«

»Ja, diese Wirkung habe ich öfter auf Frauen.«

»Das ist doch noch Marcs Büro, oder?«

»Ist es.« Er nickt.

Kann der Typ nicht aufhören, mich so anzugrinsen und dabei mit den Augen an mir hoch- und runterzufahren?

»Tja, nachdem der Boss nicht da ist, stelle ich mich besser mal selbst vor: Ich bin Darren. Darren Hobbes. Ich arbeite hier. Und Sie sind …?«

»… sauer auf Marc«, beende ich seinen Satz. »Extrem sauer sogar. Wann kommt er wieder?«

Darren hebt die Schultern. »Ich könnte Ihnen einen Kaffee

anbieten, falls Sie warten wollen? Kann aber sein, dass es Montag wird.« Seine Mundwinkel zucken. Er lacht verschmitzt. Eigentlich wirkt er ganz sympathisch.

»Danke. Nein, danke«, ergänze ich etwas sanfter und wende mich zum Gehen. »Sagen Sie ihm, Carrie war hier. Sie will ihr Halstuch wiederhaben.«

MARC

Das Radio läuft. Im Flur brennt Licht. Es riecht nach Kaffee, und als ich mein Büro betrete, schlägt mir eine dezente Note nach Zigarettenrauch und Aftershave entgegen. Darren lümmelt in meinem Bürostuhl und studiert den Posteingang, den ich seit drei Tagen vernachlässigt habe.

»Du bist zurück? Dem Himmel sei Dank!«

Eine Spur besser gelaunt hänge ich meine Winterjacke an die Türgarderobe. Mist, da klebt immer noch Ei dran.

»Oh yeah, Baby! Gepriesen sei der Wettergott! Ich sage dir, noch eine Nacht mit Red Ale und Erdnüssen und einer Crew gelangweilter Stewardessen an dieser Hotelbar, und ich hätte sämtliche meiner Prinzipien verraten. Wer ist Carrie?«

Wie immer fällt Darren mit der Tür ins Haus. Ich lasse mir eine Atempause lang Zeit damit, meinen Schal abzuwickeln und über denselben Türhaken zu drapieren. Dann erst drehe ich mich zurück zu ihm. »Welche Prinzipien denn?«

Er grinst mich über die Ränder seiner Lesebrille an. »Da hast du auch wieder recht. Aber lenk nicht vom Thema ab. Und behaupte jetzt nicht, dass du sie nicht kennst. Darüber hat sie sich nämlich sehr aufgeregt. Also?«

Ich stöhne verhalten. »Wir kennen uns von früher.«

»Ziemlich gut, würde ich vermuten?« Darren beobachtet mich intensiv.

Ich nicke. »Ziemlich. Wir sind zusammen aufgewachsen.«

»Sonst nichts?«

»Wir waren ein Paar, wenn du es genau wissen willst. Lange her. Fiese Trennung. Sie ging nach Australien, ich habe meinen Master in London und New York gemacht. Jetzt ist sie wieder da.«

»Und schon hast du ihren Schal, du Schwerenöter.«

Verwundert starre ich ihn an.

»Ich weiß alles«, behauptet Darren fröhlich. »Das Halstuch will sie übrigens wiederhaben, soll ich dir ausrichten. Wenn du mir die Adresse gibst, kann ich das auch gern übernehmen.« Er betrachtet hingerissen seine Fingernägel, seine Mundwinkel zucken amüsiert.

»Lass die Finger von ihr, Darren.«

»Wieso? Geht da was?«, bohrt er weiter und sieht mich mit schiefgelegtem Kopf lausbübisch an.

»Nein«, antworte ich nun doch leicht genervt. »Sie ist nichts für dich, okay?«

»Also bedeutet sie dir noch was?«, stochert er weiter in der Wunde, von deren Existenz ich bis eben keine Ahnung hatte.

»Wenn du es genau wissen willst, sie ist die Tochter von Henry McIntyre.«

»Dem Inselhüter? Deinem Kumpel, der bei der Pressekonferenz zusammengebrochen ist und dem du ...?« Darren pfeift durch die Zähne.

»Genau der.«

»Also ja ... Ah. Interessenkonflikt. Das ist natürlich ein Argument.« Er tut, als würde er nachdenken.

»Was?«, frage ich ergeben.

»Wenn ich kündige, darf ich dann mit ihr ausgehen?«

Ich funkle ihn an.

Gut gelaunt hebt er die Hände. »Das genügt mir als Antwort. Vielleicht solltest *du* kündigen?«

»Das brauche ich vermutlich gar nicht«, knurre ich und lasse mich auf den freien Besucherstuhl fallen. »Stacy Dormond hatte ziemlich schlechte Laune heute Mittag. Carrie hat eine nicht genehmigte Demonstration angezettelt. Ich habe ein Ei abbekommen, die Presse stellt sich auf die Seite der Tierschützer, und die Dormonds weigern sich, öffentlich Stellung zu beziehen.«

»Stellung worauf?«, fragt Darren jetzt ganz bei der Sache und beugt sich nach vorn.

»Auf den Vorwurf, die Wallabys abschießen zu wollen. Den Kängurus darf nichts geschehen durch das Bauprojekt.«

»Was du leichtsinnigerweise bei der gestrigen Pressekonferenz versprochen hast.« Er seufzt. »Ich habe ein Filmchen davon im Netz gesehen. Du als Ersthelfer versprichst das Henry McIntyre in die Hand, während ihn die Sanis in den Krankenwagen schieben. Der Clip macht in den sozialen Medien die Runde.«

»Was sollte ich denn tun? Du warst nicht da! Die Situation drohte zu eskalieren. Ich hoffe, die Stewardessen waren mehr wert als deine Weihnachtsgratifikation.«

»Die meisten«, kontert Darren und holt kurz Luft, bevor er versöhnlich fortfährt. »Der Luftraum war gesperrt, Buddy. Was sollte *ich* tun?«

»Du hättest schwimmen können.«

»Hatte meine Badehose vergessen.«

»Hmm«, brumme ich und beuge mich nach unten, um meine Schuhe auszuziehen.

Ein paar Heufasern rieseln auf den Boden. Meine Socken sind nass. Abwesend betrachte ich die Bescherung.

»Was tust du da?« Interessiert bückt sich Darren zu mir unter den Schreibtisch. »… Oh bitte, sag mir nicht, dass du immer noch jeden Tag auf die Insel fährst und diese Wallabys fütterst.«

»Okay«, sage ich und stoße mir den Kopf an der Tischplatte, als ich mich aufrichte.

»Was heißt okay?«

»Dann sag ich's dir nicht.« Ich reibe mir die schmerzende Stelle und verziehe das Gesicht. Das gibt eine fette Beule.

»Gott, Marc! Wir haben doch darüber gesprochen! Deine Freundschaft mit Henry ist schwierig genug, aber ...«

»Lass mich in Ruhe, Darren. Du hast neulich noch gesagt, kein Hahn würde danach krähen, was ich in meiner Freizeit mache.«

»Himmel, da hatte sich die Lage auch noch etwas anders dargestellt. Man kann dich wirklich keine drei Tage allein lassen, oder? Hier. Halt das drauf.« Er reicht mir seinen Kaffeelöffel über den Schreibtisch.

»Hast du den abgelutscht?«, will ich wissen.

Darren geht nicht darauf ein. Er steht auf und zieht seinen Parka an.

»Was hast du vor?«

»Den Diplomaten spielen, meine Gratifikation und unseren Auftrag erhalten. Und du?« Sein Blick gleitet über das übliche Chaos auf meinem Schreibtisch. »Davon läuft nichts bis Montag weg. Fahr nach Hause, leg dich in die Badewanne, trink einen Liter Tee, und zieh dir 'ne Naturdokumentation bei Netflix rein, oder was immer du sonst samstagsabends so machst. Wir brauchen dich fit, du siehst scheiße aus.«

»Du mich auch. Ich wollte noch nach Alexandria ins Krankenhaus.«

»Zu Henry? Oder zu seiner hübschen Tochter? Willst du meine Meinung hören?«

»Bin mir nicht sicher«, knirsche ich.

»Ich sag's dir trotzdem: Heute nicht, Kumpel. Lass die Wogen sich glätten. Deine heimliche Freundschaft mit Henry in allen Ehren. Er wird's verkraften. Ruf ihn an, wenn's unbedingt sein muss, aber lass dich da nicht sehen, bevor ich mit den Dormonds gesprochen habe. Das kommt unter Umständen falsch rüber. Der Weg zur Hölle ist mit guten Absichten gepflastert.«

»Ich hasse dich.« Missmutig befühle ich meine Beule.

»Ich hab dich auch vermisst. Wie geht's den Wallabys?«

Ich nicke. »Gut so weit.«

»Gibst du mir Carries Schal?«

»Auf keinen Fall«, fahre ich auf.

»Wusste ich's doch.« Er zwinkert mir schmunzelnd zu. »Keine Angst, Marc. Deine Baustelle, schon verstanden. Ich fahre nur zu unseren Auftraggebern.«

Einigermaßen beruhigt halte ich mir den kühlen Löffel an die Beule. Dann fällt mir etwas ein, und ich ziehe mein oberstes Schreibtischschubfach auf. »Warte! Nimm die hier mit und leiere ihnen eine Unterschrift raus. Und dann gibst du die Karte im Krankenhaus ab, hörst du? Das würde uns gut stehen, denke ich. Liegt doch auf dem Weg für dich.«

Darren betrachtet skeptisch die dunkle Schokolade und die Genesungskarte.

»Das ist Henrys Lieblingssorte ... Ach, komm schon. Ich hab immerhin keine Karte mit Känguru ausgesucht.«

»Ist ja gut.« Darren lacht. »Wird erledigt, Boss.« Er steckt die Sachen ein und klimpert im Hinausgehen mit seinem Wagenschlüssel. »Australien also, ja? Wusste ich doch, dass mir der Akzent bekannt vorkam.«

CARRIE

Seit bestimmt fünf Minuten stehe ich vor dem blöden Kaffeevollautomaten im Wartebereich und kämpfe mit den Tasten. »Los, spuck den Stoff schon aus«, bettle ich. »Ich brauche das Zeug wirklich dringend.«

»Na, Dealer vergrault?« Plötzlich steht der dunkelhaarige Typ aus Marcs Büro neben mir und lächelt mich an.

»Scheint so. Vielleicht mag er keine Laufkundschaft?« Ich gucke skeptisch und hämmere weiter mit dem Zeigefinger auf das Display ein.

»Ja, mit Fremden muss man vorsichtig sein. Aber ich kann vermitteln. Ich habe magische Hände und ein Talent, dass man mir im Nullkommanix vertraut.« Er lässt seine Fingerknöchel knacken, dabei beugt er sich zu mir und raunt: »Sein kleiner Bruder wohnt bei mir.«

Ich muss laut lachen.

Eine Schwester weiter unten im Gang dreht sich erstaunt um.

»Cappuccino?«, fragt er gut gelaunt.

Ich schüttle den Kopf. »Nicht, solange das Ding nur Kuhmilch kann. Die vertrage ich nicht. Und ich brauche außerdem was Stärkeres.«

»Doppelter Espresso also mit dreifachem Wodka. Kommt sofort.«

Lächelnd nehme ich den heißen Kaffee entgegen und schütte ein ganzes Päckchen Zucker dazu.

Er reicht mir einen Löffel. »Harten Tag gehabt?«

»Kann man sagen.«

»Geht's Ihrem Dad so weit gut?«

»Oh, Sie wissen, wer ich bin.« Ich halte in der Rührbewegung inne und sehe ihm in die Augen.

Er guckt freundlich, da ist nichts in seinem Blick, was Hintergedanken signalisieren würde.

Trotzdem fahre ich mein Schutzschild automatisch wieder ein Stückchen höher.

»Natürlich, Sie haben sich ja heute Nachmittag vorgestellt. Vergessen? ... Und Sie haben diese kleine Protestaktion gestartet, von der das Internet spricht, und ein Ei auf meinen Chef geworfen.«

»Nein, das mit dem Ei war jemand anders.«

Er lacht.

Ich seufze. »Ich trauere ernsthaft den Zeiten nach, als es Wochen gedauert hat, bis sich Nachrichten in den Highlands verbreitet haben.«

»Das ging damals aber auch manchmal ganz schön nach hinten los. Denken Sie an das Massaker von Glencoe. Unser heutiges Internet hätte den MacDonalds das Leben retten können.« Er hält den Augenkontakt, offen, charmant, und doch ...

»Hören Sie, Darryl ...«

»Darren«, berichtigt er mich lächelnd.

»Ich weiß nicht, was Marc Ihnen über mich erzählt hat. Aber wie es aussieht, stehen wir auf denkbar verschiedenen Seiten. Ich glaube nicht, dass wir ...«

»Zusammen essen gehen sollten? Keine Sorge, Marc hat's mir ohnehin verboten.«

»Er hat was?« Ich ziehe die Augenbrauen hoch.

»Oh, ich weiß, wie das jetzt klingt. Billigster Anmachtrick der

Welt, richtig? Sag ihr, dass ihr Ex nicht will, dass ihr euch trefft, und sie wird aus Trotz mir dir ausgehen, nur um ihn zu ärgern.« Er guckt so treuherzig, dass er in einem Gehege mit Quokkas nur durch den Anzug nicht weiter auffallen würde.

»Ich denke, es geht vor allen Dinger. darum, dass wir auf verschiedenen Seiten stehen, was die Zukunft von Inchconnachan angeht«, sage ich bedacht.

Darren seufzt. »Ja, das sicher auch.«

»Danke für den Kaffee.« Ich wende mich zum Gehen.

»Andererseits ...«, ruft er mir nach.

Fragend drehe ich mich noch einmal um.

»Miteinander reden hat in der Weltgeschichte garantiert mehr Kriege verhindert als Schweigen, oder?«

»Was tun Sie hier, Darren?«

»Hoppla. Ja, richtig. Das Wichtigste hätte ich fast vergessen. Ich fange schon so an wie Marc.« Sein Lächeln sprüht über vor Charme, als er in die Innentasche seiner Jacke greift und einen Umschlag herauszieht. »Die Karte ist von den Dormonds, die Schokolade von Marc. Würden Sie sie Ihrem Vater geben? Nur weil man verschiedene Interessen verfolgt, muss man kein schlechter Mensch sein, wissen Sie?«

»Nein, nicht zwangsläufig«, gebe ich zu und rühre weiter in meinem Kaffee.

Er legt Karte und Schokolade neben dem Kaffeeautomaten ab. »Ich habe Marc davon abgehalten, heute Abend herzukommen«, plaudert Darren offenherzig weiter. »Ich wollte verhindern, dass Sie meinem Chef die Augen auskratzen, wenn Sie ihm über den Weg laufen. Ich mag den Kerl wirklich.« Er hebt die Schultern und lächelt mich an. »Und ich wollte Sie wiedersehen. Grüßen Sie Australien von mir, ja? Ich habe eine Weile da gelebt. War eine tolle Zeit. Diese fantastischen Strände, die Wellen. Die Tiere ... Na ja.« Er wendet sich zum Gehen. »Gute Besserung für Ihren Vater. Auch von den Dormonds. Aber das steht ja auch in der Karte.«

Ich sehe ihm nach, wie er seinen leeren Kaffeebecher in den Mülleimer wirft und Richtung Treppenhaus schlendert.

Zögernd greife ich nach Karte und Schokolade. Dads Lieblingsorte. Meine auch. Marc weiß das natürlich. Ich presse die Lippen zusammen. Aber Geschmäcker ändern sich.

»Warten Sie«, rufe ich. »Welche Ecke von Australien denn?«

»Byron Bay«, sagt er strahlend, während er rückwärts weitergeht. »Unglaubliche Surfstrände. So weiß!«

Ich nicke. »Wollen wir vielleicht ...?«

Er hebt fragend die Augenbrauen, und ich gebe mir einen Ruck. »Ich habe noch nichts gegessen. Man sagt, die Kantine hier hat ausgezeichnete ... Pommes und frittierte Mars-Riegel.«

Darren verzieht schmunzelnd das Gesicht. »Uhhhh. Nicht Ihr Ernst, oder? Die sind aber auch nicht vegan.«

»Keine Spur«, erkläre ich todernst. »Aber ein hervorragendes Barometer dafür, ob es jemand ehrlich meint oder nur blufft.«

»Na dann.« Er deutet eine kleine Verbeugung an und öffnet seinen Arm so, dass ich mich einhaken kann. »Pommes und klebrig süßes Schokoladenfett also. Wie Sie wünschen. Aber dann trinken wir auch Irn-Bru dazu. Wenn schon Barometer, denn schon.«

Als ich eine Stunde später in Dads Krankenzimmer zurückkehre, schmerzt mir der Magen, und ich kann nicht definieren, ob es vom Kantinenessen, der scheußlichen orangen Koffeinlimonade oder vom Lachen kommt. Darren ist ein charmanter und ausgesprochen witziger Unterhalter. Er hat es tatsächlich geschafft, mich eine Weile von meinen Sorgen abzulenken. Wir haben kein bisschen über Inchconnachan gesprochen. Wenn er mich aushorchen wollte, hätte er einen ziemlich miesen Job gemacht.

Dad scheint zu schlafen. Leise lege ich die Karte und die Schokoladentafel auf seinen Nachttisch. Sie ist ein bisschen warm geworden in meiner Hosentasche.

»Wo warst du?« Aus müden Augen sieht er mich an. »Ich dachte, du wärst nach Hause gefahren. Du brauchst deinen Schlaf.«

»Ich habe nur eine Kleinigkeit gegessen«, sage ich.

»Muss sehr lecker gewesen sein, so wie du strahlst. Was ist das?« Dad zeigt mit den Augen auf den Umschlag.

»Die Dormonds wünschen dir gute Besserung.«

»Tun sie das?« Seine Miene verfinstert sich.

»Sie haben jemanden aus Marcs Büro damit vorbeigeschickt.«

»Ziemlich späte Bürozeiten, oder?« Er mustert mich aufmerksam.

Ich gehe nicht darauf ein. »Willst du die Karte lesen?« Ich setze mich auf den Bettrand und reiche ihm sein Wasserglas. Wir haben bei den Schwestern erfolgreich das Ende der Schnabeltasse durchgefochten.

»Später vielleicht«, grummelt er zwischen zwei Schlucken. »Wird sich ja nicht gleich in Rauch auflösen wie bei ›Mission Impossible‹, oder?«

»Ich denke nicht.« Schmunzelnd nehme ich ihm das Glas ab.

Dad lässt sich zurück in die Kissen sinken. »Woher kennen die meinen Schokoladengeschmack?«

»Sie haben so ihre Kanäle. Ich denke, du weißt, von wem.« Ich zupfe an seiner Bettwäsche herum.

»Du solltest mit Marc reden«, sagt er sanft. »Er hat sicher seine Gründe, weshalb er dieses Projekt angenommen hat.«

»Hat er die?«, brause ich auf. »Und wieso hat er sie dir dann nicht erzählt, wenn ihr so gut befreundet seid, dass er seinen eigenen Schlüssel hat, hmmm?« Ich lasse die Schultern fallen und atme tief durch. »Tut mir leid. Warum wollen mich heute eigentlich alle davon überzeugen, was für ein feiner Kerl er ist?«

»Weil es stimmt?«

»Das ändert nichts an der Tatsache, dass er mich verlassen hat!«

Dad sieht mich erstaunt an. »Ich dachte, *du* hättest damals Schluss gemacht?«

»Ich hatte keine Wahl ... Spielt auch keine Rolle«, murmle ich und fege weiter unsichtbare Fusseln von Dads Bett. »Ich bin längst drüber weg. Er kann mich mal.«

Zittrig legt er seine Hand auf meine. »Sguainseach.«

Es tut weh, ihn so schwach zu sehen. Und es tut genauso weh, *ihn* zu sehen. Und mich zu fragen, ob Marc diesen Auftrag auch angenommen hätte, wenn wir heute noch zusammen wären.

»Es hätte nie gehalten«, sage ich leise. »Wir sind zu verschieden. In einer Beziehung muss man kompromissbereit sein und auch mal über seinen Schatten springen können, wenn es für den anderen wichtig ist. Sich aus der eigenen Komfortzone rausbewegen ... Wenn man immer nur zu Hause bleibt, verblödet man, bekommt Kinder mit zwanzig und schafft es nie vor die Tür.«

Dad grunzt. »Das lass mal besser nicht Sue Anne hören.«

»Oh Gott, nein. So habe ich das nicht gemeint!«, sage ich erschrocken.

»Ich weiß, Liebes.«

Ich studiere seinen Handrücken, die Altersflecken, die türkisfarbenen Adern, die Falten, über die das Pflaster mit dem Zugang geklebt ist. »Ich meine ja nur ... wenn damals das mit Mum nicht passiert wäre ... du hättest so viel erreichen können, Dad. Sue Anne und ich haben dir immer im Weg gestanden für dein eigenes Leben.«

Dad sieht mich mit großen Augen an. »Was willst du denn damit sagen?«

»Nichts.« Ich fahre die Webstruktur der Bettwäsche mit dem Fingernagel nach.

Zwischen dem Schlafzimmer und dem Bad im ersten Stock seines kleinen Häuschens hängen jede Menge gerahmte Fotos. Bei den meisten sind die Farben verblichen, obwohl sie dort nie Sonnenlicht abbekommen haben. Sie zeigen Dad und Mum in exotischen Ländern. Immer aktiv, immer mit Tieren. Lächelnde Gesichter, von innen leuchtend. Sie haben sich in der Entwicklungshilfe engagiert, im Tierschutz, haben von einem Zufluchtsort in Australien geträumt. Dann kamen wir. Dann starb Mum. Beide haben es nie nach Down Under geschafft.

»Wenn du nicht plötzlich allein mit uns gewesen wärst ... ihr beide hattet so viel vor! Du hast auf alles verzichtet, Dad – für uns! Reisen, Auswandern, Abenteuer erleben ... dich neu verlieben!«

Er drückt meine Hand plötzlich mit erstaunlicher Kraft. »Wer hat dir denn den Blödsinn eingeredet?«

»Niemand.« Ich denke an Dads Fotos im Treppenhaus. Auf einmal ist mir weinerlich zumute.

»Dann ist ja gut. Demjenigen würde ich nämlich gern was erzählen. Ich habe auf gar nichts verzichtet, was ich nicht wollte. Ich habe mein Leben so gelebt, wie ich es für richtig hielt. Wenn ich mit euch nach Australien gewollt hätte, dann hätte ich das getan. Man endet allein, wenn man alles für andere aufgibt, mo sguainseach.«

Er sieht mich liebevoll an.

»Und man bleibt genauso allein, wenn man seinen Weg ohne andere geht. Die Abenteurerin war eure Mum, viel mehr als ich. Welche Entscheidung man für sich trifft, dafür kann man niemand anderen verantwortlich machen als sich selbst. Ob du gehst oder bleibst – diese Wahl triffst nur du: da drin.« Er pikst auf sein Herz. »Da muss es sich richtig anfühlen. Das ist alles, was zählt. Dann macht man sich hinterher auch keine Vorwürfe.« Er rekelt sich und streckt sich bequem aus. »Mir ist niemand in die Quere gekommen. Wenn überhaupt, dann höchstens ich mir selbst ab und zu. Wie uns das allen passiert, wenn wir den inneren Schweinehund füttern – oder den Dickschädel, den ich dir und auch Sue Anne leider vererbt habe. Ich liebe mein Leben genau so, wie es verlaufen ist, Carrie. Ich möchte keine Minute davon missen und euch auch nicht. So. Und jetzt verschwinde. Du brauchst eine heiße Dusche, du musst schlafen, und Merlin hat sicher Hunger. Morgen will ich dich hier nicht sehen. Sue Anne kommt am Vormittag, und dann hätte ich auch gern mal ein bisschen meine Ruhe.« Er zwinkert mir zu. »Bringt mir ein paar gebrannte Mandeln vom Weihnachtsmarkt mit.«

Ich nicke und wische mir verstohlen ein paar Tränen aus den Augenwinkeln. »Ich weiß nicht, was wir noch tun können, Dad. Hab ich's versaut mit meiner Aktion heute Nachmittag?«

»Auf keinen Fall. Wir haben die Öffentlichkeit auf unserer Seite, und die Dormonds müssen irgendwie reagieren. Jetzt warten wir erst mal ab. Versuch, auf andere Gedanken zu kommen.«

Ich nicke. »Ist das alte Kajak noch seetauglich? Ich möchte gern zur Insel rüber.«

»Tony besuchen?« Seine Augen leuchten auf. »Ja, mach das, der Schlüssel zum Bootshaus hängt in der Garage. Das ist eine schöne Idee. Es wird den kleinen Kerl freuen.«

Ich schüttle nachsichtig den Kopf und ignoriere mein schneller schlagendes Herz. Es gibt ihn also noch, Tony lebt! »Er wird sich nicht an mich erinnern, Dad. Wallabys ...«

Dad winkt ab. »Hör mir auf mit diesem wissenschaftlichen Zeug. Ich weiß, was ich weiß. Kein Wesen vergisst jemals, wenn man ihm etwas Gutes getan hat.«

Ich stehe mit einem Seufzer auf und greife nach meiner Jacke, die ich über die Stuhllehne gehängt habe. »Ja, sicher nicht. Ich hab dich lieb, Dad.«

»Ich dich auch, Sguainseach.«

Merlin streicht mir vorwurfsvoll um die Beine, als ich eine halbe Stunde später den Autoschlüssel in das kleine Schälchen auf der Kommode in Dads Wohnungsflur werfe. Ich habe vergessen, ein neues Schloss im Baumarkt zu kaufen, fällt mir ein. Ich war so sehr mit Pappe, Farben und Befestigungsmaterial für die Banner beschäftigt.

»Egal«, sage ich zu dem alten Kater und öffne ihm eine der Dosen, die Marc besorgt hat. Nachdenklich sehe ich ihm beim Fressen zu.

»Er ist zwar ein Verräter, und er hat mir verdammt noch mal das Herz gebrochen. Aber ich will weder dir noch Dad ins Gehege kommen, wenn ihr Zeit mit ihm verbringen mögt. Das wäre ganz schön egoistisch und dumm, findest du nicht? In zwei Wochen fliege ich zurück. Dann wird er jemanden brauchen, der ...« Ich breche ab, als mir klar wird, dass das ziemlich genau die Formulierung ist, die Marc benutzt hat.

»Weißt du was? Ich kann essen gehen, mit wem ich will. Darren ist interessant. Er hört mir zu, er liebt Australien. Er war in der gleichen Ecke wie ich. Wir haben eine Menge Berührungspunkte. Und: Bonus! Ich kann ganz sicher einiges aus ihm herausholen, was dieses hinterhältige Bauprojekt angeht. Na, was sagst du? Ich rufe ihn an, gleich morgen früh.«

Merlin murrt ungehalten, weil ich ihn auf meinen Schoß heben will, bevor er den Teller hinreichend ausgeschleckt hat.

»Entschuldige, kommt nicht wieder vor«, sage ich gut gelaunt und hüpfe mit neuem Schwung die Treppe nach oben ins Bad. Vielleicht war der Tag ja doch nicht so übel. Insgesamt gesehen.

KATZE UND MAUS

Eine graue Maus streckte schnuppernd die Tasthaare aus einem Spalt in der Mauer und prüfte die Winterluft. Es roch nach Schnee und Nadelwald, nach Alkohol, Hundeurin und Essensresten. Es würde noch eine Weile dauern, bis die Morgenröte einsetzte und mit dem Licht des Tages die Menschen zurückbrachte. Um diese Zeit war die Nacht am kältesten und der Hunger am größten. Und da war Lärm. Ein fauchendes Geräusch, als ob sich etwas Großes, Gefährliches durch die schmalen Gassen zwischen den Bretterbuden arbeitete.

Die Kehrmaschine schob matschigen Schnee von den Laufspuren zwischen den provisorischen Holzbauten. Ein Eiszapfen brach, als sie gegen eine mit Tannengrün und Stechpalmen geschmückte Bretterwand stieß. Klirrend stürzten die Scherben auf den gepflasterten Burghof.

Die Maus zog sich ins Dunkel zurück. Sie wartete, bis der Mann, der auf dem lärmenden Gefährt thronte, mit dem Gerät um die Ecke gebogen war. Als das Rütteln in eine entfernte Vibration überging, steckte sie erneut ihre rosafarbene Nase aus dem Mauerspalt und schnupperte.

Die Maschine erreichte nie alles, was an Krümeln und Resten auf den Boden fiel. In den Ritzen zwischen der nächstgelegenen Budenwand und dem Mülleimer zum Beispiel lagen ein paar gefrorene Pommes und das Kerngehäuse eines Apfels.

Am Abend hatte die Maus ein Loch in den großen grauen Müllsack geknabbert. Sie hatte die Reste einer Waffel darin gefunden, von der das meiste allerdings alkoholgetränkt und somit ungenießbar war. Jemand hatte einen halb leeren Becher mit Mulled Wine in den Müll gegossen. Nun hatte der Mann auf der Kehrmaschine den vollen Sack mitgenommen und gegen einen leeren getauscht. Einen Moment lang irrte die Maus suchend unter der hölzernen Verkleidung umher. Sie verstand nicht, was passiert war. Sie hatte Hunger und elf Junge, die ihre Milch brauchten, ein paar Inches unterhalb des gefrorenen Bodens in ihrem Bau.

Eine schwarzweiße Katze löste sich aus den Schatten.

Ihre Pfoten machten kein Geräusch, als sie sich in Zeitlupe anpirschte. Sie kauerte sich vor das Loch in der Wand, hinter dem die Maus verschwunden war. Ihre Ohren spielten in die Richtung, aus der sie das Rascheln hörte, während die Maus nach Essbarem suchte. Ihre Schwanzspitze zuckte leicht und pendelte hin und her. Sie hatte Zeit. Und die Geduld, die es brauchte, um ein Ziel zu erreichen.

Die graue Maus hatte eine halbe Nuss gefunden, die sie mit den Vorderpfötchen festhielt und gierig zernagte. Dann huschte sie auf der Innenseite der Bretterwand über die Lattenkonstruktion weiter. Die Katze lauschte auf die Töne, auf das feine Schaben und Kratzen, dann das Trippeln. Sie verfolgte die Spur des Nagers mit den Augen, machte sich dabei zum Sprung bereit, zog die Hinterbeine noch weiter unter den Körper. Ihr Schwanz peitschte jetzt von einer Seite zur anderen, die Tasthaare vibrierten. Dann gab sie ein erregtes Maunzen von sich. Einmal nur. Aber das genügte.

Die Maus hielt inne und hob das feine Näschen. Sie verharrte. Lange. Dann wendete sie in dem engen Zwischenraum und kletterte an der Verschalung senkrecht nach oben, bis sie einen Spalt erreicht hatte, der unter die Teerpappe des Dachs führte. Die Bretter waren rau und gaben ihr Halt, der Hohlraum unter der Dacheindeckung war winzig. Aber mehr brauchte sie nicht.

Die Katze schoss um die Ecke und sprang.

Aber dieses Mal war die Maus schneller. Sie brachte sich mit einem beherzten Sprung in Sicherheit und verschwand zwischen den Mauerritzen in ihrem Bau.

Die Sonne ging auf. Ein neuer Tag brach an.

Eine neue Chance, satt zu werden.

Eine neue Herausforderung, am Leben zu bleiben.

ZEHN TAGE BIS WEIHNACHTEN

MARC

Darren hat die Sache im Griff. Er schlendert mit den Dormonds von Bude zu Bude und verbreitet gute Laune. Ich trottele eher ein wenig überflüssig hinterher, obwohl ich historische Weihnachtsmärkte liebe. Und dieser in Balloch Castle ist einer der schönsten in der Gegend. Sämtliche Verkaufsbuden sind aus unbehauenen Brettern gezimmert. Es duftet nach Mulled Wine und Crêpes. Es gibt hausgemachte Mince Pies mit gehackten Früchten und Nüssen, Knoblauchbrot und frische Waffeln. Über allem liegt der würzige Geruch von offenem Feuer, das von dreibeinigen Schwenkgrills mit Suppe oder Pulled Pork und von zahlreichen Feuerkörben ausgeht. Mit Schaffellen bedeckte Strohballen laden zum Verweilen ein, wenn man das Glück hat, einen Platz darauf zu erwischen. Es ist noch nicht einmal Mittag. Der Markt ist bereits jetzt gut gefüllt, und es strömen immer noch mehr Menschen auf den kleinen, gepflasterten Burghof und die Wiese davor.

Die Dormonds zieht es eher zu den Ständen mit Kunsthandwerk und Weihnachtsschmuck.

Darren schmeichelt Morris Dormond und flirtet gewinnend mit dessen Frau. Sie stehen scherzend alle zusammen zwischen geschmackvoll dekorierten Gestecken und Kränzen aus Stechpalmen, Buchsbaum und Tannengrün. Darren zeigt auf ein Bündel Mistelzweige, das direkt über ihnen hängt, und Mrs. Dormond versteckt sich giggelnd hinter ihrem Mann.

Mr. Dormond dreht sich lachend zu ihr um. »Erwischt!«, höre ich ihn bis hier rufen.

Die Dormonds küssen sich. Darren sieht sich suchend nach mir um.

Ich hebe einen Arm und mache mich bemerkbar.

Er zwinkert mir grinsend zu und bedeutet mir, näher zu kommen.

Ich winke lächelnd ab.

Stacy Dormond lässt mich deutlich spüren, dass ich in ihren Augen versagt habe. Himmel, ich bin Architekt, kein PR-Profi, und solange ihnen meine Entwürfe für den Neubau gefallen, mache ich genau den Job, für den sie mich bezahlen.

Ich weiß, dass das nicht stimmt. Aber ich will jetzt nicht darüber nachdenken, wie sehr ich mich dafür verbiegen muss.

Darren kann so was richtig gut. Er schafft es sogar, ein Lächeln in Stacy Dormonds verkniffenes Sauertopfgesicht zu zaubern.

Wie macht er das nur? Ich beschließe, ihn einfach machen zu lassen und mich stattdessen bei dieser Gelegenheit um Geschenke für Fiona und die Jungs zu kümmern.

Ein Tischler hat richtig tolle handgefertigte Kreisel und Puzzles am Nachbarstand. Die Auslage ist so gut besucht, dass ich eine Weile brauche, bis ich mich in die vorderste Reihe gekämpft habe.

»Ich fürchte, dass sie aus dem Alter raus sind«, sage ich bedauernd. Unter Schwierigkeiten, weil es so eng ist, lege ich ein Brett mit ausgesägten Wildtieren zurück und will mich mit angezogenen Ellbogen durch die Menge zurückarbeiten.

»Darf ich mir das mal ansehen?« Von rechts schiebt sich eine Frauengestalt durch die Wintermantelherde nach vorn.

»Carrie?«

Überrascht blickt sie zu mir auf. Ein Gewirr blonder Haare hat sich unter ihrer blauen Strickmütze hervorgekämpft. »Oh« ist das Einzige, was sie sagt. Dann senkt sie den Blick auf das

Wildtierpuzzle und studiert das Holz so konzentriert, als hinge ihr Leben davon ab, die Maserung auswendig nachzeichnen zu können.

»Was für Holz ist das?«, wendet sie sich an den Händler.

»Pappel«, antwortet er freundlich und kramt in einem Pappkarton. »Ich habe noch andere Motive dabei.«

Carrie erwidert sein Lächeln, als er ihr einen kleinen Stapel übergibt.

»Ich habe es noch nicht geschafft, dein Halstuch zu waschen«, erzähle ich ihrem Hinterkopf. »Tut mir leid.«

»Hmm.«

»Alles in Ordnung?«

»Nein, nichts ist in Ordnung!«, wütet sie plötzlich los und legt die Puzzles zurück auf die Auslage.

Ein paar Leute drehen sich erstaunt zu uns um.

»Das hier nehme ich, bitte.«

Der Händler ist gerade mit einem anderen Kunden beschäftigt. Carrie dreht sich zu mir. »Was hast du dir eigentlich dabei gedacht, hmm?«

»Wobei genau?« Ich senke meine Stimme. »Dem Auftrag?«

»Nein. Wo da deine Motive liegen, ist mir absolut klar. Ich rede von New York! Darren hat mir erzählt, dass du ...«

»Darren?« Ich starre sie an.

»Darren. Dein Mitarbeiter, dem du verboten hast, sich mit mir zu verabreden. Armselig, Marc. Aber das ist ein anderes Thema, dazu komme ich noch. Erklär mir bitte, wieso ich dich monatelang beackert habe, nach London zu gehen, und du mir vorgaukelst, dass es dich nicht interessiert. Dass du das Stipendium verfallen lässt, weil du nicht von zu Hause wegkannst. Weil sich jemand um Tony kümmern muss. Und kaum trennst du dich von mir ...«

»Du hast Schluss gemacht und mich mit deiner Entscheidung hingehalten«, erinnere ich sie perplex.

»Das ist doch irrelevant«, braust sie auf. »Immer noch der gleiche Besserwisser, der niemanden ausreden lässt.«

Ich öffne den Mund, um etwas zu sagen, und klappe ihn reumütig wieder zu.

»Kaum trennen wir uns also, geht es plötzlich doch, und du traust dich sogar in die Vereinigten Staaten?«

»Das wolltest du doch immer, dass ich mein Talent nutze«, sage ich hilflos. Ich spüre die Blicke von einem halben Dutzend fremder Menschen in meinem Nacken. »Du wolltest mich in London haben!«

»Ja, mit mir zusammen.«

»Das ist mir neu.«

Carrie funkelt mich an. »Scheint, als wäre ich in Wahrheit der Bremsklotz an deinem Bein gewesen, oder wie?«

Ich presse die Kiefer aufeinander. »Können wir das bitte irgendwo anders besprechen? Wie erwachsene Menschen?«

»Vergiss es.« Carrie zieht einen Geldschein aus ihrem Portemonnaie und wedelt am langen Arm damit über die Auslage, um die Aufmerksamkeit des Händlers zu gewinnen. »Ich nehme das Puzzle. Was kostet es?«

»Nein, jetzt hör du mir auch zu«, fordere ich, während sie nach einem weiteren Schein sucht, weil das Spielzeug mehr kostet, als sie dachte.

»Du warst diejenige, die aus heiterem Himmel urplötzlich auf einen anderen Kontinent wollte, wenn ich dich erinnern darf – und zwar ohne mich. Deine Karriere war dir wichtiger als unsere Beziehung. Fernbeziehungen gehen nie lange gut, und das weißt du.«

»Na, woher denn? Wir haben es ja gar nicht erst ausprobiert.«

»Weil du vor allem zurückgeschreckt hast, was Bindung und Verantwortung bedeutet.«

»Ach, habe ich das? Du kennst mich kein bisschen, Marc Stewart!«

»Ich wollte mir mit dir ein Leben aufbauen. Du fandest das lächerlich,«

»Wir waren blutjung!«

»Du gibst es also zu!«

»Du bist ein romantischer Träumer und ein Esel!«

»Nicht mehr. Du hast mir ja zum Glück die Augen geöffnet damals. Du wolltest mich nur deswegen nach London schicken, um freie Bahn für deine eigenen Pläne zu haben, ohne schlechtes Gewissen wegen mir.«

»Du baust dir die Welt also immer noch so zusammen, wie sie dir passt. Und ich kann ausgehen, mit wem ich will. Ich glaube, es hackt!«

»Zwei Pfund zurück.«

»Wie bitte?«

»Was?«

Wir starren beide den armen Kunsthandwerker an, der Carrie einfach nur das Wechselgeld geben will.

»Äh, zwei Pfund«, wiederholt er.

»Danke. Trinkgeld.« Sie lächelt heuchlerisch und will sich davonmachen, was wegen der holzspielzeugbegeisterten Menschentraube vor der Bude nicht so einfach ist. »Entschuldigung, darf ich mal ... würden Sie mich bitte ...«

»Marc! Hier sind Sie! Zum Aufwärmen! Ich habe ohne Alkohol genommen, ist ja noch früh am Tag. Dieser Wind ist eine Zumutung, oder?« Morris Dormond quetscht sich fröhlich zwischen uns, zwei dampfende Tassen in der Hand, von denen eine offenbar für mich ist. Carrie hat er zum Glück noch nicht erka...

»Gibt es hier weitere Schätze zu entdeck...?«

Uppsi. Jetzt hat er sie doch gesehen.

»Carrie?!«

Jemand rempelt von hinten, und Mr. Dormond verschüttet ein wenig von dem nach Zimt und Nelken duftenden Heißgetränk, als er mir die Tasse reicht.

Sein Blick verfinstert sich. Aber das hat nichts mit dem klebrigen Gewürztee zu tun, der mir über die Finger läuft.

»Sie kennen sich also doch?« Seine Stimme klingt steif bis eisig.

»Ich muss los«, behauptet Carrie und taucht in der Menge unter.

Macht nichts. Mr. Dormond hat sein Opfer gefunden.

Und Carrie hat die Papiertüte mit ihrem Puzzle vergessen. Ich nehme sie dem Kunsthandwerker mit einem entschuldigenden Lächeln ab.

Morris Dormond dirigiert mich aus dem Menschenpulk heraus und wartet immerhin, bis wir eine ruhigere Ecke erreicht haben, bevor er mir seinen Vortrag hält.

»Mister Dormond, ich – «, will ich ihm zuvorkommen.

»Erst ich, bitte.« Er nimmt einen großen Schluck Tee und tupft sich anschließend mit einem Stofftaschentuch über die Lippen. »Uh. Heiß.« Er betrachtet seinen Tee und wird ernst. »Das wirft ein neues Licht auf die ganze Sache, finden Sie nicht?« Er lacht bitter auf. »Wissen Sie – neulich Nacht meinte meine Frau im Scherz zu mir, sie sei sich nicht sicher, wo Ihre Loyalitäten liegen. Ich frage mich das gerade auch – allerdings völlig im Ernst. Es ist ja löblich und ehrenwert, dass Sie sich bei dieser seltsamen Protestaktion vor Stacy gestellt haben. Aber tun Sie das auch für unser Projekt?«

»Mister Dormond – «, versuche ich es noch einmal.

Mein Blick hetzt über die Köpfe der Weihnachtsmarktbesucher. Wo steckt Darren?

Morris Dormond taxiert mich mit zusammengekniffenen Augenbrauen, und ich lasse mich erneut von ihm unterbrechen, weil mir immer noch der Kopf schwirrt von dem Streit mit Carrie. Warum hat sie ihr blödes Puzzle vergessen? Na, das kann ihr ja dann Darren vorbeibringen.

»Wie können wir uns künftig sicher sein, dass Sie dieses Bauvorhaben so vorantreiben, dass es wahrhaftig unsere Interessen spiegelt?«

»Mr. Dormond«, setze ich zum dritten Mal an. Dann breche ich von selbst ab und schüttle den Kopf. Nein, dann nicht. Vielleicht soll es so sein. Es wird einen anderen Weg geben. In diesem Moment will ich einfach nur schneller sein als er. *Ich* will es sein, der die Kündigung ausspricht. Es war von Anfang an eine dumme Idee, auf diese Ausschreibung überhaupt zu reagieren.

Aber bevor ich den Mund öffnen kann, erklingt eine Stimme hinter mir. Carrie.

»Morris. Ich kann Ihnen versichern, dass dieser Mann mir völlig fremd ist. Schottland ist kein Dorf, aber Luss ist es. Und es ist definitiv zu klein für uns beide. Was mich angeht, können Sie sich sehr sicher sein, dass wir nicht auf einer gemeinsamen Seite stehen. Pfui Deubel!«, sagt sie inbrünstig, und ich rechne fast damit, dass sie ihm oder mir vor die Füße spuckt. Ihrer Körpersprache nach scheint sie es zumindest in Erwägung zu ziehen.

Dann macht sie jedoch auf dem Absatz kehrt und rauscht davon.

Ein paar entgegenkommende Pärchen lassen einander los, um ihr Platz zu machen, oder weichen schnell zur anderen Seite aus. Der Eiskönigin will offenbar niemand in die Quere kommen.

Ich habe immer noch die blöde Tüte in der Hand.

Mr. Dormond sieht ihr ebenso stirnrunzelnd nach wie ich.

»Hui«, sagt er.

»Allerdings«, gebe ich ihm recht.

Dann schweigen wir.

Ich trinke einen Schluck Tee.

Er auch.

Auf einem freien Platz, ein paar Yards weiter zwischen ein paar Buden, stimmt ein kleiner Chor Christmas Carols an. »Deck the halls with boughs of holly …«

Mr. Dormond wippt im Takt mit. »Na gut«, sagt er schließlich. »Vergessen wir's. Sie sind auch einfach der verdammt beste Architekt in ganz Schottland.«

»Hat das auch Ihre Frau gesagt?«, frage ich sarkastisch und nehme noch einen Schluck.

Er lacht. »Da sind wir einer Meinung, wie so oft übrigens.«

Das Prüfende ist noch nicht ganz aus seinem Blick verschwunden, als er mich über seinen Tassenrand ansieht.

Meine Kündigungslust allerdings auch nicht.

»He, da seid ihr beiden ja! Wieso versteckt ihr euch?« Darren kommt eingehakt mit Mrs. Dormond auf uns zu. »Na? Wie ist die Stimmung?«

»Alles in bester Ordnung«, sagt Mr. Dormond.

Darren schnuppert an unseren Getränken. »Langweilig!«

Stacy Dormond kichert, und mir wird klar, wer später den Chauffeursjob haben wird.

»Bin gleich wieder da«, murmle ich, drücke Darren meine Tasse in die Hand und laufe los.

»Wo willst du hin?«, ruft mir mein Mitarbeiter des Monats nach. »Wir wollten uns Mince Pies holen.«

Er trifft sich mit Carrie? Darüber reden wir noch. »Ich habe keinen Hunger.«

»Du hast recht. Spaßbremse«, giggelt Mrs. Dormond an Darren gerichtet.

»Aber auch da eine der besten«, witzelt er zurück.

Mr. Dormond brummt irgendetwas, das ich nicht mehr verstehen kann. Da habe ich schon den halben Burghof zwischen uns gebracht.

»Carrie! Warte kurz! Bitte!«

Endlich entdecke ich ihre blaue Mütze in dem Gewimmel auf der Wiese vor dem alten Gemäuer.

»Was?« Breitbeinig bleibt sie stehen und verschränkt die

Arme vor ihrer Brust. Immerhin wartet sie, bis ich sie erreicht habe.

»Ich wollte mich nur bedanken. Das, was du gesagt hast ...« Ich keuche ein wenig außer Atem, ich müsste dringend wieder Sport treiben.

»Meinst du unser aufarbeitendes, äußerst konstruktives Gespräch oder meinen Schwur danach?« Sie mustert mich. »Du hast deinen Job also noch? Ich kann nicht sagen, dass mich das freut, Judas. Bilde dir nichts darauf ein. Du hast Dad geholfen. Das war ich dir schuldig.«

»Henry? Lass ihn da raus. Das hat nichts mit dir und mir zu tun. Ob es dir gefällt oder nicht, wir mögen uns.«

»Du hast ihn ins Krankenhaus gebracht.«

»Ganz genau.«

»Du weißt, wie ich das meine! Ich kann mir nicht vorstellen, dass er das mag, was du mit unserer Insel anstellst.«

»Mit eurer Insel?«

»Nein – *unserer*, du ... Ach, vergiss es! Jetzt sind wir jedenfalls quitt.«

»Oh, sind wir das? Hast du dabei nicht eine Kleinigkeit vergessen?«

Sie sieht mich verständnislos an.

»Das Ei vielleicht, das ich abgefangen habe, damit du und Eddie euch keine Zelle teilen müsst?«, helfe ich ihr auf die Sprünge. »Was war das überhaupt für eine bescheuerte Idee? Glaubst du allen Ernstes, das hilft den Wallabys? Du hast Tony im Stich gelassen. Ich bin hier.«

»Ich gehe jetzt«, sagt sie kühl. »Wir wollen es nicht noch einmal riskieren, dass du mit mir gesehen wirst. Ich habe einen Ruf zu verlieren. Im Übrigen teilen sich Männer und Frauen im Gefängnis keine Zellen.«

»Du scheinst dich ja auszukennen.«

Sie dreht auf dem Absatz um und geht.

»Carrie, warte! Du hast dein Puzzle vergessen.« Ich halte die blöde Papiertüte in meiner Hand hoch, aber sie zeigt mir nur ihren Mittelfinger, und das, ohne hinzusehen.

Zum zweiten Mal innerhalb einer halben Stunde lässt sie mich einfach stehen. Sie hat sich kein Stück verändert.

Ich hasse sie.

CARRIE

Mit klammen Fingern und dem Herzen in der Magengrube drehe ich den Schlüssel in dem rostigen alten Vorhängeschloss, schiebe den Riegel zurück und trete ein. Es riecht nach Algen und ein wenig nach Moder, nach Teer und Rost. Mit dem ersten, tiefen Atemzug fühle ich mich um Jahre zurückversetzt. Ruhe breitet sich in mir aus.

Im ersten Stock des Gemeindebootshauses ist ein Café. Von dort oben dringt dumpf Stimmengewirr und Gelächter zu mir herunter. Hier unten überwiegt der wunderbar vertraute, vielschichtige Klangteppich des Zusammenspiels von Wasser, Holz und Wind.

Wasser und Wind bilden die breite, unvergängliche Basis: Das immerwährende, leichte Plätschern der kurzen Wellen beruhigt meinen Herzschlag. Ich höre das Knarzen und Knarren, mit dem die Boote gegen den Steg drücken. Im selben Rhythmus schlagen die Fender an die Planken der u-förmig angelegten Stege, an denen die Boote vertäut sind. Ich fühle mich wie der Zaungast bei der Tonprobe einer experimentellen Indieband. Holz, Tampen und Taue ahmen einmal das metallische Schnarren einer Snare Drum nach, dann wieder klopfen sie wie Klanghölzer gegen die Körper der kleinen Schiffe.

Der Stammplatz von Dads Motorboot ist leer. Es liegt landgeholt im Trockendock. Ich hoffe, dass die Reparatur nicht allzu lang dauert, aber darauf konnte ich nicht warten. Ich muss hier ganz dringend raus, und zwar so schnell wie möglich. Den Kopf frei kriegen. Durchatmen.

Dads kleines rotes Kajak genügt mir dafür völlig.

In meinem Kopf wirbeln immer noch Satzfetzen unseres Streits durcheinander, so vieles, was dadurch hochkommt. All der Schmerz, den ich längst hinter mir gelassen glaubte. Die Wut, hinter der sich letztlich Traurigkeit versteckt. Natürlich weiß ich das. Ein Blick in Marcs dunkelblaue Augen, und es ist alles wieder da. Er wollte sein Leben mit mir teilen? Pah. Wieso ist er dann nicht mit mir gekommen? Er hätte doch nur den Hintern hochkriegen müssen, mit mir reden wenigstens. Stattdessen hintertreibt er alles, was Dad und ich aufgebaut haben.

Ich weiß, dass auch das nicht ganz stimmt. Er hat sich schützend vor mich gestellt. Ich werde aus ihm nicht schlau. Das macht mich umso wütender. Ruppiger als nötig rupfe ich an den Wandhalterungen und Riemen herum. Die wehren sich natürlich gegen die grobe Behandlung. Prompt breche ich mir einen Fingernagel ab.

Ruhig, Carrie!

Meine Hände zittern.

Verbissen atme ich durch, balle die Fäuste, lasse wieder locker, wiederhole das Ganze.

Besser.

Ich könnte schreien, sobald ich an Marc denke, aber das hilft nicht. Ich starre aufs Wasser hinaus und zähle bis zehn.

Ich hasse ihn.

Bis zwanzig.

Ich zwinge mich, nach vorn zu denken. An die Insel. An die Wallabys. An Tony und Dad.

Dann geht es wieder.

Mit Bewegungen, die meine Hände seit der Jugend auswendig können, löse ich das Kajak aus der Halterung und lasse es zu Wasser. Dann ziehe ich mir die Schwimmweste über, lege das Paddel hinein und klettere hinterher.

Ich fühle mich wie ein Michelinmännchen, dick eingemummt in meine alte Funktionswäsche, Fleecepullover und Neoprensocken, und darüber den winterfesten Trockenanzug mit dicken Handschuhen, Kopfhaube, Schwimmweste, Mütze und wasserdichten Boots, bereit für eine Expedition.

Es ist dieser eine Moment, den ich wie pures Glück erlebe: Nach dem Abstoßen aus dem Dunkel des Bootshauses in das Licht zu gleiten, auf den See hinaus, das Land und seinen Lärm mit jedem Eintauchen des Paddels dann weiter hinter mir zu lassen – der Weite entgegen. Ich weiß, dass er kommt, dieser Augenblick. Abrufbar stellt dieses Glück sich ein, und dann wächst es noch. Schier unvergleichlich.

Mit zunehmender Entfernung vom Ufer verlieren sich die menschlichen Lärmquellen. Jeder Paddelschlag bringt mich weiter weg von den Dormonds, dem Krankenhaus, von Eddie und Marc und all meinen Sorgen. Das tut mir grade unendlich gut.

Im Winter ist man noch immer fast allein auf dem See, während es im Sommer von Touristen und Einheimischen jedes Jahr stärker wimmelt.

Ich spüre mich wieder.

Der beißende Wind auf dem kleinen freien Bereich meiner Haut, die Kälte des Wassers, die versucht, durch die dünne Fiberglasmembran des Kajaks zu dringen – sie helfen mir dabei.

Ich spüre mich durch diese Grenzen, durch die Reibung mit den Elementen. Darum strecke ich ihnen mein Gesicht entgegen: der Sonne, den Graupeln, dem Wind, den eisigen Wasserspritzern. Ich setze einen Paddelschlag aus, lege den Paddelschaft auf den Süllrand und genieße, dass ich am Leben bin.

Und allein.

Und denke gefälligst nicht mehr an Marc.

Schluss!

Ein feiner Dunstschleier liegt über dem Wasser und verleiht dem See die Aura eines Wintermärchens. Die einzigen Geräusche, die mich umgeben, gehören hierher. In der Natur ist es niemals still. Da sind Wind und Wellen, Möwen und andere Vogelstimmen. Und diese Art Stille hat etwas unglaublich Friedvolles.

Die Stille im australischen Outback klingt komplett anders. Früher war mir nie bewusst, dass Wüstenstille nicht mit der Ruhe eines Sees, dem Atemrhythmus des Meeres oder den Highlands vergleichbar ist.

Und jetzt genieße ich es umso mehr, weil der Aspekt des Nach-Hause-Kommens neu dazugekommen ist.

Vor drei Jahren war keine Zeit dafür, nach Inchconnachan und den Wallabys zu sehen. Die wenigen Tage waren mit der Taufe der Zwillinge, mit Familie und Freunden angefüllt. Und wenn ich ehrlich bin, war ich auch noch nicht so weit.

An jeder Ecke habe ich Schatten gesehen. Lange Zeit konnte ich nicht einmal mehr Blaubeeren essen, weil sie mich an die Sommer auf Inchconnachan erinnert haben. Jetzt fürchte ich mich nicht mehr vor Begegnungen mit Marc. Ich bin stärker geworden. Und ich fühle mich nicht mehr wie eine Verräterin, weil ich die Wallabys verlassen habe.

Jetzt bin ich hier. Und ich kann etwas für sie tun. Zumindest werde ich alles tun, was in meiner Macht steht. Wenn es sein muss, auch mit Marc reden.

Das hat ja vorhin schon mal richtig gut geklappt. Und das Puzzle für die Zwillinge habe ich auch liegen lassen.

Kräftiger als nötig tauche ich das Doppelpaddel wieder ein. Immerhin kann ich meinen aufflackernden Zorn direkt in Energie umsetzen. Spätestens gegen siebzehn Uhr wird es hier draußen zappenduster sein. Natürlich habe ich eine Taschenlampe und einen kleinen Scheinwerfer in meinem Bordgepäck, aber riskieren möchte ich es trotzdem nicht. Ich kann ja wiederkommen.

Und das werde ich auch, egal ob ich Tony und die anderen Wallabys heute finde oder nicht.

Ich bin kein Mensch, der unbeschadet lange in Gebäuden herumsitzen kann – umso weniger, wenn es sich dabei um Krankenhäuser handelt. Ich brauche frische Luft. Und Dad geht es genauso.

Dad. War es wirklich nur Mum, die es in die weite Welt zog? Unser Gespräch beschäftigt mich. Ich habe mir den alten Atlas noch einmal hervorgeholt. Er lag noch an derselben Stelle im Wohnzimmerschrank, mit denselben kleinen Klebezetteln zwischen den Seiten. Und sie alle trugen Mums Handschrift. Bis auf den einen, in dem es um Australien ging. Ach, Dad. Ich würde dir so gern die Heimat der Wallabys zeigen. Sobald du wieder gesund bist. Wieso nur hat er uns diese anstehende Operation verschwiegen?

Na toll. Jetzt sind meine Sorgen um ihn doch vom Festland mitgekommen.

Aber es ist nicht mehr weit. Vor mir wird Inchconnachan immer größer. Verwunschenes Totholz, starke Eichen und Birken und der immergrüne Rhododendron, der den Dormonds ebenfalls ein Dorn im Auge ist. Sie alle heben sich immer klarer aus dem Dunst, wachsen mit jedem Yard, den ich der Insel weiter entgegenpaddle.

Meine Arme zwiebeln vor Anstrengung, ich bin die Bewegungen nicht mehr gewohnt. Und ich bin froh, dass ich Handschuhe trage, sonst hätte ich vermutlich bereits Blasen an den Händen.

Ich fahre einen kleinen Bogen und steuere zum Anlanden eine flache Bucht im Nordwesten der Insel an.

Trotz der warmen Kleidung fühle ich mich klamm und steif. Ein wenig ungelenk manövriere ich das Kajak in einen rechten Winkel zum Ufer, bis die Spitze in den Schnee knirscht und ich Halt habe. Dann knöpfe ich den Spritzschutz auf und klettere an Land.

Zufrieden lächle ich in mich hinein, während ich das Kajak ein Stück höher hinaufziehe und vertäue. Manche Dinge verlernt man nicht.

Ich richte mich auf, atme tief ein und halte einen Moment inne. Es riecht nach Schnee und Winterwald. Wie lange werde ich dieses Paradies noch so erleben?

Ein paar Elstern schimpfen über mir. Ich kann das Bootshaus sehen, ich wusste nicht, ob es vielleicht abgeschlossen ist. Die Hütte liegt im Dickicht dahinter verborgen.

Ich schlage einen Trampelpfad ein, den Rotwild auf dem Weg zum Wasser angelegt haben muss, und verlasse den Strand. Wie erhofft bin ich augenscheinlich die Einzige auf der Insel, die sich auf zwei Beinen fortbewegt.

Raureif hat ein Spinnennetz in ein zerbrechliches Kunstwerk verwandelt. Bewundernd bleibe ich eine Minute stehen. Es duftet intensiv nach Nadelgrün. Kurz bin ich verwundert. Dann entdecke ich frischen Wildverbiss an ein paar Schösslingen und Büschen in der Nähe. Birken und Tannen wehren sich gegen hungrige Pflanzenfresser, indem sie zusätzliche Bitterstoffe in ihre Blätter und Nadeln einlagern. Mein Herz schlägt schneller. Im Schnee unter und hinter den angeknabberten Zweigspitzen entdecke ich keine Spuren von grazilen Hufen, sondern riesige Pfotenabdrücke. Mittig dazwischen ist der Schnee verwischt und platt gedrückt – ganz so, als hätte sich ein Känguru auf seinen Schwanz gestützt, um sich besser aufrichten zu können.

»Bingo«, flüstere ich, ziehe mir die Handschuhe aus und mache ein paar Fotos mit meinem Smartphone. Dann schultere ich meinen Rucksack und folge der deutlichen Fährte von Notamacropus rufogriseus banksianus – dem Festland-Rotnackenwallaby.

Langsam pirsche ich tiefer ins Unterholz. Immer wieder sinke ich bis zum Knie in den Schnee. Mein Trockenanzug engt mich ein, ich komme sogar ins Schwitzen. Kalt ist mir überhaupt nicht mehr.

Eine Krähe fliegt flatternd auf. Ab und zu knacken Zweige, ich finde Urinspuren und recht frische Losung, fotografiere auch das, aber wirklich zu sehen ist nichts.

Die Wallabys verstecken sich vor mir. Natürlich weiß ich, dass meine Chancen mit der Dämmerung steigen würden. Dann sind sie am ehesten aktiv. Aber darauf zu warten wäre ein Risiko. Ich muss über den See zurück, und ich bin allein unterwegs. Außer Dad weiß niemand, wo ich bin.

Ich wische den Gedanken weg. Noch habe ich Zeit. Ich bin hier aufgewachsen. Ich kenne diese Insel gut.

Erinnerungen steigen in mir auf. An Frühlingslachen und Musik, lauwarmen Shepherds Pie aus Tupperdosen und Cider aus Dosen. Mein erstes Babykänguru habe ich nicht in Australien gesehen, sondern hier, auf dieser Insel. Es hat sich aus dem Beutel seiner Mutter purzeln lassen, weil es von einem Schmetterling fasziniert war, und dann stolperte es über seine eigenen übergroßen Hinterbeine und erschrak so über die Feuchtigkeit der Wiese und unser Lachen, dass es buchstäblich Hals über Kopf wieder untertauchte.

Ich verziehe wehmütig das Gesicht, fühle ganz deutlich die vertraute Berührung in meinem Nacken. Zart und warm, in stummem Einklang und Bewunderung für diese einzigartigen Geschöpfe. Traumversunken sucht meine Hand nach seiner, will die Erinnerung halten. Mein Körper erinnert sich, gehauchte Küsse im Sommerwind. Blaubeermünder.

Aber was ich spüre, ist keine sonnenwarme Haut, nur Fleece und Neopren und Ölzeug – und nasser, kalter Schnee.

Die Realität also.

Alles andere ist ungesunde Illusion. Ich frage mich wirklich, wieso das plötzlich alles wieder präsent ist. Ich habe doch abgeschlossen mit ihm, oder nicht?

»Natürlich habe ich das.« Meine Stimme klingt schief und ein wenig krächzig und lässt ein paar Tauben erschrocken aufflattern.

Blinzelnd sehe ich ihnen nach.

Es ist nicht weit zur Hütte. Die Veranda lugt zwischen den Bäumen hervor. Zeit, mich auch damit zu konfrontieren: Desensibilisierung. So heilen wir in Australien auch Leute mit Schlangenphobie.

Ich atme tief durch und stapfe weiter.

Anfangs dachte ich, es sei ein Wunder, dass die Wallabys sich hier so lange gehalten und eine stabile Population aufgebaut haben. Dann habe ich begriffen, wie ideal die Insel für sie ist: kaum natürliche Feinde, kein Straßenverkehr, dem in Australien so viele Kängurus zum Opfer fallen.

Sieben. Vielleicht haben sie einfach nicht alle mit der Wärmebildkamera erfasst? Ich kann nicht glauben, dass ihre Zahl innerhalb so weniger Jahre derart drastisch geschrumpft sein soll. Von Krankheiten hätte Dad mir erzählt, oder ich hätte Notizen darüber in seiner Kladde gefunden. Kadaver dieser Größe verschwinden nicht einfach. Als Ursache bleibt – der Mensch.

Schon wieder kreisen meine Gedanken um Dad und Marc und Tony und die Dormonds – und die Zukunft von Inchconnachan.

Und dann stehe ich plötzlich direkt vor der morschen Holztreppe, die zur Hütte hinaufführt, und halte den Atem an, weil schon wieder so vieles hochkommt. Schreckliches und Schönes.

Wieso hat das damals nicht funktioniert mit uns?

Warum sollen jetzt auch noch die Wallabys hier weg?

Muss denn alles ein Ende haben?

Wie wird das werden, wenn die Dormonds hier alles abgerissen und umgebaut haben?

Wohin soll ich dann noch flüchten, wenn alles zu viel wird?

Woher weiß Marc immer noch, welche Knöpfe er drücken muss, damit ich durch die Decke gehe? Und warum reagiere ich immer noch körperlich auf seine Nähe?

Eine dünne Kette hängt quer über die Treppe und schwingt leise im Wind.

»Ihr mich auch«, sage ich im Flüsterton und klettere über die lächerliche Absperrung.

Jemand scheint vor dem letzten Schneefall hier gewesen zu sein. Die Stufen sind grob gefegt worden, aber nun wieder mit Neuschnee bedeckt. Die Treppe ist vereist und rutschig, das Geländer morsch. Hier haben die Jahreszeiten deutliche Spuren eingraviert.

Die Hütte steht seit Jahren leer. Sie ist nicht abgeschlossen. Das hat sie mit den Bothys gemein, die überall in den Highlands als Schutzhütten für Wanderer zur Verfügung stehen.

Dieses Blockhaus war nie so gedacht. Mit seinen drei Zimmern war es der private Rückzugsort der ursprünglichen Besitzer, ein kleines Paradies inmitten der Natur. Inzwischen wird es nur noch ab und zu von Neugierigen wie mir erforscht.

Drinnen hat sich nicht viel verändert. Es stehen kaum noch Möbel in dem großen Wohnraum. Wer sich hier aufwärmen oder übernachten möchte, bringt seine eigenen Sachen mit – und seinen Müll wieder zurück aufs Festland. So sollte es zumindest sein.

Automatisch bücke ich mich nach einer zerdrückten Bierdose und ein paar Kippen, die jemand gleichgültig auf dem zerkratzten Holzboden ausgedrückt hat.

Die Dielen knarzen unter meinen Füßen. Graffiti an den Wänden überdecken die teure Tapete von einst. In einer Ecke hat jemand Pizzakartons gestapelt. Zuletzt hat das Blockhaus anscheinend häufiger als heimliche Partylocation für Jugendliche gedient. Ein Stuhl liegt umgeworfen vor dem großen Panoramafenster. Den Spuren nach haben sich Vögel oder kleine Nager an der Füllung des Polsters gütlich getan. Vielleicht hatten es kleine Küken oder Mäusebabys extra kuschelig in der letzten Saison.

Früher suchten hier im Sommer vor allem Ausflügler Schutz vor einem Wetterumschwung.

Oder wir.

Ungebeten schnellen erneut Bilder und Gefühle aus der sorgsam verschlossenen Kiste mit Erinnerungen in meinem Herzen. Ein Springteufel, der von tropfnassen Regenküssen weiß, von gegenseitigen Blaubeerfütterungen und stürmischen Umarmungen, von nächtelangen Gesprächen, die uns beide Zeit und Raum vergessen ließen. An prasselndes Kaminfeuer lässt er mich denken und an den Duft von Marshmallows, an Stockbrot und Konservensuppe.

Hier war unsere Welt immer in Ordnung.

»Verdammt.«

Das führt doch alles zu nichts.

Ich öffne den Reißverschluss meines Trockenanzugs, ziehe mir die Mütze vom Kopf und lasse den Blick durch den Raum schweifen.

Die Hütte hat sicher weit mehr als diese Liebesnächte gesehen, die ich in meinem Herzen trage, egal, was später war.

Die Fensterscheiben, durch die wir Arm in Arm die Wallabys beobachtet haben, sind angelaufen und halb blind. Ich gleite mit Handschuhfingern über das vernachlässigte Fensterbrett.

Bei meinem ersten Besuch, als Kind, da standen hier Kerzenleuchter aus Messing, Trophäen und gerahmte Fotos von der Familie der Gräfin. Eins zeigte sie in einem Speedboot, ein anderes mit einem riesigen Fisch.

Ich spiegelte mich im Glas, mit dem Rücken zu den Erwachsenen, und Daddy sprach mit ihr. Wichtige Inselhüterdinge, die mich damals nicht interessierten. Ich hatte nur Augen für die exotischen Tiere da draußen, von denen die Erwachsenen mir erzählt hatten. Sie verbargen sich vor meinen Kinderaugen, und ich wollte sie so gern entdecken. Sonderbare Säugetiere mit einer Tasche im Bauch, einem dicken langen Schwanz und kurzen Ärmchen. Kängurus in Schottland?! Hier? Bei uns? Mein Daddy sollte auf sie aufpassen, und ich durfte ihm helfen!

Die Gräfin zog sich oft auf ihre Insel zurück, bis ins hohe Alter. Ich bin ihr noch einige Male begegnet. Sie fragte nie, ob ich die Wallabys gesehen hätte. Immer, ob sie mich gesehen hätten. Ich glaube, das war ihre Art, mir zu vermitteln, mich achtsam in ihrem Reich zu bewegen.

Damals wie heute stand die Insel allen Besuchern offen. In Schottland ist auch wildes Campen erlaubt, solange man sich verantwortungsbewusst in der Natur bewegt, keinen Müll hinterlässt und Rücksicht auf die Tierwelt nimmt.

Und doch. So vieles ist ganz anders jetzt, Theorie und Praxis eben. Dad fehlt. Solange er hier als Inselhüter unterwegs war, hätte sich niemand so etwas getraut.

Traurig wende ich mich ab.

Der offene Kamin scheint noch immer funktionstüchtig. Ein loser Stapel Brennholz liegt daneben, in der Feuerstelle erkenne ich kalte Asche.

Ich bin versucht, ihn anzuschüren. Aber ich bin nicht lange genug hier. Und vor allen Dingen nicht deswegen, genug in der Vergangenheit gestochert. Heute will ich Tony finden und hoffentlich irgendwas, das ich verwenden kann, um diesen Neubau und die Vertreibung der Wallabys zu stoppen.

Ich werfe die Bierdose auf die Pizzakartons. Die Zigarettenstummel nehme ich besser gleich mit. Ich wickle sie in ein Taschentuch und stecke sie in die Innentasche meines Overalls. Manchmal verirren sich Tiere hier herein. Eine einzige Kippe beinhaltet genug Gift, um tausend Liter Wasser zu vergiften oder ein kleines Säugetier zu töten. Wir hatten Notfälle im Zoo, die solcher Achtlosigkeit geschuldet waren: Speicheln, Muskelzittern, Krampfanfälle – kein schöner Anblick.

Nächstes Mal bringe ich einen Müllsack mit. Im Kajak habe ich nicht genug Platz für die Hinterlassenschaften der feierlustigen Gäste.

Manchmal möchte ich Menschen einfach nur schütteln.

Ein Geräusch erregt meine Aufmerksamkeit, das Motorenbrummen eines Außenborders. Kommt da jemand?

Ich spähe durch das matte Fensterglas auf den See hinaus. Tatsächlich. Jemand hält auf das Bootshaus zu und verschwindet außer Sicht. Nachdem der Motor dann abstirbt, gehe ich davon aus, dass es doch offen war – oder jemand den Schlüssel dafür hat.

Und damit ist meine Neugier geweckt.

Hastig schließe ich meine Jacke, setze die Mütze auf und verlasse die Blockhütte, mein Smartphone schussbereit in der Hand.

Ich schlittere und rutsche den verschneiten Abhang zum Ufer mehr hinunter, als dass ich gehe. Zwischendurch überlege ich, was ich sagen soll, wenn ich dem Neuankömmling begegne. Guten Tag, schön, dass Sie hier sind. Haben Sie einen Müllsack dabei, oder sind Sie wegen der Wallabys hier?

Wieso kümmere ich mich eigentlich nicht um meinen eigenen Kram?

Die Blechtür des Bootshauses scheppert und knarzt, als sie geöffnet wird. Ein Mann kommt heraus, wie ich in dicke, wetterfeste Wintersachen eingemummelt.

Uns trennen bestimmt noch zehn, fünfzehn Yards. Ich erkenne ihn trotzdem auf den ersten Blick. »Marc?!«, japse ich und halte mir erschrocken den Mund zu.

Als er den Kopf hebt, pralle ich zurück, stolpere und lande rücklings auf dem Hosenboden. Ein Fichtenzweig schnalzt mir ins Gesicht, Schnee rieselt herab und stäubt mich zusätzlich ein.

Nicht aufgepasst, geschieht mir ganz recht. Prustend wische ich mir harschiges Eis aus dem Gesicht. Hat er mich gehört? Auf die Entfernung?

»Verdammt«, fluche ich flüsterleise.

Ich rapple mich auf und spähe zwischen den Büschen hervor. Fast rechne ich damit, dass er gleich vor mir steht und auf mich heruntersieht. Aber die Peinlichkeit bleibt mir erspart. Mit einem schweren Bündel in den Armen stapft er in die andere Richtung davon.

Was macht der hier? Will er irgendwas vermessen? Aber das

neue Blockhaus soll doch hier drüben gebaut werden, nachdem das alte abgerissen wurde?

Ich sollte abhauen, einfach verschwinden. Noch hat er mich nicht bemerkt.

Aber das kann ich ja auch für mich nutzen.

Mit neuer Energie rücke ich meinen Rucksack zurecht, klopfe mir den Schnee ab und setze mich auf seine Fährte. Was immer Marc Stewart vorhat, ich werde es fotografieren, Beweise sammeln und gegen ihn verwenden. Das kann nur gut für unsere Sache sein.

MARC

Ich habe maximal zwei Stunden, bevor Darren und die Dormonds ankommen. Sie wollen sich vor Ort einen Überblick verschaffen, Darren hat es ihnen versprochen.

Als ob hier schon irgendetwas anders wäre. Aber sollen sie, ist ja ihre Insel. Mir ist es nur lieber, wenn sie möglichst nichts von den Wallabys zu sehen bekommen. Ich will kein Öl ins Feuer gießen. Die Flammen schlagen hoch genug – Carrie sei Dank.

Ich bekomme sie nicht aus dem Kopf, egal was ich mache, und das nervt noch mehr als das Chaos, das sie permanent verzapft, seit sie hier ist.

»Wie deutlich soll sie dir noch zeigen, dass sie dich hasst?«, keuche ich kurzatmig vor mich hin.

Die beiden Heuballen sind superschwer, und der rutschige Schnee macht es nicht einfacher, sie quer über die Insel zu schleppen. Normalerweise wäre es gar nicht so weit zu der Futterstelle. Aber irgendwer hat mit seinem Kajak in der kleinen Kieselbucht angelegt, und mir ist gerade nicht nach Menschen. Schon gar nicht nach leichtsinnigen Touristen, die im Winter allein auf dem Wasser unterwegs sind. Es reicht, dass ich mich nachher mit den Dormonds und Darren auseinandersetzen muss.

Oh, überhaupt. Darren. Wir müssen noch ein Hühnchen zusammen rupfen, ein großes! Ich könnte ihn erwürgen. Inständig hatte ich ihn gebeten, nicht mit Carrie auszugehen, und natürlich hat er nichts Besseres zu tun, als genau das Gegenteil zu machen. Wieso haben sie außerdem über mich geredet? Wie kommt es, dass er ihr von New York erzählt hat? Und was will sie überhaupt von ihm? Sie steht nicht auf solche Männer. Früher hat sie so was höchstens gemacht, um mich eifersüchtig ...

»Ha!«, knurre ich und bleibe kurz stehen, um die Heuballen besser zu greifen, weil sie mir fast durch die Finger rutschen. »Sie horcht ihn aus. Darum geht's.« Interessanterweise erfüllt mich das nicht nur mit Genugtuung – sondern auch mit ein wenig Erleichterung. »Na und?« Dann bin ich eben ein romantischer Träumer, was macht es schon für einen Unterschied?

Ich wollte, ich würde nicht ständig ihr Gesicht vor mir sehen. Die blitzenden meergrünen Augen, die senkrechte Zornesfalte dazwischen, die zusammengepressten Lippen, die so weich sein können.

Konnten.

Vergangenheit.

Vorbei!

Ächzend setze ich die Quader mit gepresstem Sommergras ab und stelle sie übereinander. Zweite Mahd, damit die Halme weniger rau sind, nicht einfach zu finden in Schottland. Das Zeug wiegt mindestens eine Tonne. Kängurus haben empfindliche Maulschleimhäute, eine Zahnfleischentzündung kann für sie tödlich enden. Stroh vertragen sie nicht.

Vor mir auf der Lichtung sitzt ein Wallaby mit Riss im Ohr und sieht mir aufmerksam zu.

»Wann wird das aufhören, Tony?«, frage ich ihn und zücke mein Taschenmesser, um die Schnüre des ersten Heuballens zu durchschneiden. Dann schüttle ich die Halme auf und verteile sie locker auf dem Boden. Ein Hauch Sommerduft zieht über die schneebedeckte Lichtung.

Seit einiger Zeit konkurrieren die Wallabys mit einem Rudel Hirsche und dem Damwild um die Ressourcen der Insel. Drei

Viertel davon sind mit Blaubeersträuchern bewachsen – Hauptnahrung der Wallabys. Anders als das Rotwild oder die Auerhähne können sie nicht einfach ans Ufer oder auf die nächste Insel weiterziehen, wenn hier alles abgegrast ist.

»Wieso eigentlich nicht?«, frage ich mich halblaut und gehe in die Hocke. »Schwimmen könnt ihr ja. Zu kalt, hmm?«

Der Schnee um meine kleine Futterstelle herum ist platt getreten von vielen Pfoten und Hufen. Sobald ich verschwunden bin, trauen sich auch die Hirsche aus der Dickung und machen sich gemeinsam mit den Wallabys über das Heu her. Ich habe eine kleine Wildkamera installiert. Auf den Aufnahmen ist zu sehen, wie sie in der Dämmerung einträchtig gemeinsam äsen. Nur manchmal unterbricht ein Fauchen die Idylle, wenn sie sich gegenseitig zu nah kommen. Die auf allen vieren grasenden Wallabys sehen neben den Hirschen und selbst dem viel kleineren, gepunkteten Damwild aus wie zu groß geratene Hasen.

Tony hüpft bedächtig näher heran und zupft ein paar Halme aus dem zweiten Bund. Er hat keine Angst vor mir. Manchmal sucht er sogar meine Nähe. Aber er fühlt sich wohler, wenn ich ihn nicht mit meiner kompletten Körpergröße konfrontiere.

Nachdenklich sehe ich ihm beim Fressen zu. Heute humpelt er ein wenig stärker. Ich habe ihm vor langer Zeit versprochen, dass er nie von hier fort muss.

»Ich glaube, du wirst wetterfühlig auf deine alten Tage«, sage ich leise. »Gibt Schlimmeres, Kumpel. Mach dir nichts draus.«

Hinter mir knackt ein Zweig. Sofort hoppelt Tony zurück in den Schutz der Sträucher.

»Was hast du denn?«, frage ich amüsiert. »Seit wann fürchtest du dich vor den Hirschen?«

Ich drehe mich um, aber wer sich da mit dem Smartphone in der Hand hinter der nächsten Birke versteckt, ist keine Hirschkuh, sondern …

»Carrie!?« Ich unterdrücke ein Stöhnen. Warum?

»Hallo«, sagt sie kleinlaut und winkt verlegen. »Was machst du hier?«

»Wonach sieht es denn aus?«, frage ich müde und öffne den zweiten Heubund.

Aus dem Augenwinkel sehe ich, dass sie zwei Schritte näher kommt und dann fragend stehen bleibt. »Darf ich ... dir ein wenig Gesellschaft leisten? Ich meine ... nur wenn ich nicht störe.«

Ich zucke mit den Schultern. »Was willst du hier, Carrie?«

Sie stapft zögernd näher und geht neben mir in die Hocke. »Mich entschuldigen? Das wäre ein ganz guter Anfang, oder?«

Erstaunt sehe ich sie an.

»Es tut mir wirklich leid. Ich meine ... ich verstehe nicht ganz, was du hier tust, aber wenn du das Heu nicht mit Gift versetzt hast, und davon gehe ich nicht aus ...«, beeilt sie sich zu sagen, »... dann ...« Sie knetet auf ein paar Heuhalmen herum, die sie vom Boden aufgelesen hat.

»Was dann?«, frage ich, noch immer auf der Hut. Sie macht mich so wütend, und doch möchte ein Teil von mir sie einfach nur fest an sich ziehen.

Sie lächelt scheu und hilft mir dabei, das gepresste Heu auseinanderzuzerren. Wir arbeiten Hand in Hand. Ohne viele Worte. Fast wie das eingespielte Team, das wir mal waren. Und gleichzeitig ist da diese unsichtbare Wand zwischen uns.

Es scheint ihr auch aufzufallen. »Dann muss ich mir eine neue Theorie zurechtlegen«, beendet sie ihren Satz.

»Theorie? Worüber denn?« Ich vermeide es, sie anzusehen.

»Über dich natürlich.«

Auf keinen Fall sehe ich sie an.

»Darf ich dich etwas fragen? Wieso hast du diesen Auftrag angenommen, wenn dir die Wallabys immer noch etwas bedeuten?«

»Eben weil sie es tun«, sage ich knapp.

Sie hält in der Bewegung inne und starrt mich an. Ihre Augen brennen auf meiner Wange. Schmerzendes, gefährliches, wunderschönes Feuergrün.

»Ich verstehe dich nicht. Wie kannst du das zulassen? Wieso unterstützt du das? Diesen Neubau – ein Luxushotel? Wir haben immer von einem ökologischen Besucherzentrum geträumt. Etwas für die Öffentlichkeit, nicht für ein paar wenige Reiche.« Ihre Stimme nimmt eine höhere Lage an, wie immer, wenn sie sich über etwas aufregt.

Geh nicht darauf ein, Marc. Lass dich nicht provozieren, sonst sagst du Dinge, die dir später leidtun. Wie auf dem Weihnachtsmarkt. Bleib neutral. Easy. Ganz cool.

»Die Presse schreibt viel. Es ist ein reizvolles Projekt, rein architektonisch betrachtet. Sumpfland, Insellage, wir werden mit Pontons für die Baufahrzeuge arbeiten müssen … und sie zahlen gut.«

Entgeistert starrt sie mich an.

Ich halte mich am Heu fest und sehe hinüber zu Tony, der sich immer noch unter den Büschen versteckt hält und uns beobachtet. Wieso, Marc? Wieso musstest du das Geld mit ins Spiel bringen? Um Himmels willen, sag ihr die Wahrheit, bevor sie dir die Augen auskratzt. »Ich wollte nicht, dass irgendein Idiot aus der Stadt diesen Auftrag übernimmt. Jemand, der keine Rücksicht nimmt auf die Flora und Fauna hier.«

Sie grunzt abfällig. »Und du tust das? Meinst du, mit ein bisschen Heu machst du alles wieder gut?«

»Es war gut, bis Eier geflogen sind.« Nicht cool, halt dich zurück, Marc!

»Sie wollen die Wallabys töten!« Carries Stimme überschlägt sich.

Sie hat einfach nur Angst, genauso viel Angst wie du. Du siehst es an ihren Augen. Bleib ruhig. »Nein, das werden sie nicht. Ich habe ihr Ehrenwort. Und wenn du noch was wissen willst: Ich bin froh, wenn der Job vorbei ist.«

»Dann kündige!«

»Es ist nicht alles so einfach, wie du es dir vorstellst.«

»Manche Dinge sind einfach!« Sie greift nach meiner Hand. Obwohl da lagenweise Baumwolle, Goretex und andere Synthetik zwischen uns ist, versetzt mir die Berührung ein elektrisches Kribbeln.

»Diese nicht«, sage ich heiser.

Carrie lässt mich los. »Du bist immer noch genauso verstockt und naiv wie vor sieben Jahren.«

Ich verkneife mir eine Antwort. »Du würdest es nicht verstehen.«

»Oh, du ... mmh!« Offensichtlich fällt es ihr schwer, hinunterzuschlucken, was auch immer sie auf der Zunge hatte. Sie atmet tief durch. »Ich will mich nicht dauernd mit dir streiten.«

»Ich mich auch nicht. Es tut mir leid.«

»Mir tut es leid. Du hast noch gar nicht gesagt, ob du meine Entschuldigung annimmst.« Ihr Blick nimmt etwas Bittendes an. Das Feuergrün ist wieder dem Meergrün gewichen, der Farbton des Wassers kurz vor einem Sturm.

»Wenn sie ehrlich gemeint ist?«

Sie nickt. Unsere Blicke verstricken sich. Carries Gesicht bewegt sich auf mich zu, oder bin ich das? Verwirrt irrlichtere ich zwischen ihren Augen und ihren Lippen hin und her. Sie sieht meinen Mund an. Wir sind nur ein paar Inches voneinander entfernt. Unsere Atemwolken lösen sich ineinander auf. Dann blinzeln wir den Moment weg. Dünnes Eis. Viel zu dünn. Ich bin wirklich ein Esel.

Ich räuspere mich. Carrie rutscht ein Stück zur Seite.

»Sieh mal, da drüben«, flüstert sie. Ihre Stimme klingt belegt. »Ist das ... doch, das ist Tony, oder!?« Ihre Augen sind jetzt frühlingsgrünes, staunendes Funkeln. Wie macht sie das?

Ich zwinge mich, nicht weiter einzutauchen, und widme mich

wieder dem Heu, damit meine Hände beschäftigt sind und keinen Blödsinn machen. »Ja, das ist er«, antworte ich rau.

»Meinst du, er weiß noch, was damals passiert ist?« Sie schüttelt langsam den Kopf, schüchtern lächelnd jetzt, verletzlich. »Nein, ich weiß, das ist lächerlich.«

»Natürlich erinnert er sich an uns«, widerspreche ich sanft. »Wir haben ihm das Leben gerettet. Weißt du noch, wie wir in dem Boot mit ihm gekämpft haben?«

Sie gluckst leise, kehlig. »Er hat uns fast zum Kentern gebracht.« Versunken streicht sie mit einem Finger über ihren Handschuh.

Darunter, auf der Haut, sitzt die gezackte weiße Narbe, die ich so oft geküsst habe. Es tut weh, Carrie körperlich so nah zu sein und doch so weit entfernt.

Ich wende mich ab und krame in meiner Jackentasche. Dann gehe ich gebeugt auf das Wallaby zu. Ich brauche Abstand, und wenn es nur ein paar Schritte sind, damit sich mein Herzschlag beruhigen kann, mein Atem, mein Verstand.

»Marc? Was machst du? ... Nein, warte, bleib hier. Kängurus sind ausgeprägte Fluchttiere. Du solltest da nicht näher rangehen. Das bereitet ihm Stress.«

»Fängst du schon wieder an, mich zu bevormunden?«, frage ich belustigt über die Schulter zurück. »Die Wallabys sind scheu, ja. Aber wir kennen uns. Ich habe nicht vor, ihn irgendwie unter Druck zu setzen oder mich von Tony in einen Boxkampf verwickeln zu lassen.«

»Das machen Wallabys ni...« Carrie bricht ab.

»Solange kein neuer Notfall vorliegt, will ich ihm auch nie wieder meine Jacke um den Kopf knoten und ihn in ein Boot bugsieren.« Das ist die reine Wahrheit. Wallabys können ziemlich treffgenau treten, und was sie mit ihren scharfen Zähnchen draufhaben, davon kann Carrie ein Lied singen.

»Du hast recht. Entschuldige, mir steckt anscheinend die Rettungsaktion von damals immer noch in den Knochen.« Sie hat die Arme verschränkt, aber sie klingt viel eher besorgt als besserwisserisch. »Wenn in Gefangenschaft ein Wallaby krank wird, ist das unter Umständen sein Todesurteil. Besonders sensible Tiere erleiden so viel Stress durch die Behandlung, dass sie manchmal sterben, bevor ein Antibiotikum überhaupt wirken kann. Zum Glück kommt das selten vor, aber wir hatten mehr Glück als Verstand.«

»Ja, Tony vor allem. Ich komme seit Jahren hierher, beinahe jeden Tag«, sage ich besänftigt und gehe wieder einen Schritt auf sie zu. »Er weiß, dass ich es bin. Ich habe immer Cranberrys oder ein paar geschälte Walnüsse dabei.«

Carrie öffnet den Mund, um etwas zu sagen, aber ich komme ihr zuvor. »Ja, ich weiß, wie empfindlich ihr Zahnfleisch ist und dass eine Kieferentzündung sie umbringen könnte. Darum passe ich besonders auf. Tony lässt sich sogar streicheln. Schau mal.« Ich hole eine Banane aus meiner Jackentasche, gehe in die Hocke und drehe mich halb zu ihm, während ich die Frucht schäle und ein Stück abbreche.

Er hebt schnuppernd das Näschen in den kalten Wind, dann bewegt er sich langsam näher auf mich zu, den Blick dabei skeptisch auf Carrie gerichtet.

Die macht gerade Fotos mit ihrem Smartphone.

Tonys Appetit siegt. Mit den Vorderpfoten nimmt er mir das Bananenstück aus der Hand und frisst.

»Sein Schmatzen ist der weltbeste Schlechtelaune-Killer«, denke ich laut.

Tonys Ohren spielen nervös hin und her, aber er bleibt bei mir und der Banane, auch als Carrie sich neben mich kniet und dabei mit einer Hand an meiner Schulter abstützt, in der anderen noch immer ihr Handy.

»Ich habe die letzten Jahre in Australien damit verbracht, den Leuten etwas über Kängurus beizubringen. Ich meine, wir haben halbwegs zahme Tiere in Streichelgehegen, aber sie legen ihre

Scheu nie ganz ab. Tony hat immer in Freiheit gelebt, und dann kommst du und ... Entschuldige.«

»Wofür jetzt?«

»Ich habe dich offenbar falsch eingeschätzt«, sagt sie leise und steckt das Telefon weg.

»Wir haben damals beide Fehler gemacht. Wir waren ziemlich jung.«

Sie zieht die Nase kraus, wobei sie nicht den Blick von Tony nimmt. »Ich meinte eigentlich nicht unsere ...« Sie seufzt. »Ich lass das mal so stehen – für den Moment.«

»Frieden?«, biete ich an.

»Waffenstillstand«, sagt sie und zieht auch ihren zweiten Handschuh aus. Ganz sachte beginnt sie, Tony mit der Hand zu streicheln, deren Narbe ich fast so gut kenne, als wäre es meine eigene.

Na ja – kannte. In sieben Jahren kann viel passieren. Das gilt vermutlich nicht nur für mich und das, was inzwischen hier alles geschehen ist.

Carrie krault ihn unter den Ohren, am Hals, zwischen den Schultern. Instinktiv findet sie die Stellen, die er gern mag.

Tony genießt und bettelt zwischendurch bei mir nach mehr Banane. Und als die alle ist, nach Cranberrys und Walnusshälften. Wir füttern ihn abwechselnd. Unsere Finger berühren sich. Unsere Augen weichen einander unsicher aus.

Ich habe keine Ahnung, was hier gerade passiert. Ich weiß nur, dass es fragiler ist als ein Stück Zucker in einem Hot Toddy. Und ich wünschte, ich könnte die Zeit anhalten. Genau jetzt. Bevor wieder einer von uns beiden etwas Superdummes sagt oder tut und damit alles versaut. Oder dem anderen wehtut.

»Die Dormonds kommen in einer halben Stunde.« Das ging schnell.

»Was?« Carries Blick fliegt zu mir. Ihre Augen ziehen sich zusammen..

Das ist so ungefähr der Grad von superdumm, den ich meinte.

Tony bringt mit einem schnellen Kängurusprung Abstand zwischen sich und uns und betrachtet uns argwöhnisch.

»Ich dachte, du würdest es wissen wollen. Dein Freund kommt auch mit. Also, genauer gesagt bringt er sie her.«

»Mein wer?«

»Darren.«

Sie verdreht die Augen.

Ich nehme das als positives Signal.

Allerdings steht sie auf – ohne sich an mir abzustützen – und klopft sich Schnee von der Hose – und zwar ziemlich genau so, dass er mir ins Gesicht fliegt. Eher nicht aus Versehen.

»Danke für die Warnung«, ringt sie sich immerhin ab.

»Gern.« Ich stehe ebenfalls auf. Tony ist im Dickicht verschwunden. »Kann ich dir sonst noch mit irgendwas helfen? Ich meine ... ehrlich. Kann ich *irgendwas* tun? Für Henry? Oder dich?«

Sie schüttelt den Kopf. Ihr Zorn scheint verraucht. »Nein. Eher nicht. Aber ... danke! Tja. Ich schätze, man sieht sich.«

Ich sehe ihr nach, als sie über den schmalen Pfad zurück Richtung Bootshaus stapft. In meinem Magen breitet sich ein schales Gefühl von Leere aus.

Rekordverdächtig superdumm.

Sie dreht sich noch einmal um. »Weiß Dad eigentlich, dass du regelmäßig hier bist und was du hier so treibst?«

Ich nicke. »Er hat mir gesagt, woher ich geeignetes Heu bekomme. Zweiten Schnitt ohne harte Bestandteile zu finden ist eine Herausforderung.«

»Und die Dormonds?« Sie grinst, als sie meinen entsetzten Gesichtsausdruck sieht, zückt ihr Smartphone und macht ein Foto davon. »Keine Angst, Wallabyman. Dein Geheimnis ist bei mir sicher. Hast du immer noch dieselbe Handynummer? Ich schicke dir die Bilder.«

DIE FLIEGE AN DER WAND

Der Patient schnarchte leise. Der Atemrhythmus war gleichmäßig und tief. Die Schlaftabletten taten ihre Wirkung. Die Nachtschwester dimmte behutsam das Licht über seinem Kopfende und warf einen schnellen Blick auf die Monitore. Alle Werte waren im Normbereich. Einzig der Blutdruck hätte ein wenig stabiler sein können, aber ausgehend vom Krankheitsbild lag das durchaus noch im Rahmen.

Es war gut, dass der alte Mann für die kommende Woche auf dem OP-Plan stand. Sie hoffte einfach, dass sein Herz solange mitmachte. Weihnachten stand vor der Tür. Manchmal verlieh das den Kranken eine unglaubliche Kraft. In einigen Fällen endete diese mit den Feiertagen und führte zu einem rasanten Abfall, in anderen trug sie die Menschen durch die Krise und brachte die Wende. Sie hoffte jedes Mal auf einen bestmöglichen Ausgang – was immer das in manchen Fällen sein mochte.

Leise tauschte sie das benutzte Glas und die leeren Flaschen gegen neue aus und stellte die Medikamente für den Morgen bereit.

Eine Stubenfliege hatte sich auf dem Nachttisch niedergelassen. Energisch wischte sie das Insekt fort.

Die Fliege war schneller. Sie floh an die Fensterscheibe, angezogen von den Lichtreflexen, die die Straßenlaternen auf das Glas zauberten.

»Raus mit dir«, zischte die Nachtschwester und öffnete das Fenster. Ein Windzug mit kalter Nachtluft strömte in den Raum. Der Patient bewegte sich murrend im Schlaf.

Die Fliege suchte unterdessen Schutz an der Wand. Ein summender schwarzer Fleck auf dem hellen Grün, das einen positiven Effekt auf die Psyche der temporären Bewohner und ihrer Besucher haben sollte.

Die Schwester ließ den Fenstergriff los und ging hinüber, um die Fliege in Richtung der sternklaren Nacht hinauszuscheuchen. Diese flüchtete erneut und landete nun auf dem Bilderrahmen mit dem Blumenstillleben. Auf halber Strecke dorthin leuchtete das Rufsignal an dem Pieper der Nachtschwester auf. Sie verzog das Gesicht und schloss das Fenster wieder – unverrichteter Dinge.

»Wir sprechen uns noch«, zischte sie der Fliege zu, die unbeteiligt auf dem Motiv einer blühenden schottischen Distel ihre Flügel putzte.

Mit einem leisen Klicken fiel die Tür hinter ihr ins Schloss. Die Schritte hallten bis ins Zimmer hinein, als sie sich eilig über den Flur des Krankenhauses entfernte. Die Fliege flog wieder auf. Summend suchte sie nach einem wärmeren Ort und fand ihn auf der Haut des alten Mannes im Bett. Mit den Füßen nahm sie seinen Geruch auf. Er schmeckte säuerlich, nach Schweiß und Krankheit und ein wenig bitter. Das kam von der Chemie der Medikamente.

Henry McIntyre öffnete die Augen, als das Tier über seinen Arm krabbelte.

»Oh, was machst du denn hier?«, murmelte er schläfrig. »Lass dich nur nicht erwischen. Die mögen keine Tiere hier drin.«

Umständlich kletterte er aus dem Bett. »Warte, ich helfe dir. Gib mir nur eine Minute. Mir ist ein bisschen schwindelig, und diese krummen Beine brauchen einen Moment, um sich an ihren Job zu erinnern.«

Er kam nur zwei Schritte weit. Im Halbschlaf vergaß er den Katheter, der ihn an den Infusionsständer fesselte.

Er stolperte. Im Sturz riss er den Infusionsständer um, der krachend auf den Boden fiel.

Die hallenden Schritte kehrten zurück. Diesmal rannten sie.

Als die Tür aufgerissen wurde, entwischte die Fliege in den nächtlichen Flur.

NEUN TAGE BIS WEIHNACHTEN

CARRIE

Der Anruf aus dem Krankenhaus reißt mich aus wirren Träumen, in denen ich im lichterloh brennenden Blockhaus stehe und Marc küsse. Ich renne nicht hinaus.

Ich lösche nicht.

Ich bleibe einfach stehen und küsse ihn immer weiter – in der tiefsten Überzeugung, dass wir beide sofort sterben, wenn ich mich aus seinen Armen löse, diese Lippen gehen lasse.

Was für ein sonderbarer, verstörender Traum. Ich bin bereits in Schweiß gebadet, noch bevor in meinem Hirn ankommt, wer da am anderen Ende der Leitung ist.

»Schwester Kensie vom St. Marys hier. Spreche ich mit Carrie McIntyre?«

»Am Apparat«, krächze ich und sitze so schnell senkrecht, dass Merlin sich mit einem Sprung von seinem Schlafplatz zwischen meinen Unterschenkeln auf den Wohnzimmertisch rettet. Irgendetwas fliegt klirrend um. Mein Wasserglas vermutlich.

War da noch was drin? Nebensache. Ich taste nach der Nachttischlampe, die ich aus meinem alten Kinderzimmer mit nach unten gebracht habe, und schlüpfe dabei schon halb in meine Hausschuhe. Sie sind nass. Frage geklärt, aber völlig egal jetzt. »Ist was mit Dad?«, frage ich heiser.

Die Krankenschwester räuspert sich und löst damit einen Kälteschauder bei mir aus. In Sekundenbruchteilen rennt er meinen

Nacken hinunter und breitet sich von der Wirbelsäule her überall in mir aus.

»Er ist gestürzt«, sagt sie so leise, dass ich sie am liebsten durchs Telefon ziehen würde. »Können Sie herkommen?«

»Ja ... ja, natürlich«, stammle ich. »Geht es ihm ... was ist ... wird er ...?«

Schwester Kensie versteht mich. »Ich darf Ihnen am Telefon eigentlich gar nicht so viel sagen.« Sie wird noch leiser. »Er ist stabil. Ihr Vater ist stark. Aber noch so eine Krise könnte eine zu viel sein. Der Doc möchte mit der Operation jetzt nicht länger warten. Das sagt er Ihnen später alles selbst.«

Ich schlucke. »Danke.«

»Fahren Sie bloß vorsichtig, Schätzchen, ja?«

Ich nicke. Als mir einfällt, dass sie das ja nicht sehen kann, hat sie bereits aufgelegt. Sie hatte mich erst beim vierten Versuch erreicht, sagt mein Handy. So schnell ich kann, füttere ich Merlin, schmiere mir Deo unter die Achseln, schlüpfe in meine Klamotten und putze mir die Zähne. Eigentlich wollte ich mir in Ruhe die Haare waschen, das muss jetzt auch ohne gehen. Zwischen Katzenwäsche und Jacke anziehen rufe ich Sue Anne an, aber niemand hebt ab, und ich werde immer panischer.

Es ist noch stockdunkel, als ich aus dem Haus schlittere, das Garagentor aufziehe und dreimal den Motor des kleinen Vauxhall Adam abwürge. Bis ich endlich auf dem Weg bin, könnte ich völlig hysterisch losschreien. Aber davon gehen die Bilder in meinem Kopf auch nicht weg.

Ich drücke die Wahlwiederholung in meinem Handy. Noch immer geht niemand ran. Also versuche ich es über meinen Chat-Dienst und drücke blind auf das Display, auf die letzte Nummer, die ich gestern kontaktiert habe.

»Carrie?«

»Marc?«, reagiere ich ebenso verwundert auf seine verschlafen klingende Stimme. Oh, richtig. Ich hatte ihm noch die Fotos von der Insel geschickt. Darum war er der Oberste in meinem Chatverlauf.

»Was ist passiert?«, fragt er nur, und ich heule sofort los. Seine Intuition ist immer noch verblüffend treffsicher.

»Ich weiß es nicht genau. Irgendwas mit Dad.«

»Wo bist du?«

»Auf dem Weg ins Krankenhaus.«

»Ich komme.«

»Aber …«

Er hat bereits aufgelegt.

Mein Herz klopft immer noch wie verrückt, aber ein bisschen anders jetzt. Marc kommt. Früher wurde immer alles gut, wenn er kam. Und heute?

Meine Gedanken springen zwischen ihm und den Sorgen um Dad hin und her.

Ich habe keine Ahnung. Ich habe Angst, alles falsch zu machen. Mich bescheuert zu verhalten, wie gestern auf der Insel. So, wie er geguckt hat, dachte er offenbar, ich würde ihn tatsächlich mit den Fotos erpressen wollen.

Und trotz allem setzt er sich morgens um sechs ins Auto und kommt ins Krankenhaus.

Ich zwinge mich, tief in den Bauch zu atmen. Man kann nicht gleichzeitig panisch sein und in den Bauch atmen. Das schließt sich gegenseitig aus, habe ich gelesen. Und es hilft wirklich.

Ganz langsam werde ich etwas ruhiger. Ich darf nur nicht an diesen beängstigenden Traum denken. Das Einzige, was daran nicht beängstigend war, war das Gefühl seiner Lippen auf meinen. Sobald ich daran denke, kribbeln sie wieder, und mir wird warm von innen – und das ängstigt mich, ehrlich gesagt, am allermeisten.

Aber jetzt ist nicht die Zeit, über Marc und diesen Kuss nachzudenken und wie es sich wohl in Wirklichkeit anfühlen würde, wenn wir … Und überhaupt – wo waren eigentlich die Wallabys in diesem Traum?

Ein Auto schießt vor mir aus einer Einfahrt, und ich kann gerade noch bremsen. Der Wagen schlingert und rutscht. Auf der schneenassen Fahrbahn dauert es ein wenig, bis ich zum Stehen komme. Hinter mir hupt jemand. Aber der Knall bleibt aus. Jetzt schlägt mir das Herz wirklich bis zum Hals. Aus vernünftigen Gründen. Aufpassen, Carrie. Konzentration. Das Letzte, was Dad brauchen kann, ist, wenn du dich ins Bett neben ihm legst.

»Alles wird gut.« Ich sage es fordernd, zornig, mit Nachdruck.

Ein wenig zittrig wechsle ich den Gang und fahre weiter. Von dem anderen Fahrzeug sehe ich nur noch die Rücklichter.

Je näher ich dem Großraum von Glasgow komme, desto hektischer und dichter wird der morgendliche Verkehr. Natürlich, es ist ja Montag. Die Leute arbeiten oder erledigen weihnachtliche Besorgungen. Ich erlebe mich wie einen Fremdkörper in diesem Straßengetümmel, als ob ich mich in einer Blase befinde, mitsamt Dads Auto, komplett außerhalb von allem. Überall glitzern und blinken festliche Leuchtreklamen, LED-Sterne, hell strahlende Rentiergespanne und »Ho-ho-ho«-Schriftzüge. Weihnachten, da war ja was.

Endlich kann ich Richtung Krankenhaus abbiegen.

»Alles wird gut.« Jetzt flehe ich es, beschwörend, voller Angst und Unsicherheit.

Ich habe keine Ahnung, welchen Weg ich in den dritten Stock genommen habe. Bin ich mit dem Aufzug gefahren, oder habe ich die Treppe benutzt? Ich bin außer Atem, also vermutlich Letzteres. Parken, Auto abschließen, der Fußweg über den Parkplatz – das muss ich alles erledigt haben, sonst wäre ich nicht hier. Aber ich habe es nicht mitbekommen. Kommt daher die Bezeichnung »außer sich sein vor Angst und Sorge«?

Ich haste am Schwesternzimmer vorbei. Es riecht nach Kaffee und Medikamenten. Drinnen ist niemand. Mühsam beherrscht reiße ich nicht die Tür zu Dads Zimmer auf, sondern sammle mich – ungefähr eine halbe Sekunde – und stürme dann nur unwesentlich langsamer hinein, als ich wollte.

»Carrie?«

Dads Bett ist weg. Da sind nur noch die ganzen Apparaturen und der Nachtschrank. Mir wird schwindelig.

»Carrie?«

Woher kommt die Stimme? Wer spricht? Ich drehe mich suchend um die eigene Achse. Das Zimmer dreht sich mit, schneller als ich.

Dann fangen mich Arme auf. »Carrie!«

»Marc?« Er hält mich fest, und ich klammere mich an ihn, weil das Gefühl, zu fallen, übermächtig wird.

»Ich bin gekommen, so schnell ich konnte.« Fragend scannt er den Raum ab. »Wie geht es ihm? Was ist passiert?«

»Ich habe keine Ahnung, das Bett ist weg«, wimmere ich und halte mich an seinem Pulloverrücken fest. Er riecht nach Wolle und Torffeuer, und ich erinnere mich an den offenen Kamin in seinem Elternhaus, und wie wir in der Vorweihnachtszeit davor saßen und Hot Toddys tranken und Orange Cakes aßen, durchgefroren von Winterwanderungen, Schneeballschlachten und Schneemannbauen.

Nach alledem duftet er. An alledem halte ich mich fest und verweigere mich der Gegenwart. Mich und ihn und Dad.

»Was will Marc hier?« Sue Annes Stimme katapultiert mich brutal ins Hier und Jetzt, wo ich gerade absolut nicht sein will.

Erstaunt öffne ich die Augen, mir war nicht einmal bewusst, dass ich sie geschlossen hatte.

Meine Schwester steht vor uns, die Arme vor der Brust verschränkt.

Mein Verstand setzt aus den einzelnen Eindrücken ein Bild zusammen. Sie war schon vor mir da. Sie hat das Telefon gleich gehört. Deswegen ist bei ihr niemand rangegangen. Oder sie haben sie unterwegs erwischt, als sie die Kinder in den Hort gebracht hat.

Sue Anne hat vorhin zuerst nach mir gerufen, auf dem Gang vermutlich schon, aber ich habe sie nicht wahrgenommen, nur ihn.

Jetzt stiert sie Marc an, als ob sie ihn mit ihren Blicken aufspießen will.

»Es ist in Ordnung, er kann bleiben«, sage ich und wische mir über die Augen.

Sie ist klug genug, nicht einzuhaken.

»Was ist mit Dad? Wo ist er?«, dränge ich.

»Im OP.«

»Schon?« Mein Kreislauf will wegsacken, aber Marc lässt es nicht zu. Er hält mich, leitet mich zu dem kleinen Zweiersofa in der Zimmerecke und hilft mir, mich hinzusetzen. Sue Annes Jacke liegt da auch, und auf dem Tischchen ein Stapel Papiere.

Marc setzt sich auf die Armlehne. Er strahlt Ruhe aus, Sicherheit, Selbstverständlichkeit, Zuversicht – all das, was ich grade nicht empfinde und nirgends in mir habe. Und ich sauge es in mich auf.

»Wie lange schon?«, frage ich. »Was sagt der Doc? Die Schwester am Telefon meinte, er würde mit uns reden. Was weißt du?«

»Er war vorhin kurz hier. Irgendeine Arterie hat sich zugesetzt, eine Engstelle in den Herzkranzgefäßen. Ich bin kein Arzt, ich habe nicht alles verstanden.« Sie zeigt auf die Papiere auf dem Tischchen. »Da liegt die Einwilligungserklärung. Ich musste sie unterschreiben. Sie nehmen eine Beinvene als Umleitung für den Bypass. Es wäre Routine, sagte er, und dass Dad bis Weihnachten wieder fit ist. Aber was, wenn nicht, Carrie?«

Ich strecke meine Hand aus, die ein wenig von Marcs Sicherheit gespeichert hat, damit sie danach greifen kann. Sue Anne nimmt meine Finger und klammert sich daran fest.

Marc steht auf und sagt irgendwas von »Glas Wasser holen oder jemand Kaffee?«.

Ich weiß, er will uns Raum geben.

Sue Anne wartet, bis er fast zur Tür hinaus ist, ehe sie sich setzt.

Ich stelle fest, dass mir ohne seinen Arm um die Schultern sofort wieder eiskalt wird und dass auch die Nähe meiner Schwester das nicht kompensieren kann.

»Sie melden sich, sobald er im Aufwachraum ist«, sagt sie leise. »Es kann ein paar Stunden dauern.«

Ich nicke. »Alles wird gut«, brabbele ich erneut mein Mantra und halte ihre Hand ganz fest. Lieber Gott, und wehe, wenn nicht!

Eine Weile schweigen wir. »Wie teuer mag das alles sein?«, fragt Sue Anne nach einer Weile.

Erstaunt sehe ich sie an. »Keine Ahnung, was meinst du? Das deckt Dads Krankenversicherung.«

»Schwesterlein, du warst wirklich schon lange nicht mehr im Königreich.« Sie zeigt mit dem Kinn auf die Apparaturen, die ohne das zugehörige Bett einfach nur deplatziert wirken. »Chefarztbehandlung, Einzelzimmer. Solche Extras kann sich Dad doch gar nicht leisten – oder weißt du was, das ich nicht weiß?«

»Ich mag jetzt nicht über Geld nachdenken. Wie kommst du darauf? Ist doch egal, was es kostet. Wir legen zusammen und gut.«

Sue Anne spitzt die Lippen und kneift die Augen zusammen. Ich stelle mich auf eine dieser Grundsatzdiskussionen ein, in denen mir meine große Schwester erklärt, wie die Welt funktioniert. Aber die Lektion bleibt aus. »Ist schon bezahlt«, sagt sie knapp.

Ich reiße die Augen auf. »Von wem?«

»Konnten oder wollten sie mir nicht sagen. Aber die Einwilligung in die OP durfte ich unterschreiben. Es lebe die britische Bürokratie.«

»Vielleicht die Dormonds?«, überlege ich. »Schlechtes Gewissen und so?«

Sue Anne grinst. »Na, das lass mal nicht Dad erfahren, wenn's so wäre. Das würde er nie zulassen.«

Wir schweigen wieder.

»Wäre aber ein feiner Zug. So verkehrt sind die vielleicht gar nicht.«

Mein Telefon klingelt.

»Guten Morgen, holde Schöne!«

»Darren?!« Unsicher sehe ich zu meiner Schwester und drehe mich weg. »Was gibt's?«

Sue Anne zieht die Augenbrauen hoch und glaubt, dass ich es nicht gesehen habe. Sie öffnet eine Spiele-App in ihrem Handy.

Ich stehe auf und gehe zum Fenster. Draußen dämmert es.

»Lust auf Frühstück? Mein sklaventreiberischer Chef ist noch nicht im Büro, der Langschläfer. Allein brauche ich die Stellung auch nicht zu halten, dachte ich. Erst recht nicht, wenn es womöglich hungrige Prinzessinnen da draußen gibt, denen noch kein Ritter Eier und Speck gebraten hat. Und nun stehe ich im Supermarkt an der Kühltheke und weiß nicht, ob es Schinken oder Bacon sein soll.«

»Ich bin Vegetarierin«, erinnere ich ihn lächelnd.

»Ah, wie konnte ich das vergessen, meine Teure. Nun, ich bin berühmt für meine gebratenen Tomaten, habe ich das nicht erwähnt? Bohnen dazu?«

»Ich bin nicht zu Hause, Darren. Es passt grade nicht. Ein andermal, okay?«

»Du planst nicht etwa Aktionen, von denen ich erst wieder aus der Zeitung erfahre, oder?«

»Nein, keine Sorge. Es ist ... etwas Familiäres«, rede ich mich heraus.

Darren seufzt. »Du brichst mir das Herz. Außerdem stehe ich schon an der Kasse und muss jetzt Schinken und Bacon ganz allein essen – und all die Tomaten dazu. Du wirst mich wegen meiner Figur sitzen lassen, wenn du mich das nächste Mal siehst.«

»Gibt es denn ein nächstes Mal?«, flirte ich schmunzelnd zurück.

»Wie wäre Lunch? Morgen? Ich könnte nach Luss raufkommen.«

»Ich weiß nicht«, sage ich zögernd. Ich spüre Sue Annes Blick in meinem Nacken.

»Dann Tee und Scones in diesem netten Café am Hafen. Das ist unverbindlicher, soll mir auch recht sein.«

»Aber ...«

Er lässt mich nicht zu Wort kommen. »Um drei? Ich trag's mir ein. Bis da-hann!«

Ich lächle immer noch, als er bereits aufgelegt hat.

»Was geht da mit dir und diesem Darren?« Sue Anne sieht mich aufmerksam an.

»Nichts«, behaupte ich und schiebe das Telefon zurück in die Gesäßtasche meiner Jeans.

Sie schneidet eine Grimasse. Diesmal legt sie es darauf an, dass ich es sehe. »Ich verstehe dich nicht, Carrie. Also läuft wieder was zwischen dir und Marc? Nach allem, was er getan hat und wo er offensichtlich steht? Ich meine, ich weiß ja nur das bisschen, was du mir erzählt hast, von dem, was zwischen euch war, aber ...«

Ihre Stimme verschwimmt hinter meinen Gedankenbildern. Ja, wo steht Marc wirklich? Was hat er getan? Mich vor den Dormonds verteidigt, zum Beispiel, verhindert, dass sie die Polizei gerufen haben. Dad vertraut ihm seinen Schlüssel an, er hat sich um Merlin gekümmert. Seit Jahren ist er offensichtlich fast jeden Tag draußen bei den Wallabys gewesen. Und ich? Seit ich zurück bin, habe ich ihn die ganze Zeit nur angemeckert, und er trägt mir meine Weihnachtseinkäufe hinterher ...

Ich sehe Sue Anne an, sie redet immer noch. Vielleicht haben wir ihn falsch eingeschätzt? Zumindest ein bisschen?

Ich öffne den Mund, um etwas zu sagen, aber sie winkt ab. »Nein, das musst du mir nicht beantworten, dein Ding, geht mich nichts an, Schwesterchen. Aber jetzt auch noch dieser Darren?«

Endlich schaffe ich es, sie zu unterbrechen. »Du unterschätzt ihn, glaube ich. Wir alle tun das. Er bringt mich auf andere Gedanken, er hört zu, er ist da. Das tut mir gut, gerade jetzt. Ich habe keine Ahnung, wo das hinführt. Zu gar nichts vermutlich. Darüber habe ich noch nicht nachgedacht – ich glaube, ich tue es grade jetzt zum ersten Mal. Aber ganz ehrlich, ist doch völlig egal, es muss ja nicht immer alles zu irgendwas führen, oder? Ich wünsche mir einfach ein bisschen Leichtigkeit, kannst du das nicht verstehen?« Ich schiele kurz zu der Stelle, wo Dads Bett hingehört. »Außerdem: Vielleicht kann ich auf diesem Weg etwas herausfinden. Er ist nützlich. Und ziemlich sexy außerdem.«

Sue Anne öffnet den Mund und setzt zu einer Antwort an. »Aber wirklich Darr-?« Dann versteinert ihre Miene und sie räuspert sich. »Oh, hi.«

Ich folge ihrem Blick zur offenen Tür. »Nein, nicht Darren«, sage ich lahm.

Marc steht dort, wer weiß, wie lange schon. Jetzt kommt er herein, zwei Kaffeebecher in der Hand. Er stellt sie auf dem Tischchen ab. »Einmal Zucker, schwarz, es gibt keine Sojamilch in diesem Krankenhaus. Und hier ist Tee für dich.« Er nickt Sue Anne zu, dann dreht er sich um und geht.

Shit.

»Marc, warte doch!«

Ich will ihm nacheilen, aber da schiebt sich ein Arzt herein. »So weit ist alles gut verlaufen«, bringt er die erlösende Nachricht.

Sue Anne springt auf. »Wie geht es ihm?«

»Können wir zu ihm?«, unterbreche ich.

»Das ist noch zu früh. Wir haben ihn auf die Intensivstation verlegt und warten jetzt nur noch darauf, dass sich alle Vitalparameter wieder normalisieren, dann schalten wir das Narkosemittel ab. Das ist von meiner Seite aus reine Routine. Es sollte ihm dann rasch besser gehen. So ein Herzschrittmacher, und dann noch in Kombination mit einem Bypass, wirkt Wunder.«

Scherzkeks.

»Ich schicke Ihnen eine Schwester, sobald er wach und besuchsfertig ist. Aber zwei, drei Stunden wird das noch dauern, und dann bitte auch nur kurz. Er braucht Schlaf. Das ist die beste Medizin, sagt man.« Er zwinkert Sue Anne zu.

Ich lasse die beiden stehen und schieße auf den Gang. Am unteren Ende sehe ich gerade noch, wie Marc im Treppenhaus verschwindet.

»Ich bin so ein Schaf«, stöhne ich laut. »Und du bist wirklich ein stoffeliger, sturer Esel.« Hoffentlich hat er wenigstens die guten Nachrichten noch mitbekommen.

»Ich kann's ihm nicht verdenken.« Sue Anne ist hinter mich getreten. »Willst du ihm nicht nachlaufen?«

»Ja. Nein. Ich ...« Es zerreißt mich. Verdammter Stolz. »Ich bleibe besser hier bei Dad.«

»Du bist wirklich ein Schaf, Schwesterchen. Aber gut für mich. Das passt hervorragend, dann kann ich Michael Entwarnung geben und die Zwillinge selbst aus dem Kindergarten abholen.«

Entgeistert drehe ich mich um und sehe ihr dabei zu, wie sie in Dads Zimmer geht, den Tee und gleichzeitig ihren Mantel herausholt. Sie nimmt einen Schluck und sieht mich an. »Was ist jetzt wieder falsch? Du hast den Doc doch gehört. Wir dürfen frühestens in zwei Stunden zu ihm rein. Ich löse dich nachher ab. – Passt sogar noch, falls du dich später wirklich mit Darren treffen willst?«

»Nein«, sage ich aus vollem Herzen und nehme ihr die Jacke ab, weil ich nicht mal mehr die halbe Minute verlieren will, die ich bräuchte, um meine eigene zu holen. »Bekommst du gleich wieder. Gib mir fünf Minuten.«

Dann renne ich los.

MARC

Der Wind ist eisig. Er passt zu meiner Laune, genau wie der einsetzende Schneeregen. Ich schlage meinen Mantelkragen höher und grummle in mich hinein. Warum rege ich mich eigentlich so auf? Ist das verletzter Stolz? Eitelkeit?

Wieso willst du Darren zu deinem Partner machen, aber deine Exfreundin gönnst du ihm nicht? Die beiden scheinen ja zusammenzupassen. Das entbehrt nicht einer gewissen Ironie.

Bin ich von Carrie enttäuscht? Nein. Was habe ich denn von ihr erwartet? Sie hat sich damals schon nicht binden wollen – und diese Tatsache heftig abgestritten. Nun spricht sie es wenigstens offen aus. Ich mache ihr nicht einmal einen Vorwurf für ihr Verhalten. Sie hat gerade mit tausend Sorgen gleichzeitig zu kämpfen. Natürlich tut ihr Darrens Leichtigkeit gut. Wahrscheinlich kam sie mit der Erwartung nach Schottland, hier ganz simpel ein schönes Familienweihnachtsfest feiern zu können. Und dann passiert eine Katastrophe nach der anderen.

Ich bin einfach unglaublich erleichtert, dass Henry die Operation offenbar gut überstanden hat.

Müsste ich Darren jetzt womöglich vor Carrie warnen? Auch nein. Wovor soll ausgerechnet ich einen Frauentyp wie ihn warnen?

Eben. Gut, dass das also geklärt ist.

Aber irgendwas nagt weiter in mir.

Eifersucht?

Lächerlich. Ich will nichts von Carrie. Damit bin ich durch. Seit Jahren schon. Ich will einfach nur ... ich genieße es eben, in ihrer Nähe zu sein.

Das ist nur die halbe Wahrheit, behauptet meine innere Stimme. In meinem Magen zieht sich etwas zusammen.

»Verdammt«, fluche ich leise und fische nach meinem Autoschlüssel. »Geht das doch wieder los.«

Ich reiße die Wagentür auf, und das Erste, was ich sehe, als ich sitze, ist die Tüte mit Carries Holzpuzzle auf dem Beifahrersitz, aus der ihr frisch gewaschener Schal hervorlugt. Die hatte ich ihr eigentlich vorhin geben wollen, aber in der Aufregung und Sorge um Henry habe ich die Sachen im Auto vergessen.

Einen Moment lang überlege ich tatsächlich. Soll ich noch mal reingehen? Ich nehme den Henkel der braunen Papiertüte in die Hand. Dann hätte ich es hinter mir, und wir bräuchten uns bis zu ihrer Abreise nicht noch einmal über den Weg zu laufen.

Es sei denn natürlich, sie denkt sich weitere verrückte Aktionen für die Wallabys aus und sabotiert meine Arbeit.

Das Schlimmste ist, dass ich die Beweggründe der Dormonds allmählich sogar nachvollziehen kann. Für Carrie wäre ich damit endgültig der miese Überläufer, für den sie mich immer noch hält.

Nein. Ich will sie nicht mehr sehen. Definitiv nicht heute. Nicht nach dem, was sie eben da drin gesagt hat. Wütend packe ich die Tüte fester, steige noch mal aus und öffne die Kofferraumluke, um sie dort hineinzuwerfen, wo ich sie zumindest in der nächsten Stunde verdrängen kann.

Der Wind treibt mir nasse Schneetropfen ins Gesicht. Kann sich denn nicht einmal das Dezemberwetter entscheiden, was es will? Frieren? Tauen? Schneien? Regnen? Graupeln?

Es klappert, als ich die Tüte auf die Wolldecke pfeffere, die notdürftig meine Fracht vor neugierigen Blicken schützt. Darunter liegen Schilder, die ich für die Insel vorbereitet habe. Die

Dormonds hatten mich darum gebeten. Die tragen die Aufschrift »Privateigentum, Betreten verboten«. Sie sind für das Blockhaus und den verwilderten Garten gedacht – und dann sind da noch ein paar weitere, von denen die Dormonds nichts zu wissen brauchen. Genauso wenig wie von der Falle, die ich gestern Abend noch unweit der Futterstelle entdeckt habe.

Ich glaube keineswegs, dass sie etwas damit zu tun haben, aber ich will ihre Aufmerksamkeit nicht mehr als nötig auf das schwelende Thema der Zukunft der Wallabys lenken. Darren sagt, dass sie anscheinend wirklich nicht sehr glücklich mit meinem öffentlichen Versprechen sind, dass die Tiere nicht getötet werden. Sei's drum, damit müssen sie leben. Aber er oder ich sollten sie jetzt allmählich dazu bekommen, die Bestätigung meiner Aussage zu unterschreiben, damit ich sie an die Presse rausgeben kann und sich das Ganze beruhigt. Weniger Aufmerksamkeit durch die Medien und ein schnelles Ende der invasiven Art wären in ihren Augen das Einfachste gewesen.

Mich gruselt immer noch, wenn ich an die Vehemenz denke, mit der Stacy Dormond gestern auf der Insel das Aus für die schönen alten Rhododendren im Baustellenbereich beschlossen hat. Wenn sie ihren giftigen Blick noch ein wenig weiter trainiert, braucht sie keine Gärtner mit Spaten und Kettensägen mehr anzuheuern. Ich bin nur froh, dass Darren dabei war. Mir wäre sonst doch noch irgendwas rausgerutscht, was ich hinterher bereut hätte. Darren. Ich könnte ihn trotzdem …

»Marc! Warte bitte!«

Erschrocken fahre ich herum und stoße mir um ein Haar den Kopf an der Heckklappe meines Kombis.

Mein Zorn verraucht schlagartig, als ich das Häufchen Elend vor mir sehe. Carries Haare hängen in nassen Strähnen herunter. Schneeregen setzt sich auf ihren Kopf und ihre Schultern, und ich sehe bestimmt nicht besser aus.

Mein Impuls ist, sofort die Arme um sie zu schließen. Vor ein paar Jahren hätte ich das auch getan.

»Was willst du?«, frage ich stattdessen ruppig. Geschmolzener Schnee rinnt mir vom Auto eiskalt direkt in den Kragen.

»Ein Missverständnis aufklären«, sagt sie zerknirscht. »Da drinnen eben ... Ich habe wirklich nicht von Darren gesprochen. Ich wollte nur, dass du das weißt.«

Ich stutze. Dann rattern meine Gedanken weiter. Mein Herz klopft. »Und inwiefern soll mich das glücklich machen? Dann bin ich also nützlich, ja?«

»Ihr beide. Und sexy.« Sie legt den Kopf schief, verkneift sich ein Lächeln und sieht mich bittend an. »Was hätte ich Sue Anne denn sagen sollen?«

»Die Wahrheit, wie immer die aussieht.« Mein Zorn verraucht zusehends.

»Ich weiß nicht, was ich fühle, okay?«

Ich streiche mir mit einer Hand das Wasser aus dem Gesicht. Die andere vergrabe ich unschlüssig in meiner Hosentasche. »Carrie, ich habe keine Ahnung, was du mir wirklich sagen willst. Das bringt doch nichts. Wieso bist du hier raus gekommen? Du wirst nur nass und erkältest dich, und Henry braucht dich da drin.« Ich zeige auf das Krankenhausgebäude. Die Jacke ist ihr viel zu groß, und sie hat nicht mal den Reißverschluss hochgezogen.

»Verstehe.« Sie atmet tief durch. »Okay. Was ich dir sagen will, ist: Es tut mir leid, dass ich mich so unmöglich benommen habe. Danke, dass du trotzdem für mich und Dad da warst. Du bist der großherzigste Mensch, den ich kenne. Das warst du immer schon. Und ich weiß nicht, wie ich damit umgehen soll, dass wir plötzlich auf verschiedenen Seiten stehen. Und dass ich nach all der Zeit offenbar immer noch nicht abschließen kann mit ... uns.« Sie nickt, als ob sie sich gerade bei einer inneren Instanz rückversichert und Bestätigung findet. »Ja, vermutlich ist es genau das, was ich dir sagen wollte. Und noch ein paar Sachen mehr. Aber ich muss wieder rein, du hast völlig recht. Ich habe Sue Anne die Jacke geklaut und versprochen, sie abzulösen. Sie muss los.«

»Sie muss los?« Ich schnaube irritiert.

»Sag nichts, du kennst sie lange genug. Sie ist die Pragmatische von uns beiden. Und sie hat eine Familie, um die sie sich kümmern muss.«

Ich verkneife mir ein weiteres Schnauben. Henry ist ihr Vater. Was soll Carrie auch dazu sagen?

Sie sieht gedankenverloren in den Kofferraum.

»He. Ist das nicht mein Schal?«

»Ja. Richtig«, sage ich beherrscht. »Den fahre ich schon die ganze Zeit mit mir herum, um ihn dir zurückzugeben.« Ich beuge mich ins Wageninnere und reiche ihr die Tüte.

»Und das Puzzle ist auch drin!«, jubelt sie überrascht und presst die Papiertüte an ihren Bauch. »Danke! Ich dachte schon, es wäre verloren.«

»Nichts geht verloren«, sage ich leise. Ich mache einen halben Schritt auf sie zu, damit ich ihr das Haar aus dem Gesicht streichen kann. Aber auf halber Höhe lasse ich die Hand wieder sinken.

Carrie weiß offenbar genauso wenig, was sie tun oder sagen soll. Unsicher klammert sie sich an die Tüte, durchgefroren, mit nassen Haaren, in der viel zu großen Jacke ihrer Schwester, und sieht genauso aus wie die junge Frau, die ich vor sieben Jahren so geliebt habe, dass ich mein Leben mit ihr geteilt hätte. Ich habe keine Ahnung, wie sie das macht, sich einfach wieder in mein Leben zu stehlen – und in mein Herz.

Sie weicht meinem Blick aus und entdeckt die übrige Fracht in meinem Kofferraum. Eins der Schilder lugt unter der Decke hervor. Sie schlägt sie ein wenig zurück und liest. »Privatgrundstück«, »Baustelle«, »Achtung kameraüberwacht«, »Tierquälerei und Wilderei werden zur Anzeige gebracht«, »Hunde jederzeit an der Leine führen«.

Drei Wildkameras mit Akkus habe ich eingepackt. Und da ist die Schlagfalle, die ich unweit der Futterstelle gefunden habe.

Ich sehe, wie es hinter Carries Stirn rattert. Sie schweigt.

»Du glaubst jetzt nicht, dass ich auf der Insel Fallen legen würde, oder?«, versuche ich einen müden Scherz.

Verwirrt sieht sie mich an. »Was? Nein! Natürlich nicht. Du taugst nicht zum Wilderer, du kannst ja nicht mal fischen.«

Ich weiß genau, worauf sie anspielt. Der Angelausflug mit Henry. Hundert Jahre ist das her. Mindestens – Moment. »Er hat dir das damals erzählt?«

Sie lacht verschmitzt. »Brühwarm natürlich, jedes Detail.« Sofort wird sie wieder ernst. »Oh Gott, ich hatte solche Angst, dass er nicht mehr aufwacht.«

»Konntest du ihn schon sehen?«

Sie schüttelt den Kopf. »Er ist noch sediert, aber es ist alles gut verlaufen. Der Arzt sagt, nun ist es ausgestanden. Mit diesem Herzschrittmacher und dem Bypass kann er mindestens neunzig werden.«

Ich nicke. Es tut gut, das noch einmal zu hören.

Sie räuspert sich. »Sie wildern also wieder auf der Insel?«

»Das ist die erste Falle seit Langem. Es ist nichts passiert.«

»Du passt wirklich auf.« Ihre Augen füllen sich plötzlich mit Tränen.

»Ja, natürlich. Alles in Ordnung?«, frage ich bestürzt.

Sie schüttelt stumm den Kopf und sieht mich nur an. »Wir haben es so versaut damals. Meinst du …? Sind wir inzwischen klüger? Ich meine, ich dachte ernsthaft, Australien wäre weit genug weg, aber offenbar …« Sie bricht ab.

Ich verliere mich in ihren Augen, tauche weit hinab in die Tiefe dieses Grüns. Und auf einmal öffnet sich die Tür zu ihrer Seele weit genug, dass ich hineinsehen kann. Sie hat ebenso viel

Angst wie ich, doch wieder verletzt zu werden. Und ich hoffe inständig, dass ich genug Sauerstoff in mir habe, um nicht erneut zu ertrinken. Genug Sauerstoff für uns beide.

»Es war nicht alles schlecht zwischen uns. Eigentlich waren wir sogar ziemlich gut zusammen.«

»Ziemlich gut«, bestätigt Carrie mit einem traurigen Lächeln. »Könntest du mich vielleicht ... einfach nur kurz festhalten?«, flüstert sie erstickt.

Ich ziehe sie stumm an mich und gebe ihr alles an Wärme und Geborgenheit, was ich habe, an diesem grauen nasskalten Dezembermorgen auf dem Krankenhausparkplatz von Alexandria.

Carrie lehnt ihren Kopf an meine Schulter. Ihre nassen Haare sind eiskalt an meinem Hals, süßer Schmerz.

Ich werde nicht einen Hundertstel Inch weichen. Durch unsere nassen Klamotten hindurch spüre ich ihren Herzschlag. Vielleicht ist es auch mein eigener. Es spielt keine Rolle. Die Zeit steht so lange still, wie wir uns nicht bewegen.

»Ich ... ich muss wieder rein«, sagt sie nach einer ganzen Weile, und offenbar ist sie ebenso durcheinander und erstaunt über diese Entwicklung wie ich.

Ich nicke und würde sie jetzt sehr gern küssen. Aber es fühlt sich falsch an, sie zu fragen, und erst recht, es einfach zu tun. Also lasse ich es und sehe stattdessen unseren ineinander verwobenen, klammen Händen dabei zu, wie sie sich aneinanderschmiegen, einander umtanzen, auseinanderdriften und nicht loslassen wollen. Bis sich ihre Finger entziehen und in Zeitlupe von meinen lösen. Sie gleitet mir davon. Und es tut schon wieder weh.

Ich bleibe auf der geöffneten Kofferraumkante sitzen, bis Sues wehende Jacke Carrie ins Gebäude gebracht hat.

Der Schneeregen ist in Graupel übergegangen, und ich spüre meine Hände kaum noch, als ich endlich die Kofferraumklappe schließe und mich zurück ans Steuer setze.

Verwirrt betrachte ich mein Spiegelbild. »Ich weiß, was ich fühle. Aber ich weiß nicht, ob ich das noch einmal aushalten kann.«

CARRIE

Meine Lippen prickeln heftiger, als wenn wir uns stundenlang geküsst hätten. Wieso haben wir das nicht? Weshalb hat er mich nicht geküsst? Warum ruft er mich nicht an?

Wir haben nichts ausgemacht, darum.

Es hatte kein Gewicht. Er hat dich einfach nur getröstet. Alte Freunde – miss dem nicht mehr Bedeutung bei.

Natürlich war das mehr! Und er hat es auch gespürt.

Verdammt.

Seit Stunden starre ich abwechselnd auf meinen tief schlafenden Vater und auf mein Handy. Er hat doch die Nummer, oder? Es ist eine neue SIM-Karte, aber die Rufnummer wird ihm ja angezeigt, oder nicht? Natürlich wird sie das, versichere ich mir selbst. Ich hatte ihm ja auch schon die Wallabyfotos geschickt. Er weiß, wie er mich erreichen kann. Also, warum meldet er sich nicht? Oder soll ich ...? Aber was soll ich sagen?

Himmel, ich fühle mich wie ein bescheuerter Teenager im Hormonchaos und nicht wie eine fast dreißigjährige Frau.

Und überhaupt habe ich gerade ganz andere Sorgen als einen Anruf von Marc.

Aber mein Magen kribbelt.

Marc. Ausgerechnet Marc.

Ich betrachte Dad. Sein Gesicht ist grau. Er trägt eine Art Brustgurt, eine Thoraxbandage, die das Brustbein nach dem Eingriff stabilisieren soll. Unterhalb des Schlüsselbeins guckt auf einer Seite eine Art Pflasterknopf mit vier oder fünf verschiedenen Schlauchanschlüssen heraus. Das ist ein zentraler Venenkatheter, hat mir die Intensivschwester erklärt. Darüber können sie Dad Medikamente, Flüssigkeit, Nährstofflösungen oder Elektrolyte und sogar Transfusionen verabreichen, und so ein ZVK setzt sich nicht so schnell zu wie die Zugänge im Arm oder auf dem Handrücken. Von denen hat Dad schon einige verschlissen. Jede Menge blaue Flecken und Pflaster zeugen von den verschiedenen »Bohrstellen«, wie er sie sarkastisch nannte – vor der ungeplant eiligen Operation.

»Wann wird er aufwachen?«, frage ich die Schwester leise, als sie die Infusion tauscht.

Ich bin so froh, dass sie mich hier sein lässt.

»Ich bin wach«, krächzt Dad heiser, ohne die Augen zu öffnen. »Aber ich fühle mich, als ob mich ein Wasserpferd einmal durch den Loch Lomond geschleift und am oberen Ende wieder ausgespuckt hätte.« Die Worte kommen gepresst und mit vielen Pausen. Es fällt ihm schwer, gleichzeitig zu sprechen und zu atmen.

»Nicht so viel reden«, mahnt Schwester Rosie, gibt Dad ein paar weitere Anweisungen und Utensilien und lässt uns allein.

»Was machst du hier? Hast du kein eigenes Leben, Sguainseach? Musst du ständig meins bewachen?«

»Ach, Dad!« Ich strecke meinen Arm unter der Decke hervor und taste nach seiner Hand. Sie ist genauso kühl wie meine.

Rosie hatte sich meiner erbarmt und mir eine Bettdecke und ein Handtuch gebracht. Und die Petition hat sie auch unterschrieben. Sie hat von allein danach gefragt.

Meine Hose ist nass. Ich müsste dringend nach Hause und mich umziehen. In dem Versuch, mich aufzuwärmen, hatte ich nach meiner Rückkehr mit den Haaren den Boden rund um die Heizung vollgetropft.

Und dann möchte ich gern noch mal auf die Insel. Wenn Marc jeden Tag dort ist, dann …

»Wie geht es den Wallabys?«, fragt Dad, als ob er Gedanken lesen könnte. »Was planen wir als Nächstes?«

»Ich weiß es noch nicht genau«, behaupte ich und drücke seine Hand. »Wir können ein anderes Mal darüber reden. Jetzt musst du dich erst mal erholen.«

Dad bringt so was wie ein gereiztes Protestgrunzen heraus, das in ein Husten übergeht.

Das ist bestimmt nicht gut für ihn. Er soll sich nicht aufregen. Dad presst ein schmales Kissen auf seine Brust, um Gegendruck zu erzeugen und das Brustbein zu stützen, wie es uns die Schwester vorhin gezeigt hat. »Also?«, keucht er.

Resigniert gebe ich nach. Reine Erpressung. »Okay, ich wollte als Nächstes die Weihnachtsmärkte abklappern. Da kommen so viele Menschen zusammen – ich hoffe, dass ich da noch mehr Unterschriften sammeln kann. Ich habe eine Petition vorbereitet, die ich den Dormonds vorlegen will. Und den Naturschutzbehörden. Unfassbar, dass sie sich nicht zu den Wallabys bekennen. Sie sind doch immerhin auch ein Tourismusmagnet!«

»Welcher Tag ist heute?«

»Montag«, antworte ich verdutzt.

»Die meisten Weihnachtsmärkte finden nur am Wochenende statt.«

»Die meisten«, gebe ich ihm recht. »Aber nicht alle. In der alten Sägemühle unten am Bach gibt es heute Abend einen Nachtmarkt. Und ich bin an einer Genehmigung für Glasgow dran. In der Fußgängerzone ist jeden Tag was los, bis Weihnachten sind da Buden.«

Dads stolzes Lächeln sieht so zerbrechlich aus. Umso kostbarer ist es für mich. »Hol dir jemanden von der Zeitung dazu.«

Er spricht so leise, dass ich mich sehr genau konzentrieren muss, um ihn zu verstehen.

Ich bemühe mich, mir nichts von meiner Sorge um ihn anmerken zu lassen. »Ja, das habe ich auch schon gedacht. Wir brauchen mehr Presse. Die Öffentlichkeit muss wissen, was auf dem Spiel steht. Kennst du Medienleute, die auf unserer Seite stehen?«

Er versucht ein Nicken. »Ruf Fiona an. Sie ist neutral. Marc wird es verstehen.«

Ich runzle die Stirn. Ich bin mir nicht ganz sicher, was er damit meint oder ob ich ihn richtig verstanden habe.

»Ihre Nummer ist im Notizheft«, ergänzt er kurzatmig, weil ich nicht reagiere. »Und weiter?«

»Vielleicht kann ich die Dormonds dazu bekommen, mit mir zu reden, und ihnen unsere Liste öffentlichkeitswirksam überreichen?«

»Reden ist immer gut«, meint Dad. »Vielleicht hören sie dir ja zu.«

»Kaum«, antworte ich verkniffen. »Aber wenn ich Presse dabeihabe, stehen die Chancen hoffentlich besser.«

»Was willst du erreichen?«

»Na, ein Bleiberecht für die Wallabys natürlich.« Erstaunt sehe ich ihn an. »Was denn sonst?«

Er ächzt und lässt sich Zeit mit seiner Antwort. »Ich habe nachgedacht, Sguainseach.« Wieder braucht er eine Sprechpause, um genug Luft zu bekommen. »Irgendwo nur geduldet zu sein fühlt sich nicht sicher an. Vielleicht brauchen wir einen Plan B für Tony und die anderen. Sicherheitshalber.«

»Und wie soll der aussehen?« Irgendwas zieht sich in mir zusammen.

»Zoo«, keucht er und hustet wieder.

Ich helfe ihm, das Pad gegen sein Brustbein zu halten, und reiche ihm einen Becher mit Strohhalm.

Dad nimmt winzig kleine Schlucke. Seine grauen Augen sind wässrig und gerötet. Er sucht meinen Blick und nickt leicht. Behutsam nehme ich ihm den Becher ab und stelle ihn zurück.

»Ruf auch die Tierparks an und frag sie, ob sie sie nehmen würden.«

»Aber ... sie sind frei geboren, Dad!«

»Nicht um sein Leben fürchten zu müssen und regelmäßig gefüttert werden ist nicht das Schlechteste, wenn man die Optionen bedenkt.« Er drückt meine Hand. »Pause«, formuliert er mehr mit den Lippen, als dass ich ihn hören kann. Er schließt die Augen. Nach einer Weile wird sein Atem ruhiger. Tiefer. Und er dämmert wieder weg.

»Zoo?«, hauche ich tränenerstickt, und dabei sollte ich die Letzte sein, die das schlimm findet. Ich arbeite in einem. Trotzdem lässt mich eine plötzliche Kältewelle schauern. Ich ziehe die Decke fester um meine Schultern, zähle die Falten in dem eingefallenen Gesicht meines Vaters und weiß nicht, wie ich gegen das Frieren ankommen soll.

Dann erwacht mein Dickkopf. Und mit ihm der Kampfgeist der McIntyres.

Darren sage ich mit einer Textnachricht ab. Ich muss jemand anderen treffen. Und heiß duschen. Und Sue Anne Bescheid sagen. Und ich brauche Eddie. Er schuldet mir was. Uns läuft die Zeit davon.

Eddies Eltern gehört die alte Sägemühle. Im Sommer betreiben sie hier ein kleines Café und ganzjährig einen kleinen Pub. Sobald es warm genug ist, kann man mit Blick auf den See unter den großen Eichen, an einer der aus halben Baumstämmen geschnittenen Bänke und Tische, Platz nehmen und mit einem Stück Kuchen, Tee oder Cider die Aussicht genießen. Im Winter sind alle losen Möbel verschwunden, dann lohnt der Ausschank nicht – bis auf ganz wenige Ausnahmen. Drei sind es, um genau zu sein: zum St. Andrews Day, dem schottischen Nationalfeiertag am 30. November, zur Robert Burns Night am 25. Januar – und heute Abend. Da hätte Eddies Großvater, der das Sägewerk bis zu seiner Schließung in den Siebzigerjahren geführt hatte, Geburtstag gehabt. Eddies Oma machte später das Café daraus. Es wurde rasch zu einem beliebten Treff für Einheimische und Touristen. Und heute ist es auch gerappelt voll.

Die Nische, die Eddie mir gezaubert hat, ist nicht besonders groß: ein Stehtisch für meine eilig ausgedruckten Infozettel und Unterschriftenbögen, eingequetscht zwischen einem Stand, der ausgerechnet Wildsalami verkauft, und einer Pommesbude. Die Düfte überdecken alles Weihnachtliche.

Kann mir nur recht sein. Ich bin nicht wegen der Atmosphäre hier. Eddie hat mir immerhin einen Feuerkorb organisiert, sodass allein dafür immer ein paar Menschen stehen bleiben und aus reiner Verlegenheit meine kleine Presseschau und die Plakate beäugen, während sie sich aufwärmen.

Die ersten hundert Unterschriften habe ich schnell beisammen. Danach wird es etwas zäh.

Eddie bringt mir einen Tee und ein Stück Kuchen. Er hat ein echt schlechtes Gewissen. Ich mag den Kerl. Zu schade, dass sein Ei den Falschen getroffen hatte.

Immer wenn ich die Augen hebe, hoffe ich, in die von Marc zu schauen. Jedes Mal wieder fällt mein Herz darauf herein, wenn ein Mantel, ein Hinterkopf, eine Bewegung aus dem Augenwinkel *ihm* gehören könnte.

Ich könnte ihm einfach eine unverbindliche Nachricht schicken, wo er mich findet. Aber das wäre nicht schlau. Oder?

»Hallo, würden Sie mir bitte Ihre Unterschrift geben? Es geht um den Schutz der Wallabys auf Inchconnachan.«

Das junge Pärchen geht einfach weiter.

»Ich sammle Unterschriften für den Erhalt der Kängurus im Loch Lomond.«

»Kööönndieschwimmm?« Glasige Augen unter wirren roten Fransen versuchen mich zu fixieren, es gelingt ihnen nicht. Das gerötete Gesicht dazu gehört einem älteren Herrn mit Strickmütze. Sein Glühweinbecher stempelt schwappend einen Ring auf eine Artikelkopie, die ich nicht schnell genug wegziehen kann. Zum Glück auf keiner der Listen.

»Warddemal, ichhabb beschdimmtnochirngdwo Fümpfpfund.« Er kramt hoch konzentriert in seinen Taschen, die Zungenspitze fest an die Oberlippe geklemmt, und fördert ein paar Schrauben, Münzen, einen Knopf und eine Kastanie zutage, die er vertrauensvoll auf meinem Tisch ablegt.

Ich mag Menschen, die Kastanien in ihren Hosentaschen haben! »Aber das ist nicht nötig, ich sammle kein Geld, dafür habe ich gar keine Lizenz ...«, versuche ich ihn abzuhalten.

»Dinnafash, lass! Habbsgleich.« Prompt hellt sich seine Miene auf. Unter enormen feinmotorischen Anstrengungen entfaltet er eine völlig zerknitterte Banknote und will dann den Geldschein in seinen eigenen Becher zu tunken. Gerade noch rechtzeitig halte ich die Hand darüber. Nicht noch mehr Schwappen.

Erstaunt sieht er mich an. »Willsssumein Geld nich?«

»Es geht nicht um Spenden, ich sammle Unterschriften«, probiere ich es noch einmal.

Er nickt und räumt seine Fundstücke akribisch zurück in die Hosentasche. Bei dem Knopf zögert er kurz.

»Binnichdafür oder dagegen?«, fragt er und greift nach einem Stift. »Unnwo?« Suchend gleitet sein rot gefrorener Finger über einen der Artikel. Der Rest von ihm schwankt in die andere Richtung.

»Es geht um ein Bleiberecht für die Wallabys«, wiederhole ich geduldig. »Dass sie auf der Insel bleiben dürfen.«

»Ja, ja, das hassu schonggesagt.« Er schneidet Grimassen mit den Augenbrauen und zieht die Stirn kraus, als ob es ihm nicht recht gelingen will, die Buchstaben auf dem Papier scharf zu stellen.

Ich überlege gerade, ob die Unterschrift von jemandem in

seinem Zustand überhaupt rechtskräftig wäre, da packen starke Arme meinen Besucher um die Schultern und wollen ihn mit sich ziehen. »Lass uns gehen, Dougal. Ich glaube, du hattest genug.«

»Sssgut. Abbaerss gibbsu der jung'n Dame ein Autogramm für die Wannabees bss, bss.« Dougal kichert mich augenzwinkernd an und hält sich mit beiden Händen am Tisch fest. Ich tue das Gleiche auf meiner Seite, damit keiner von ihnen umkippt.

Sein jüngerer Begleiter gibt sich geschlagen. »Also gut, aber dann kommst du mit, ja?«

»Aye«, sagt Dougal und grinst schelmisch.

Ich reiche den Stift weiter und zeige auf meinen Unterschriftenbogen.

»Hundertsieben und hundertacht«, stelle ich seufzend fest und blicke den beiden nach.

»Tante Carrie!«, kräht auf einmal eine wohlvertraute Kinderstimme ungefähr auf Kniehöhe.

Ich beuge mich lächelnd zu einem der Zwillinge hinunter und nehme ihn oder sie auf den Arm. Als wir uns zusammen aufrichten, stehen Sue Anne und Mike mit Sean vor uns – zumindest steht das in großen Strickbuchstaben auf seiner Mütze.

»Hallo, Mel«, sage ich folgerichtig zu dem kichernden Kind auf meinem Arm und begrüße dann Sean und die Erwachsenen.

»Was machst du da?«, will Mel wissen, beugt sich vor und schnappt sich aus meiner Armbeuge heraus zwei Stifte auf einmal.

»Ich sammle Unterschriften. Wenn die Menschen hier ihren Namen und ihre Adresse angeben«, ich zeige auf das entsprechende Feld, »dann verleihen sie damit ihrem Wunsch Ausdruck, dass die Wallabys auf der Insel bleiben sollen.«

Mel sieht mich ehrfürchtig an. Ich glaube, sie hat kein Wort verstanden.

»Wer die Kängurus mag, darf da seinen Namen hinschreiben«, setze ich neu an. Irgendwann bekomme ich einen Preis dafür, mich kindgerecht und betrunkenenkompatibel auszudrücken.

Mel nickt.

»Ich kann meinen Namen auch schreiben!«, ruft Sean und will einen der Filzstifte in Mels Hand haben. »Ich will!«

Sie reißt die Arme hoch, damit er auch ja nicht rankommt, haarscharf an meinem linken Auge vorbei. »Ich mag die Kängurus zuerst!«

»Nicht streiten«, bitte ich und sehe flehend zu den Eltern.

Mike nimmt lachend einen Schluck von seinem Mulled Wine.

Als er meinen Blick sieht, beeilt er sich reumütig, das Schlimmste zu verhindern. »Nur ganz klein, da müssen noch sehr viele Namen hinpassen. Sieh mal, hier.« Er zeigt auf das nächste freie Feld und hält die bereits beschriebenen Zeilen mit der anderen Hand zu. »Und nicht größer als so.«

»Das geht nicht«, sagt Mel aus vollem Herzen. »Viel zu minipupsiklein.«

»Das geht wooohl. Ich kann das!«, ruft Sean und bettelt mit hochgereckten Armen, um von Sue Anne auf die richtige Schreibhöhe gehoben zu werden.

Bevor es doch noch Rotweinflecken auf meinen Listen gibt, schnappe ich eilig den stehen gebliebenen Becher aus der Gefahrenzone und stelle ihn am Tresen nebenan ab.

Als ich mich zurückdrehe, hat Sean von Mikes Arm aus bereits ein großes S und ein seitenverkehrtes E über zwei Zeilen gekrakelt und sieht mich stolz an.

»Super«, quetsche ich lächelnd heraus.

Sue Anne grinst breit. »Es steht nirgends, dass man erwachsen sein muss, um so was zu unterschreiben, oder? Wir haben leider bereits bei Dad unterzeichnet, vor Wochen. Wie viele hast du schon?«

Ich reiche ihr die zappelnde Tochter zurück. »Dann hundertneun«, erzähle ich mit einem Seufzen.

»Und bringt das was? Wieso machst du das denn nicht on-line, statt stundenlang dafür in der Kälte zu stehen? Da erreichst du doch viel mehr Leute. So ist das ein bisschen witzlos, oder?« Sue Anne überfliegt die Unterschriftenliste.

War ja klar, dass meine Familie das Ganze nicht ernst nimmt. »Es könnten wirklich gern ein paar mehr sein«, druckse ich zögerlich unter ihrem kritischen Blick.

Meine halbe Kindheit lang wusste oder konnte sie alles besser und machte keinen Hehl daraus, dass sie Dads und meine »Affenliebe« für die Insel nicht nachvollziehen konnte. Aber der erwartete Spruch bleibt aus. »Dann lass uns mehr zusammentrommeln. Hast du noch Kulis? Drei oder vier vielleicht?«

Überrascht reiche ich ihr ein paar Filzstifte. »Die schreiben besser bei der Kälte«, erkläre ich.

Sie nickt abgelenkt und drückt bereits Mike und Sean zwei neue Blätter in die Hand. »Erst wiederkommen, wenn der Zettel voll ist«, schärft sie ihnen ein. »Wofür ist das? Was sagen wir den Leuten?«

»Für die Kängurus auf der Insel!«, plärrt Sean begeistert und stürmt los.

»Die sind ja mal süß«, sagt eine tiefe weibliche Stimme hinter mir.

Ich drehe mich um und blicke in die dunkelbraunen Augen einer wunderschönen Frau, die einen Motorradhelm unter dem linken Arm und eine Spiegelreflexkamera um den Hals trägt. Von dem Fotoapparat guckt allerdings nur das Objektiv aus der Motorradjacke und sorgt für eine seltsame Beule in ihrer figurbetonten Lederkluft. Sie wirkt gertenschlank, selbst in der sicher gut gefütterten Winterkleidung. Eine beneidenswerte Menge krauser schwarzer Haare hat sich aus ihrem schulterlangen, dicken Flechtzopf gemogelt und umrahmt ihr hellbraunes Gesicht mit den perfekten Wangenknochen.

Irgendwie kommt sie mir bekannt vor.

»Sind wir uns schon mal irgendwo begegnet?«, platze ich heraus.

»Durchaus möglich. Ich war neulich auch auf dem Parkplatz vom Bonnie Banks Lake View. Vielleicht hast du mich da gesehen? Leider habe ich deine Rede verpasst.« Sie streckt mir ihre Handschuhhand hin. »Hi, ich bin Fiona Macclellan«, sagt sie und schenkt mir ein zahnweißes Traumlächeln. »Du musst Carrie sein.«

»Wow«, sage ich. Dann erst wird mir bewusst, dass ich sie bewundernd anstarre. »Äh, ja, bin ich ... Hi! Cooles Outfit«, schiebe ich schnell hinterher. »Du solltest modeln. Egal was, ich würd's kaufen.«

»Danke«, sagt sie und lacht wieder. »Habe ich sogar früher. Dann bin ich beim Journalismus gelandet. Hast du eine Minute?«

Ich nicke.

»Wunderbar, dann erzähl mir deine Seite der Geschichte. Wieso sollen die Wallabys auf Inchconnachan bleiben?«

»Weil sie immer schon da waren!«, schieße ich los. Und dann sprudle ich Fiona mit meinen Argumenten voll, während sie die Kamera auf mich hält und immer wieder den Auslöser drückt. »Man darf Säugetiere doch nicht einfach töten, nur weil sie einem nicht mehr passen! Sie waren zuerst da.«

Fiona wandert fotografierend um mich herum, während sie mir weiter Fragen stellt. Etwas an ihrem Gang irritiert mich, er wirkt ein bisschen steif und passt gar nicht zu ihrer übrigen, geschmeidigen Körpersprache, als hätte sie sich vertreten oder ein Problem mit der Hüfte. »Und das Argument, dass sie als invasive Art Nahrungskonkurrenten für einheimische Wildtiere sind?«, bringt sie mich wieder in den Fokus.

»Blödsinn«, antworte ich im Brustton der Überzeugung. »Es liegen keinerlei Beweise dafür vor, dass die Wallabys der Insel schaden würden. Inchconnachan ist eine Oase für Fauna und

Flora, ein Paradies für Besucher von nah und fern und ökologisch völlig im Gleichgewicht. Hirsche und Damwild leben dort in viel größerer Zahl als die Wallabys und stören auch niemanden. Es ist doch totaler Quatsch, Naturschutz als Argument anzuführen, wenn man vorhat, die Insel mit Beton zuzukleistern. Da soll gebaut werden! Ein Luxusferiendomizil. Und für wen? Für ganz wenige reiche Menschen. Was ist mit den Rechten von uns allen? Also, meine Prioritäten wären glasklar, wenn ich mich zwischen dem Publikumsmagneten schlechthin und … und …« Mein Kinn zittert, weil ich mich so aufrege. Ich muss ein paarmal tief durchatmen, bevor ich weitersprechen kann.

Fiona betrachtet mich einfach nur. Ruhig, interessiert, freundlich neutral. Was, zum Kuckuck, hat Dad vorhin überhaupt mit »neutral« gemeint? Und was macht sie da? Zeichnet sie das etwa auf? Sie drückt auf einem kleinen Kästchen herum. Natürlich zeichnet sie das auf! Das ist ein Diktiergerät!

Sie folgt meinem Blick. »Ist das okay? Mitschreiben ist so umständlich. Und auf diese Weise kann ich deine O-Töne vielleicht noch zusätzlich fürs Radio oder Internet verwenden. Zwei Fliegen mit einer Klappe.« Sie lächelt.

Irgendwann während meiner flammenden Rede hat Fiona das Ding vor uns auf den Stehtisch gelegt. Ich habe nicht wirklich darauf geachtet.

»Ja. Ja, klar.« Das ist gut! Sehr gut, also weiter.

Aber nervös bin ich trotzdem.

Ich spreize die Finger, balle Fäuste und lasse wieder locker. Dann atme ich tief ein, versuche, mich zu beherrschen und gerade Sätze zu formulieren. Moment, sie will das irgendwo senden? Ist aber nicht live, oder? Natürlich nicht. Mein Herz flattert.

Fiona nickt mir aufmunternd zu.

»Die Wallabys sind über die Landesgrenzen hinaus bekannt und beliebt«, sage ich ein bisschen ruhiger. »Sie spielen eine entscheidende Rolle für den Tourismus, und damit auch für den Naturschutz nicht nur hier, sondern in der gesamten Region – und in ganz Schottland. Es gibt Menschen, die kommen nur wegen der Wallabys in die Gegend, sie chartern Boote oder machen Touren mit, extra um sie zu sehen. Wenn das verloren geht, ist es auch ökonomisch nicht unerheblich. Sie sind die Hauptattraktion des Sees, und über die Einnahmen helfen sie uns, auch die übrige Natur zu erhalten! Ohne die Kängurus fehlt das Wahrzeichen für uns alle! Sie haben eine riesige Bedeutung für uns Einheimische, nicht nur wirtschaftlich und historisch, auch sozial und kulturell. Wir lieben diese wundervollen, harmlosen Geschöpfe. Sie tun niemandem etwas! Und schon gar nicht der Umwelt. Der Gedanke ist einfach absurd. Was verursacht denn wohl mehr Schaden in so einem fragilen Biotop? Bagger und Beton oder eine Handvoll Beuteltiere?«

»Und was möchtest du mit dieser Unterschriftenliste erreichen?«

»Mein Vater war seit meiner Kindheit und bis zu seiner Pensionierung Inselhüter auf Inchconnachan. Wir möchten erreichen, dass auch zukünftige Generationen noch eine Chance haben, die Wallabys zu besuchen. Wir möchten Schutz für sie erwirken. Und dass der Bau für so ein riesiges Luxusferiendomizil gestoppt wird. Niemand braucht eine Hotelanlage auf dieser Insel. Inchconnachan soll so weiterbestehen, wie es ist. Wild und heil und wunderschön. Für alle.«

Plötzlich klatschen Leute. Verwirrt sehe ich mich um. Eine kleine Menschentraube hat sich um uns gebildet. Sue Anne, Mike und die Kinder sind auch dabei, sie stehen etwas weiter hinten und winken. Michael zeigt mir einen nach oben gereckten Daumen.

Fiona nickt und schaltet ihr Aufnahmegerät ab.

»Sehr schön«, sagt sie und lächelt. »Ich glaube, das ist alles, was ich brauche. Außer vielleicht noch ein paar Fotos. Dürfen die Kinder mit drauf?«

»Ja, also, ich weiß nicht.« Zögernd sehe ich meine Schwester an.

»Natürlich«, sagt Sue Anne resolut. »Wollt ihr in die Zeitung, Kinder, Opa eine Freude machen und was Gutes für die Insel tun?«

»Jaaa«, kräht Sean als Erstes, und Mel stimmt ein. »Zeituuuung.«

»Oh, bitte nicht weglaufen«, rufe ich in die Menge. Die Traube löst sich bereits auf.

Zu meiner Überraschung kann Fiona auf zwei Fingern pfeifen. Ihr schrilles Signal lässt ein paar Köpfe herumwirbeln. Die Leute bleiben stehen und gucken in unsere Richtung.

Ich wedle mit den Blättern. »Für die Wallabys!«, bitte ich, noch immer ein wenig außer Puste.

»Wo soll ich unterschreiben?«, fragt eine ältere Dame und ist im Nu umringt von ihren Freundinnen.

Und dann stehen Menschen tatsächlich Schlange, um sich in meine Listen einzutragen. Fiona hilft mir, auf den Rückseiten der ersten Bögen mit der Hand neue Leerspalten zu ziehen. Ich bin total geflasht.

»Ich könnte heulen«, sage ich leise. »Danke.«

Fiona lacht. »Gern geschehen. Danke dir für das Interview. Ich versuche, es auch bei den örtlichen Radiosendern unterzubringen, wenn du einverstanden bist?«

»Klar, alles, was hilft«, sage ich und sehe ihr nach. Sie hinkt wirklich ein bisschen. Ach je. Ich habe sie gar nicht darauf angesprochen. Dad hat so einen guten Physiotherapeuten. Aber vielleicht wäre es auch unangebracht, die Journalistin darauf anzusprechen, mit der ich zum Interview verabredet war.

Als der Ansturm sich legt, haben wir fast vierhundert neue Unterschriften. Zusammen mit den Zetteln von davor müssten es jetzt beinahe zweitausendfünfhundert sein, vielleicht sogar mehr.

Ich denke an Marc und kaue auf meiner Unterlippe herum.

Meine Gefühlswelt ist ein einziges Chaos. Ich würde ihn so gern an meiner Freude teilhaben lassen. Früher hätte ich ihn sofort angerufen. Ich hasse es, dass wir auf verschiedenen Seiten stehen.

DIE KRÄHE UND DIE HIRSCHKUH

Der Wind hatte sich weitgehend gelegt. Die sturmgrauen Wolken waren Richtung Meer getrieben und hatten eine puderweiße Märchenlandschaft zurückgelassen. Die Sonne zauberte helle Lichtreflexe auf die Felder und hügeligen Wiesen des Festlandes, auf die Wasseroberfläche des Sees und den Flickenteppich der Inseln dazwischen. Strahlendes Blau und blendendes Weiß dominierten die Landschaft. Sämtliche Bäume trugen dicke helle Mäntel. Selbst Zaunlitzen und Gräser hatten üppige Hauben bekommen, jeder Mauervorsprung trug einen Klecks. Nur an den windgeschützten Stellen einiger Baumstämme hatte der Sturm dunkle Striche im Weiß stehen lassen. Der See spiegelte die Farbe des Himmels.

Draußen fuhr ein Motorboot. Krachend durchschnitt es die Wasseroberfläche. Die Bugwelle des Außenborders schäumte. Eine kalte Brise trieb seine Wellenspur gegen die dünne Eiskruste am Ufer. Dort angekommen, gluckste das Wasser foppend, unterspülte rhythmisch die gefrorenen Schollen. In beharrlichem Schwappen versuchte es, gegen die Kieselsteine einen Weg nach oben zu drücken. Wo die Kräfte zu heftig gegeneinanderwirkten, brachen scharfkantige Stücke aus dem Eis und schoben sich übereinander. Gierig drängte sich das Wasser dazwischen. Schnee glitt in die Lücken, geriet unter Wasser, schmolz, wirbelte kleine Stückchen vermodernden Herbstlaubes auf oder verband sich mit den gefrorenen Bruchstücken und verlieh deren Oberfläche eine neue Struktur. Neue Formen entstanden, rau und glatt zugleich, spiegelnd wie Glas. Kleine Kunstwerke mit eingeschlossenen Blättern, wild modelliert durch Wasser, Wind und Sonne.

Das Motorboot drehte auf und fegte in weitem Bogen zwischen den Inseln hindurch. Schimpfend flog eine Krähe von ihrem Beobachtungsposten auf einer Eiche auf und ließ sich ein paar Bäume weiter wieder nieder, wo eine Gruppe Rotwild auf der kahlen Lichtung äste.

Schnee rieselte von den Zweigen und legte sich auf die vom hungrigen Wild freigescharrten Stellen in der Schneedecke. Gras, Moos und Rinde versorgten die Tiere mit kostbarer Energie. Es war kalt, trotz der Sonne, und die Futterbeschaffung kostete Mühe. Noch waren auch Eicheln unter der Baumkrone zu finden, die sie mit den Hufen unter Eis und Schnee freischarren konnten.

Eine ältere Hirschkuh hob misstrauisch den Kopf und hörte auf zu kauen. Sie witterte. Die feinen Tasthaare um ihr Maul waren reifbedeckt. Ihr Atem bildete feuchte Wolken, als sie prüfend die kalte Luft einsog und wieder ausstieß. Menschen näherten sich. Warnend rief sie ihren Jährling und ihr Kalb. Nun kam Leben in die ganze Gruppe. Zügig folgten die Hirschkühe dem Leittier ins Unterholz, wo ihr graugelbes, struppiges Winterfell mit der Umgebung verschmolz.

Noch bevor das Boot knirschend gegen das Ufer der Insel stieß, waren sie in der Dickung verschwunden.

MARC

Ich werfe das Tau an Bord und klettere hinterher. Vorsichtig stoße ich mich vom Steg ab und schiebe das Boot und mich im Wasser nach vorn, bis zu dem morschen Tor des Bootshauses, um es hinter mir abzuschließen. Völlig witzlos eigentlich. Ein Kanister Öl, ein paar morsche Seile. Eine Dose Bootslack, solche Sachen. Ein paar Bunde weiches Heu – die habe ich dort zwischengelagert. Da drin ist nichts, was das Stehlen lohnen würde.

Trotzdem hänge ich natürlich pflichtschuldig das Vorhängeschloss wieder ein.

Draußen lasse ich mir einen Moment Zeit, bevor ich den Motor anwerfe. Ich blicke über den See, hinüber zu den ersten Lichtern von Luss, die in der einsetzenden Dämmerung zu mir herüberglimmen. Nicht mal eine knappe Meile liegt zwischen uns, und doch fühlt es sich so an, als wären es Welten.

Die Dormonds haben keine Ahnung, was sie von mir verlangen. Auch Darren nicht. Dabei müsste er es wissen. Und das hat nichts mit Carrie zu tun. Die Wallabys sind nicht einfach irgendwelche exotischen Wildtiere. Sie haben eine Geschichte. Tony hat eine Geschichte. Sie haben vielleicht mehr recht, hier zu sein, als die Dormonds. Sie wurden hier geboren.

Die Dormonds haben einfach nur Geld. Für sie ist dieses Projekt eine von vielen Hotelanlagen, die sie weltweit realisiert haben. Es ehrt sie, dass sie die Insel renaturieren wollen. Den japanischen Knöterich ausmerzen, okay. Der wuchert wirklich alles zu, wenn er erst einmal irgendwo Fuß gefasst hat. Auch die Ausbreitung der Rhododendren kann man sicher ein wenig eindämmen. Aber sie blühen wunderschön und bieten Hummeln und Bienen zeitige Nahrung im Frühjahr.

Es ist doch für alle genug Platz. Wenn man immer die Spezies ausrotten wollte, die als Letzte irgendwo einwanderten, wäre es um die Menschheit nicht gut bestellt.

Wo die Grenze ziehen?

Natur ist auch Veränderung. Und für die vielen, die die Inseln im Loch besuchen, sind sie perfekt, so, wie sie sind. Die feuchten Marschwiesen mit dem violettblauen Meer an Glockenblumen im Frühling, das dichte Grün der Buchen, Birken und Eichen im Sommer, der Duft der schier unendlichen Zahl reifer Blaubeeren. Vielstimmiges Vogelzwitschern, bunt wechselnd durch alle Jahreszeiten, der harzige Geruch der Nadelbäume, im Herbst das Röhren der Hirsche, das der Nebel weit über Moor und Heide trägt, Festland wie Insel. Und jetzt, im Winter, liegt über allem eine dicke weiße Decke, unter der die Natur ruht und sich stärkt für den neuen Kreislauf des Lebens. Aber schlafen – schlafen tun die Inseln nie.

Ich lasse den Motor an. Beim ersten Mal würge ich ihn ab. Es widerstrebt mir, ruckartig am Anlasser zu ziehen und die verträumte Inselruhe mit dem Außenborder zu zerreißen. Aber ich muss.

Und ich frage mich inzwischen immer öfter, ob die Dormonds wirklich ein ökologisches Ziel verfolgen oder vielmehr Tatsachen schaffen wollen, mit mir als renommiertem, ortsansässigem Architekten. Und NatureScot als landesweiten Naturschutzbund ziehen sie mit geschickten Argumenten auf ihre Seite.

Ich habe mir ernsthaft eingebildet, dass ich hier etwas bewirken könnte. Einfluss nehmen – nun, sie lassen mich deutlich spüren, dass dem nicht so ist. Nicht wirklich. Da passiert zu vieles hinter meinem Rücken.

Wer sagt mir also, dass der Neubau tatsächlich der Allgemeinheit dienen soll? »Eine besondere Ferienunterkunft, die mit der Natur fast unsichtbar verschmilzt«. Ja, sollen sie damit später machen, was sie wollen, vermieten, selbst einziehen. Am Ende sitze ich doch am längeren Hebel. Denn egal, was ich ihnen auf die Insel baue, es darf nur wenige Wochen im Jahr genutzt werden. Die Auflagen sind streng, daran kommen sie nicht vorbei, das ist gut so.

Und ich setze ihnen keinen Klotz hierhin. Schon gar kein Riesenluxushotel, und wenn es noch so ökologisch werden soll.

Es gefällt mir nicht, wie intensiv sie die Zimmerzahl hinterfragen. Die Lodge ist ihnen jetzt plötzlich nicht groß genug?

Nun. Vielleicht ist mir einfach mein Honorar zu niedrig. Mal sehen, wer den längeren Atem hat.

Mit neuer Energie nehme ich Kurs auf das Festlandufer.

Auf einmal habe ich Appetit auf etwas ganz Bestimmtes.

Ich habe noch Blaubeeren eingefroren. Die übrigen Zutaten müssten wir auch zu Hause haben.

Früher liebte Carrie meinen Blaubeerpie. Sie vergisst zu essen, wenn sie Stress hat, und ich habe grade Lust zu backen. Ist es zu aufdringlich, wenn ich einfach bei ihr vorbeifahre und damit unangemeldet hereinschneie? Ich könnte sie natürlich anrufen – aber dann wäre die Überraschung weg.

Und wenn sie nicht da ist?

In der Erinnerung an unser nächtliches Wiedersehen lächle ich zufrieden in mich hinein. Ich habe ja noch meinen Schlüssel. Dann stelle ich den Pie eben in den Ofen und klemme einen Zettel an die Küchentür. Mein Herz schlägt ein bisschen schneller.

Ja, die Idee ist gut.

CARRIE

»Hi, Merlin.« Ich hebe den alten roten Kater aus Dads Schaukelstuhl und nehme ihn auf den Arm. Zusammen mit ihm lasse ich
mich auf das wunderbar katzengewärmte Sitzpolster fallen.

Merlin schnurrt und rollt sich auf meinem Schoß ein.

Erschöpft atme ich aus. »Was für ein Tag«, seufze ich leise.

Ich bin völlig durchgefroren. Die Elektroöfen hatte ich run-
tergestellt, bevor ich das Haus verlassen habe. Ich traue diesen
Dingern nicht. Jetzt ist es entsprechend kalt hier drinnen. Es
riecht ein wenig muffig und nach angeschmortem Gummi. Ich
könnte den Holzofen einschüren, aber dazu müsste ich aufstehen
und mein schnurrendes Wärmekissen aufgeben. Und ich habe es
mir gerade so gemütlich gemacht mit Tee und ein paar Keksen.
Unentschlossen beäuge ich den dicken Kerzenstumpen aus Bie-
nenwachs, der hübsch dekoriert mit ein paar Stechpalmzweigen
und einem kitschigen Engel in einem roten Tellerchen mit Gold-
rand steht – zum Greifen nah, direkt neben meiner Teetasse. Sue
Anne ist die Fachfrau für Weihnachtsdekoration in der Familie.
Ich spiele mit der Streichholzschachtel.

Kerzenlicht.

Vielleicht ist das ein erster Schritt, meine Weihnachtsabnei-
gung aufzugeben. Ich zünde die Kerze an, schaue in die Flamme,
die sich flackernd am Docht stärkt und langsam den Duft des
schmelzenden Bienenwachses in den Raum trägt.

Na gut. Besser.

Über der Armlehne entdecke ich die Strickjacke, die ich Dad vor ein paar Jahren zu Weihnachten gestrickt habe.

Ganz vorsichtig, damit Merlin hübsch liegen bleibt, ziehe ich sie unter uns hervor und drücke mein Gesicht in die Wolle. Die Jacke riecht nach australischen Schafen – und nach Dad. Ganz tief inhaliere ich die Mischung, bevor ich mit einem schweren Lächeln in die Ärmel schlüpfe. Wenn ich das Bild von roter Erde und Outbacksonne in mir heraufbeschwöre, ob mir dann warm wird?

Die Operation ist überstanden, Dad ist außer Gefahr und auf dem Weg der Besserung. Marc und ich nähern uns an, ich habe jede Menge Unterschriften sammeln können und ein tolles Interview geführt.

»Das war ein guter Tag«, erkläre ich Merlin und kraule ihn unter der Kehle. Aber warum fühlt es sich dann nicht so an?

Das Schnurren wird lauter.

»Also wieso ist da diese unterschwellig nagende Traurigkeit in mir?«

Gedankenverloren starre ich in die Kerzenflamme und streiche dem Kater über sein flauschiges Rückenfell.

Merlin streckt sich wohlig, spreizt die rotweißen Tatzen und drückt mir im Rekeln seine ausgefahrenen Krallen in die Oberschenkel.

Ich unterdrücke einen Schmerzlaut und pflücke die Pfötchen vorsichtig aus meinen Beinen.

Beleidigt springt Merlin von meinem Schoß, setzt sich vor mich auf den Boden und fängt an, sich zu putzen.

Ächzend stehe ich auf. »Dann steht dem Feuermachen ja niemand mehr im Weg.« Schon verrückt, welche Rücksichten man auf Haustiere nimmt. Nachts schläft man krumm, und tagsüber mag man nicht aufstehen, um sie nicht zu wecken.

Da friert man lieber. Und bleibt im Halbdunkel sitzen. Ich will die Stehlampe einschalten, aber sie bleibt dunkel. Wahrscheinlich ist die Glühlampe hin. Aber eins nach dem anderen. Zuerst gehe ich zur Küche, um Holznachschub aus dem überdachten Bereich am Hintereingang hereinzuholen.

Merlin maunzt aufgeregt und überholt mich, weil er glaubt, dass es Futter gibt. Und natürlich kann ich ihm auch das nicht abschlagen.

Ich ziehe die Jacke enger um mich und öffne den Kühlschrank, um eine angebrochene Dose herauszuholen. Die Beleuchtung ist ebenfalls aus, aber noch fühlt sich drinnen alles kalt an. Stirnrunzelnd stelle ich das Katzenfutter auf den Tisch, was eine Protestkaskade herzerweichenden Miauens auslöst.

»Lass mich das mal überprüfen«, bitte ich den Kater abwesend. »Dein Fressen muss eh erst zimmerwarm werden, bevor du es kriegst. Sonst bekommst du Bauchweh.«

Das Licht in Flur und Wohnzimmer funktioniert. Aber in der Küche geht nur die Lampe über der Spüle. Ich teste den Wasserkocher und den Heißluftofen. Beide tot. Kein Strom. Eine Sicherung muss rausgeflogen sein. Aber welche? Und welches Gerät hat das ausgelöst? Der Toaster? Nein, der war ja ausgeschaltet. Seinen Stecker ziehe ich trotzdem, aus dem Kasten stinkt es irgendwie unangenehm.

Der Hauch von Weihnachtsstimmung in mir ist jedenfalls im Keim erstickt. »Bitte lass es nicht den Kühlschrank sein«, brumme ich und puste die Kerze aus. Wobei der momentan das kleinste Übel wäre. Die Temperaturen draußen liegen knapp unter dem Gefrierpunkt. Wenn ich die Lebensmittel in den Schuppen auslagern würde, könnte ich prima ein paar Tage überbrücken, bis ich den Fehler gefunden habe – oder einen neuen Kühlschrank besorgt.

Ich gehe in den Flur zum Sicherungskasten. Merlin streicht mir um die Beine. »Ich vergesse dich nicht, Kumpel. Versprochen. Gib mir fünf Minuten, okay?«

Dads Verteilerkasten ist ein lustiges Sammelsurium modernerer Kippschalter, Sicherungen mit Knöpfen zum Drücken und uralter Schraubsicherungen mit Keramiksockeln, von denen eine sogar mit Alufolie umwickelt ist. Zum Glück hat Dad die einzelnen Schalter immerhin alle ordentlich beschriftet. In Erwartung eines Knalls oder des Fauchens einer durchbrennenden Glühlampe kneife ich ein Auge zu und drücke den Kippschalter mit dem Klebchen »Küche 2« wieder hoch.

Knall und Brizzeln bleiben aus und die Sicherung drin.

Ich spähe noch einmal in den Flur, gehe lauschend in die Küche, balanciere um Merlin herum, der jetzt stoisch vor seinem leeren Napf kauert, und starte einen neuen Testlauf mit Toaster und Wasserkocher – beides läuft. »Ha!«

Und der Kühlschrank?

Auch. Das Lämpchen darin leuchtet wieder, wie es soll, als ich die Tür öffne.

»Siehst du? Problem gelöst, böser Toaster. So schnell geht das manchmal. Jetzt hole ich Holz rein. Danach bekommst du dein Abendessen. Und ich sollte auch was in den Magen bekommen.«

Ein Rascheln an der Hintertür lenkt mich ab. Sind da etwa Mäuse? Verdutzt sehe ich den Kater an. »Das wäre ja wohl dein Job, oder?«

Ich nehme ihn auf den Arm, um ihn direkt an seinen Einsatzort zu bringen. Doch als ich die Tür aufreiße, Merlin quasi wurfbereit, und lauthals »Attacke!« rufe, steht mir Marc gegenüber.

Mit Kuchen in der Hand.

Den er jetzt beinahe fallen lässt.

»Oha, wenn ich geahnt hätte, wie hungrig ihr beide seid, hätte ich mehr gemacht.« Nach einer Schrecksekunde grinst er breit.

Mein Herz klopft von jetzt auf gleich ziemlich wild. Etwas in mir würde ihm am liebsten in die Arme fliegen, aber ich halte mich zurück.

Merlin springt mit einem empörten Maunzen von meinem Arm und flüchtet wieder ins Warme.

Ich schlage mir die Hände vors Gesicht und schiele durch meine Finger. »Das ist mir jetzt ein bisschen peinlich. Ich dachte, du wärst eine Maus. Warte – die Erklärung macht es auch nicht besser.«

Wir prusten beide los. Unbeschwert – und das fühlt sich wunderbar an.

»Nein, nicht so ganz«, sagt Marc schließlich. »Es sei denn, du wärst Peter Rabbit – oder Alice im Wunderland? Und Merlin ist in Wirklichkeit die Grinsekatze?«

»Na, dann komm doch rein«, schlage ich vor. »Machen wir eine Teeparty.« Himmel, er riecht so vertraut, und sein warmes Lachen löst ein Kribbeln in meinem Magen aus, das mir bis in die Haarspitzen kriecht.

»Ich hatte gehofft, dass du das sagst«, entgegnet er schmunzelnd und folgt mir in die Küche. Es fühlt sich so leicht an, so natürlich, als wäre es nie anders gewesen. Und mit allem anderen will ich mich gerade nicht auseinandersetzen. Heute bitte keine Baustellen mehr.

»Wieso hast du nicht geklingelt?«, frage ich über meine Schulter zurück.

»Hab ich doch«, widerspricht er und klingt überrascht. »Ich dachte, du wärst nicht da, und wollte den Pie grade katzen- und schneesicher abstellen.« Er macht eine kleine Pause. »Es kam mir nicht richtig vor, meinen Schlüssel zu benutzen. Nicht, dass du doch noch mit Holzscheiten nach mir wirfst. Mit Katzen habe ich allerdings nicht gerechnet.«

»Ja, Merlin ist meine Zauberwaffe«, behaupte ich, und mein Herz macht einen Hüpfer. Ich liebe seine Rücksichtnahme – und seinen Humor. Es wäre so leicht, dem nachzugeben, wenn nicht ... »Warte mal. Jetzt weiß ich's. Vorhin war die Sicherung draußen. Vielleicht habe ich eine übersehen.« Ich laufe in den Flur und öffne noch einmal den unscheinbaren grauen Kasten.

Marc stellt den Kuchen auf den Küchentresen und kommt mir nach.

»Da haben wir den Übeltäter ja.« Ich drücke die Sicherung wieder rein, die ich vorhin für Reserve gehalten hatte, weil Alufolie herumgewickelt ist.

»Warte mal. Das ist aber saugefährlich. Wann hat Henry denn das gemacht?«, sagt Marc, zieht an dem Silberpapier und – Bing – stehen wir nun richtig im Dunkeln

»Hoppla.«

»Mist.«

Zumindest in dieser Sache sind Marc und ich uns einig.

»Ich habe ihm schon hundertmal gesagt, er darf nicht einfach mit Alufolie überbrücken. Er muss den Fehler dahinter suchen.«

Mir wird bewusst, dass wir sehr nah beisammenstehen. Ich kann Marc atmen hören. Sein Arm streift meinen, und die zufällige Berührung ist wie Brausepulver auf der Haut. Im Schutz des Zwielichts inhaliere ich seine Wärme. Es schmerzt beinahe körperlich, ihm so nah zu sein – und doch nicht nah genug.

»Was kann denn an einer Klingel kaputtgehen?«, überlege ich laut und reiße mich los.

»Nicht so viel«, meint auch Marc. »Da fließt kaum Strom durch. Aber es hängen ja noch andere Sachen dran. Bei den uralten Leitungen in diesem Haus ...« Er schnuppert verwundert. »Riechst du das auch? Verbrannt irgendwie, oder?«

»Ich hatte eine Kerze an«, erkläre ich. Aber das ist es nicht. Jetzt habe ich den Geruch ebenfalls in der Nase. Der Gummigeruch von vorhin, nur stärker. Lag es doch nicht am Toaster? »Das riecht irgendwie ...«

»... elektrisch«, beendet Marc meinen Satz und nutzt sein Handy als Taschenlampe.

»Es kommt aus dem Wohnzimmer!«

Wir laufen beide los. Er ist als Erstes dort. Inzwischen ist der Mief zu einem verschmurgelten Gestank mutiert.

»Aber die Sicherung ist doch schon wieder draußen?«, wundere ich mich und versuche schnuppernd, die Ursache genauer zu orten.

»Das ist nicht gut«, gibt mir Marc recht und schießt an mir vorbei in die andere Richtung.

Im Halbdunkel nehme ich ein metallisches Knacken wahr. Ich rücke das kleine Sofa mit dem gemusterten Samtbezug ein Stück vor und spähe dahinter. Hier an der Wand ist der Gestank am stärksten. Und war das eben ein Funken?

»Es ist diese blöde Elektroheizung. Ich ziehe den Stecker«, verkünde ich und will mich ans Werk machen. Wo das Kabel im Gerät verschwindet, knistert es nun gespenstisch, und eine feine Rauchsäule steigt auf.

»Komm da weg!«, ruft Marc und schießt an mir vorbei, einen Feuerlöscher im Anschlag.

»Meinst du denn, das ist nötig?«, frage ich. Die Aktion kommt mir ein bisschen übertrieben vor. Ich denke an die schöne alte Tapete. Doch noch während Marc den Splint aus der Verriegelung zieht, schießt plötzlich eine Stichflamme aus dem Heizgerät. Ich zucke zurück und unterdrücke einen Schrei.

Marc feuert. Ich lande rücklings auf dem Sofa.

Ein heller Schaumstrahl ergießt sich auf den Brandherd, auf die Wand und das Fensterbrett. Nun hat Dads Weihnachtskaktus eine weiße Haube – und alles andere in dieser Zimmerecke auch.

»Alles in Ordnung?« Kraftlos lässt Marc den Feuerlöscher sinken und wirft ihn auf den Sessel. »Das hätte ins Auge gehen können. Geht's dir gut?« Er kontrolliert den Heizkörper und die Verkabelung und zieht den Stecker – oder was noch davon übrig ist.

Ich nicke steif und rapple mich auf. »Ich mach mal ein Fenster auf.« Meine Knie zittern, als ich hinüberstakse.

Marc geht in den Flur und drückt die Sicherungen zurück in Position. Das Licht aus der Küche fällt zu mir herein und beleuchtet Schaum und Möbel und die hässliche Brandspur.

In einer Art Schockstarre betrachte ich die Bescherung. »Ich hab ihn schon die ganze Zeit vor diesen Dingern gewarnt. Ich hab sie extra runtergeregelt, ich konnte sie ja nicht ganz abschalten. Wie passiert denn so was?«

»Das Kabel war porös, dann genügt ein Funke. Mit Kupfer und Staub geht das ganz schnell. Dazu die Überbrückung mit Alufolie, damit die Sicherung mehr aushält ... Zum Glück war die Leitung wenigstens auf Putz verlegt und nicht hinter der Wand. Ich will nicht drüber nachdenken, wenn das irgendwann heute Nacht passiert wäre.«

Marc nimmt meine Hand, lenkt mich zum Sofa zurück und setzt sich neben mich.

Sein Bein ganz dicht neben meinem gibt mir Erdung. Ich lege meine Hand auf seinen Oberschenkel, hoffend, dass es so ist und dass es in Ordnung ist.

Seine Finger umschließen meine. Antwort genug. Ich fühle Sicherheit.

»Das Haus ist alt und die Leitungen marode. Ich wollte ihm einen Elektriker schicken, aber er war zu stolz, das anzunehmen. Und das ist ja nur *eine* Baustelle.«

»Du wolltest ihm das bezahlen?«, unterbreche ich ihn. »Aber warum?«

Marc hebt die Schultern. »Weil ich es kann und er nicht. Ist das ein Problem?«

»Das hätte ich auch abgelehnt«, sage ich impulsiv und entziehe ihm meine Hand, um beide Arme um meinen Bauch zu legen.

Marc seufzt. »Ja, dieser Stolz liegt in der Familie. Nein«, korrigiert er sich im nächsten Atemzug. »Das stimmt gar nicht. Ich hätte es wahrscheinlich auch nicht angenommen. Aber das ändert nichts daran, dass ... ein ziemlicher Reparaturstau in dem kleinen Häuschen hier entstanden ist.«

Als würde ich langsam aus einer Trance erwachen, sehe ich mich in Dads Zuhause um. Marc hat recht. Wo ich mit tausend Erinnerungen im Blick auf Trockenblumen und gehäkelte Deckchen unter Bilderrahmen schaue, auf Kinderzeichnungen, Aboriginalkunst und Souvenirs, die ich ihm geschickt und aus Australien mitgebracht habe, sehen andere wohl zuerst die halb vermoderte Fensterbank, vergilbte Tapeten und verschlissene Möbel.

Das Linoleum in der Küche ist spröde, so alt ist es, es zieht durch die Fenster, und nicht nur die Elektrik ist vermutlich mindestens so alt wie Dad.

»Das ist mir nie aufgefallen«, sage ich leise.

Marc lehnt sich zu mir und schließt mich in seine Arme. Ich halte mich an ihm fest.

»Das ist doch normal«, sagt er sanft. »Es macht ja auch den Charme des Häuschens aus.«

»Aber ... wie konnte das passieren? Auf der Insel hat Dad immer alles in Schuss gehalten. Wieso haben wir das nicht gesehen? Nicht einmal jetzt?«

Er zieht mich ganz fest an sich und streicht mir sanft über den Rücken.

Seine Nähe tut so gut. Ich schließe die Augen, krieche ganz eng an ihn heran und merke, wie langsam die Spannung aus meinem Körper weicht.

Seine warme Stimme ist Honig auf meiner Seele. »Ihr hattet beide den Fokus immer auf anderen Dingen. Auf dem, was draußen wichtig war.«

»Und ist«, ergänze ich leise. Dann dämmert mir noch etwas. »Deswegen hat Sue Anne davon angefangen.«

»Wovon?«

»Dass Dad zu ihr ziehen soll, nach Tarbet.«

Marc versteift sich und rückt ein Stückchen ab. Das Sofa

knarzt. Ich versuche, seine Miene im fahlen Lichtschein zu entschlüsseln. Er hat die Augenbrauen zusammengezogen, die feinen Falten um die Mundwinkel sind tief.

Klar, das würde seine Freundschaft zu Henry auf eine harte Probe stellen, begreife ich. Sue Anne wäre nicht begeistert, wenn Marc plötzlich bei ihr ein und aus ginge. Sie würde ihm kaum einen Schlüssel anvertrauen. Nicht sofort jedenfalls.

Aber wäre Dad dort glücklich? Mit den beiden Kleinen? Zwei quirlige Enkelkinder um ihn herum könnten ihm Auftrieb geben, gestehe ich mir ein.

»Leben ist Veränderung«, murmle ich zu ihm und zu mir selbst und streichle sanft über seinen Arm.

Marc nickt. »Ja, es wäre sicher gut für ihn, wenn er nach der Entlassung nicht ganz auf sich allein gestellt wäre«, sagt er kehlig.

Ich will widersprechen. Ich bin ja auch noch da. Dann beiße ich mir auf die Zunge. *Noch* bin ich da.

»Ich könnte meinen Rückflug verschieben. Bis Hogmanay zumindest«, denke ich laut.

Marc sieht mich an. Ich sehe, wie sein Adamsapfel sich hebt und senkt. Seine Augen kann ich kaum erkennen, so dunkel wirken sie, trotz der hellen Reflexe darin.

Ich denke an unser letztes gemeinsames Silvester zurück. An die Jahre, wo er derjenige war, der in der Neujahrsnacht den First Foot – den traditionellen ersten Fuß – in dieses Häuschen hier gesetzt hat. Stilecht mit einem Stückchen Kohle für den brennenden Kamin, mit Shortbread, einem Black Bun (sein Familienrezept für diesen Früchtekuchen im Teigmantel hat er mir bis heute nicht verraten) und einem guten Whisky zum Anstoßen.

Ich würde ihn jetzt so gern küssen.

Da klirrt es in der Küche.

Merlin hat den Pie entdeckt und die Form vom Tresen geschubst.

Wir springen auf.

»Na, zum Glück war ein Deckel drauf.« Marc holt ein Küchentuch von der Spüle.

Ein bisschen Blaubeersoße ist auf das Linoleum getropft. Der Kater schlabbert Krümel und Flecken gierig vom Boden.

»Oh, Blaubeerpie!«, kiekse ich glücklich. »Mein Lieblingskuchen!« Unter Schwierigkeiten ziehe ich Merlin von den Überbleibseln weg und hebe mit der anderen Hand die runde Backform auf.

»Ich habe gehofft, dass sich das nicht geändert hat.« Marc nimmt mir den verschmierten Kuchenbehälter ab, stellt ihn auf den Tresen und hockt sich zu mir.

»Niemals!«, sage ich inbrünstig und schlecke meine klebrigen Blaubeerfinger ab.

»Er wird ein bisschen matschig sein.« Marcs Stimme klingt rau, er räuspert sich.

»Völlig egal!« Strahlend greife ich nach dem Tuch, doch er hält meine Finger fest und fängt behutsam an, sie abzuwischen, einen nach dem anderen. Mein Mund wird trocken, trotz der Blaubeersüße darin. Ich starre auf seinen Hinterkopf, die Konzentration in seinen schlanken Fingern. In meinem Magen tanzen Schmetterlinge.

Und dann ist es mir egal, ich ziehe diesen Kopf zu mir herum, mit beiden Händen und voller Blaubeerduft. Ich frage stumm und versinke in seinen Augen, in tiefem Blaubeerblau und seinem Kuss. Erst berühren sich unsere Lippen süß und zart, dann hungrig und durstig und alles zugleich. Wir kippen gemeinsam um, landen lachend und küssend auf dem dicken, bunten Webteppichläufer. Ein Gewirr aus Armen, Beinen, Körpern und zwei Mündern, die fest aneinanderkleben und nicht voneinander satt werden.

»Ich hab dich so vermisst«, stammle ich irgendwann atemlos, seine Finger in meinem Haar, unsere Hände und Beine ineinander verschränkt, auf dem Rücken liegend, Merlin zwischen uns, schnurrend, quer – als wollte er sagen: Siehste, genau so soll das sein, warum hat das denn so lang gedauert?

»Und wie geht es jetzt weiter?«, frage ich beinahe tonlos, weil ich Angst habe, dass meine Stimme den Zauber zerbricht.

MARC

Ich löse meine Augen von Carries gebräuntem Sommersprossengesicht und starre die Zimmerdecke an. Die weiße Farbe der Bretter ist über die Jahre zu einem fahlen Gelb verblichen.

Meine Hand ist immer noch in ihre verwoben. Ihr Kopf ruht in der Kuhle zwischen meinem Schlüsselbein und der Schulter. Ich atme ihr weiches Haar. Träumerisch erfühle ich die Kontur jedes einzelnen sonnengebräunten Fingerglieds, die Hornhaut auf den kleinen Hügeln im Handteller, die zarten Linien darin, die kurz gehaltenen, glatten Nägel.

»Wir waren immer schon am besten, wenn wir gemeinsam arbeiten, als Team, nicht als Konkurrenz, findest du nicht?«

»Aber wie soll das funktionieren?«, fragt sie. Ihre Stimme klingt belegt. »Die Dormonds und du ...«

Ich lege ihre Hand auf meiner Brust ab und meinen Zeigefinger über ihren Mund.

»Nein«, unterbreche ich sie. »Du und ich, wir wollen das Gleiche. Es geht uns beiden um die Wallabys. Ich will Tony retten, genau wie du. Ihn und die anderen. Die Frage ist nur, wie wir das am besten schaffen.«

»Kündige doch einfach!«, schlägt sie vor und richtet sich auf.

»Ich hab dir neulich schon mal gesagt, das ist nicht so einfach und auch nicht sinnvoll.«

Merlin erhebt sich würdevoll, verabschiedet sich mit einem

beleidigten Miauen und springt nebenan im Wohnzimmer auf den Schaukelstuhl. Kluger Kater.

»Was wäre denn damit gewonnen?« Ich setze mich ebenfalls. Hinter ihrer gerunzelten Stirn arbeitet es.

»Glaub mir, ich habe schon ein Dutzend Mal darüber nachgedacht. Aber wir verschaffen uns dadurch keinen Vorteil«, versuche ich zu erklären.

»Wir?«, wiederholt sie traurig.

»Willst du das denn nicht? Wir? Zusammen?«

Unsicher sieht sie mich an. »Wieso bist du damals gegangen?«

»Ich? Du warst doch damals innerhalb von zwei Tagen verschwunden! Ohne ein weiteres Wort.«

»Ich dachte, du hasst mich«, sagt sie kleinlaut.

»Habe ich auch. Sehr!«

Wir schweigen.

Carrie spielt mit einem losen Faden, der aus dem Saum der Strickjacke herauslugt. »Ich wollte nicht der Grund sein, der dich hält. Du bist so unglaublich talentiert, Marc. Das darf man nicht in einem kleinen Kaff in Schottland vergeuden. Ich meine: Sieh dich an! Du hast all diese Preise gewonnen.«

Ich ziehe fragend die Augenbrauen in die Höhe.

»Ich habe die Auszeichnungen in deinem Büro gesehen. Du warst im Fernsehen, bist international erfolgreich.« Ihre Augen strahlen vor wehmütigem Stolz.

»Du hast mich also gestalkt?«, scherze ich, teils um sie aufzuheitern, teils, weil mir mein Erfolg peinlich ist.

Sie lächelt über mein schiefes Grinsen, sie kennt mich so gut. Dann wird sie wieder ernst. »Ich hatte Angst, dass du nur wegen mir in Luss versauerst und mir das eines Tages zum Vorwurf machen würdest ... Vertane Chancen bereut man am meisten ...« Sie senkt den Kopf und pflückt abwesend ein paar Katzenhaare von ihrer Jogginghose. Ihr Blick geht ins Leere. »Als ich klein war, haben unsere Eltern oft mit uns im Atlas geblättert. So ein riesengroßes, schweres Buch, weißt du. Sue Anne und ich konnten es nur zusammen auf dem Schoß halten.« Sie sieht sich um und seufzt. »Es liegt dahinten irgendwo im Bücherschrank. Ich habe es neulich Nacht herausgekramt, als ich nicht schlafen konnte ... Jedenfalls haben wir damals gemeinsam all die Länder angesehen, die Mum und Dad noch bereisen wollten. Mum wusste so viel über all diese exotischen Orte.« Sie schluckt und sieht kurz zu mir. Ihre Augen schwimmen und laufen über, als sie blinzelt. »Sie hatten noch so viel vor. Auswandern war ein Thema. Auf die Seychellen zum Beispiel und Schildkröten retten, oder nach Tuvalu, Fidschi, Tasmanien ...«

»Oder ... Australien?«

Sie nickt und zieht die Ärmel der Strickjacke über ihre Handgelenke und weiter vor bis zu den Fingerspitzen. »Beuteltiere haben Dad schon immer fasziniert ... Und mich auch.« Fahrig wischt sie sich mit dem Handrücken eine Träne weg. »Nach Mums Tod ... hat er sich sehr verändert. Ich war unglaublich erleichtert, als die Gräfin ihm den Job als Inselhüter gegeben hat. Ab da ging es wieder bergauf.«

»Ich verstehe«, sage ich langsam. »Du dachtest, dass ihr Kinder es ihm unmöglich gemacht habt, seine Träume zu leben, oder? Dabei seid ihr sein größter wahr gewordener Traum.«

Sie lächelt traurig. »Siehst du, du bist schneller als ich. Ich habe – bis vor Kurzem – gebraucht, um zu kapieren, dass die Reisen vor allem Mums Träume waren. Dad hatte alles, was er liebte, genau hier vor Ort. Uns ... die Wallabys ...«

»Und du?«, frage ich stockend.

Sie schluckt. Unsicher sieht sie zur Seite. »Manchmal hat man das Glück, das man sucht, direkt vor der Nase. Aber man muss vielleicht erst eine Weile weg sein, um das zu begreifen.«

»Du warst so wild entschlossen, die Welt zu erobern. Mir hätte unsere kleine Insel genügt.«

»Ich weiß. Das hat mich erschreckt. *Du* solltest die Welt erobern. Ich wollte dir nur den Weg ebnen.«

»Ich hatte den Eindruck, dass du dich nicht fest binden wolltest.«

»Wie kommst du denn darauf?« Schockiert sieht sie mich an.

»Na – so massiv, wie du mich loswerden wolltest: ›Du musst in die Staaten oder wenigstens nach London!‹, ›Bewirb dich auf dieses Stipendium!‹, ›Wechsle die Fakultät‹, ›Nimm diesen Job‹, ›Du wirst es bereuen, wenn du hier versauerst‹.«

»Wenn du es wegen mir getan hättest, genau!«

»Aber ich wollte mich nicht von dir trennen. Auch nicht für einen Tag.«

»Du bist immer noch dieser romantische Träumer, oder?« Sie lächelt wehmütig.

»Vielleicht. Damals war ich felsenfest davon überzeugt, dass Fernbeziehungen zum Scheitern verurteilt sind.«

»Nicht, wenn man füreinander bestimmt ist«, widerspricht sie heftig. »Mir machen Entfernungen nichts aus! Natürlich geht so was gut.«

»Hattest du dich deswegen hinter meinem Rücken für die Stelle in Byron Bay beworben?«

»Darum ging es?« Ihre Augen werden groß.

»Du hast ewig die Antwort rausgezögert, ob du mit mir nach London kommst, wenn ich dieses Stipendium akzeptiert hätte. Und dann stellt sich heraus, England war dir nicht weit genug. Es musste ein anderer Kontinent sein.«

»Um mehr über die Wallabys zu lernen! Und damit du dich frei entscheidest, unabhängig von mir!«

»Du wolltest ganz offensichtlich von *mir* weg. Für mich sah alles danach aus, dass du mich nur deswegen in London haben wolltest, damit du freie Bahn für deine eigene Karriere hast – ohne ein schlechtes Gewissen mir gegenüber. Was sollte ich denn anderes denken?«

»Du hättest mit mir reden sollen!«

»Ich? Und dann? Wozu? Du hattest Tatsachen geschaffen.« Ein Kloß klemmt irgendwo knapp unterhalb meines Adamsapfels. Die Verletzung wirkt immer noch nach.

»Dann hätte ich dir gesagt, dass ich überallhin mitkomme, wenn es wirklich dein Wunsch ist.«

»Ach ja?«

Als ob es gestern gewesen wäre, sehe ich den Brief deutlich vor mir, die fremde Briefmarke und den Luftpoststempel auf dem Umschlag. Adressiert an Miss Carrie McIntyre, abgesendet von Terri Irwin, Australia Zoo, Steve Irwin Way, Beerwah, Sunshine Coast, Australien. Das Schreiben lag offen auf dem Küchentresen. »Zusage Ihrer Bewerbung«, stand in der Betreffzeile.

Wir wollten alle zusammen zu Sue und ihrem reichen Freund rüber. Sie war gerade frisch bei Collum eingezogen. Viel zu früh, falscher Typ, da gebe ich Carrie recht. Es ging ja auch nicht lange gut. Aber er hatte ein Riesenhaus.

Es war der Weihnachtsmorgen, und die beiden hatten Henry und uns zum Brunch eingeladen. Carries Dad war zeitig auf die Insel gefahren, um dort nach dem Rechten zu sehen. Wir hatten in der Zwischenzeit die Füllung für das Black Bun vorbereitet, das es zu Hogmanay geben sollte, und dazu heißen Eggnog genippt – natürlich nur zum Verkosten. Carrie war nach oben geflitzt, um sich umzuziehen und zu schminken, während ich in der Früchtebrotfüllung noch ein paar Geheimzutaten nach dem überlieferten Rezept meiner Granny ergänzte.

Der Poststapel lag auf dem Tresen. Ich rückte ihn ein Stück beiseite und stellte die Kanne oben auf den Kühlschrank, damit Merlin sie in unserer Abwesenheit nicht umkippte und alles vollkleckerte – und um Platz für das Blockhausmodell zu schaffen, das ich Carrie schenken wollte. Ich wollte nur einen letzten, nervösen Blick darauf werfen und noch einmal kontrollieren, ob darin alles an seinem Platz war.

Draußen klappte eine Autotür. Henry war zurück. Er steckte kurz seinen Kopf in die Tür, um zu fragen, wo Carrie war.

»Oben«, sagte ich knapp, den Blick auf den Brief gerichtet. »Im Bad.«

»Perfekt, dann lade ich die Geschenke ein, die sie nicht sehen soll. Soll ich das Modell mitnehmen?«

Er wusste Bescheid. Wir verstanden uns gut. Er war wie der Vater, den ich nie hatte, damals schon. Meiner verschwand aus dem Bild, als ich ein kleiner Junge war. Natürlich hatte ich mir vorab Henrys Segen geholt.

»Hallo? Erde an Marc?« Carrie widmet mir einen seltsamen Blick und reißt mich zurück in die Gegenwart. »Dann hätte ich dir vermutlich gesagt, dass ich mich nur beworben hatte, um mir zu beweisen, dass ich das wohl kann. Dass ich kein Feigling bin, der andere allein fortschickt, und dann selbst Tony vorschiebt und auf der Couch sitzen bleibt.«

Ich fahre mir mit einer Hand durchs Gesicht, um die Schatten zu vertreiben. »Habe ich das etwa gesagt?« Erschrocken sehe ich sie an.

Sie nickt mit gequältem Gesichtsausdruck. »Das waren ziemlich genau deine Worte. Ich habe niemals mit einer Zusage gerechnet. Ich wollte da eigentlich gar nicht hin. Und ich wäre auch ganz sicher nicht gegangen, wenn wir beide nicht …«

»Dann hättest du denselben Fehler gemacht, den du Henry unterstellt hast.«

»Es sollte außerdem nur auf Zeit sein!«, sagt sie hölzern. »Ich war verletzt und habe nach unserem Höllenstreit keine Perspektive für eine gemeinsame Zukunft gesehen.«

Wenn dir deine Karriere so wichtig ist, musst du wohl gehen. Dann mache ich es dir einfach – meine eigenen Worte, vor sieben Jahren im Zorn gebrüllt, genau in dieser Küche – hallen in mir nach.

»Wir haben es wirklich versaut, oder?« Ich atme tief durch.

Ruhiger spreche ich weiter. »Ich hätte mir einfach ein Zeichen von dir gewünscht. Dass wir zusammenbleiben. Dass es dir genauso ernst ist wie mir. ... Ich hatte schon ein Jobangebot, weißt du«, sage ich leise. »Für London und die Zeit nach dem Stipendium. Wenn du mitgekommen wärst, hätte ich es angenommen.«

Neue Tränen schießen in ihre Augen. Kleine grüne Inseln. »Wieso hast du das nie erzählt?«

»Als ich sah, dass du eine Chance auf Australien hattest, kam es mir nicht richtig vor, dich damit zurückzuhalten.«

»Ich wollte dir in London nur nicht im Weg stehen. Du solltest dich dort auf deine beruflichen Chancen konzentrieren. Ich hatte Angst, der Klotz an deinem Bein zu sein, dem du dich verpflichtet fühlst. Ich wäre liebend gern mit dir gegangen. Du warst immer so fest davon überzeugt, dass Fernbeziehungen zum Scheitern verurteilt sind. Ich dachte, wir halten das aus.«

»Ich hab's erlebt, wie das ist«, erinnere ich sie. Carrie kennt meine Geschichte. Mein Vater hat uns im Stich gelassen, weil ihm der Job wichtiger war als seine Familie. Ich war vier Jahre alt, als er ging. Zuerst kam er an den Wochenenden nach Hause, dann nur noch einmal im Monat. Ein Jahr später hatte er bereits meinen Geburtstag vergessen – und eine neue Familie mit einer anderen Frau gegründet. Es hat meiner Mutter das Herz gebrochen, dass er uns nie nachgeholt hat. Sie hat jahrelang darauf gewartet. »Ich hätte es drauf ankommen lassen. Ich wollte dich damit überraschen. Und mit ...« Meine Gedanken wandern kurz zurück zu der kleinen Schachtel im Inneren des Blockhauses. Ich schüttle die Erinnerung ab. »Nachdem du beim Kochen diese Dinge über Sue gesagt hattest ... Ich hatte schon geraume Zeit den Eindruck gewonnen, dass du das mit uns ... dass du deine Freiheit brauchtest. Als Sue sich verlobt hat ...«

»Mit Collum, ja, was für eine bescheuerte Idee«, platzt sie heraus.

Ich grinse schief.

»Oh«, sagt sie, und ihre Mimik verändert sich, als sie plötzlich begreift. »Du hattest das auf uns bezogen? Es war einfach nur der falsche Kerl! Der ging gar nicht!«

»Und zu früh, sagtest du. Und dass man verblödet, wenn man nie über den Tellerrand raussieht und zu Hause hocken bleibt ...«

»Wir waren irre jung! Ich wollte raus in die Welt, ja. Aber nur mit dir! Zusammen! Ich wollte nie allein von hier fort oder gar dich loswerden.«

»Du bist gegangen.«

»Du auch.«

»Ich wollte dich heiraten.«

»Im Streit dahingesagt, mit Anfang zwanzig und panischer Angst vor Fernbeziehungen. Ich habe das nicht ernst nehmen können. Ein Ring ist nichts, womit man jemanden an sich binden kann wie bei Tolkien.«

»Es war mir ernst. Ich hatte Angst, dich zu verlieren.«

»Das ist kein Grund, jemanden zu heiraten.« Carrie zieht die Beine an, bis vor den Bauch, und umklammert sie mit ihren Armen.

»Ich war mir sicher, dass du die Eine bist«, sage ich leise.

»Ich auch«, wispert sie. »Ich kenne niemanden, der dir auch nur annähernd das Wasser reichen kann. Darum war ich so ungeheuer verletzt, dass du das von mir gedacht hast. Dass mir meine Karriere wichtiger sei als du.« Ihr Kinn zittert.

Hilflos sehe ich sie an. »Es tut mir unendlich leid. Es kam so vieles wieder hoch damals. Ich wollte nicht sein wie mein Vater. Meine Mutter und ich packten jeden Freitag voller Vorfreude unsere Koffer. Sie kochte und ging zum Friseur. Und am Sonntag, wenn Dad ohne uns zurückfuhr, nach Streit, Ausflüchten und leeren Versprechen, packte sie weinend wieder aus und erklärte mir, wie wichtig Dads Job war und dass man verzichten muss, wenn man wirklich liebt. Aber für mich ist Liebe immer das Wichtigste gewesen.«

Sie gräbt sich stumm in meine Arme.

»Weißt du, ich bin traurig über die verlorenen Jahre. Aber vielleicht war es wirklich gut für uns.«

»Das klingt jetzt ziemlich abgeklärt«, sage ich mit einem traurigen Lächeln.

Sie richtet sich auf, putzt sich mit einem zerknitterten Taschentuch aus ihrer Hosentasche die Nase und streicht sich eine Haarsträhne aus dem Gesicht. Ihre Augen sind verquollen, die Nasenflügel rot, und für mich ist sie die schönste Frau der Welt.

»Nein, ehrlich«, schnieft sie. »Vielleicht hattest du recht damals. Ich wäre nie nach Australien gegangen, wenn wir zusammengeblieben wären. Und du ...«

»Ich sitze immer noch in Luss.« Lächelnd küsse ich sie auf die Stirn. »Aber in der Zwischenzeit war ich in London und New York, Toronto, Barcelona und Paris ...«

Spielerisch boxt sie mich in die Seite. »Angeber! Moment ... Barcelona? Darum beneide ich dich aber richtig!«

»Ich habe Antoni Gaudí studiert. Seine Jugendstilgebäude des Modernisme, die Gärten, die Sagrada Familia, er war wirklich ein unübertroffenes Genie. Diesen Dom musst du sehen. Da müssen wir unbedingt zusammen noch mal hin. In der Casa Milà gibt es keine tragenden Wände, nur Säulen halten die Statik, bis hinunter zur Tiefgarage. Eine Tiefgarage! Anfang des zwanzigsten Jahrhunderts!«, schwärme ich. »Die runden und elliptischen Räume in den Wohnungen sind alle natürlich belüftet. Sie haben verschiebbare Wände, es gibt ein System genialer Luftschächte, Treppenhäuser mit Wasserspeichern und Innenhöfe, da brauchst du selbst in heißen spanischen Sommern keine Klimaanlage. – Einfach wunderschön und alle Details so einfallsreich durchdacht. Diese organischen, welligen und unregelmäßigen Formen, wie er mit den Materialien spielte und wie geschickt er das Licht eingefangen hat. Auch in der Casa Batlló: Da ist das gesamte Dach wie ein schlafender Drache geformt. Im Treppenhaus kommst du dir vor, als wärst du in einer magischen Unterwasserwelt. Gaudí hat die Kacheln an den Wänden farblich und von Größe und Form so geschickt platziert, dass ...« Ich halte verlegen inne.

Carrie lächelt einfach nur, als die Begeisterung für Gaudí mit mir durchgeht. »Organische Formen und Jugendstil, das war schon immer deins.«

»Ich würde mir auch gern mal die Oper in Sydney ansehen, also ...«

Sie schlingt ihre Arme um mich und küsst mich.

»... rein aus ... architektonischem Interesse«, beende ich meinen Satz zwischen weiteren Küssen. Und das sind für eine ganze Weile die letzten Worte, die wir sprechen.

SECHS TAGE BIS WEIHNACHTEN

CARRIE

Hi Carrie.
Tut mir leid, dass es deinem Dad so schlecht geht.
Von unserer Seite kein Problem, wenn du deinen Urlaub
verlängerst.
Ich muss dir dann nur den Pay Check kürzen. ;-)
Meld dich einfach, für wie lange. Wir vermissen dich.
Gönn dir und merry xmas.
Barry und das Zoo-Team

Erleichtert schließe ich die E-Mail meines Chefs, lege mein Handy
beiseite und nehme einen letzten Löffel voll Mac'n'Cheese. Das
ist noch eine Sorge weniger.

Dad steckt Narkose und Operation besser weg, als wir alle
dachten. Die Ärzte sind superzufrieden mit ihm, mit seinem Blutdruck und dem Heilungsprozess. Wenn er so weitermacht, kann
er tatsächlich rechtzeitig zu den Feiertagen entlassen werden.

Mein zweites, vorgezogenes Weihnachtsgeschenk ist, dass zwischen Marc und mir offenbar ebenfalls ganz viel auf dem Weg der
Heilung ist. Ich bin ein bisschen verliebt. Okay – ziemlich verliebt.

Ich traue dem Frieden noch immer nicht ganz – aber ich befinde mich definitiv in einem solchen hormonellen Glückshigh,
dass mein Chef in Australien mich in diesem Zustand garantiert
keine Giftschlangen melken lassen würde – viel zu gefährlich.

Abwesend lächelnd reibe ich mir über das Kinn. Es ist ein kleines bisschen wund. Wundgeküsst sozusagen, von Marcs Bartschatten. Ich brauche nur an ihn zu denken, und die wilden Schmetterlinge in meinem Magen flattern sofort wieder los. Ich glaube, ihm geht es genauso. Und doch behandeln wir einander wie rohe Eier, wenn wir uns sehen. Vielleicht ist das ja auch normal, nach allem, was war und was ist und was immer noch gegen uns arbeitet.

Ich stelle den leer gegessenen Teller meines schnellen Mittagessens in die Spüle und weiche ihn mit einem Spritzer Spülmittel ein. Nachdenklich betrachte ich die Schaumblasen. Es genügt ein winziger Hauch, um sie zerplatzen zu lassen. Man kann auch alles zerdenken. Kopfschüttelnd wende ich mich ab und schalte den Wasserkocher ein. Um den Abwasch kümmere ich mich später, aber für eine Tasse Tee reicht es hoffentlich noch.

Marc müsste jeden Moment hier sein. Wir wollen zur Insel und einen Futterunterstand für Tony und die anderen Wildtiere bauen – zur Abwechslung mal nichts für Dad oder am Schreibtisch. Ich habe sämtliche Briefe und E-Mails geschrieben, alles, was mir eingefallen ist. Noch mehr Unterschriften kann ich erst wieder am Wochenende sammeln. Für die Fußgängerzone in Glasgow warte ich noch immer auf eine Genehmigung.

Warten – das zieht sich als Thema durch diesen Advent. Aber ich steuere, so gut ich kann, dagegen an.

Mit Marcs Hilfe habe ich in den letzten beiden Tagen die brandgefährlichen altersschwachen Wandheizungen abgebaut und fürs Erste zumindest im Schlafzimmer und im Bad durch Modelle ersetzt, die den heutigen Sicherheitsstandards entsprechen. Die Wand mit der verschmorten Tapete und den Löschspuren möchte ich später tapezieren. Dad hatte tatsächlich im Schuppen noch anderthalb Rollen desselben Musters liegen. Durch Zufall habe ich sie in einem Karton entdeckt, als ich nach einem Kleisterpinsel und einem Eimer für den Sperrgrund gesucht habe.

Auch wenn ich es liebe, Zeit mit Dad zu verbringen: Es tut mir gut, nicht immer tatenlos im Krankenhaus zu hocken, sondern etwas anpacken können. Gerade, weil die Dinge bezüglich der Wallabys ein wenig stagnieren. Ganz im Gegenteil zu den Dingen zwischen Marc und mir.

Dennoch hängen zwei Damoklesschwerter über uns und den Wallabys: Sue Anne redet bei jeder Gelegenheit auf mich und unseren Vater ein, um uns zu überzeugen, dass ein Umzug zu ihrer Familie das absolut Beste für ihn sei.

Dad und ich wollen das beide nicht wirklich hören. Aber ich fürchte, sie hat recht. Eine kleine Einliegerwohnung, jederzeit Sean und Mel sehen können, das würde allen Beteiligten Erleichterung bringen, zumindest, bis er sich vollständig erholt hat und das Häuschen die eine oder andere weitere Renovierung hinter sich hat.

Das Teewasser kocht. Merlin maunzt und streicht um meine Beine, während ich mir einen Earl Grey zubereite. Ich liebe den würzigen Duft nach Bergamotte und Zitrone. In Australien schmeckt Tee irgendwie anders, ich habe keine Ahnung, wieso. Darum trinke ich dort kaum welchen.

Australien. Ich hebe Merlin hoch und nehme ihn auf den Arm. Er schnurrt und reibt sein Köpfchen an meinem Kinn. »Was wird denn aus dir, wenn Dad bei Sue Anne einzieht? Du kommst auf jeden Fall mit, oder? Du kannst ihn da nicht allein lassen, ich verlasse mich auf dich. Wirst sehen, es ist nur für den Übergang. Und die Zwillinge sind gar nicht so schlimm. Alle passen auf, dass dich keiner am Schwanz zieht, ich versprech's.«

Eigentlich müsste ich bleiben.

Der Gedanke ploppt auf einmal auf. Glasklar, wie eine der Seifenblasen im Spülbecken. Er zerplatzt nicht. Er nistet sich ein.

Ist mein Platz nicht hier?

Merlin schnurrt beharrlich weiter.

»Du willst mir das einreden, gib's zu«, schimpfe ich spielerisch mit dem roten Kater. Prompt legt er sein weißes Vorderpfötchen ganz zart auf meine Wange. »Glaubst du, ich merke nicht, wie du mich manipulierst?«

Ich habe mir ein Leben in Australien aufgebaut.

Zugegeben – in einem Apartment ohne Weihnachtsdeko und Bilder, mit Plastikmöbeln, Plastiktischdecke und Mikrowelle. Ein Provisorium. Aber mit Vegemite. Wenn auch unter fremdem Namen, war der klebrige, dunkle Hefeaufstrich vom ersten Frühstück an ein Brückenglied in meine Heimat. Hier in Schottland bin ich mit Marmite aufgewachsen. Mein Blick streift das obligatorische braune Glas mit dem gelben Deckel auf dem Wandregal.

Seufzend setze ich Merlin ab, gebe ihm etwas Futter und hole die Hafermilch aus dem Kühlschrank. »Es ist zu früh für all solche Gedanken«, erkläre ich ihm. »Viel zu früh. Und ich habe heute noch eine Menge zu tun.«

Dads Bett aufzubocken, damit er leichter aufstehen und sich setzen kann, hat nur zehn Minuten gedauert. Mit dem Kühlschrank haben wir das Gleiche gemacht. Marc hat mir dabei geholfen. Wenn Dad zurückkommt, muss er sich nicht mehr so tief bücken, um ans Gemüsefach zu kommen – oder ich an die Hafermilch für meinen Tee.

Es ist wirklich erstaunlich, wie viel wir in der kurzen Zeit geschafft haben. Wir arbeiten immer noch gut zusammen und wissen, was der andere denkt.

Als Nächstes möchte ich einen Handlauf auch an der Wandseite der Treppe anbringen, damit Dad sich auf beiden Seiten festhalten kann. Seniorengerechte Haltegriffe für Bad und WC habe ich auch schon im Baumarkt besorgt. Am liebsten würde ich die gesamte Dusche rausreißen und barrierefrei, also bodentief, anlegen. Aber dazu bräuchte ich Zeit, die ich nicht habe. Bei Sue Anne gibt es das alles schon. Nachdenklich kreisele ich mein Handy herum und trinke einen Schluck Tee, der natürlich noch viel zu heiß ist.

Australien. Das ist doch jetzt mein Zuhause, oder?

Und Schottland?

Marc hat angeboten, sich die Pläne für das Häuschen anzusehen. Der Arzt sagte, Dad wird nach seiner Entlassung noch eine Weile auf einen Rollator angewiesen sein. Wenn wir die eine oder andere Tür verbreitern könnten, ohne dass das Haus einstürzt, wäre das eine große Hilfe. Und es braucht neue Fenster.

Aber dieser Umbau ist nur die Nebenbaustelle. Sie hilft mir, nicht kirre zu werden, während ich auf Antworten von NatureScot und den anderen Behörden warte. Sie müssen doch reagieren auf die vielen Unterschriften, oder? Und ich warte darauf, dass Fiona sich noch einmal wegen des Artikels meldet – oder Marc mir grünes Licht für ein Gespräch am runden Tisch mit Stacy und Morris gibt. Ich vertraue ihm. Notgedrungen.

Däumchendrehen ist einfach nicht meins. Dinge in die Hände anderer legen auch nicht. Warten nervt.

Das zweite Damoklesschwert ist noch schärfer. Marc ist fest davon überzeugt, dass Darren und er genügend Einfluss auf die Dormonds haben, um das Ruder für die Wallabys noch herumzureißen. Er hat mir Weihnachten mit Tony versprochen.

Ich bin mir da nicht ganz so sicher und zermartere mir das Hirn nach einem Plan B, aber mir will nichts einfallen, wofür man nicht mindestens zwei Millionen Pfund und ein Weihnachtswunder bräuchte.

Außerdem trauen wir uns beide noch nicht wirklich, über die weitere Vergangenheit zu sprechen. Wie die Katzen um den heißen Brei schleichen wir um das Thema herum. Es mangelt uns an Kraft und Zeit, die Lücke in unseren Lebensläufen, die blinden Flecken, mit Erinnerungen zu füllen, bei denen jeweils einer von uns fehlte. Da ist immer noch so viel Schmerz, den die Zeit noch nicht geheilt hat. Ich kannte die Geschichte, aber mir war nicht klar, wie sehr Marc darunter gelitten hat, dass seine Eltern in dieser kranken Fernbeziehung lebten, als er klein war. Irgendwann tauschte seine Mum die Schlösser aus und stellte den Koffer seines Vaters vor die Tür. Es muss die Hölle für ihn gewesen sein.

Ich glaube, inzwischen hätten wir eine echte Chance. Aber es ist zu früh. Viel zu früh, um Entscheidungen von solcher Tragweite zu treffen. Zwischen unseren Lebensmittelpunkten liegen gleich mehrere Kontinente und Ozeane.

»Carrie? Bist du so weit?« Marcs Schritte nähern sich über den Gartenweg in Richtung Hintereingang. Automatisch verstecke ich mein Flugticket unter einem Poststapel. Ich habe nur noch ein paar Tage Zeit, um umzubuchen und meine Rückreise zu verschieben, bevor das Ganze richtig teuer wird. Ich weiß nicht, was ich tun soll, was das Beste ist. Wir müssen über so vieles reden.

Langsam.

Ich komme mir albern vor, ich will ihn nicht ausschließen, will ihn unbedingt teilhaben lassen. Ich wünsche mir eine Zukunft für uns. Zwischendurch glaube ich, dass wir gemeinsam alles schaffen können. Und dann wieder ...

Ein fettes Aber.

So weit sind wir noch nicht. Und ich fühle, dass er mir auch nicht alles sagt. Es ist okay. Nichts überstürzen. Wir arbeiten dran, und ich denke zu viel.

»Ich bin in der Küche!«, rufe ich und trinke den Tee aus. »Komme schon!«

»Bist du fertig, oder brauchst du Hilfe?« Ein wenig außer Puste streckt er den Kopf zur Tür herein. Verschwitzte, dunkelblonde Haare unter einer grünviolett geringelten Strickmütze, gerötete Wangen, strahlende Augen, die mich meinen. Sofort beschleunigt sich mein Puls.

»Kommt drauf an, wobei!«, behaupte ich. Ich lege den Kopf schief, klemme die Unterlippe zwischen meine Zähne und tänzle ein paar Schritte auf ihn zu. »Ich hab schon den ganzen Vormittag so ein Sehnsuchtsloch in meinem Herzen. Hast du zufällig ein Wundermittel dagegen?«

»Hmm ... lass mal überlegen«, sagt er lächelnd und hebt mich hoch. »Hilft das?« Er küsst mich sanft aufs Haar.

»Ein bisschen«, behaupte ich und schlinge meine Beine um ihn.

»Und wie ist das?«, haucht er an meinem Ohr und lässt seine Hände und Finger zärtlich über meinen Nacken und Rücken wandern.

»Besser«, gurre ich und ziehe ihn ganz dicht an mich. »Vielleicht macht es das aber auch schlimmer?«

»Oh, dann hören wir besser auf, oder?« Mit einem diabolischen Glitzern in den Augen lässt er mich los, und ich rutsche zurück auf meine eigenen Füße.

»Was? Nein!«, kreische ich empört und finde mich in seinem lachenden Kuss wieder.

»Ich hab dich vermisst«, sagt er irgendwann kehlig, als wir beide nach Luft schnappen müssen.

»Ich dich mehr«, behaupte ich. »Gibt's was Neues?«

»Von den Dormonds meinst du?« Er schüttelt den Kopf. »Darren ist dran. Er ist geschickter mit so was als ich.« Aufmerksam studiert er mein Gesicht.

Ich bemühe mich, mir die Enttäuschung nicht anmerken zu lassen, und stehle mir noch einen Kuss. »Hey, wollen wir heute Abend zusammen essen gehen? Unten an der Hafenstraße hat ein neues chinesisches Restaurant aufgemacht. Es gibt eine ganze Menge, was ich dir erzählen und worüber ich mit dir reden möchte, aber nicht zwischen Tür und Angel oder wenn einer von uns dabei Gefahr läuft, sich dabei den Hammer auf den Daumen zu schlagen – oder dem anderen.«

»Das klingt hervorragend.« Er guckt zerknirscht und schiebt schnell hinterher: »Das geht mir ganz genauso. Darum dachte ich mir, ich packe uns ein Picknick ein. Ich habe alles im Auto. Ich hätte dich vorher fragen sollen, tut mir leid. Nicht schlimm, das hält sich. Chinesisch ist super.« Er kraust die Nase zu einer verlegenen Grimasse.

»Auf gar keinen Fall«, widerspreche ich und ziehe seinen

Kopf ganz nah zu mir heran. »Es wird gegessen, was auf den Tisch kommt.«

In der nächsten Sekunde hebt Marc mich wieder hoch, wirbelt mich einmal herum, während ich überrascht quietsche, und setzt mich auf dem Küchentisch wieder ab. »Können wir mit dem Nachtisch anfangen?«, japst er schelmisch grinsend.

»Erst die Arbeit!«, fordere ich. Mein Herz schlägt wie verrückt. »Aber auf ein Amuse-Gueule lasse ich mich ein.« Ich krieche mit meinen Händen unter seinen Pulli und fahre mit den Fingerkuppen sachte über die nackte Männerhaut seines Rückens.

Marc stöhnt leise. »Oh, süße Folter meiner Tugend.«

Lachend küsse ich ihn. Diesmal bin ich es, die ihn sanft von sich schiebt. »Wollen wir los? Fehlt noch was?«

»Nur du.« Er lächelt auf diese hinreißende Art, die mich jedes Mal aufs Neue dahinschmelzen lässt. »Ich hab Holz und Teerpappe besorgt. Winkel hatte ich noch. Was ich an Werkzeugen finden konnte, liegt schon im Kofferraum. Aber weißt du, wo der zweite Akku für Henrys Bohrschrauber ist?«

»Oh, verflixt, ja. Den hatte ich oben gebraucht. Er steckt noch im Ladegerät. Die Duschstange hing nur noch an einem seidenen Faden.« Ich hüpfe vom Tisch und laufe zur Treppe. »Ich hole ihn, Moment.«

Da klingelt es. Fragend sieht Marc mich an und zeigt zur Haustür. »Soll ich aufmachen?«

»Klar, warum nicht? Vielleicht ist es der Lottobote und löst all unsere Probleme.«

»Spielst du denn?«

»Nein. Aber verrat das bloß nicht dem Geldboten, wenn er dir einen Koffer übergeben will!« Vor mich hin summend nehme ich drei Stufen auf einmal. Das Ladekabel steckt in der Steckdose im oberen Flur. Ich traue nur noch den wenigsten Leitungen in diesem Haus. Aber im Obergeschoss wurden die meisten vor ein paar Jahren erneuert, als Dad nach einem Sturmschaden renovieren musste.

Marc erreicht die Tür, als ich schon halb zurück bin.

»Oh, hi, Hubby«, höre ich eine vertraut klingende, weibliche Stimme. »Was machst du denn hier?«

Ist das Fiona?! Unwillkürlich verlangsame ich meine Schritte die Treppe herunter.

»Dasselbe könnte ich dich fragen.« Marc wirkt ein bisschen harsch.

Wieso nennt sie ihn Hubby? Das steht für Husband – Ehemann. Habe ich was verpasst? Oder habe ich mich verhört? Wie gut kennen die beiden sich denn eigentlich? Oder höre ich neuerdings die Flöhe husten? Neugierig pirsche ich näher.

»Also, *ich* bin dienstlich hier«, erwidert Fiona fröhlich. »Ich wette, du nicht, oder?«

Ich atme tief durch und zwinge mich, normal weiterzugehen. Als ich mit dem Akku um die Ecke biege, boxt Fiona Marc gerade spielerisch in den Bauch. Das wirkt aber ziemlich vertraut.

»Guten Morgen«, begrüße ich sie und lächle, so freundlich ich kann. All meine Ängste projizieren sich auf den Anblick ihrer wilden Lockenmähne. »Magst du reinkommen?«

»Oh, hi, Honey! Gern, aber ich will nicht lang stören.«

»Du störst nicht.«

»Honey?« Marc zieht die Augenbrauen hoch und sieht zwischen uns beiden hin und her. »Gibt's da irgendwas, das ich wissen sollte?«

»Bist du etwa eifersüchtig? Nicht doch!«, frotzelt Fiona kichernd, wedelt mir mit einem zusammengehefteten Papierstapel zu und umarmt mich, als seien wir beste Freundinnen. »Ich hab hier die Abschrift meines Interviews. Wenn du es mir absegnest und das hier ...« Sie zerrt einen weiteren Bogen Papier aus ihrer Tasche. »... unterschreibst, dann kann ich damit Dinge tun, die dein Freund vermutlich nicht wissen will – oder sollte.« Sie widmet Marc einen gut gelaunten Seitenblick. »Er steht auf der falschen Seite!«, raunt sie mir verschwörerisch zu und ruft dann übertrieben laut: »Ich hab nix gesagt. Die Presse ist immer neutral.«

»Pah. Sieht man«, brummt Marc und legt seinen Arm um meine Schulter.

Ich schmiege mich an ihn und hake meine Finger in seine Hosenschlaufe.

Fiona bleibt cool, locker, gut gelaunt. Ihr Blick ist nach wie vor offen und unbeteiligt. »Hier. Eine Kopie ist auch für dich.« Diesen Packen drückt sie mir ebenfalls in die Hand.

Da ist nichts, stelle ich fest. Falscher Alarm, aber so was von. Seit wann lasse ich mich denn so leicht ins Bockshorn jagen?

»Wo soll ich unterschreiben?«, frage ich und gehe mit den Papierbögen durch den Flur voraus zum Küchentresen, wo ein Becher mit Stiften steht.

»Willst du es dir nicht erst durchlesen?«, fragt sie erstaunt.

Merlin streicht ihr um die Beine. Sie bückt sich und krault ihn hingebungsvoll.

Ich schüttle den Kopf und lächle befreit. »Absolut nicht nötig.«

»Wie kommt es eigentlich, dass du den Dormonds nun doch erzählt hast, dass du die Wallabys fütterst?«, brülle ich wenig später gegen den Fahrtlärm an. Wir sind auf dem Weg zu unserer Insel. Die Wellen klatschen gegen die Wand von Marcs Motorboot, der Wind zerrt an unseren Haaren und Mützen und der Thermokleidung. Dads Außenborder ist immer noch in der Werkstatt. Es fehlen irgendwelche Ersatzteile, so der Zwischenstand, den Sam auf dem Anrufbeantworter hinterlassen hat. Ihm gehört der kleine Betrieb im Hafen.

Marc schweigt. Einen Augenblick lang glaube ich, er hätte mich nicht gehört. Oder muss er sich erst eine Antwort zurechtlegen? Himmel, wieso bin ich zwischendurch noch immer so misstrauisch?

»Habe ich gar nicht. Es war ihre Idee, dich eine Futterstelle anlegen zu lassen«, erwidert er nun in derselben Lautstärke.

»Mich?«, schreie ich verdattert.

»Dass ich mit drinhänge, wissen sie ja nicht.« Er grinst und drosselt das Tempo. Wir sind fast da, vor uns taucht bereits die kleine Bucht auf, in der das Bootshaus liegt. »Sie möchten es als Friedensangebot gewertet wissen und dir eine Hand reichen, sagt Darren. Mir war nur wichtig, dass sie nicht wissen, wo wir das Ding bauen.«

»Weil die Insel ja so groß ist«, unke ich skeptisch.

»Ich glaube nicht, dass Stacy und Morris mit Gewehr im Anschlag durch den Schnee stapfen, um nach Spuren von Heu zu suchen. Wieso sollten sie das tun?«

»Im Zweifel lassen die stapfen. Aber was wollen sie damit bezwecken? Diese Kehrtwendung ist doch sehr seltsam, findest du nicht? Wie hat Darren das gemacht?«

»Ehrlich gesagt, habe ich keine Ahnung. Er hat ein Händchen für schwierige Kunden, unter anderem deswegen will ich ihn ja zum Partner machen.« Seine Mundwinkel zucken. »Ich weiß nur, dass ich ein kleines bisschen eifersüchtig würde, wenn du dich allzu überschwänglich bei ihm bedanken würdest.«

Ich strecke ihm die Zunge heraus. »Also macht es dich auch argwöhnisch?«

»Ein bisschen«, gibt er zu. »Aber ich vertraue Darren.«

»Aha?« Ich grinse breit. »Tust du das?«

»Jaaaa«, sagt Marc gedehnt und drosselt den Motor, weil wir bereits da sind. »Ich gestehe, nicht in allen Bereichen. Was das Geschäftliche angeht: tausend Prozent. Was Frauen betrifft – sagen wir, er hat einen exquisiten Geschmack, aber er langweilt sich schnell.«

»Und vertraust du mir?« Ich rücke ein Stück näher heran

und nehme die Handschuhe entgegen, die er sich ausgezogen hat, um das Vorhängeschloss am alten Bootshaus zu öffnen. Wir verstehen uns immer noch blind – in so vielen Bereichen, und es wäre wirklich schön, wenn wir es auch könnten, was diese neuen Herausforderungen zwischen uns angeht.

Marc reckt sich und hakt den Riegel aus. »Bedingungslos«, sagt er, als er sich wieder zu mir umdreht.

Ich sehe, dass es ihm auf den Lippen liegt, aber er fragt nicht zurück, ob das bei mir auch so ist – und das lässt mich schlucken. Ich muss an Fionas Worte über den Artikel denken. Daran, dass Marc vielleicht nicht alles wissen sollte, was ich während unseres Gesprächs gesagt habe, oder wo und wann der Text erscheinen wird. Ich mag keine Geheimnisse vor ihm haben.

»In fast allen Bereichen«, sage ich leise und schäme mich dafür, weil es so albern ist. »Der Rest wächst. Wie Unkraut.« Es soll witzig klingen, vor allem aber zuversichtlich. »Pass auf«, schlage ich vor. »Lass uns nicht über irgendwas da draußen reden, solange wir hier sind. Die Insel ist – die Insel.« Ich weiß nicht, wie ich es erklären soll, aber Marc versteht.

»Heiliger Boden«, sagt er augenzwinkernd und spielt damit auf einen uralten Highlanderfilm an, den wir vor vielen Jahren gemeinsam gesehen haben.

»Heiliger Boden«, wiederhole ich nickend und schlage in seine ausgestreckte Hand ein. Heile Welt, tabu für alles, was den Frieden stören könnte..

Gemeinsam klappen wir das Tor auf, ziehen und hangeln uns ins Innere des alten Verschlags.

Drinnen ist es dämmrig. Das Wasser gluckert fröhlich, die über die Jahre vergrauten Planken ächzen, als wir beim Anlegen dagegenstoßen. Fast so, als würde das Bootshaus uns einerseits willkommen heißen, sich aber gleichzeitig darüber beschweren, dass wir seinen Winterschlaf unterbrechen.

Marc vertäut das Boot am Steg.

Unsere Finger berühren sich, als ich ihm die Handschuhe zurückgebe. Sie kribbeln, als würden wir gemeinsam eine unsichtbare Energie erzeugen, gegen die kein Winter anfrieren kann. Er reicht mir die Hand, und ich klettere neben ihn. Stumm bleiben wir noch einen Moment miteinander sitzen, sanft geschaukelt von den plätschernden Wellen. Marc sieht auf den See hinaus.

Ich beobachte, wie unsere Finger sich wie von selbst verschränken und streichelnd schmeicheln, sich tonlos Dinge schwören, von denen der Rest nichts weiß – als würden sie ihrem ganz eigenen Rhythmus folgen. Losgelöst von schweren Gedanken und sämtlichen Bedenken in unseren Köpfen.

Und vielleicht tun sie das tatsächlich.

»Ich wollte, ich wäre mit all meinen Sinnen da, wo mein Herz schon lange ist«, rutscht es mir heraus. Ich muss heftig blinzeln, als ich mein Kinn hebe und ihm in die Augen blicke. »Es war nie wirklich weg von dir, glaube ich. Es ist mein Kopf. Dumme, alte Glaubensmuster. Dieser Dickschädel braucht einfach noch ein bisschen Zeit. Und Gespräche.«

Er nickt. »Das ist fair.«

»Auf dem Festland.«

»Auf dem Festland.«

Hand in Hand entladen wir das Boot und wandern mit unserem Gepäck und einem frischen Ballen Heu zur Futterstelle. Der Weg über den verschneiten Trampelpfad kommt mir länger vor als beim letzten Mal. Aber da waren wir auch nicht mit Brettern, Teerpappe und zwei Rucksäcken voller Werkzeuge bepackt.

Der Schnee ist überfroren und harschig, er knackt und knistert bei jedem Schritt durch den einsamen Winterwald. Vogelstimmen sind in der Luft und Wind in den verschneiten Zweigen. Er kommt aus Norden und zwischendurch aus Osten und pustet uns frostige Kälte entgegen. Und doch spüre ich Frieden und Ruhe sich in mir ausbreiten, aller Stress fällt von mir ab.

Das ist der Zauber der Insel, den sie bei jedem Wetter für mich tut.

Tony erwartet uns bereits an der Futterstelle. Ich würde den kleinen Kerl mit dem Riss im Ohr und dem humpelnden Gang überall erkennen. Ich schwitze unter den dicken Winterklamotten und der Last unseres Materials, aber jetzt wird mir auch noch richtig warm ums Herz.

Vorsichtig, um ihn nicht zu erschrecken, lasse ich meinen Rucksack zu Boden gleiten und gehe langsam auf das kleine Rotnackenwallaby zu.

»Hey, kleiner Mann«, begrüße ich ihn und ziehe ein paar ungewürzte Reiswaffeln aus meiner Jackentasche.

»Vorsicht, sie geraten schnell unter Stress«, foppt mich Marc und hockt sich neben mich. Er raschelt mit einer Tüte voller Möhren und Walnussstückchen.

Tony ist so zutraulich, dass er sich mit der Vorderpfote sogar auf meinem Oberschenkel abstützt, um an beides zu kommen.

Seine Gefährtinnen, die ich aus dem Augenwinkel an mindestens zwei Stellen im Unterholz ausmache, sind nicht so mutig. Aus großen, dunkelbraunen Augen sieht Tony mich immer wieder an und bettelt um Nachschub. Er wirkt kaum größer als die Weibchen, ich vermute, dass es an seinem Handicap liegt.

Ich bewundere seine zierlichen Pfötchen und die kräftigen Krallen seiner Hinterbeine. In den langen Zotteln seines Winterfells hängen Eisklümpchen. Ich muss mich beherrschen, nicht daran herumzuzupfen. Trotz allem ist er ein wildes Tier.

»Ich glaube, er erinnert sich an dich«, sagt Marc leise.

»Ich hoffe nicht«, antworte ich. »Dann würde er mich am ehesten mit dem Schmerz der Falle, einer ziemlich wackeligen Bootsfahrt und einem chaotischen Tierarztbesuch in Verbindung bringen und ganz sicher schnell und weit wegspringen.«

»Oder er verknüpft uns mit Hilfe und Rettung.« Marc legt mir eine Hand auf die Schulter und streichelt meinen Nacken mit

Handschuhfingern. »Du hinterlässt nicht immer einen schlechten Eindruck, weißt du?«

Zwiespältig zucke ich mit den Schultern. »Ein Segen sind wir Menschen ganz sicher nicht für die Tierwelt.«

»Word«, sagt Marc leise und krault Tony am Hals.

»Na komm, machen wir uns an die Arbeit, solange es hell ist«, schlage ich vor und schütte den Rest meiner Reiswaffeln auf den Boden.

Tony sieht uns nach, als wir ein paar Yards weiter mit dem Bau der Überdachung für die Futterstelle beginnen. Zumindest bilde ich mir das ein und finde den Gedanken ein wenig versöhnlich. Vielleicht versteht er ja wirklich, dass ihm nicht alle Menschen schaden wollen.

Wegen des Frosts können wir keine Einschlaghülsen für die Pfosten verwenden. Da wir den Tieren mit dem Heu aber nur durch den schlimmsten Winter helfen wollen, ist das nicht weiter dramatisch. Hauptsache, das Dach hält auch etwas heftigeren Windböen stand.

In weniger als einer Stunde haben wir mit den Winkeln und Kanthölzern einen rechteckigen Rahmen gebaut, den wir im Schutz einiger Bäume aufstellen. Marc nimmt mich auf die Schultern, damit wir die mitgebrachte Plane oben drüberziehen können. Auf halber Höhe befestigen wir hängemattenartig ein Netz. Da hinein kommt das Heu. Zum Schluss spannen wir das Dach und befestigen es mit Heringen im Boden.

»Das sollte halten«, stelle ich zufrieden fest und trete nach beendeter Arbeit einen Schritt zurück.

Marc rüttelt noch einmal an einem der Pfosten und nickt. Er schneidet den Heuballen auf und wuchtet ihn auf das Netz. Gemeinsam ziehen wir das Heu auseinander und lockern es fressgerecht auf. Ich liebe den Duft und schließe kurz die Augen, als mir das würzige Aroma von Sommer in die Nase steigt.

»Hunger?«, fragt Marc dicht an meinem Ohr.

»Immer«, behaupte ich und schlage die Augen wieder auf. »Außerdem bin ich neugierig, was du in diesem ominösen Korb alles hierhergeschleppt hast.«

»Na, dann lass dich überraschen.«

Er schultert den Rucksack und zeigt mit dem Kinn in Richtung der ehemaligen Sommerresidenz der Gräfin. »Geh schon vor, ich komme gleich nach.«

Das alte Blockhaus ist aufgeräumt, Marc muss schon früher am Tag drinnen gewesen sein. Im großen Wohnraum stehen perfekt arrangiert vor dem Panoramafenster ein Tisch und zwei Stühle, sauber abgewischt. Eine leere Weinflasche thront auf einer einzelnen Serviette in der Tischmitte, hütet einen trockenen Ebereschenzweig, an dem noch vertrocknete Beeren hängen, einen mit frischen, weißen Misteln und ein wenig Immergrün. In den Kamin ist Brennholz frisch hineingeschichtet, darauf stehen zwei Kandelaber mit dünnen, handgewickelten Bienenwachskerzen, wie ich sie auf dem Weihnachtsmarkt gesehen habe.

Es ist, als ob der Raum auf uns wartet, auf das Feuerzeug und Kerzenlicht, das ihm Leben und Zweck zurückgibt, Freude, Menschen.

Ich halte inne, halte kurz den Atem an. Aber vielleicht ist auch das der Raum. Man könnte ein Streichholz fallen hören.

»Marc!«, stoße ich mit der ersten Luft heraus und drehe mich zu ihm um.

Er ist noch gar nicht da. Jetzt höre ich seine hastigen Schritte die verschneite Außentreppe heraufpoltern. Höre, wie er leise flucht, weil er ins Rutschen kommt, schlittert und dann etwas gesetzter zu mir hereinstürmt. Sein Atem malt Dampf in die Luft. Ich habe bis eben nicht bemerkt, wie kalt es hier drinnen ist.

»Gefällt's dir?«, fragt er, verlegen feixend wie ein Schuljunge, und stellt Rucksack und einen Korb vorsichtig ab. Ich höre Geschirr darin klappern und wer weiß, was noch.

»Sehr«, sage ich überschwänglich und voller Tatendrang.
»Was kann ich tun?«

»Du könntest Feuer im Kamin machen, während ich den Tisch decke.«

Er hat ein vegetarisches Curry mit Linsen und Kürbis gezaubert, das wir am Rand der Feuerstelle in seinem mitgebrachten Tontopf erwärmen. Dazu trinken wir kalten Rotwein und warmes Wasser aus einer Thermoskanne. Zum Nachtisch gibt es Eis, das ganz von selbst draußen im Rucksack die richtige Temperatur gehalten hat.

Satt und glücklich lehne ich mich zurück und halte mir den Bauch. Die Kerzen und das Kaminfeuer malen flackernde Schatten an die Wände. Draußen wird es dunkel, die Lichter vom Festland scheinen winzig und unendlich weit weg.

Im Raum ist es inzwischen so warm, dass wir zwei Schichten Jacken haben ausziehen können. »Das ist eins der schönsten Picknicke, die ich je genießen durfte.«

»Ich hatte gehofft, du sagst jetzt: Vier-Sterne-Mahlzeiten«, frotzelt er. Aber seine Augen glänzen im Feuerschein, dunkelblau und voller Wärme.

»Ich bin glücklich«, spreche ich es aus. »Danke.«

Marc schiebt seinen Stuhl zu mir herüber, hebt die Vasenflasche mit Vogelbeeren und Mistelzweig über uns und küsst mich so, dass ich das letzte bisschen Kopf und Sinn und Widerstand verliere.

Ich lasse los und tue das, was ich auch von den Tieren gelernt habe, mit denen ich Tag für Tag zusammen bin: im Augenblick sein, den Moment nehmen, ihn packen. Hier und jetzt will ich ganz darin aufgehen, mit allen Sinnen und Möglichkeiten, die zwei Körper und Seelen haben, wenn sie im Einklang sind. Und dann bleibt die Zeit für uns stehen.

Sehr viel später liegen wir eingekuschelt unter einer Wolldecke, verschwitzt, halb nackt und geborgen in einer wunderbaren

Schwere, nach der ich lange Sehnsucht hatte – beziehungsweise dem Menschen, der sie in mir auslöst. »Ich wollte nicht wahrhaben, wie sehr du mir gefehlt hast«, murmle ich an Marcs Brust.

Er küsst mich auf die Schläfe und deckt mich besser zu. Aber meine Gänsehaut und das leichte Zittern bedeuten nicht, dass ich friere, im Gegenteil. »Ich will dich nicht noch einmal verlieren«, sage ich rau. Meine Stimme ist belegt.

Marc merkt es sofort und hält mich fest. »So schnell wirst du mich nicht mehr los«, verspricht er, zieht dabei sanft mit einem Finger die Linie meiner Nase nach, meiner Augenbrauen, fährt über Wangenknochen und Lippen und spielt mit meinem Haar. »Wenn wir so weit gekommen sind, findet sich ganz sicher auch der Rest.« Er streicht mir eine Träne aus dem Augenwinkel und küsst mich. »Ich versprech's.«

Ich stütze mich auf und küsse ihn zurück, lasse mich finden von seinen Lippen und seinem ganzen Körper, bis die Welt sich schnell und immer schneller um uns dreht und wir am Ende nach Atem ringend, schwindelig liegen bleiben.

Irgendwann ist das Feuer erloschen. Im Kamin fällt die Glut in sich zusammen und lässt die Kälte herein. Ich will mich nicht anziehen, will nicht hier fort. Sollen sie doch das Haus mit uns darin abreißen, irgendwann. Aber die Zeit fängt unerbittlich wieder an zu gehen und bringt mahnend die Erinnerung an den nächsten Tag mit, an Dad im Krankenhaus, an die Dormonds, die Presse, Termine und Verpflichtungen – und Merlin. Der arme Kater wird Hunger haben, schon jetzt, schon eine ganze Weile. Es ist wirklich spät geworden, und niemand weiß, wo ich bin.

Mit schlechtem Gewissen schlüpfe ich in meine Kleidung und helfe Marc, unsere Sachen ein- und aufzuräumen.

Im Licht unserer Handytaschenlampen stapfen wir zurück zum Bootshaus.

Wie Diebe in der Nacht.

Und das sind wir wohl auch.

FÜNF TAGE BIS WEIHNACHTEN

MARC

»Es ist weg! Das Blockhaus ist weg!« Entsetzt starre ich Darren an.

»Welches Blockhaus? Moment – etwa der Entwurf für die Dormonds? Die kommen in einer halben Stunde und wollen Ergebnisse sehen!«

»Nein. Das steht im Konferenzraum. Ich hab es über Nacht noch mal bearbeitet.«

»Über Nacht?«, wiederholt Darren ungläubig, während ich mit ihm im Schlepptau durch sämtliche Räume unseres Büros tobe. »Ja, ich konnte nicht schlafen und bin ein bisschen herumgefahren. Bin zufällig in der Gegend gelandet und noch mal reingekommen. Ich war inspiriert.«

»Du hattest Sex. Hast du Fiona doch noch rumgekriegt?«

»Spinner.« Ich ignoriere ihn. Er wird es nie kapieren. Außerdem gibt es jetzt wirklich Wichtigeres. »Wo kann es sein?«

»Wo war es denn zuletzt? ... Warte – mit Carrie?«

»Ich hab es weggeworfen. Da hinein, vor ein paar Tagen. Und jetzt ist es weg!« Ich zeige auf den gähnend leeren Papierkorb, der mich höhnisch angafft wie der Schlund des Hades. »... und das andere geht dich gar nichts an. Aber wenn du es genau wissen willst: Wir sind wieder zusammen. Also, Finger weg!«

»Du streitest es also nicht ab, gut gemacht, Buddy, Glückwunsch! ... Oh.« Darren reagiert auf das Funkeln in meinem

Blick. Er hebt abwehrend die Hände und weicht rückwärts zum Kopierer aus, immer noch ein zufriedenes Grinsen im Gesicht.

Ich quetsche mich ungeduldig an ihm vorbei, durchwühle den zweiten Mülleimer, der eigentlich nur für Tonerabfälle ist und in den wieder irgendein Idiot plastikhaltige Schokoladenpapierchen geworfen hat, und stelle noch einmal alles auf den Kopf. Sämtliche Unterschränke, Papiervorrat, Tonerschrank, oh, ganz hinten sind ein paar hübsch verpackte Weihnachtsgeschenke versteckt, das sieht nach Fanny aus, aber sonst – nichts.

In meiner Verzweiflung stürze ich hemdsärmelig auf den Hinterhof hinaus, wo die Papiersäcke in der großen Tonne auf die Abholung durch die Müllabfuhr warten.

Doch die ist auch leer. Ich fahre zu Darren herum, der mir kopfschüttelnd nach draußen gefolgt ist. Seinem Blick nach zu urteilen glaubt er, sein Chef dreht jetzt völlig durch. Und das tue ich auch gleich, er hat ja keine Ahnung, wie kurz davor ich tatsächlich bin. »Welcher Tag ist heute?«

»So schlimm? Donnerstag«, sagt er. »Aber ich verstehe immer noch nicht, wieso du ...«

»Die Müllabfuhr«, keuche ich und starre ihn entsetzt an. »Die kommt immer donnerstags. Oh Gott.« Kraftlos lasse ich mich gegen einen der Container fallen. Der gibt natürlich nach, ich verliere mein Gleichgewicht und lande um ein Haar im Schneematsch.

»Wo bringen die das Zeug hin?«

»Keine Ahnung«, sagt Darren, und ich sehe ihm an, dass er sich jetzt wirklich Sorgen um mich macht. »Hör mal, bist du vielleicht allergisch auf irgendwas? Ist das ’ne Reaktion auf Latex oder Kautschuk oder so?«

In diesem Moment biegt Fanny mit ihrem kleinen Twingo auf den Hof und erspart mir weitere von Darrens wilden Hypothesen.

Noch bevor sie ganz ausgestiegen ist, bombardiere ich unsere gute Seele mit Fragen. »Wo wird unser Papiermüll hingebracht? Kannst du mir die Adresse besorgen? Wird das geschreddert oder gepresst und wann? Das steht da doch sicher alles ein paar Tage, oder? Wenigstens im Trockenen?«

Verwundert sieht sie von Darren zu mir. Der macht hinter meinem Rücken kreisende Handzeichen auf Höhe seiner Schläfe, aber ich sehe seine Reflexion in Fannys Windschutzscheibe.

»Guten Morgen, die Herren.« In stoischer Gelassenheit schließt sie ihr Auto ab, legt sich ihren Trenchcoat über den einen Arm und einen Korb über die andere Ellenbeuge. Dann dreht sie sich mit einem tiefgründigen Lächeln zu mir. »Na, hab ich mir's doch gedacht, dass das da nicht hineingehört.«

»Hä?«, macht Darren begriffsstutzig.

»Du hast es gerettet?«, kiekse ich.

Fanny nickt. Ihre roten Locken wippen. »Selbstverständlich. So ein Juwel kann man doch nicht ...«

»Oh, du Goldstück!«, rufe ich dazwischen, stürme rutschend und schlitternd auf sie zu und wirble sie in der Luft herum, mitsamt Trenchcoat und Korb.

Fanny quietscht. »Aufpassen! Die Mince Pies! Mein Geschirr! ... Sofort runterlassen oder ich kündige.«

»Abgelehnt. Wo ist es?« Natürlich setze ich sie vorsichtig ab. Ich hätte nie gedacht, wie schwer so eine zierliche Person und ein bisschen Gebäck sein können.

»In meinem Schrank«, erwidert Fanny und rückt Bluse und Jacke ihres Tweedkostüms zurecht.

»Na wunderbar, dann können wir ja alle wieder reingehen und uns beruhigen. Und vielleicht kann mich dabei jemand aufklären, was hier eigentlich los ist.« Darren sieht auf seine Armbanduhr. »Außerdem brauchen wir Tee und Kaffee für die Dormonds. Wir haben noch zwanzig Minuten bis Showtime.«

Fanny hebt die Augenbrauen. »Wozu habe ich wohl Mince Pies und Shortbread gebacken? Hier. Mach dich nützlich.« Resolut drückt sie Darren ihren Korb in die Hand. »Und wehe, du lässt meine Etagere fallen, das ist ein Erbstück meiner Großmutter. Aus Porzellan, falls du nicht weißt, wovon ich spreche, du Kretin.«

»Das ist der Spirit, den wir in dieser Firma brauchen.« Darren feixt und zieht fröhlich an mir vorbei in den Konferenzraum. Ich folge derweil Fanny ins Sekretariat und nehme ihr den Mantel ab.

Zwei endlos lange Minuten später drückt sie mir das unversehrte Blockhausmodell in die Hand. »Wenn du es noch einmal versenkst, gehört es mir. Mit allem, was drin und dran ist.«

Ich nicke. Sprachlos. Schuldbewusst. Unendlich dankbar. Und trolle mich in mein eigenes Büro für eine rasche Bestandsaufnahme.

Erstaunlicherweise ist alles heil geblieben, nichts verbogen, gebrochen oder gesplittert. Sogar die Wetterfahne hält noch immer auf dem Dach – ich bin nie dazu gekommen, die Stützstäbchen herauszuziehen, das stellt sich nun als Glück heraus. Vorsichtig mache ich mich nun ans Werk. Auch drinnen ist alles an seinem Platz – die Couch, der Baum und sämtliche Miniaturpakete.

Es ist zu früh, viel zu früh. Ich weiß das. Ich möchte es Carrie auch einfach nur zeigen. Damit sie weiß, dass ich das damals nicht nur so gesagt habe. Dass ich sie wirklich heiraten und ihr einen ordentlichen Antrag machen wollte. Und dass ich es wieder tun würde. Wann immer sie bereit ist. Irgendwann. Jederzeit. Ich möchte sie zu nichts drängen. Ich möchte nur nicht wieder zu spät dran sein mit meinen Entscheidungen. Ich stutze. Oder sollte ich damit warten, bis sie sich entschieden hat, ob sie bleibt? Baut das sonst zu viel Druck auf? Soll ich mir ein offenes Ticket nach Sydney kaufen?

Darren reißt die Tür zu meinem Büro auf und stürmt herein. Das Türblatt knallt gegen die Wand.

Ich zucke zusammen. Beinahe hätte ich das Dach fallen lassen.

In seiner Hand hält er meine überarbeiteten Entwürfe für Inchconnachan. »Wieso, um alles in der Welt, hast du das Konzept für die Dormonds noch mal angefasst? Was stimmt denn nicht mit dir, Mann? Es lief doch alles super«, herrscht er mich an. »Wenn du Langeweile hast, fahr zu Carrie oder noch besser: Mach dich an die Entwürfe für Hollister. Da kannst du wenigstens keinen Schaden anrichten.«

»Ach das«, sage ich ruhig und bringe das Modell an seinem alten Platz auf meinem Wandregal in Sicherheit. »Ich habe es nur ein wenig modifiziert.«

»Modifiziert?« Darrens Stimme überschlägt sich.

»Nachdem ihnen der ökologische Aspekt angeblich so wichtig ist wie mir, bin ich einen Schritt weiter gegangen. Wärmepumpe, Solarthermie und Fotovoltaik sind das eine. Ich habe nun komplett auf Baumaterial verzichtet, das nicht in Schottland oder Großbritannien heimisch ist oder hier produziert werden kann. Wo immer möglich, nehmen wir Recyclingbaustoffe, keine Tropenhölzer, kein Stahl aus China, kompletter Verzicht auf Beton. Der ist nicht nachhaltig. Seine Herstellung verursacht weltweit acht Prozent des Kohlendioxidausstoßes. Und wusstest du, dass sich in Indonesien kriminelle Banden darauf spezialisiert haben, ganze Sandinseln abzutragen und für die Betonproduktion teuer zu vermarkten?«

Darren schnauft. Seine Halsschlagadern treten pochend hervor. »Nein, davon hatte ich keine Ahnung. Aber ist dir klar, um wie viel teurer dieses Projekt dadurch wird? Ein Vielfaches! Wie willst du das in dieser Größenordnung überhaupt hinkriegen?«

»Dann werden wir kleiner, umso besser.«

Darren atmet tief durch und fasst sich. Das ist das Gute an ihm. Er ist wie ein schottischer Landregen. Wenn man keinen Schirm dabeihat, kann er einen durchnässen bis auf die Haut, aber zwei Minuten später scheint wieder die Sonne – oder er pustet einen mit starken Windböen trocken. »Wir müssen die Statik neu berechnen, neue Lieferanten besorgen, neue Genehmigungen. Alles! Und immer vorausgesetzt, dass es den Dormonds gefällt. Was glaubst du denn, wen wir jetzt noch ans Telefon kriegen? Das bleibt an mir hängen, oder? In fünf Tagen ist Weihnachten, und die Dormonds rollen grade auf den Parkplatz!«

»Richtig«, sage ich, schlage meinen Aktendeckel zum Thema »Nachhaltige Dämmstoffe« auf und drehe ihn in seine Richtung. »Also lass uns keine Zeit verlieren. Was findest du besser: Schafwolle, Zellulose oder ein Jute-Hanf-Gemisch? Kokosfaser scheidet aus, nicht genug Palmen in Cornwall. Und außerdem auch invasiv, oder?«

»Willst du uns aus dem Vertrag kicken?«, fragt Darren nun gespenstisch leise.

»Nein«, sage ich kopfschüttelnd. Und das meine ich ernst. »Dafür steht für uns alle zu viel auf dem Spiel. Ich habe nur absolut keine Lust mehr, mich zu verbiegen. Auch nicht minimal, auch nicht für die Dormonds. Lehmziegel sehen übrigens nicht nur hübscher aus, sie sind auch viel gesünder fürs Raumklima. Der verstorbenen Gräfin hätte mein neues Konzept gefallen.«

»Ja, es hat wirklich was.« Darrens Blick fällt auf das ursprüngliche Blockhausmodell. Ich sehe, wie es hinter seiner Stirn rattert. Er kommt auf meine Schreibtischseite, lehnt sich an die Kante und legt die Fußknöchel übereinander. Dann greift er nach dem antiken Anspitzer, der seit Jahren auf meinem Schreibtisch steht, und spielt versunken mit der Kurbel herum. »Carrie steckt dahinter, oder? Wann willst du ihr eigentlich von … dem Rest erzählen? Wäre doch fatal, wenn sie dir auf die Schliche kommt und wieder davonfliegt, dein hübscher kleiner Schmetterling, oder?«

»Wir sind auf einem guten Weg, einem sehr guten sogar. Aber du kennst sie nicht. Es ist zu früh. Wenn ich jetzt davon anfange, sitzt sie schneller im Flugzeug, als du Eis in deinen Whisky kippen kannst.«

Er guckt empört. »Wie lange kennen *wir* uns? Ich trinke meinen Whisky niemals on the Rocks. Das ist eine Sünde!«

Ich verdrehe die Augen.

Darren steht auf und kommt zu mir herüber. »Ernsthaft, Buddy. Sag ihr, wie ernst du es meinst und was du vorhast. Wenn du das zu lange rauszögerst, ist sie weg. Ein Vögelchen hat mir gezwitschert, dass das schon einmal passiert ist, richtig?«

Erschrocken sehe ich ihn an. Draußen klappen Autotüren.

Darren schüttelt milde lächelnd den Kopf. »Wir haben ein bisschen geredet neulich. Das richtige Timing ist ein Problem für euch, oder? Und die Kleinigkeit mit der Kommunikation natürlich. Das müsst ihr definitiv auch noch üben.«

»Wieso? Was ist los?«, frage ich hellhörig. »Gibt's da etwas, das ich wissen müsste? Was hat sie dir erzählt? Und was hast du *ihr* erzählt?«

CARRIE

Aufgeregt kaue ich auf meiner Unterlippe herum und hibbele von einem Bein auf das andere. Wieso dauert das denn so lange? Er wird doch wohl noch nicht zur Arbeit gefahren sein, oder? Ich schiele auf meine Armbanduhr, was gar nicht so einfach ist, weil ich die Arme voll habe. Ich habe Tattie Scones gebacken und ein paar Eier gekocht, und duschen musste ich natürlich auch noch schnell. Jetzt ist es halb zehn durch, und ich hoffe einfach, dass ich ihn hier erwische und er nicht schon im Büro ist. Vielleicht duscht er auch gerade? Es macht mir nichts aus, Darren oder Fanny dort zu begegnen. Unser neuer Status wird sich sicher schon herumgesprochen haben. Ich merke, wie mir die Röte ins Gesicht steigt, als ich daran denke. Gemeinsam zu Hause frühstücken, bevor wir beide unserer Arbeit nachgehen, das fände ich irgendwie gemütlicher als zwischen Reißbrettern, Grundrissen, Lageplänen und Computern.

Drinnen brennt Licht, und ich höre Geräusche. Ich drücke ein zweites Mal auf die Klingel und sehe mich um. Es ist eine ganze Weile her, dass ich hier war.

Ich stehe auf der obersten von drei Stufen, die zu dem kleinen Siedlungshaus führen. Neu sind eine unscheinbare Rampe und ein Geländer neben der Treppe. So eins wäre auch für Dad gut. Ich frage mich, für wen Marc den Eingang behindertengerecht gestaltet hat. Seine Großeltern sind verstorben, soweit ich weiß, und auf dem getöpferten Klingelschild steht in etwas krakeliger Schrift ganz profan: »Die Stewarts«.

Die Tür wird aufgerissen, und ein Junge im Teenageralter stürmt an mir vorbei und reißt mich beinahe um. »Sorry«, murmelt er und rennt die Straße hinunter.

»Glaub nicht, dass ich dich in die Schule fahre, wenn du wieder den Bus verpasst«, ruft ihm eine weibliche Stimme nach. »Und mach die Tür zu! Es ist kalt!« Dann kommt die Besitzerin der Stimme ins Bild, und ich weiß nicht, was mich mehr schockiert: die Tatsache, dass die Frau, die gerade ihren Bademantel zuknotet, eine Beinprothese aus Stahl hat – oder dass es sich dabei um Fiona handelt.

Als sie mich sieht, lächelt sie auch noch. »Hi, Honey. Was für eine schöne Überraschung an diesem trüben Morgen. Was machst du hier? Magst du reinkommen? Marc ist aber nicht da. Ich dachte, er wäre bei dir?« Augenzwinkernd grinst sie mich an.

Unwillkürlich mache ich einen Schritt rückwärts und gerate ins Straucheln, weil hinter mir Leere ist.

Treppe.

Drei Stufen mit Rampe.

Die Stewarts auf dem Klingelschild.

Sie hat ihn Hubby genannt. Ich hatte mich nicht verhört. Hubby wie Husband.

Alles klar, Honey?

Der Topf mit den Tattie Scones gleitet mir aus der Hand, und kleine Kartoffeldreiecke ergießen sich auf die Treppe. Das Scheppern, als der Topf an das Metallgeländer stößt, weckt mich nur halb aus meiner Versteinerung.

»Oh nein, sieh nur.« Fiona bückt sich, erstaunlich geschickt dafür, dass sie nur anderthalb Beine hat, und fängt an, die Tattiedreiecke aufzulesen.

Ich müsste ihr helfen. Aber ich kann mich nicht bewegen. »Du wohnst … ich meine … ihr wohnt hier zusammen? Aber …?«

Ich zeige auf den Jungen, der eben noch die Straße runter-rannte und längst hinter einer Ecke verschwunden ist. »Ist das dein ... ich meine, euer ...? Ihr seid verheiratet?«

»Ja, natürlich. Hat er dir das denn nicht erzählt?«

»Du hast ihn Hubby genannt.«

»Ja, das sollte ich nicht mehr tun, stimmt.«

Ihr kehliges Lachen dröhnt in meinen Ohren. Im Kopf über-schlage ich das Alter des Jungen. Kommt nicht hin. Es sei denn, Marc hätte bereits, während wir beide damals ...

»Oh nein, warte. Carrie, du denkst doch nicht ...«

»Mum?« Ein jüngeres Kind im Schlafanzug lugt in den Flur, acht, höchstens neun Jahre alt. Oder jünger? »Mir ist heiß«, klagt der Kleine. Wie sein Bruder hat er etwas hellere Haut als Fiona, aber die gleichen krausen Haare.

»Ich komm gleich, Olli. Geh zurück ins Bett! ... Er ist krank«, erklärt sie. »Daher das Chaos, entschuldige. Komm bitte rein. Ich kann dir alles erklären. Du siehst aus, als könntest du einen Kaffee gebrauchen. Oder was Stärkeres?«

In meinem Kopf dreht sich alles. Hilflos halte ich mich an dem praktischen kleinen Geländer fest und taste rückwärts wan-kend nach der nächsten Stufe. »Nein, nicht nötig«, sage ich und wundere mich über den fremden Klang meiner Stimme, seltsam heiser und gepresst.

Dann ist das Geländer zu Ende. Ich starre die Finger an, die den eiskalten Handlauf umklammern. Meine Knöchel. Sie sind ganz weiß. Ich muss loslassen. Fiona redet auf mich ein, aber ich vernehme nur ein konstantes Piepen. Ihre Worte prallen wie stummgeschaltet an mir ab. Ich muss hier weg, einfach nur weg. Ich brauche keine weitere Erklärung. Also drehe ich um, renne zu meinem Auto und fahre los.

Wie schrecklich dumm und naiv kann man eigentlich sein?!
Verheiratet.
Mit Fiona.

Hubby.

Sie wohnen zusammen.

Willkommen bei den Stewarts. Von wegen Macclellan!

»Welche Laus ist dir denn über die Leber gelaufen?«, fragt Dad, noch bevor ich ganz im Krankenzimmer drin bin.

»Nichts«, lüge ich. »Mir geht es gut.«

Sue Anne zieht die Augenbrauen hoch und steht auf. »Bleibst du?«

Ich nicke.

»Perfekt. Dann fahre ich nach Hause. Ich muss ein paar Sachen vorbereiten. Dad wird in ein paar Tagen entlassen.«

»In ein paar Tagen schon? Wie schön«, sage ich monoton.

»Du klingst, als kämst du von einer Beerdigung. Kann ich Dads Auto haben? Der nächste Bus kommt erst in anderthalb Stunden. Ich hab dich nicht so früh hier erwartet.«

Ich nicke und lasse mich auf den Stuhl plumpsen, von dem meine Schwester grade aufgestanden ist. »Meine Verabredung zum Frühstück hat sich zerschlagen.«

Auffordernd hält sie mir ihre offene Handfläche unter die Nase. »Schlüssel?«

Ich reiche sie ihr, ohne hinzugucken.

Sue Anne legt mir einen Finger unters Kinn, damit ich gezwungen bin, zu ihr hochzusehen. »Du siehst nicht aus, als wärst du in Ordnung, Süße. Oder was sagst du, Dad?«

»Doch, wirklich.« Ich zwinge mich zu einem Lächeln. »Ich bin einfach nur ein Schaf, das ist alles.«

»Hmm«, macht sie und wechselt einen Blick mit ihm. »Okay. Wenn du nicht reden willst ... mit mir ... dann bin ich also weg. Ruf an, wenn du dich nach Hause bringen soll. Und danke für das Auto.«

Als die Tür hinter ihr ins Schloss fällt, lasse ich mich seitlich auf Dads Bett kippen. »Ich möchte sterben.«

»Abgelehnt. Wie wär's mit Schokolade als Erste Hilfe?«

Dad zieht das Schubfach seines rollbaren Beistelltischchens auf.

»Extra dunkel?«

»Ist gut fürs Herz.«

MARC

Misstrauisch beäuge ich Darren, der immer noch cool und lässig auf meiner Schreibtischkante thront.

»Deine zahllosen Geheimnisse sind bei mir sicher, Buddy.« Er hebt drei Finger und schwört. »Ehefrauen, Wallabyfütterungen, Spendenaffären ...«

Ich habe mich in eine ziemlich blöde Lage gebracht. Das ist mir selbst klar. Darren weiß längst nicht mal alles. Er blufft. Und ich glaube ihm. Wenn er Carrie auch nur einen Bruchteil gesteckt hätte, wäre die Nacht mit ihr nicht so verlaufen. Dann würde ich jetzt, sorgfältig beschwert mit meinem steingefüllten Tontopf um die Fußknöchel, auf dem Grund des Loch Lomond über meine Sünden nachdenken.

»Also, was hast du ihr gesagt?«

»Die Frage ist eher, was *du* ihr *nicht* gesagt hast, Hubby.« Auf einmal steht Fiona in der Tür meines Büros, ziemlich aufgelöst und kurzatmig und ungeschminkt.

Ich werde blass. »Wie siehst du denn aus? Was ist passiert?«

»Hast du kurz Zeit?«

»Hat er nicht«, sagt Darren.

»Hör nicht auf ihn.«

»Komm bitte mit, wir müssen Carrie suchen.«

Vorn im Flur schrillt die Klingel, Fanny geht zur Tür und öffnet, mit halbem Ohr nehme ich Stimmengewirr wahr.

»Die Dormonds«, zischt Darren.

»Sie sind zu früh.« Wir sehen uns an.

»Es ist dringend, Marc.«

Mein Blick fliegt zu Fiona.

»Sie war bei uns zu Hause.«

»Und weiter?« Da habe ich bereits meine Jacke in der Hand.

Fiona verdreht die Augen und zeigt an sich herunter.

»Shit«, sage ich, als ich begreife. »Shit, Shit, Shit!« Hilflos sehe ich zu Darren. »Verkaufen musst du es ihnen. Ich bin hier nur der Architekt und künstlerische Leiter – und du übrigens Teilhaber. Der Vertrag dazu liegt auf deinem Schreibtisch – herzlichen Glückwunsch! Also, wenn du unter diesen Voraussetzungen noch magst.«

Darren reißt den Mund auf. Aber was immer er darauf antworten will, geht in einem Entzückensschrei von Stacy Dormond unter. »Sieh dir dieses Modell an, Honey!«

Fanny streckt ihren roten Lockenschopf durch die Tür. »Die Dormonds sind da, falls ihr es noch nicht mitbekommen habt. Sie warten im Konferenzraum. Ich setze Tee auf.«

Ich schüttle den Kopf.

Darren fuchtelt mit seinem Zeigefinger in meine Richtung. »Darüber reden wir noch, Buddy. Ich will dich in drei Minuten da drüben sehen.«

»Keine Chance«, rufe ich und stolpere Fiona hinterher.

»Ich rette deinen Arsch nicht allein, du, du ... Teilhaber?«, ruft er mir nach. »Aaaach, verdammt. Also Jute-Hanf-Gemisch war richtig, ja?«

CARRIE

»So schlimm?«, fragt Dad leise und streichelt mir über den Kopf, als wäre ich wieder fünf Jahre alt.

»Schlimmer«, jammere ich. »Ich dachte, das mit Marc und mir ... dass wir eine richtige Chance hätten. Aber ... er und Fiona? Sie wohnt bei ihm. Sie sind verheiratet, Dad!«

»Ja, sicher. Jeder weiß das.«

»Ich nicht«, protestiere ich fassungslos und richte mich ruckartig auf. »Was meinst du damit? Du wusstest das und lässt zu, dass dein eigenes Kind sich einem verheirateten Mann an den Hals wirft?«

»Oh, du hast ihm doch noch mal eine Chance gegeben?« Dads Miene hellt sich auf.

Hat er mich nicht gehört? »Du hast mich ins offene Messer rennen lassen, Dad!«

»Von offenen Messern weiß ich nichts, Sguainseach.« Er rückt sich in den Kissen zurecht. »Marc hat Fiona vor ein paar Jahren direkt im Krankenhaus geheiratet, um ihr aus der Patsche zu helfen. Sie hatte diesen schweren Motorradunfall, und es stand auf der Kippe, ob sie durchkommt und was dann mit den Kindern wird. Als Ehemann konnte er ihr zumindest diese Sorgen nehmen. So hat er Auskunft bekommen, konnte ein bisschen Einfluss nehmen, auch bei den Behörden, und seine Versicherung mit ins Spiel bringen. Ihr Boss hatte sie damals vorsorglich gleich rausgeworfen, um sich vor der Verantwortung und den Kosten zu drücken. Das hat obendrein ihren Aufenthaltsstatus gefährdet. Gruselige Geschichte. Dann haben sie es dabei belassen. Warum auch nicht?«

»Tja, warum auch nicht«, antworte ich.

Dad hört meinen zynischen Unterton. »Ich glaube, ihr solltet dringend miteinander reden.«

»Und dann?« Wütend blinzle ich eine Träne weg, die sich über meinen Lidrand stehlen will. »Ehe zu dritt? Oh – warte – ich hab die Kinder vergessen!«

»Das sind ja nicht seine.«

»Dad! Das macht es nicht besser.«

Er seufzt und tätschelt meine Hand.

Ich könnte schreien. Ich muss hier raus und kann nicht, weil ich Sue Anne mein – Dads – Auto überlassen habe. »Das alles war eine furchtbar idiotische Idee. Gott! Ich war so naiv! Sie hat ihn *Hubby* genannt, Dad. Sie *wohnen* zusammen. Sie sieht fantastisch aus. Sie rennt im Bademantel und Spitzenunterwäsche bei ihm zu Hause rum. Hab ich mir ernsthaft eingebildet, dass er sieben Jahre wie ein Mönch lebt?«

Nein. Das verlangt ja niemand. Eine Nonne war ich ganz sicher auch nicht. Ich muss an Barney zurückdenken. Und an Paul. Marc und ich hatten uns immerhin mit Pauken und Trompeten getrennt. »Das mit uns kam ziemlich … unerwartet. Zugegeben. Aber er hat es noch nicht einmal nötig, mit irgendeiner Silbe zu erwähnen, dass er verheiratet ist, während er mit mir …? Mmhhhhmmm!« Wütend schlucke ich den Rest hinunter. »Was hat er denn zu verbergen, wenn er … nichts zu verbergen hat?«

»Nichts.« Plötzlich steht Marc in der Tür, komplett außer Atem, meinen zerbeulten Topf mit den Tattie Scones in der Hand. »Gar nichts, Carrie, wirklich.«

Hinter ihm streckt jetzt auch noch Fiona den Kopf herein. »Du warst nicht zu Hause. Da bin ich zu Marc ins Büro gefahren.

Wir haben dich nirgends gefunden und uns Sorgen gemacht. Er hatte die Eingebung, dass du hier sein könntest. Das muss so ein Riesenschrecken für dich gewesen sein.«

»Das Kajak war noch im Bootshaus, Inchconnachan war mein erster Gedanke«, ergänzt Marc.

»Das ist mir alles zu viel«, protestiere ich. »Könnt ihr bitte einfach gehen?«

Fiona nickt. Sie wirkt ehrlich betroffen. »Okay ... natürlich, Honey.« Kurz zögert sie und sieht zu Marc, aber anscheinend hat der nicht vor, so problemlos klein beizugeben. »Nur eins noch. Falls es eine Rolle spielt: Ich bin lesbisch, Carrie, ich stehe auf Frauen. Immer schon. Vielleicht ist das wichtig für dich zu wissen ...« Sie knetet die Klinke in ihrer Hand und wartet anscheinend auf eine Reaktion von mir.

Aber ich kann gerade gar nichts.

»Oh, sorry, Henry.« Sie lächelt entschuldigend in seine Richtung. »Gute Besserung übrigens!«

Dad winkt matt.

»Wir sehen uns«, flüstert sie Marc zu. Dann schließt sie die Tür hinter sich.

Ich bringe immer noch kein Wort heraus und glotze stur das hässliche Blumenstillleben an der Wand an.

»Ich würde mich ja dezent zurückziehen und euch allein lassen«, durchbricht Dad das unangenehme Schweigen. »Aber es ist ein bisschen umständlich, mit diesem Infusionsständer herumzuwandern.«

»Marc wollte sowieso grade gehen«, behaupte ich mit verschränkten Armen.

Mein Vater seufzt, legt sich auf den Rücken und starrt theatralisch an die Decke.

»Carrie, ich ... Alles, was ich gestern Abend gesagt habe, ist wahr.«

»Ist es das?« Ich drehe mich um und blitze Marc an. Die letzten Tage waren so wunderschön, und nun macht er wieder alles kaputt. »Wie soll ich dir das glauben?«, bricht es aus mir heraus. »Was ist mit den Sachen, die du *nicht* gesagt hast? Gibt es davon noch mehr? Hmm?«

»Nein. Ich ...«

»Wann wolltest du mir das von euch denn erzählen? Eine Scheinehe also? Und alle wissen es, nur ich nicht? Finde den Fehler!«

»Ich hab's vergessen.«

Ich schlage die Hände überm Kopf zusammen. »VERGESSEN? Wie kann man so was vergessen? Es geht nicht darum, ob du den Müll stehen lassen hast oder einen Geburtstag verbummelt oder meine Schuhgröße nicht mehr weißt.«

»13. August, viereinhalb, in Stiefeln fünf«, sagt er leise.

Ich ignoriere das. »Man vergisst doch nicht, zu erwähnen, dass man verheiratet ist, bevor man mit jemandem schläft!«

Das ist der Moment, in dem Dad sich ruckartig aufsetzt, nach seinen Pantoffeln angelt und so diskret wie möglich mit dem Infusionsständer zur Tür wandert.

»Jeder weiß davon.«

»Eben. Nur ich nicht!«

»Es hat absolut keine Bedeutung.«

»Für mich aber schon, Marc! Für mich schon!« Meine Wut verraucht und weicht Hilflosigkeit.

Er kommt auf mich zu, hält kurz inne, als ob er sich nicht traut, und schließt dann behutsam die Arme um mich. »Es tut mir furchtbar, furchtbar leid. Ich wollte es dir sagen, wirklich. Es muss ein Schock für dich gewesen sein, als Fiona dir heute Morgen die Tür aufgemacht hat.«

»In Unterwäsche«, ergänze ich verletzt. »Mit einem Teenager und einem Fieberkind.«

Ich bin noch nicht bereit, ihm das zu verzeihen. Es tut zu sehr weh.

»Oh nein. Ist Olli schon wieder krank? Ich war noch gar nicht wieder zu Hause. Ich habe die Nacht im Büro verbracht und den Entwurf für die Dormonds noch mal komplett überarbeitet.«

Ich hebe den Kopf und mache mich los. Er klingt so unschuldig und naiv. Erst jetzt fallen mir die dunklen Ringe unter Marcs Augen auf. Viel Schlaf scheint er wirklich nicht abbekommen zu haben. Der Stachel in meinem Herzen schrumpft. »Und wie ist es gelaufen?«

Ein kurzes Lächeln huscht über sein Gesicht, er ist noch immer auf der Hut, und das ist auch besser so. »Sie werden sich drauf einlassen müssen. Stacy sagt, es gefällt ihr. Sie will es so haben. Etwas anderes bleibt ihnen auch kaum übrig. Ich habe die Dormonds mit ihren eigenen Waffen geschlagen. Es wird kleiner, komplett ökologisch und zu hundert Prozent ich.«

»Und die Wallabys? Hast du jetzt endlich eine schriftliche Zusage, dass sie bleiben dürfen?«

»Fiona hat mich geholt, bevor die Konferenz wirklich begonnen hat. Ich bin hergekommen, so schnell es ging. Darren redet mit ihnen.«

»Du lässt *Darren* das machen?« Ich löse mich aus seinen Armen.

Marc fährt sich mit beiden Händen durch die Haare. »Was hätte ich denn tun sollen? Fiona stand völlig aufgelöst in meinem Büro. Als sie mir erzählt hat, was passiert ist, bin ich natürlich sofort hergekommen.«

Ich nicke langsam. »Fiona. Natürlich.«

Der Stachel in meinem Herzen sticht wieder stärker. Wie bescheuert und naiv war ich eigentlich, das Schicksal der Wallabys in seine Hände zu legen? Er setzt andere Prioritäten. An Nummer eins steht für ihn immer noch das Architekturprojekt. Da gehen seine Energie und sein Ehrgeiz hin. Ich kann es ihm nicht einmal verdenken. Natürlich kann er es sich nicht leisten, diesen Auftrag zu verlieren. Ob bewusst oder unbewusst, er hat mich hingehalten. Und wenn die Sache mit Fiona nicht rausgekommen wäre, dann ...

Marc nimmt meine Hand und zieht mich zu dem kleinen Sofa. Wieder einmal liest er meine Gedanken. »Okay, du hast recht. Wir müssen über eine ganze Menge reden, und wir schieben es immer vor uns her. Also tun wir es jetzt. Was möchtest du wissen?«

»Wieso hast du nicht mitgeboten auf die Insel? Du hättest das Ruder herumreißen können, oder?«

»Wie kommst du jetzt darauf?« Verdutzt versucht er, in meinem Gesicht zu lesen.

»Weil ich meinen Fokus jetzt wieder unvoreingenommen und eigenständig auf *meine* Anliegen richten muss und möchte, darum«, erwidere ich steif.

Marc zögert kurz, dann schüttelt er den Kopf. »Nein, anfangs dachte ich, das würde helfen. Fanny hat in meinem Namen regelmäßig etwas in den Fond gezahlt. Henry hätte das Geld nicht angenommen, wenn er gewusst hätte, dass ich dahinterstecke. Es war schwierig genug, ihm die nötigsten Reparaturen im Haus aufzuquatschen ... Ich habe meine Kanäle – oder besser, Darren hat sie. Wir wussten, wie hoch die Dormonds gehen würden. Damit hätte ich unnötig Geld verbrannt, das ich anderswo besser einsetzen konnte.«

»Und wo wäre das?« Ich komme nicht gegen das nagende Misstrauen an.

»Ich musste jemandem versprechen, darüber nicht zu reden.«

»Marc! Ist das dein Ernst?«

»Entschuldige, ich habe mein Wort gegeben.«

Er sieht meinen Blick und reagiert mit einem verkniffenen Lächeln. »Ist es so schwer, mir zu vertrauen? ... Sorry. Ich ziehe die Frage zurück.«

»Wem?«, beharre ich. »Fiona? Dad hat mir erzählt, dass du ihr mit deiner Versicherung geholfen hast.«

Verwundert sieht er mich an. »Nein, die hat nur einen Bruchteil übernommen. Das meiste habe ich von meinen Ersparnissen bezahlt. Das war kein Problem. Ich bin finanziell gut aufgestellt. Ich hatte so viel Glück im Leben, was das angeht. Es tut mir nicht weh, ich gebe gern davon ab. Bevor du fragst: weil ich es kann. Und weil ich mich verdammt gut daran erinnere, wie es ist, wenn diese Möglichkeiten eingeschränkt sind. Es ist nur so ...« Er rauft sich die Haare und lacht verlegen. »Es ist wirklich schon fast ein Running Gag. Jedes Mal, wenn ich kurz davor bin, meinen eigenen Traum ins Leben zu bringen und endlich kürzerzutreten ...«

»Wovon träumst du?«, bohre ich misstrauisch.

Marc bemerkt es nicht. Seine Augen glänzen. Er glaubt, er hat mich. »Wir hatten damals beide diese Vision. Ich versuche seit Jahren, dafür genug Geld zurückzulegen. Das klingt vielleicht lächerlich profan. Aber ... ich träume schon so lange von einem Grundstück im Grünen, einem Rückzugsort in der Natur, einem Zuhause auf Zeit, wo Menschen die Seele baumeln lassen können, die eine Auszeit brauchen. Ein kleines Häuschen stelle ich mir dort vor. Ein gesunder Platz für Menschen und Tiere, wo man ankommt und sich erden kann. Ausatmen. Wo Kinder unbeschwert spielen können. Eine Zuflucht, ein Stück heile Welt, wenn du so willst. So etwas möchte ich schaffen. Ein bescheidenes Paradies zum Auftanken, wo man die Natur spüren, greifen und begreifen kann. Lernen. Denn nur, was man kennt, kann man lieben und schützen lernen. Ich hatte gehofft, dass die Dormonds eine ähnliche Vision haben. Darin habe ich mich getäuscht.«

»Scheint so«, ringe ich mir heraus.

»Na ja, jedenfalls, immer wenn ich die Summe dafür beinahe zusammenhabe, dann tritt jemand in mein Leben, der das Geld nötiger braucht als ich. Erst habe ich einem Freund etwas geliehen, von dem ich wusste, dass er es mir nie zurückzahlen kann. Dann brauchte Fiona Unterstützung für die Operation und die Zeit danach. Was da als Regelversorgung vom NHS geboten wird, ist indiskutabel, diese Prothesen sitzen einfach nicht. Dann passierte die Sache mit Henry ... Vielleicht soll es so sein, und die Zeit ist noch nicht reif für mein Projekt. Ich gebe nicht auf. Ich fange einfach wieder von vorn an mit dem Sparen.«

»Warte, eine Sekunde bitte. Willst du damit sagen, diese Privatbehandlung hier ... das warst auch *du*?« Ich dachte immer, das wäre nur eine blödsinnige Redewendung, aber bei dieser Offenbarung klappt mir wortwörtlich die Kinnlade herunter. »Das waren nicht ... Stacy und Morris?«

»Die Dormonds?« Marc grunzt abfällig. »Die haben mir nicht mal das Geld für die Karte und die Schokolade wiedergegeben ... habe ich aber auch nicht erwartet.«

»Alles du«, sage ich tonlos, und in meinem Kopf rattert es. Mir kommt ein kurzes Telefonat mit Morris in den Sinn. Nach Dads OP hatte ich die beiden wissen lassen wollen, dass er es gut überstanden hat, und im Hotel angerufen. Bei der Gelegenheit hatte ich mich für die großzügige Unterstützung bedankt. Sie haben es nicht zurückgewiesen, sondern einfach die Lorbeeren eingesteckt.

Ich versuche immer noch, zu verstehen, was das alles für die Wallabys bedeutet. Offenbar sind sie Marc trotz allem nicht wichtig genug. Oder es steckt noch etwas anderes dahinter. Aber was? Ich stehe völlig neben mir und kann nicht klar denken.

»Deine Kanäle ...«, greife ich seine Formulierung auf. »Du bist uns immer einen Schritt voraus gewesen ... waren wir deswegen zum Scheitern verurteilt? Wolltest du unbedingt dein Projekt verwirklichen? Aber warum erzählst du mir das jetzt alles? Soll ich das gut finden? Versuchst du mich von der Sache mit Fiona abzulenken?«

»Carrie, wie kannst du das glauben? Wieso drehst du mir die Worte im Mund um?« Sein Blick irrlichtert ruhelos über mein Gesicht.

Anscheinend habe ich den Nagel auf den Kopf getroffen, also

setze ich nach. »Oder hoffst du, wenn du mit deinen Erfolgen prahlst, wenn du mir erzählst, wen du alles gerettet hast und wessen Beinprothesen du bezahlst, dann beeindruckt mich das?«

»Hä? Was? Nein!«

»Es gibt zwei Möglichkeiten. Entweder, du hast einen größenwahnsinnigen Superheldenkomplex und meinst tatsächlich, die ganze Welt retten zu müssen. Oder versuchst du etwa der Reihe nach, all deine Freunde zu kaufen? Fiona, Dad, mich? Mit so was hier?« Ich zeige auf das schicke Einzelzimmer.

»Carrie. Sag das um Himmels willen bitte nicht Henry! Er hätte es nie angenommen, wenn er wüsste, dass ich ... Ich weiß doch, wie ihr ... ich habe dir das nur erzählt, weil ich dachte ... du sagtest, wir ...« Hilflos stammelnd bricht er ab, und beinahe tut er mir leid. »Ich wollte keine Geheimnisse mehr vor dir haben.«

»Das fällt dir ein bisschen spät ein.« Triumphierend hebe ich das Kinn. »Du hast solche Angst, diesen Auftrag zu verlieren, dass du wirklich alles dafür tust, nicht wahr?«

Marc beißt die Zähne aufeinander. Jetzt ist er wütend. »Ich dachte, das hätten wir hinter uns. Aber okay. Spielen wir wieder auf diese Art. Bist du dann also nur mit mir zusammen, um Einfluss auf die Dormonds zu nehmen?«

»WAS?« Empört springe ich auf und balle die Fäuste. »Wie kannst du es wagen?«

»Wie ich meine Kanäle genutzt habe, willst du wissen? Was glaubst du denn, woher ihr all das Material hattet, wer euch das Schreiben von der Naturschutzbehörde zugespielt hat, hmm?«

»Keine Ahnung, sag du's mir. Die Putzfrau?«

»Wieso nicht gleich der Weihnachtsmann?«

Ich verschränke die Arme und atme tief durch, mühsam um Beherrschung ringend.

Marc kämpft ebenso mit sich. Mein Blick wandert über sein vertrautes Gesicht. Ich sehe seine Halsschlagader pochen, knapp über dem Schlüsselbein, sehe den Adamsapfel, seinen Nacken, die Schultern, die jetzt so angespannt sind, die muskulösen Oberarme. Ich weiß, wie er riecht, wie er schmeckt. Gestern noch habe ich seine Haut mit Küssen bedeckt – und heute würde ich mir wünschen, wir wären uns nie begegnet. »Es funktioniert nicht«, sage ich stockend.

»Was meinst du?«

Versteinert sehe ich ihn an. Sein Gesicht ist aschfahl. Er weiß, was jetzt kommt, bevor ich es ausspreche. Er hat es schon einmal gehört, ziemlich genau vor sieben Jahren. Was für eine Ironie. »Weihnachten ist einfach nicht unsere Zeit«, sage ich im Flüsterton, weil meine Stimme bricht.

»Carrie, ich …«

»Bitte.« Ich schüttle den Kopf. »Es hat keinen Sinn. Es war ein Fehler. Wir haben es versucht. Es hatte gute Gründe, wieso wir uns damals getrennt haben. Und die gibt es heute erst recht. Wir passen nicht zusammen, wir hätten es dabei belassen sollen. Es tut mir leid, Marc.«

Emotionen ziehen über sein Gesicht, so schnell und veränderlich wie schottisches Wetter: ungläubig zuerst, dann erschüttert, jetzt zornig. »Du hast also immer noch Angst, dich zu binden, oder? Für uns mit vollem Einsatz zu kämpfen, da ziehst du den Schwanz ein. Das steckt doch in Wahrheit dahinter, oder? Wenn es schwierig wird, wenn es richtig ernst wird in einer Beziehung, dann haust du ab. Aber vielleicht liege ich auch komplett falsch. Vielleicht war dir das mit uns ja auch niemals so wichtig wie mir …« Er mustert mich voller Schmerz. »Ich dachte wirklich, du hättest dich verändert.«

»Marc, ich …«

Er winkt ab und greift nach seiner Jacke. »Erspar uns das.«

DAS JOEY, DER HUND UND DIE MENSCHEN

Das Wallabyweibchen lehnte, entspannt auf den kräftigen Schwanz gestützt, im Heu und genoss die letzten Sonnenstrahlen auf seinem Winterfell. Dösend würgte es halb verdauten Nahrungsbrei hoch, kaute ihn noch einmal durch, spuckte und würgte wieder. Zwischendurch putzte es sich das Fell, wo ihm grüner Sabber darübergelaufen war.

In seiner Bauchtasche bewegte sich etwas. Das Wallaby hielt die kurzen Ärmchen einen Moment lang still, als würde es nach innen lauschen. Dann griff es hinein, putzte auch den Beutel mit Pfoten und Zunge, damit das Kleine trocken und warm lag.

Zweites Glück.

Das erste Baby war im Juni zur Welt gekommen. In dunkler, feuchtwarmer Sicherheit wuchs es heran.

Bis Hundegebell und die schrillen Pfiffe eines Menschen den Frieden jäh beendeten, irgendwann im Spätsommer.

Der Hund brach durch das Dickicht am Ufer und schreckte die wiederkäuende Wallabymutter auf. Sie floh, den Beutel durch Muskelspannung fest verschlossen, damit dem Kleinen nichts geschah. Flüchtete mit waghalsigen Sprüngen über Baumstämme und Totholz, immer weiter gehetzt von dem rasenden Hund. Der Hund holte auf. Sabbernd, geifernd, kam er immer näher, in höchsten Tönen kläffend, der Mensch trampelnd und laut hinterher.

Irgendwann, irgendwo auf der Strecke passierte es dennoch. Das Joey stürzte heraus, purzelte ins Gras, hilflos, nicht lebensfähig außerhalb des Beutels. Das Wallabyweibchen hüpfte weiter um sein Leben, behielt den Hund und seinen Menschen auf seiner Fährte.

Mit gewaltigen Sprüngen und wilden Haken ließ es die Marschwiesen hinter sich, brach durch dornige Hecken und Blaubeerbüsche und überwand die natürlichen Totholzhecken im dichten Wald.

Der Mensch rannte schreiend und pfeifend dem tobenden Hund hinterher, der die Spur des fliehenden Kängurus nicht lassen wollte.

Endlich brachte er seinen Jäger zur Räson, leinte ihn an und schalt das hechelnde, völlig erschöpfte Tier aus.

Für das Joey kam jede Hilfe zu spät.

Kängurus haben drei Vaginas und zwei Gebärmütter. So kam es, dass knapp einen Monat nach dem grausamen Vorfall ein zweiter Embryo, der zuvor auf hundert Zellen in der Entwicklung eingefroren auf seine Chance wartete, die Zellteilung wieder aufgenommen hatte und geboren wurde.

Zum zweiten Mal innerhalb eines Vierteljahres wurde das Muttertier von Wehen geplagt. Halb sitzend, halb auf dem Schwanz liegend wartete es, bis die nächste Geburtswelle abebbte. Leckend legte die Wallabymutter eine Duftfährte in ihrem eigenen Fell, den ganzen Weg bis hinauf zu der Hautfalte, die den Eingang des schützenden Beutels markierte.

Kalter Wind schnitt durch das Laub, das sich langsam gelb färbte. Ein rosafarbenes Würmchen quetschte sich aus dem Geburtskanal. Klammerte sich blind, taub, nackt und frierend mit den erstaunlich kräftigen Vorderpfötchen und Krallen in den dichten Pelz, der Schutz bot vor der herbstlichen Kälte. Der Geruch nach Muttermilch war sein einziger Wegweiser ins Überleben. Es wog weniger als eine Haselnuss, und es hatte nur Minuten Zeit, um die schier unüberwindbare Strecke durch einen Dschungel aus drahtigem, frühem Winterfell zu durchqueren.

Das winzige Kleine arbeitete sich Stückchen für Stückchen, getrieben von Instinkt und Hunger, höher hinauf, folgte hangelnd mit den stark entwickelten Ärmchen der milchigen Duftspur. Zog, robbte, wand sich vorwärts, teilte das unendlich scheinende Fellmeer mit schierem Überlebenswillen.

Das Wallabyweibchen wartete. Erschöpft sah es dem fremden, kleinen Wesen auf seinem Bauch zu, das noch in keiner Weise einem Känguru ähnelte.

Das Würmchen schaffte den Weg. Es purzelte mehr, als dass es kroch, durch die Öffnung, hinein in die erneute Dunkelheit. Gelangte auf den Grund der pelzlosen, feuchten Wärme, fand die Milchquelle und saugte sich fest. Die Zitze schwoll, hielt das Kleine sicher und gab die ersten Tropfen preis. Mutter und Kind wuchsen wieder zusammen, stabil verbunden für die nächsten Monate. Tag um Tag reifte es ein bisschen mehr.

Der Herbst kam und ging und brachte den Winter mit. Schnee, Eis und hungrige Krähen folgten – und ein überdachter, von Menschen gezimmerter Futterplatz. Hier gab es nun regelmäßig köstliche Leckereien, die nach Sommer schmeckten. Blaubeeren, Möhrenstückchen, Nusshälften und Heu.

Das Wallaby richtete sich auf und putzte sich, nahm ein paar Halme Heu und fraß. Ein paar Augenblicke später witterte es und reagierte auf ein Geräusch, das da nicht hingehörte. Die anderen Wallabys, nicht weit von ihm, lauschten ebenfalls, hielten die Nasen in den Wind und sprangen in die einsetzende Dunkelheit davon.

Ein Fuchs pirschte sich geduckt heran. Hielt immer wieder inne, schnüffelnd, die dünnen Tasthaare gespreizt, eine schwarz bestrumpfte Vorderpfote steif in die Luft gehalten. Er lauerte ebenfalls auf sich verändernde Geräusche, Düfte, vom Ufer her. Dann schnürte er weiter, tastete sich durch den lautlos fallenden Schnee immer näher an die neue Futterstelle heran.

Sie roch noch immer nach Mensch. Nach verschiedenen Menschen. Männern, einer Frau. Aber da war auch ein anderer Geruch, deutlich attraktiver, eine Ahnung nur. Er ging von der platt gelegenen Stelle im Heu aus. Die war noch warm und duftete nach Futter. Der Fuchs steckte die Nase hinein, suchend. Aber was immer hier nach frischem Leben gerochen hatte, war verschwunden, und die Spur verlor sich, wurde vom Alttier überdeckt.

Flüsternde Menschenstimmen kamen näher. Zweige brachen. Schnee knirschte unter ihren Stiefeln.

In dieser Nacht würde er hungrig bleiben. Es sei denn, die Zweibeiner, die jetzt so laut und unbeholfen durch die Dämmerung tapsten, scheuchten eins der Schneehühner auf, die er am Tag gehört hatte.

ZWEI TAGE BIS WEIHNACHTEN

MARC

Abwechselnd starre ich mein Telefon, die Wand oder den ausgeschalteten Fernseher an. Das ist bereits ein Fortschritt. In den ersten vierundzwanzig Stunden nach unserer Trennung habe ich nur an die Decke meines Schlafzimmers gestarrt. Ich habe mich im Büro abgemeldet, das Telefon abgestellt und bin im Schlafanzug geblieben.

Ab Tag zwei habe ich mir zumindest eine Wetterhose und den Parka drübergezogen, bin zur Insel gefahren und habe die Wallabys gefüttert – tunlichst darauf bedacht, niemandem über den Weg zu laufen. Einem ganz bestimmten Niemand vor allen Dingen.

Aber Carrie vermeidet ebenso wie ich jeden Kontakt.

Einmal sah ich ihr rotes Kajak von Weitem, als ich zum Bootshaus am Pier ging. Ich habe auf dem Absatz kehrtgemacht, mich in mein Auto gesetzt und gewartet, bis die Gefahr vorüber und Henrys kleiner Vauxhall Adam hügelwärts an mir vorbeigestottert war.

Sie muss mich gesehen haben. Sie hat den Motor aufheulen lassen, um schneller weg zu sein.

Total kindisch.

Um mich herum schmücken die Jungs das Wohnzimmer für Weihnachten. In der Küche duftet es nach Zimt und Nelken. Mir ist nicht nach fröhlichem Feiern.

Nie wieder.

Ich habe keine Energie für die simpelsten Dinge, geschweige denn für Weihnachten oder Hogmanay. Ich mag nichts essen und nichts trinken, und wenn Fiona mir nicht heute Morgen den Rasierer in die Hand gedrückt und mich unter die Dusche geschoben hätte, würde ich immer noch aussehen wie ein Urisk – eine einsame schottische Sagengestalt, halb Mensch, halb Ziege.

Fiona hat mich genötigt, zumindest die Füllung für den Black Bun vorzubereiten. Bestimmt zwanzig Minuten habe ich regungslos vor der leeren Teigschüssel, einer Flasche Rum und drei Packungen verschiedener Rosinen verharrt. Bis Olli seinen großen Bruder und einen Handspiegel holte und ihm panisch versichert hat, dass es in unserer Küche offensichtlich Basilisken gäbe und mich einer verzaubert hätte. Olli ist grade in der Harry-Potter-Phase.

»Doch, ehrlich, wenn ich's dir sage! Wir müssen das Biest zur Strecke bringen. Aber du darfst es nicht ansehen. Nur durch den Spiegel, sonst versteinert es dich auch! Hier, nimm das Messer! Es muss hier irgendwo sein.«

Aus dem Augenwinkel sehe ich eine Kinderhand nach meinem japanischen Keramikmesser greifen.

»Hände weg!« Mit vernichtendem Blick hebe ich meinen Finger und visiere den Kleinen an.

»Alter!«, ruft Baxter und macht einen Satz nach hinten.

Olli rennt kreischend nach oben.

Und ich schleppe mich mit einer Packung Korinthen aufs Sofa im Wohnzimmer und schalte den Fernseher ein.

Die Lokalnachrichten laufen. Eine örtliche Theaterschauspielerin ist mit siebenundachtzig Jahren gestorben. Der Sturm hat weiter nördlich ein paar Bäume auf der Seestraße entwurzelt. Ich habe nicht mal mitbekommen, dass es windig war. Für dringend notwendige Straßenreparaturen werden mehr Gelder benötigt als angenommen. Ein betrunkener Autofahrer hat mit seinem Wagen eine Laterne umgebügelt, immerhin keine Verletzten. Und Henry McIntyre ist aus dem Krankenhaus entlassen worden.

Ruckartig sitze ich senkrecht. Ein Einspieler wird eingeblendet. Henry sitzt medienwirksam im Rollstuhl, der alte Halunke. Sue Anne läuft mit einem Koffer aus dem Bild. Die Kamera wechselt auf Carrie, die Henrys Hand hält. Großaufnahme der Reporterin. Kenne ich nicht. Dann Schwenk zurück auf Carrie, bildfüllender Zoom in ihr Gesicht. Ich kann jede einzelne Pore sehen, die Sommersprossen, die geröteten Augen. Das kommt nicht nur vom Wind. Sie sieht übernächtigt aus.

Mein Herz zieht sich zusammen. In meinem Bauch rumort es auch. Vielleicht sind Korinthen auf nüchternen Magen keine gute Idee. Es fällt mir schwer, mich auf Carries Stimme zu konzentrieren. Die McIntyres geben ein Interview, zeigen Kopien der Unterschriften, die Carrie und Henry gesammelt haben. Über hunderttausend sind es inzwischen. Carrie hat virtuelle Listen im Internet zugänglich gemacht, heißt es.

Ich halte die Luft an. »Das ist fantastisch«, juble ich und verschlucke mich an einem Rosinenkrümel.

Als mein Hustenanfall vorüber ist, sind es die Nachrichten auch. Ich glotze auf Rollladenreklame, dann folgt Werbung für Autoreifen und hausgemachtes Butter Tablet aus dem Süßwarenladen in Aldochlay.

Gut so. Die Welt dreht sich also ohne mich weiter. Sie brauchen mich nicht. Was habe ich mir eingebildet. Hunderttausend Stimmen gegen einen Abschuss der Wallabys – das baut Druck auf. Ich wüsste nicht, wie die Dormonds das noch ignorieren könnten.

Fiona platzt herein, stellt mir einen Staubsauger vor die Füße und schaltet den Fernseher aus. »Mach dich nützlich oder verschwinde. Das geht so nicht weiter.«

Darum sitze ich jetzt, am 23. Dezember, wie ein vergessener Sack Mehl in meinem Büro.

»Niemand braucht mich. Ich kündige! Das ist es alles nicht wert.«

»Du kannst nicht kündigen. Du bist der Chef.«

Ich habe das Kinn auf meine übereinandergestellten Fäuste auf dem Schreibtisch gestützt und starre seit einer halben Stunde das Modell des Blockhauses mit dem angehängten kleinen Bootshaus an. »Bin ich wirklich ein größenwahnsinniger Weltverbesserer, Fanny?«

Sie stellt mir einen Tee und ein paar Weihnachtskekse hin, die verlockend nach Zimt und Kardamom duften. Aber nicht einmal die bringe ich grade runter.

»Hat meine Antwort Einfluss auf die Höhe der diesjährigen Weihnachtsgratifikation?« Fannys rote Locken wippen belustigt.

»Ich leide. Bitte nimm mich ernst ... Heißt das also ja?«

»Fragst du das ganz ehrlich die Frau, die seit Jahren deine Buchhaltung macht? Hmm, warte. Das ›größenwahnsinnig‹ würde ich durch ›unverbesserlich‹ ersetzen – dann stimmt's.«

»Hmpf.«

»Rede mit ihr, wenn sie dir so viel bedeutet.«

»Sie will mich nicht sehen. Und ich sie auch nicht. Wir haben eine Geschichte, und die funktioniert nicht. Das hat sie noch nie und wird sie auch nie.«

»Ich liebe deine positive Grundeinstellung.« Seufzend streicht Fanny sich über den karierten Wollrock und nimmt auf dem Besucherstuhl Platz. »Es wird euch nicht weiterbringen, wenn ihr euch wie Teenager verhaltet. Hör mal. Ich kenne eure Geschichte nicht, und das ist keine Einladung, sie mir zu erzählen.« Sie hebt abwehrend die Hände. »Das geht mich nichts an, und ich will es auch gar nicht wissen, du bist immer noch mein Chef. Ich sage dir nur eins: Überleg dir gut, was du wegwirfst und für wen.« Sie nickt in Richtung des Blockhauses. »Vielleicht wird es Zeit, dass du zur Abwechslung mal für dich und dein eigenes Glück kämpfst und nicht immer nur für andere. Du bist es wert, dass man dich schätzt, Marc Stewart. Und zwar um deiner selbst willen. Aber dazu musst du begreifen, dass das niemand tun wird, wenn du nicht zuerst damit anfängst.«

Ich runzle die Stirn. »*Du* schätzt mich doch aber. Oder nicht?«

»Natürlich, Marc. Aber ich bin schon verheiratet.«

»Ich auch«, brumme ich, stütze mich an der Schreibtischkante ab und schiebe den Stuhl zurück.

Fanny reicht mir lachend meine Jacke und den Schal und zwinkert mir zu. »Weihnachtsgratifikation?«

»Abwarten«, sage ich und umarme sie. »Danke. Sag Darren, ich musste noch was Wichtiges erledigen, wenn er kommt.«

»Oh, der ist vorhin schon hier gewesen. Die Dormonds haben einer Pressekonferenz zugestimmt. Hast du den Zettel nicht gesehen?«

Überrascht drehe ich mich noch einmal um.

»Sie haben was?«

Fanny nickt. »Anscheinend haben sie eine Lösung für die Wallabys gefunden.«

»Eine Lösung? So plötzlich? Wie sieht die denn aus?«

»Das hat er nicht gesagt.«

Mich beschleicht eine dunkle Ahnung. Eiskalt kriecht sie mir den Nacken hinauf und drückt mir die Luft ab. »Nein, nein, nein!«, stöhne ich. Hektisch durchwühle ich die Papierstapel auf dem Schreibtisch. Werbemittelkataloge, Prospekte über ökologisches Dämmmaterial gleiten mir durch die Hände, die halb fertigen Hollisterentwürfe, ein paar ungeöffnete Briefe, Rechnungen, Werbung – aber keine Notiz von Darren. Ratlos sehe ich Fanny an.

»Hier.« Mit einem Handgriff zupft sie einen Klebezettel von meinem Kalender. So offensichtlich ... typisch.

»Verdammt! *10.30 Uhr im Hotel.* Das ist in zehn Minuten. Das schaffe ich niemals pünktlich bei dem Verkehr da draußen. Wieso sagt er mir das nicht? Er ruft doch sonst wegen allem an.«

»Wo ist denn dein Telefon? Ich bin mir sicher, dass er es versucht hat.«

Ein zweites Mal durchwühle ich den Schreibtisch.

Fanny seufzt, greift zum Festnetzapparat und wählt meine Handynummer.

Gemeinsam sehen wir uns im Raum um und horchen. Kein Klingeln, kein Brummen, nichts. Nur meine Alarmglocken schrillen immer lauter.

»Wieder mal der Akku leer?«, fragt Fanny mit sanfter Strenge.

Meine Miene hellt sich kurzzeitig auf. Ich bücke mich und krieche halb hinter den Schreibtisch. Darunter ist die Steckdosenleiste. »Ha!« Triumphierend verfolge ich das Ladekabel bis zu meinem Handy. Natürlich blinkt es stummgeschaltet vor sich hin. Es zeigt fünf verpasste Anrufe an. Mit rotem Kopf tauche ich wieder auf. »Ich bin nicht lebensfähig ohne dich.«

»Weihnachtsgratifikation!«, wiederholt sie lachend, diesmal mit etwas mehr Nachdruck, und räumt meinen Tee ab.

Da bin ich schon drei viertel zur Tür hinaus und höre stolpernd meine Mailbox ab, während ich den Autoschlüssel aus meiner widerspenstigen Jackentasche fummle.

Die Pressekonferenz findet im kleinen Saal des Bonnie Banks Lake View Hotels statt. Ein paar Köpfe drehen sich zu mir um, als ich den Raum betrete. Ich will im Hintergrund bleiben, aber Darren erspäht mich und winkt mich nach vorn.

Die Dormonds und er sitzen an einem Tisch, frontal zu den gut gefüllten Stuhlreihen davor, Mikrofone und Scheinwerfer vor sich. Mindestens ein Fernsehteam und Kameraleute sind auch da. Ein Platz ist noch frei. Das ist dann wohl meiner. Immerhin ist es keine richtige Bühne. Ich hasse öffentliche Auftritte. Daran haben auch die vielen Vorträge und Preisverleihungen nichts geändert.

Stacy Dormond hält eine Hand über das Mikro, als ich mich hinter ihr vorbeischiebe. »Meine Güte, Marc«, zischt sie mir zu. »Wie sehen Sie denn aus? Haben Sie im Park geschlafen?«

»Schlaf wird generell überbewertet«, knurre ich.

Darren zwinkert mir zu. »... möchte ich nun auch meinen Kollegen Marc Stewart, den Leiter dieses Projekts, begrüßen.«

Ein paar Leute applaudieren, die Mehrheit schweigt oder murmelt. Die Zwischenrufe gehen an mir vorbei, denn da entdecke ich Carrie und ihren Vater im Publikum.

Henry erwidert mein Kopfnicken mit einem warmen Lächeln. Carrie sieht stur an mir vorbei. Natürlich tut sie das, was habe ich denn erwartet. Und doch reißt es das Loch in meinem Herzen noch mal weiter auf. Ich bemühe mich, den Schmerz wegzuatmen. Fiona sitzt ein paar Plätze weiter. An ihr halte ich mich fest.

»Marc?« Stacy Dormond redet mit mir.

»Hmm?«

Anscheinend hätte ich irgendwas sagen sollen. Ich habe keine Ahnung, worum es geht.

Ungehalten übernimmt sie das Mikro. Ihre Armreifen klimpern in meinen Ohren unnatürlich laut. »Danke für Ihre Frage«, wendet sie sich an eine Journalistin in der dritten Reihe. »Es waren sechzehn Tiere auf der Insel, weit weniger als das, was ursprünglich an uns und NatureScot übermittelt wurde, aber mehr, als nach den letzten Wärmebildaufnahmen anzunehmen war. Zur Stunde werden sie gerade möglichst stressfrei von der Insel gebracht. Wir haben sie an eine Futterstelle gewöhnt, sodass wir ihnen ganz einfach ein leichtes Narkosemittel verabreichen konnten. Wenn sie ihren kleinen Rausch ausgeschlafen haben, treten sie morgen nach einer tierärztlichen Überprüfung ihre Reise in einen Tierpark an. Das verdanken wir der tatkräftigen Unterstützung unseres Architekten Marc Stewart und seiner zauberhaften Partnerin hier. Wir hoffen, dass damit nun allen gedient ist.«

»Bitte was?«

Tumult bricht aus. Ich springe auf und verlasse das Podium. Morris stellt sich mir in den Weg. Darren versucht, mich aufzuhalten, Fiona eilt auf mich zu. Ich schüttle alle ab.

»Carrie!«, rufe ich durch den Saal, quetsche mich durch die aufgesprungenen Journalisten und Tierschützer.

Sie schiebt Henrys Rollstuhl Richtung Ausgang. Endlich gelingt es mir, sie einzuholen. Ihr Gesicht ist kreideweiß.

»Was hast du getan, Marc?«, fragt sie mit erstickter Stimme.

Und der Schmerz in ihren Augen ist mit das Schlimmste, was ich je gesehen habe.

CARRIE

Ich habe das Kajak am Ufer vertäut. Alles in mir hat sich dagegen gesperrt, das Bootshaus anzusteuern. Jetzt sind meine Füße nass, weil mir Wasser in den Stiefel gelaufen ist. Es quatscht bei jedem Schritt, den ich über den schmalen Trampelpfad zur Futterstelle zurücklege.

Ich konnte es nicht glauben, ich musste es selbst sehen. Sie sind tatsächlich weg.

Fröstelnd sehe ich mich um. Hier hat jemand ganze Arbeit geleistet. Der Futterplatz ist verwüstet. Zertrampeltes Heu, Walnusshälften und angeknabberte Möhren liegen auf dem Boden. In einem Busch am Rand der ausgestorbenen, kahlen Lichtung flattert silbern und goldfarben knatternd das abgerissene Stück einer Rettungsdecke im Wind. Nicht einmal ein Reh zeigt sich. Wahrscheinlich sind sie alle traumatisiert.

Ich trete beinahe auf eine vergessene Patronenhülse. Sie haben also Blasrohre oder Betäubungsgewehre benutzt – immerhin Profis, die sich auskannten. Wenn man Kängurus sediert, muss man gut auf ihren Wärmehaushalt achten. Ihre Körpertemperatur steigt mit dem Stresspegel an. In Australien ist die erste Sorgfaltspflicht, bei narkotisierten Tieren für Schatten zu sorgen. Im schottischen Winter ist eher ein drohender Wärmeverlust das Problem.

Ich schlucke trocken. Weiter drüben entdecke ich Schlittenspuren im Schnee, die zum Ufer führen.

Hinter mir knackt ein Zweig. Erschrocken fahre ich herum.

»Carrie, was machst du denn hier?«

Es ist Darren, der einen Müllbeutel und einen Greifer trägt.

»Aufräumarbeiten?«, kommentiere ich verbittert.

Er zuckt mit den Schultern. »Marc hat mich gebeten …«

»Bitte«, würge ich ihn ab. »Verschon mich mit ihm.«

»Okay.« Er nickt betreten. »Aber du tust ihm unrecht. Er ist nicht das Arschloch, für das du ihn hältst.«

»Ach, nicht?« Zornig wische ich eine Haarsträhne aus meinem Gesicht. Immerhin das gelingt mir. »Wonach sieht das hier denn für dich aus? Für mich ist es das Werk eines Verräters.«

»Machst du es dir nicht ein bisschen zu einfach mit deinen Schlussfolgerungen?«

»Findest du, ja?« Ich presse die Lippen zusammen.

»Ihr solltet dringend miteinander reden. Dir ist schon klar, dass die Dormonds ihn genauso ausgetrickst und vor vollendete Tatsachen gestellt haben, oder? Er hat Himmel und Hölle für diese Kängurus in Bewegung gesetzt. Und für dich.«

»Hölle trifft es perfekt.« Ich mache zwei Schritte auf Darren zu und stopfe den Betäubungspfeil, den ich aufgehoben habe, in seinen Müllbeutel. Seine Worte treffen mich. Tue ich Marc unrecht? »Ist ja auch egal. Es ändert nichts. Weißt du, wo sie hingebracht wurden?«

Darren betrachtet seinen Müllsack und schließt ihn nachdenklich. »Nein, keine Ahnung.«

»Nicht schlimm.« Ich zucke mit den Schultern, aber innerlich schreie ich.

»Hast du Marc gefragt? Oder die Dormonds?«

»Bist du verrückt!« Entgeistert starre ich ihn an.

Dann müssen wir beide lachen, und endlich sinkt die Spannung zwischen uns auf ein erträgliches Maß.

»Ich habe sie heute Mittag zum Flughafen gebracht. Sie verbringen die Feiertage irgendwo in der Karibik. Ich spreche sie drauf an, wenn ich sie das nächste Mal sehe. Es tut mir leid, wie das alles gelaufen ist«, sagt Darren. »Ehrlich.«

»Danke, das ist lieb ... Mir tut es auch leid.« Ich wende mich zum Gehen. »Trotzdem frohe Weihnachten.«

»Dir ebenso ... Wirst du nach Australien zurückkehren?«

Diesen Gedanken hatte ich bisher vermieden. Doch jetzt kommt meine Antwort wie aus der Pistole geschossen – oder wie aus einem Narkosegewehr. »Ja, natürlich. Sobald es Dads Gesundheit zulässt.«

Ich drehe mich nicht mehr um. Auch nicht, als ich am Haus der Gräfin vorbeikomme. Ich will es so in Erinnerung behalten, wie es früher war. Als meine Welt noch nicht in Trümmern lag.

MARC

»Und du willst wirklich vom Kaufvertrag zurücktreten? Bist du dir sicher?«

Ich klemme mir das Telefon unter das andere Ohr, werfe meinen Mantel über die Stuhllehne, den Schal dazu und fahre den Computer hoch. Dann setze ich mich. Ich kann Amandas Erschütterung durchs Telefon bis London hören. »Ja.« Ich betrachte das Blockhausmodell und seufze. »Ich habe zu lange in Illusionen gelebt und vor mich hin geträumt. Allein versteigt man sich schnell in komische Fantasien. Ich bin kein Superheld, Amanda. Höchstens ein altruistischer Idiot. Wusstest du das?«

Sie lacht höflich. »Es tut mir leid, ich verstehe nicht ganz ...«

»Du brauchst das nicht zu verstehen. Entschuldige, dass ich dich damit zugetextet habe. Ich habe vorhin einen Job hingeschmissen, und jetzt brauche ich Bargeld. Ich will nicht länger weglaufen. Ich habe für mich begriffen, dass das nicht funktioniert. Leider auch reichlich spät. Egal, wohin man geht, man nimmt sich und seine Vergangenheit überallhin mit, wusstest du das? Für eine gewisse Zeit mag es einem vielleicht heilsam erscheinen, davor zu fliehen. Aber es bleibt eine Flucht, egal wohin.«

Mein Handy zeigt durch leises Klopfen an, dass jemand parallel versucht, mich zu erreichen. Ich ignoriere das und ziehe die

Hollister-Unterlagen hervor. Wird höchste Zeit, dass ich diesen Entwurf endlich beende.

»Na ja. Es wird jedenfalls höchste Zeit, mich einigen Dingen zu stellen.« Ich räuspere den Knoten in meiner Stimme weg. »Ist ja auch völlig egal. Du hattest gefragt, ob ich mir sicher bin. Also: Ja, bin ich. Ich brauche das Geld jetzt dringender als diesen Ort. Machst du die Papiere fertig? Ich kann elektronisch unterschreiben, je früher, desto besser, gern noch vor Weihnachten. Ich muss damit abschließen.«

»Marc, warte.« Plötzlich steht Fiona in der Tür, aber da habe ich bereits aufgelegt. »Hubby«, sagt sie warm und nimmt ihren Helm ab. Eine Kaskade schwarzer Locken ergießt sich über ihre Schultern. »Tu das nicht.«

»Doch. Es ist wichtig. Ich brauche das Geld. Wenigstens eine Sache möchte ich richtig machen.«

»Aber nicht so! Ich wollte dich eigentlich erst zu Weihnachten damit überraschen, aber vielleicht passt es jetzt besser. Ich fand, nach dem, was da vorhin abgegangen ist, brauchst du dringend etwas, was dich auf andere Gedanken bringt. Und anscheinend komme ich ja gerade noch rechtzeitig, dass du jetzt nicht alles mit dem Hintern wieder einreißt, was du dir über Jahre aufgebaut hast. Gib nie deine Träume auf, hast du mir immer wieder eingeschärft. Tu du es jetzt auch nicht!«

Sie zieht ein Foto aus ihrer Jacke und legt es mir hin.

»Was ist das?«

»Ich habe wieder angefangen zu modeln. Meine Agentur hat mich schon länger dahingehend bearbeitet, und ich habe die ersten Aufträge angenommen. Ich habe noch niemandem davon erzählt, auch dir nicht, weil ich erst ganz für mich allein herausfinden musste, ob ich es noch kann und will, ob ich mich vor der Kamera immer noch wohlfühle. Ich wollte sichergehen. Unbefangen, unbeeinflusst ... und dann sprach Carrie mich darauf an, und ich wusste, die Zeit ist gekommen.«

»Carrie«, murmle ich. »Das geht ja gut los mit den anderen Gedanken!« Dann betrachte ich das Bild und beiße mir auf die Zunge.

Fiona lächelt mir in Sportbekleidung entgegen. Sie sitzt auf einem Hocker vor einem gespannten Tennisnetz. Breitbeinig, selbstbewusst, beide Hände hat sie auf den Schläger gestützt, als würde sie den Betrachter zu einem Match herausfordern. Sie blickt direkt in die Kamera. Im Vordergrund sind ihre Beine, die in den Sportschuhen einer Edelmarke stecken: ein braunes – eins aus Titanstahl.

»Cooles Bild von dir. Hammer!«

Sie lacht. »Ja, es gefällt mir auch richtig gut. Aber das Beste daran ist ...« Plötzlich wedelt sie mit einem Scheck vor meiner Nase herum. »Ich kann endlich meine Schulden bei dir zurückzahlen. Nein! Keine Widerrede! Ich weiß, dass du das nicht erwartest, aber ich will es so. Die Werbung wird landesweit geschaltet werden. Hochglanzmagazine, Zeitungen, sogar einen kurzen Werbespot fürs Fernsehen haben wir gedreht. Und meine alte Agentur schickt mir beinahe täglich neue Anfragen. Ich bin wieder da, Marc!«, sprudelt sie los.

»Wow, das ist ... Ich weiß gar nicht, was ich sagen soll«, stammle ich.

Fiona strahlt übers ganze Gesicht und genießt sichtlich meine Sprachlosigkeit.

»Ich gratuliere dir. Das ist ja fantastisch! Komm her, lass dich umarmen!«

Lachend lässt sie sich von mir hochheben und kurz durch die Luft wirbeln. »Danke!«, japst sie. »Ohne dich hätte ich das niemals geschafft.«

Wir sind beide etwas außer Atem, als ich sie auf dem Blätterstapel meines Schreibtischs absetze.

»Ach ja, noch eins, Hubby.« Ihre Miene verändert sich. »Ich würde mich gern scheiden lassen. Ich glaube, es wird ernst mit Sally und mir. Wir haben darüber gesprochen, zusammenzuziehen.« Ihr Strahlen ist zu einem inneren Leuchten geworden. Sie wirkt glücklich, einfach nur glücklich.

Wortlos ziehe ich sie noch einmal an mich und drücke sie ganz fest. »Das freut mich wahnsinnig für dich und Sally. Das ist überhaupt das Allerbeste.«

»Du wirst dein Happy End auch kriegen, Marc. Ganz bestimmt«, sagt sie leise und küsst mich auf die Schläfe.

Ich nicke stumm. Ich kann grade nicht sprechen.

In dem Moment klopft Fanny und kommt herein.

Ich räuspere den Kloß in meinem Hals weg. »Irgendwas Wichtiges? Ist grade schlecht, Liebes.«

»Ich modele wieder!«, platzt Fiona heraus.

Ich nutze den Moment, wende mich einmal kurz ab und wische mir über die Augen.

»Wunderbar! Das wurde auch Zeit. Ich gratuliere!« Fanny freut sich mit, aber sie wirkt nicht bei der Sache. »Ein Anruf. Du sollst dringend zurückrufen.« Sie legt mir einen Zettel hin.

»Ich muss eh los«, sagt Fiona und hüpft von meinem Schreibtisch. »Wir sehen uns heute Abend!«

»Ja, alles klar, bis dann.« Verwirrt sehe ich ihr nach. Was für ein verrückter Tag.

Fanny schiebt sich dezent in mein Gesichtsfeld, tippt auf die Notiz und bleibt abwartend stehen.

Ich schiebe den Zettel beiseite, ohne hinzusehen. »Kann sich nicht Darren darum kümmern? Mache ich später.«

Sie stoppt mich in der Bewegung. »Du willst selbst zurückrufen, glaub mir. Und du willst das *jetzt* tun.«

Erstaunt sehe ich sie an.

Ihre Augen sprühen vor Aufregung.

»Wieso, wer ist es denn? Die Lottogesellschaft? Ich habe nicht gespielt.« In meinem Magen zieht sich alles zusammen, als ich realisiere, wo ich diesen Satz herhabe. Carrie. Immer wieder sie.

»Besser«, verspricht Fanny. »Viel besser.«

Ich riskiere einen Blick, allein schon, um etwas anderes zu sehen als Carries Gesicht, so klar, als würde sie hier vor mir stehen. »Lady Ava Bethany Fairfax Gray«, lese ich die Notiz vor. »Moment, ist das etwa DIE Ava Gray? Was will sie denn von mir?«

Fanny unterdrückt ein begeistertes Quietschen. »Die Frage ist nicht, was sie *will*, sondern was sie für dich *hat*! Sie hat die Pressekonferenz vorhin im Fernsehen live gesehen. Ruf an, los, mach schon! Eine Lady lässt man nicht warten!«

»Ist das so«, sage ich und versuche krampfhaft, mich nicht von ihrer Aufregung anstecken zu lassen.

Ich habe noch nie mit ihr zu tun gehabt, sie ist eine der Enkelinnen der verstorbenen Gräfin – und sie hat die Tierliebe ihrer Großmutter geerbt.

Fanny zieht sich dezent zurück.

Wir telefonieren nicht lange.

Zwölf Minuten, um genau zu sein.

Danach habe ich wieder Hoffnung.

Und einen Plan.

Er ist verrückt.

Aber ich bin es auch.

Ich muss dafür nur ein Versprechen brechen, das ich Tony leichtsinnigerweise vor vielen Jahren gegeben habe.

CARRIE

Ich scrolle durch meine Anruferliste. Marc hat ein Dutzend Mal versucht, mich anzurufen. Ich sollte dringend seine Nummer blockieren. Das wäre besser für mein Seelenheil. Jede Menge Sprachmemos, Textnachrichten sind da auch. Ich bin versucht, sie einfach zu löschen. Aber dann lasse ich den Finger doch wieder sinken. Läuft ja nicht weg.

Immerhin heule ich mir seit der Pressekonferenz heute Vormittag nicht mehr die Augen wegen Marc aus dem Kopf, sondern wegen der Wallabys.

Was ihn betrifft, ist da nur noch Leere, Unglauben und eine gehörige Portion Wut auf ihn und die Dormonds.

Und trotzdem kriege ich ihn nicht aus dem Kopf. Was Darren am Nachmittag sagte, verfolgt mich.

Reden.

Worüber denn?

Ich sitze auf der Fensterbank im Schlafzimmer von Sue Annes Einliegerwohnung in Tarbet und schlürfe einen Hot Toddy. Wir sind fast fertig mit dem Einräumen von Dads Sachen. Sue Anne stellt gerade die letzten Bücher in ein Regal.

Das Zimmer geht hügelabwärts auf die Seeseite hinaus. Nicht, dass man vom Erdgeschoss aus viel von dem See sehen würde – zu viele Bäume und Häuser –, aber vielleicht ist das auch besser so. Dad mag es, und das ist die Hauptsache.

Ich versuche, den abendlichen Himmel zu fixieren. In Australien beruhigt mich das immer. Aber dort sind die Nächte meist ruhig und sternenklar, angefüllt vom Zirpen unzähliger Zikaden. Anfangs versuchte ich, die Sternenkonstellationen wiederzufinden, die ich von klein auf kannte, die mich mit Schottland verbinden. Doch der Nachthimmel auf der Südhalbkugel ist komplett anders. Ein paar vertraute Sternbilder fand ich tatsächlich. Es war mir egal, dass sie auf dem Kopf standen oder für Monate unterm Horizont verschwanden, wie der Große Wagen oder Orion. Dann wusste ich: Sie waren jetzt auf der anderen Seite der Welt – zu Hause in Schottland –, und schon konnte ich ruhiger atmen.

Und jetzt, wo ich wieder hier bin?

Es klappt nicht.

Dabei gibt der Himmel alles. Graue Schleier huschen darüber, hinter den Wolken. Ich bin mir sicher, dass es Nordlichter sind, die Sorte, die sich dem bloßen Auge entziehen und nur durch die Kamera sichtbar werden. Aber ich bin zu müde, mein Handy zu holen.

So gleiten sie mir davon, und in der Reflexion der Scheibe sehe ich immer nur Marc und mich. Wir beide am See, zusammen auf der Insel. Wie wir Tony füttern, den Unterstand bauen, das Dinner genießen ... alles, was danach geschah. Alles davor. Das Ei auf der Demo. Der Weihnachtsmarkt.

»Habe ich ihm unrecht getan?«, frage ich leise die Menschen im Raum hinter mir.

»Ihr seid beide impulsive Sturköpfe. Aber er ist ganz sicher nicht der totale Verräter, als den du ihn siehst«, sagt Dad. »Ich weigere mich, das zu glauben. Es gibt sicher eine Erklärung für das alles. Er hat es verdient, dass du ihn anhörst. Das ist meine Meinung. Mehr kann ich dazu nicht sagen.«

»Mir will es auch nicht in den Kopf, aber wir haben es gesehen und gehört. Stacy Dormond hat sich ausdrücklich bei uns bedankt. Diese ganze Nummer mit dem überdachten Futterplatz – es war von Anfang an ihr Plan, die Wallabys anzulocken.«

»Eben. Ihrer. Nicht seiner.«

»So was in der Richtung hat Darren auch gesagt«, sage ich genervt und ziehe mein Handy aus der Hosentasche.

»... wir hoffen, dass damit nun allen gedient ist.«

Das Lächeln in Stacy Dormonds stark geschminktem Gesicht friert ein. Ich spule die Aufzeichnung der Pressekonferenz noch einmal zurück. Bestimmt zum vierten oder fünften Mal tschilpen ihre Himbeerlippen die unbegreiflichen Sätze im Zeitraffer. Ich kann es immer noch nicht fassen, und es hilft mir auch nicht weiter. »Das verdanken wir der tatkräftigen Unterstützung unseres Architekten Marc Stewart und seiner zauberhaften Partnerin. Wir hoffen, dass damit nun allen gedient ist.«

Was für eine Riesensauerei! Eine groteske Lüge! Ich sollte froh sein, dass ich diesen Kerl los bin. Klug bin ich gewesen, dass ich mich noch vor diesem dicken Ende getrennt habe!

»Es müsste mir doch jetzt erst recht besser gehen. Ich müsste so etwas wie Erleichterung spüren, oder nicht? Wieso tut das dann immer noch so furchtbar weh?«

Meine Schwester faltet den letzten leeren Umzugskarton zusammen. Sie ist klug genug, zu schweigen.

»Es ging einfach nicht«, sage ich grübelnd. »Aber was, wenn man nur die eine hat?«

»Die eine was?«, fragt Sue Anne.

»Große Liebe! Werde ich irgendwann einsam sterben?«

»Hergottnocheins. Ruf ihn an, sprecht euch aus und hör auf, in Selbstmitleid zu zerfließen!« Sie klingt gereizt.

Ich sehe hilfeheischend zu Dad.

»Gut möglich«, sagt mein Vater trocken. »Am besten, du legst dir eine oder zwei Katzen zu.« Er sitzt in seinem Schaukelstuhl am offenen Kamin und streichelt Merlin, dessen Schnurren man bis zu mir hört.

Sue Anne prustet in ihr Getränk. »'tschuldigung«, sagt sie halb erstickt. »Schwesterchen. Das alles ist schlimm, wirklich.

Gib dir Zeit zu trauern. Aber fall nicht in alte Muster! Wenn du wirklich abschließen willst, dann hilft es zu reden. Mit ihm!«

Über unseren Köpfen wird Getrampel laut. Die Zwillinge streiten sich.

Auf meiner Brust liegt ein Stein so groß wie der Ayers Rock. »Ich möchte nach Hause«, presse ich darunter hervor.

»Jetzt? Was willst du denn da? Ich dachte, die Renovierung von Dads Häuschen dauert noch mindestens bis Anfang Januar. Die Bude ist kalt. Merlin ist hier, wir sind hier, Michael kocht oben. Die Kinder freuen sich, dass ihr alle da seid! Und ich auch! Endlich ein Weihnachtsfest mit der ganzen Familie. Ich verstehe ja, dass euch nicht sonderlich nach Feiern ist, aber ... wer weiß, wie viele Weihnachtsfeste wir noch zusammen haben.« Sue Annes Augen röten sich.

Prompt steigen auch mir Tränen in die Augen. Oh, diese unkontrollierbare Heulerei geht mir so auf den Keks.

»Sie braucht halt ein bisschen Ruhe, das war für uns alle ganz schön viel. Lass sie«, sagt Dad. »Und bitte entschuldige mein loses Mundwerk.«

»Das ist es nicht«, sage ich und schnäuze mich.

Sue Anne kommt zu mir und nimmt mich in den Arm. »Ist gut, dann fahr ich dich«, sagt sie bestürzt. »Du solltest vielleicht nicht selbst am Steuer sitzen. Aber morgen kommst du wieder, oder?«

Ich schüttle den Kopf und ziehe die Nase hoch. »Nein, Dad, Sue Anne. Ihr seid so lieb. Aber ich meinte eigentlich ... ich möchte zurück nach Australien. Es tut mir leid. Ich möchte euch wirklich nicht Weihnachten versauen. Aber ich halte das nicht aus. Ich sehe ihn an jeder Ecke. Und jetzt, wo auch noch die Wallabys weg sind ... Wenn ich daran denke, dass sie in irgendeinem Quarantänecontainer auf ihren Weitertransport warten ...« Der Rest des Satzes geht in meinem eigenen Schluchzen unter.

»Wann willst du denn fliegen?«, fragt Sue Anne verstört.

»Morgen?«, schluchze ich.

»Morgen ist Heiligabend!«

»Ich weiß«, heule ich.

Eine halbe Stunde später fange ich an zu packen. Meine Jogging-hose und mein blauer Sweater sind nirgends zu finden.

Wieder stockt mir der Atem, als ich an den Weihnachtsmarkt in Balloch Castle zurückdenke. An unseren Streit. Es ging schon mit einem Streit los. Ich sehe ihn vor mir, seine Miene wie ein begossener Pudel. Wie er mir die Puzzles nachgetragen hat und ich sie doch wieder vergessen habe. Genau wie meinen Schal nach der blödsinnigen Eierschlacht von Eddie. – *Eier sind gut für die Haare. – Ist das so?* Ich muss lächeln.

Aber ich schüttle die Bilder und das wehmütige Gefühl ab wie lästige Spinnweben.

Wahrscheinlich habe ich die Sachen in Dads Häuschen liegen lassen. Minutenlang starre ich auf den Koffer, als könnte er mir sagen, was ich tun soll. Dann raffe ich mich auf und beschließe, noch einmal hinzufahren. Ich habe schon so viel geschafft, der Abschied von einem alten, unbeheizten Haus kann ja wohl nicht so schwer sein.

Es sei denn natürlich, da würde eine in sich zusammengesunkene Gestalt auf der Türschwelle hocken. Zuerst denke ich, es wäre ein Obdachloser, der Schutz vor dem einsetzenden Schneefall ge-sucht hat.

»Oh Shit«, sagt Sue Anne, die hinterm Lenkrad sitzt, und schaltet den Motor aus. Dadurch bleiben allerdings auch die Scheibenwischer stehen.

Zögernd fasse ich nach dem Türgriff. Das Bündel Mensch be-wegt sich nicht.

»Warte. Ich komme mit.« Sie schnallt sich ab, aber ich be-deute ihr mit der Hand, sitzen zu bleiben.

»Nicht nötig. Das ist ...«

Die Person hebt ihren Kopf, und nun erkennt Sue Anne ihn auch.

»... Marc«, beendet sie meinen Satz.

Ich schnalle mich ab, aber ich lasse den Gurt nicht los. Marc steht auf. Er streicht sich Schnee von den Schultern und der Hose. Seine Bewegungen sehen müde aus. Er zittert. Der Himmel weiß, wie lange er da schon gesessen hat. Es zerreißt mir das Herz. Wie bekloppt muss man sein? Aber ...

»Ich kann das doch nicht«, sage ich und fange wieder an zu weinen. »Ich kann da nicht reingehen, und ich kann nicht mit ihm reden. Können wir bitte zurückfahren?«

»Carrie, meinst du nicht ...?« Sue Anne sieht mich betroffen an.

»Bitte«, sage ich nahezu stimmlos. »Ich halte es nicht aus. Es ist zu viel. Bitte, bring mich hier weg ... Aber kannst du zuerst kurz nachsehen, ob er in Ordnung ist?«

Sie seufzt und starrt einen Moment lang durch das Weiß der Windschutzscheibe, die allmählich schneeflockenflockenblind wird. »Okay«, sagt sie schließlich und nickt. »Warte eine Sekunde.« Dann streckt sie ihre Hand aus. »Gib mir den Hausschlüssel.«

»Wozu?«

»Na, wenn ich schon da rausgehe, kann ich auch deinen Sweater und diese unmögliche Jogginghose holen. Vielleicht vergesse ich die aber auch. Und dann musst du doch noch bleiben. Mal sehen.«

EIN TAG BIS WEIHNACHTEN – HEILIGABEND

MARC

Die Kirchturmglocken läuten. Mitternacht. Damit ist jetzt offiziell Heiligabend. Irgendwie lässt mich das auf ein Wunder hoffen. Aber Sues Blick sieht nicht danach aus. Sie kommt langsam auf mich zu. »Sie will nicht mit dir reden, Marc. Es tut mir leid.«

Ich nicke steif. Ich spüre meine Zehen und die Finger nicht mehr.

Unschlüssig bleibt sie vor mir stehen. »Bist du so weit in Ordnung? Kann ich irgendwas tun?« Sie hat die Hände in den Taschen vergraben.

»Hat sie meine Nachrichten abgehört?« Ich sehe an Sue vorbei zur Straße. Carrie sitzt unbeweglich im Wagen. Sie blickt stur geradeaus, obwohl die Windschutzscheibe bereits komplett zugeschneit ist, das Kinn stolz gereckt. Da ist sie wieder, die unnahbare Eiskönigin in ihrem weißen Element.

»... Nein, mit Sicherheit nicht«, gebe ich mir selbst die Antwort. Meine Lippen sind so kalt, dass ich nur undeutlich sprechen kann. Sue muss glauben, dass ich etwas getrunken habe. »Egal. Würdest du ihr bitte sagen ... Ich weiß einen Weg für die Wallabys. Es wird alles gut.«

»Hör auf damit. Sie will zurück nach Australien«, bricht es aus ihr heraus. »Morgen schon. Da gibt's massenhaft Kängurus. Du hast uns Weihnachten versaut, Marc. Passiert das jetzt alle sieben Jahre? Und wohin soll sie als Nächstes flüchten? Auf den Mond?« Ihr Kinn zittert.

»Sie läuft also wieder weg. Und die Wallabys sind ihr egal? Hat sie das wirklich gesagt? Kannst du nicht mit ihr ...«

»Vielleicht flieht sie, weil sie keinen Ausweg aus ihrer komplizierten Gefühlswelt weiß«, unterbricht mich Sue ungeduldig. »Ihr projiziert immer nur auf den anderen, was euch an euch selbst stört, statt *einmal* den Mut zu haben, tiefer in den Spiegel zu sehen und danach zu handeln. Bist du wirklich so blind? Wieso sagt ihr euch nie die Wahrheit? Und noch schlimmer – wieso gesteht ihr euch die selbst nicht ein? Ihr macht mich irre! Die Zwillinge verhalten sich reifer als ihr.«

Sie wendet sich zum Gehen, aber ich berühre ihren Arm. »Was ist denn die Wahrheit, deiner Meinung nach, Sue ... Anne?«

Sie zögert kurz, dann holt sie tief Luft. »Willst du das wirklich wissen? Ich sag's dir. Dass ihr *beide* eine Scheißpanik davor habt, euch mit allen Konsequenzen zu binden. Weil ihr euch so sehr liebt, dass ihr unendliche Angst davor habt, dass der jeweils andere eure Fehler entdecken könnte, wenn ihr euch ernsthaft öffnet. Weil ihr glaubt, dass ihr nicht gut genug füreinander seid oder dass ihr einander im Weg steht. Dabei leuchtet und strahlt ihr nie stärker als zusammen. Und das wisst ihr verdammt gut. Vielleicht habt ihr also in Wahrheit noch mehr Angst vor eurem Licht? Oder ihr habt die tiefe Überzeugung, dass man nicht beides haben kann? Keine Ahnung, erklär's mir! Ich habe noch nie zwei Menschen erlebt, die es so gut miteinander meinen, dass sie all den Schmerz der Welt allein auf sich nehmen wollen. Aber sie reden nicht! Warum, zur Hölle, ist das so schwer, hmm? Ihr seid wie das arme Ehepaar in dieser alten Kurzgeschichte: Du schenkst ihr einen goldenen Kamm für ihre Haare. Aber sie hat die längst verkauft, damit du eine bescheuerte Kette für die Taschenuhr bekommst, mit der du diesen Kamm bezahlt hast, den sie nun nicht mehr brauchen kann.«

»Wir können die Wallabys retten«, versuche ich es noch einmal. »Tony ...«

Sue schnaubt. Ihre Nasenflügel beben. »Hör auf mit diesen dämlichen Kängurus, die haben genug Unheil in unsere Familie gebracht. Ich geh jetzt da rein und hole eine bescheuerte Jogginghose und einen Sweater. Dann fahren wir wieder. Sie will morgen früh in diesen Flieger steigen. Und ich weiß nicht, wie ich das verhindern soll. Mach was, Marc Stewart, oder verschwinde. Du hast einen Arsch in der Hose. Wieso kämpfst du nicht um Carrie, wenn sie dir so viel bedeutet? Ist so was unmodern geworden?«

Damit lässt sie mich stehen. Verdattert sehe ich ihr nach, bis sie die Tür von Henrys Häuschen hinter sich zuknallt. Sue hat noch nie so viel mit mir geredet. Am Stück noch dazu. Selbst wenn man die ganzen Schimpfwörter abzieht.

Als ich mich zum Auto wende, steht Carrie in der offenen Wagentür. Es schneit jetzt so heftig, dass sie gegen die Flocken anblinzeln muss. »Was ist mit den Wallabys?«, fragt sie zitternd. Das ist nicht mehr die Eiskönigin, eher eine Eisprinzessin, und ihre Stimme klingt zerbrechlich wie Glas. Ich würde so gern einfach auf sie zustürmen, sie an mich reißen und für immer festhalten. Aber Sue Anne hat recht. Ich habe wohl tatsächlich Angst. Ich war ein Idiot. Und ich bin es immer noch.

»Es geht ihnen gut. Sie sind in Sicherheit. Ich habe gekündigt. Es war doch so einfach. Ich kann ... ist ja auch egal. Es tut mir leid.«

Damit drehe ich mich um und gehe die Straße hinunter.

»Marc!«, ruft sie mir nach.

Ich straffe die Schultern. »Was?« In Zeitlupe blicke ich zurück.

»Ich ... mir tut es auch leid ... Alles. Sehr sogar. Können wir ... würdest du mich später zum Flughafen bringen? Um neun?«

CARRIE

»Und wenn er nicht kommt?« Sue Anne widmet mir einen dieser strengen Mütterblicke, mit denen sie Sean und Mel davon abhält, auch noch den zwanzigsten Weihnachtskeks zu mopsen.

»Dann fährt mich Mike. Ich habe genug Zeit eingeplant.«

Es ist nicht mal halb neun durch, und meine Augen brennen immer noch von der ganzen Heulerei der letzten Tage. Oder schon wieder. Ich hasse Abschiede. Ich versaue meiner Familie Weihnachten. Ich versaue mir selbst Weihnachten. Dabei liebe ich dieses Fest. Immer noch. Tief in mir drinnen.

Ich habe die halbe Nacht wach gelegen und darüber nachgegrübelt, was Sue Anne gesagt hat. Ich habe jedes Wort ihrer flammenden Rede gehört. Dads kleines Auto ist nicht gerade schallgedämmt, und sie hat sich keine Mühe gegeben, leise zu sprechen. Es gibt da dieses Gedicht von Marianne Williamson. »Unsere tiefste Angst.«

»Wenn wir unser eigenes Licht erstrahlen lassen, geben wir unbewusst anderen Menschen die Erlaubnis, dasselbe zu tun. Wenn wir uns von unserer eigenen Angst befreit haben, befreit unsere Gegenwart andere ganz von selbst«, heißt es darin.

Marc hat gesagt, dass die Wallabys sicher sind. Ich muss wissen, wohin sie gebracht wurden. Tony bin ich es zumindest schuldig, ihn anzuhören, oder nicht? Er hat tatsächlich seinen Job hingeschmissen, der verrückte Kerl. Aber das war dumm, oder?

Es bringt doch gar nichts. Das hat er selbst gesagt. Ich bin es Marc schuldig, ihm zuzuhören – und mir auch. Vielleicht können wir ja wenigstens ein bisschen was kitten.

Es klingelt.

»Da hat's aber jemand eilig, dich außer Landes zu bringen«, unkt Mike und kassiert einen Knuff von Sue Anne.

Ich schlucke und sehe Dad an. Merlin streicht mir um die Beine und maunzt. Die Kinder streiten sich im Wohnzimmer um irgendein Legoteil.

»Willst du es dir nicht noch mal überlegen?«, fragt meine Schwester.

Ich schüttle den Kopf.

»Bist du dir sicher?«, fragt Dad.

Ich schüttle noch einmal den Kopf und nehme nacheinander alle in den Arm. Mike, meine Schwester, meinen Vater. Die Zwillinge lasse ich weiterspielen. Nein, ich bin mir überhaupt nicht sicher.

Ich räuspere den Knoten in meiner Stimme weg. Dann hebe ich das Kinn und greife nach meinem Rucksack und der Tasche. »Ich hab euch lieb. Frohe Weihnachten«, bringe ich krächzend heraus.

Ich drehe mich nicht mehr um, als ich das Haus verlasse.

Marc nimmt mir das Gepäck ab und legt es in den Kofferraum.

Wir sagen kein Wort, bis wir eingestiegen sind. Keiner von uns weiß so richtig, wie er anfangen soll. Alles, was ich mir zurechtgelegt habe, kommt mir albern und dumm vor.

Marc greift zum Zündschlüssel, doch bevor er den Wagen anlässt, bricht er das Schweigen.

»Ich fühle mich schuldig, wenn ich dir schon wieder Weihnachten versaue. Ich möchte dir nur etwas zeigen. Wenn es dir nicht gefällt, bringe ich dich sofort zum Flughafen. Du wirst nicht zu spät kommen. Es ist nur ein kleiner Umweg. Bitte. Es geht um Tony.«

Ich sehe ihn nur an und frage mich dabei, ob es heute das letzte Mal sein wird. Ich versuche, mir alles einzuprägen. Seine Lippen, seine Augen, seine Nase, die Haare, seinen Geruch, die Hände. Ich muss die Augen schließen. »Okay«, flüstere ich.

»Okay?«

Ich nicke.

»Okay«, wiederholt er beinahe aufgekratzt und startet den Motor.

Ich sauge die Landschaft in mich auf, als wir langsam über den Schnee rollen. Schottland im Winter. Es hat ein frisches, weißes Kleid für mich angezogen, so kommt es mir vor. Auf den Baumspitzen, auf allen Ästen und Zweigen, sogar auf den Schafzäunen am Straßenrand liegt Neuschnee. Wir biegen in einen Feldweg ab. Es holpert so stark, dass ich ein paarmal gegen Marc gedrückt werde. Normalerweise würde meine Hand auf seinem Oberschenkel liegen. Jetzt halte ich mich am Türgriff fest.

»Wir sind da«, sagt er plötzlich, gerade als ich meine, keine Luft mehr zu bekommen, weil mich der Schmerz von innen heraus zerreißt. »Den Rest müssen wir zu Fuß gehen.«

Er steigt aus und kommt um den Wagen herum, um mir die Tür zu öffnen.

Wir sind am Ende einer Sackgasse angelangt. Vor uns versperrt eine rostige Kette den Weg. »Privatgrundstück, keine Durchfahrt. Zuwiderhandlungen bla, bla.« Ich lese nicht weiter. Weiter vorn schimmern Wasser und Eis durch die Bäume. Es scheint der Ausläufer einer Halbinsel zu sein. Der See ist hier ein Stück weit zugefroren.

»Das ist schon in Ordnung«, sagt er und reicht mir eine Hand, damit wir beide drüberklettern können. Er lächelt unsicher. Als ob seine Augen sich nicht trauen, ihre ganze Leuchtkraft zu zeigen. Es versetzt mir einen Stich, und ich muss wieder an dieses Gedicht denken.

»Marc, ich möchte dir etwas sagen ...«

»Warte bitte. Ich zuerst.« Er atmet tief durch und zeigt nach vorn. »Das Grundstück hier hat ungefähr sieben Hektar. Alter Baumbestand, Wiesen, Blaubeeren, Brombeeren. Es ist teilweise Vogelschutzgebiet und gehört zu dem Teil des Nationalparks, der nicht bejagt oder ohne Weiteres betreten werden darf. Auch nicht bebaut – es sei denn, man hätte eine Ausnahmegenehmigung für ein Gebäude, das der Allgemeinheit dient. Und eine Sponsorin, die einem das fehlende Geld dafür aufdrängt. Man darf nie seine Träume aufgeben.« Er grinst verstohlen.

»Worauf willst du hinaus?«, frage ich.

»Ich hatte gestern einen Anruf von Lady Ava Bethany Fairfax Gray.«

»Moment, ist das nicht die Enkelin der verstorbenen Gräfin?«

»Genau die«, sagt Marc, und das Strahlen in seinen Augen wird heller. »Ich habe ihr Grundstück für neunundneunzig Jahre gepachtet. Sie überlässt mir Blueberry Haven – mit ein paar ziemlich hanebüchenen Auflagen allerdings. Sie ist ein bisschen exzentrisch, fast so sehr wie ihre Großmutter, würde ich sagen.«

»Oje, klingt schwierig. Was für Auflagen? Und warum erzählst du mir das alles?«

»Ich wollte, dass du das hier mit deinen eigenen Augen siehst.« Er hält einen kleinen Schlüssel hoch.

»Was ist das?«, frage ich aufgewühlt.

»Der Schlüssel für das alte Fasanengehege da unten. Wir – also ich – müssen zuerst noch den Zaun rund um das Grundstück reparieren. Das Gelände hier ist zwar nach drei Seiten vom See umgeben. Aber ich möchte verhindern, dass sie ausbüxen und durch Luss hüpfen.«

»Wer?« Mein Herz klopft verräterisch.

»Tony und seine Freunde. Sie sind hier. Wir haben nur auf dich gewartet. Ich habe dir Weihnachten mit Tony versprochen. Und was ich verspreche, das halte ich.«

Mir wird schwindelig. Ich kann es nicht glauben. »Sie sind hier?«, wiederhole ich heiser.

Er lächelt und weist mit dem Kinn in Richtung Ufer. »Da unten. Ava Bethanys ausdrückliche Bedingung für den Pachtvertrag war, in Blueberry Haven die Tiere zu halten, die ich gestern aus der Quarantäne in Glasgow heraus einem Tierpark in der Nähe von Swansea abgekauft habe, bevor sie nach Wales gekarrt worden wären.«

»Du hast ... und NatureScot?«, frage ich atemlos.

»Das ist der Haken an der Sache«, sagt Marc bedauernd.

»Was? Was wollen sie diesmal?«

»Na ja. Ich bin Architekt. Was ich auf meinem Privatgrundstück mache, geht niemanden etwas an. Für die Haltung von Wallabys möchten sie aber nach all dem Presserummel unbedingt einen Nachweis meiner Sachkunde sehen. Ich könnte das natürlich bewerkstelligen, aber ich dachte, es wäre ja einfacher, wenn ich ...«

»Ja!«, unterbreche ich ihn.

»Was ja?«

»Ich übernehme den Job. Du wolltest mich doch eben fragen, ob ich hier als Tierpflegerin anheuern würde, oder?«

»Ich wollte dir sogar die Revierleitung antragen, oder wie immer das heißt. Aber ich habe noch nie jemanden abgeworben und weiß nicht, ob ich dein Gehalt ... was hast du denn in Sydney zuletzt verdient?« Er kratzt sich unter der Mütze. Seine Mundwinkel zucken.

Aber da fliege ich ihm bereits um den Hals und küsse ihn so stürmisch, dass wir rücklings beide im frischen Schnee landen.

»Du verpasst deinen Flieger nach Australien«, sagt er irgendwann etwas außer Atem.

»Tu ich nicht«, gestehe ich. »Ich hatte umgebucht auf Anfang Januar. Die Last-Minute-Stornierung wäre so teuer geworden, dass ich dachte, dann fliege ich eben für ein paar Tage nach Mallorca, um auf andere Gedanken zu kommen.«

»Mallorca? Zu Weihnachten? Allein? Dafür lässt du deine Familie im Stich?«

Ich schiebe meine Mütze zurecht. »Ja. Ganz blöde Idee, oder? Da siehst du, wozu du mich treibst. Also gut. Ich bleibe. Die paar Pfund kann ich verschmerzen. Oder vielleicht erstattet sie mir mein neuer Arbeitgeber sogar. Als Weihnachtsgratifikation.«

»Auf Vorschuss?«

»Ich bin eine gesuchte Fachkraft – bis nach Ozeanien! Willst du mich nun haben oder nicht?«

»Mehr als alles auf der Welt.«

Wir küssen uns wieder.

»Und was wolltest du mir sagen?«

»Dass ich mir wünsche, dass wir es hinbekommen. Dass wir es noch einmal miteinander versuchen. Nicht weil ich Angst habe, dass ich mir sonst Katzen zulegen müsste .. «

»Da würde Merlin auch schön eifersüchtig werden«, kommentiert Marc schmunzelnd.

»... sondern weil du die Liebe meines Lebens bist. Und weil wir nicht alle sieben Jahre voreinander weglaufen können, nur weil wir zu doof sind, miteinander zu reden. Ich will dir keine Taschenuhrkette kaufen. Ich will dein Licht scheinen sehen. Und meins. Diesmal kriege ich es hin. Diesmal werden meine Ängste nicht die Oberhand behalten. Liebe ist stärker, oder? Das sagst du doch immer. Also? Verzeihst du mir?«

Marc starrt mich an. Er hat vermutlich nicht einmal die Hälfte von dem verstanden, was ich da eben vom Stapel gelassen habe. Oder vielleicht auch doch.

»Ich liebe dich«, sagt er einfach nur. »Und meine Hose ist nass und eiskalt. Können wir jetzt bitte die Wallabys füttern und dann nach Hause fahren, uns umziehen und gemeinsam Weihnachten feiern? Ich habe mich gestern schon verkühlt.«

»Wie du wünschst, Boss.«

EPILOG
SIEBEN TAGE NACH WEIHNACHTEN: HOGMANAY

CARRIE

»... We'll drink a cup of kindness yet, for the sake of auld lang syne!«

Die Kirchenglocken läuten, als wir die letzten Zeilen singen und auch unten im Dorf die Schlussakkorde verklingen.

»Frohes neues Jahr!«, sage ich zärtlich und küsse Marc. Danach ist meine Familie dran.

Es ist kurz nach Mitternacht. Im Nachthimmel über uns zischen Raketen. Unten an der Straße zündet die Dorfjugend johlend Böller, um die Schatten des vergangenen Jahres endgültig zu vertreiben und das neue zu begrüßen. Sie werden übertönt von den Dudelsackpfeifern, die sich wie jedes Jahr auf dem Marktplatz formiert haben. Punkt zwölf haben sie »Auld Lang Syne« angestimmt, jetzt versuchen sie sich an »Raise Your Glas« von Pink.

»Gar nicht mal schlecht«, findet Sue Anne und wiegt sich im Takt.

Wir stehen alle zusammen auf dem Balkon meiner Schwester. Dieses Jahr feiert die ganze Familie gemeinsam bei ihr und Mike – und Dad, oben in Tarbet. Die Zwillinge schlafen schon. Ihnen sind bereits während des Essens die Augen zugefallen..

»›Wild Rover‹ fänd ich jetzt schöner«, meint Mike. »Oder ›Braveheart‹ von den Munros ...« Dann fängt er Sue Annes vernichtenden Blick auf und duckt sich, als ob er darunter wegtauchen könnte. »Ich seh mal nach den Kindern.« Er schiebt sich entschuldigend an Dad vorbei ins Haus.

Der Fackelschein des traditionellen Umzugs durchs Dorf dringt bis zu uns herauf. »Wollen wir einen Spaziergang machen und es uns ansehen?«, frage ich Marc, der mich mit seinem Arm um meine Schultern wärmt.

Er sieht die Straße hinunter und verspannt sich etwas. »Gib mir noch einen Moment, ja?«

»Na klar, kein Problem.« Ich nippe an meinem Sekt und blicke ins Tal hinunter. Wenn ich fest die Augen zusammenkneife, kann ich ganz weit hinten den schwarzen Spiegel des Loch Lomond im Mondlicht glitzern sehen. Bis zum heutigen Abend hatte ich nicht so ganz verstanden, wieso meine Schwester und Mike sich damals für diesen Neubau entschieden haben, dessen Zimmer auf der einen Seite in einem anderen Stockwerk sind als auf der anderen. Inzwischen begreife ich den Charme dieser Wohnung, die halb in die Hügel gebaut ist, auch wenn das bedeutet, dass sie ein wenig außerhalb vom Ortskern ist. Und der alberne Fahrstuhl von der Einliegerwohnung im Souterrain bis ganz nach oben – im Ernst, wer hat einen Fahrstuhl *in* seiner Wohnung? – erweist sich jetzt natürlich als superpraktisch für Dad.

Mir tut es superleid um Dads altes Häuschen. Er wirkt momentan nicht so, als hätte er vor, in nächster Zeit dorthin zurückzukehren. Aber wer weiß schon, was das neue Jahr bringen wird. Vielleicht ziehe ich irgendwann dort ein? Mit Marc? Ich will nichts überstürzen und Marc unter Druck setzen, nach all den Schwierigkeiten, die wir durchlaufen haben. Ich weiß, dass es keine Garantien geben kann. Aber nach den Herausforderungen, die wir bis hierher gemeistert haben – durch unser verflixtes siebtes Jahr hindurch –, sehe ich ziemlich positiv in die Zukunft. Wir gehen es langsam an. Wenn alles gut läuft, dann werde ich nur noch ein paar Wochen meine Nachfolgerin im Zoo einarbeiten und die Wohnung in Sydney auflösen. Das dauert nicht lang. Ich bin mit kleinem Gepäck gereist.

In mich hineinlächelnd spiele ich mit dem Kettenanhänger herum, den Marc mir nachträglich zu Weihnachten geschenkt hat. Es ist ein maßstabsgetreu verkleinerter, silberner Pfotenabdruck eines Wallabys. Marc schwört, dass er von Tony stammt.

Ein Sportwagen kommt hupend und blinkend den Hügel herauf.

»Da sind sie ja, na endlich! Moment!« Marc löst sich von mir und nimmt mit sportlichem Sprung übers Geländer die Abkürzung über die Böschung bis zur Straße.

Eine erstaunliche Menge Menschen schält sich aus dem roten Jeep. Fanny reckt und dehnt sich und schimpft lachend mit dem Fahrer, der kein anderer ist als …

»Darren! Frohes neues Jahr!«, rufe ich über das Balkongeländer hinunter.

»Happy New Year, Sweetheart!«, ruft Darren übermütig zurück und winkt mit einer Sektflasche.

Hinten steigen Fiona und ihre Partnerin Sally aus. Sie schleppt den tief und fest schlafenden Olli.

Baxter, Fionas älterer Sohn, trägt stolz eine Tüte mit Raketen. »Mum hat gesagt, wir feuern die zusammen ab.«

Marc legt ihm eine Hand auf die Schulter. »Machen wir auch, Kumpel. Gib mir eine halbe Stunde, dann lassen wir es krachen, okay?« Er umarmt alle nur flüchtig und verschwindet mit dem halben Oberkörper im Kofferraum. Fanny eilt ihm helfend zur Seite.

»Ich wurde für ein First Footing herbestellt!«, bringt sich Darren in Erinnerung und baut sich vor der kleinen Delegation auf. »Mein ehemaliger Chef hier hat mich um Hilfe angefleht. Offenbar kann er nicht abliefern, weil er den ganzen Abend mit euch gefeiert hat. Ist das so? Wen darf ich denn zuerst küssen? Dunkelhaarige Männer bringen Glück, sagt man.«

»Da bist du falsch informiert. Wir wollen nur deine Kohle«, erwidere ich lachend.

»Hab ich auch dabei!« Grinsend zieht er einen Gefrierbeutel mit Grillkohle und einen Flachmann aus seiner Jackentasche und winkt damit nach oben. »And a wee dram!«

»Na, dann hole ich wohl mal neue Gläser«, erklärt Mike und geht nach drinnen.

»Kultur, Kollege«, sagt Marc unten lachend und reicht Darren ein kleines Tablett, auf dem bei jedem Schritt kleine Gläschen und eine Phiole Salz klimpern. Fanny übernimmt von ihm eine Kuchenform, die mir ziemlich bekannt vorkommt.

»Dein Black Bun!«, kreische ich. »Du hast ja doch dran gedacht!«

Marc räuspert sich verschmitzt.

»Er hat niemanden in die Küche gelassen, als er die Früchtebrotfüllung vorbereitet hat«, behauptet Fiona. »Macht ein Riesengeheimnis draus, und dann vergisst er das Ding nach dem Backen im Ofen. Typisch!«

»Wir haben gestern noch Shortbread gebacken«, ruft Baxter. »So haben wir's gemerkt. Aber keine Garantie, ob sie schmecken!«

»Na, dann kommt rein, alle zusammen! Wartet, ich mach die Tür auf«, ruft Sue Anne fröhlich. »Ich liebe spontane Partys!«

»Muss ich jetzt irgendwas Besonderes sagen, oder so? Ich kenne mich mit diesem Highlander-Brauchtum nicht aus«, sagt Darren.

»Du gehst einfach als Erster rein. Ein dunkelhaariger Fremder als erster Gast des neuen Jahres, mit Kohle, Whisky und Shortbread dabei – das verheißt Wärme und gut gefüllte Mägen für das kommende Jahr. Sei einfach nur charmant wie immer«, sagt Marc lachend.

»Und passt auf, dass Merlin nicht nach draußen entwischt«, bittet Dad. »Ich will nicht, dass er sich erschreckt bei all dem

Lärm draußen heute Nacht! Er kennt sich hier noch nicht gut genug aus.«

Marc macht sich ein weiteres Mal am Kofferraum zu schaffen. Er holt etwas Großes vom Rücksitz, das er unter einer Decke versteckt hält. Aber da zieht mich Dad in die Wohnung, um unseren Besuch samt Kohle, Whisky, Raketen und schlafenden Kindern an der Haustür zu empfangen.

Eine Viertelstunde später sind endlich alle genügend abgeknutscht und mit Getränken beziehungsweise einem Handyspiel versorgt und haben sich im Wohnzimmer verteilt.

Marc zieht mich unauffällig auffällig in eine Zimmerecke und lässt mich das Geheimnis unter der Decke lüften.

»Was ist das?«, frage ich entzückt und versuche, jedes Detail dieses wunderbaren Miniaturhauses mit Augen und Fingerspitzen zu erfassen. Das Modell basiert eindeutig auf dem Inselhaus der Gräfin. Es ist genau so, wie ich es in Erinnerung habe, nur nicht so heruntergekommen, sondern heil und unversehrt. Die unbehauene, rustikale Treppe, die Außenwände aus ganzen Holzstämmen, das große Panoramafenster zum See hinaus, sogar an die Rhododendren hinter dem Haus hat er gedacht, und an die windschiefe Wetterfahne auf dem Dach, die vor sehr langer Zeit abgestürzt ist. »Wann hast du das gemacht?«

»Begonnen habe ich damit schon vor vielen Jahren. Ich wollte es dir geben, als … Du hattest recht. Mit fast allem.«

»Fast?«, unterbreche ich ihn schmunzelnd.

Er lächelt, und ich versinke in seinen tiefblauen Augen und vergesse all die Menschen um uns herum.

»Vielleicht ist Weihnachten wirklich nicht die beste Zeit für uns. Deswegen habe ich bis heute Abend gewartet. Hogmanay können wir besser, oder?«

»Ich hoffe es zumindest.«

Er nickt mit dem Kinn in Richtung des Modells. »Man kann das Dach abnehmen, weißt du?«

Aus dem Augenwinkel nehme ich wahr, wie Dad, Sue Anne, Darren und Fanny, Fiona und ihre Partnerin sich im Hintergrund um uns scharen. Jemand regelt die Musik herunter.

Fragend sehe ich Marc an. »Was wird das?«

»Das entscheidest du allein«, sagt er so leise, dass ich es ihm beinahe von den Lippen lesen muss.

Behutsam greife ich unter das Dach und hebe es hoch. Marc nimmt mir das Bauteil ab und legt es zur Seite.

Ich unterdrücke ein Quietschen. Drinnen hat er den großen Wohnraum perfekt nachgebaut. Den offenen Kamin, den gedeckten Tisch – sogar den Eintopf, winzige Teller und Gläser hat er daraufgeklebt. Es wirkt, als hätten wir eben noch dort gesessen. Unsere Jacken hängen in Miniaturform an den Stuhllehnen, eine Nachbildung der karierten Wolldecke liegt auf dem Fußboden daneben. Ich spüre, wie mir die Hitze ins Gesicht schießt, als ich mich daran erinnere, wie wir das Mahl dort ein paar Tage vor Weihnachten abgeschlossen haben.

Nur der Weihnachtsbaum, umringt von kleinen Pappschachteln und Geschenkboxen in allen Größen, stand in jeder Nacht nicht dort.

Ein Pfeil mit einer kleinen Zettelbotschaft fällt mir ins Auge. »Wenn es dir zu früh ist, öffne nicht diese Box«, steht darauf.

»Dann sagst du einfach, Hurra – es ist ein Upgrade für die Businessclass auf meinem Flug nach Sydney«, ergänzt Marc heiser. »In dem Fall musst du allerdings damit rechnen, dass ich mitkomme. Aber vielleicht interessiert es dich in jedem Fall, dass wir die Baugenehmigung für diesen Grundriss und Blueberry Haven bekommen haben. Unter der Voraussetzung, dass es ein ökologisches Besucherzentrum im Namen und in Erinnerung an die Gräfin wird. Ava Bethany hat mich vorhin angerufen. Wir haben grünes Licht für unseren Traum.«

Sprachlos sehe ich von ihm zurück zu dem Blockhaus.

Der Pfeil am Weihnachtsbaum weist auf das größte unter den

liebevoll gebastelten Päckchen. Es hat ungefähr die Größe einer Schmuckschachtel, in die ein Ring hinein passen würde.

Das Herz schlägt mir bis zum Hals.

Ich habe kein Pokerface. Als ich mich zu meiner Familie umdrehe, verrät mich ein Grinsen, das von hier bis Glasgow reicht.

»Dann hol ich mal 'ne Flasche Sekt«, sagt Mike. »Oder nicht?«

Sue Anne knufft ihn in die Seite. »Nun drängle doch nicht so!«

»Aua!« Beleidigt reibt er sich über die Rippen.

»Nein«, sage ich strahlend. »Es ist keineswegs zu früh. Es ist eigentlich seit sieben Jahren überfällig. Auf die Knie, mein Ritter! Ich will das volle Programm. Und morgen erzählen wir's den Wallabys und feiern noch mal Weihnachten mit Tony. Ein größeres Geschenk kann ich mir nicht vorstellen.«

»Oh, apropos. Du musst mir da mal was erklären, Frau Zoodirektor.« Er tastet suchend über seine Gesäßtaschen. Dann durchforstet er seine Jackentasche und sieht sich im Raum um.

»Handy weg?«, frage ich amüsiert, weil er so verloren dreinblickt.

Er nickt.

»Baxy«, rufe ich nach Fionas Sohn. »Kannst du uns zufällig helfen?«

Baxters Kopf taucht hinter der Sofalehne auf. »Menno.« Mit vorgeschobener Schmolllippe händigt er Marc das Telefon aus, auf dem noch die Jahrmarktsmusik irgendeines Videospiels scheppert.

Grinsend schließt Marc das Fenster und scrollt durch seine Fotogalerie. Mit verschmitztem Gesichtsausdruck öffnet er ein kleines Video. »Ich glaube, Tony hat uns was verheimlicht. Oder was sagst du?«

Das Filmchen zeigt Tony, der in der für Wallabys typischen, halb liegenden Sitzposition auf seinem Schwanz ruht und chillend wiederkäut. Zwischendurch kratzt er sich, ein bisschen grüner Sabber fliegt ihm aus dem Mäulchen. Alles im Rahmen.

»Ich kann nichts Auffälliges bemerken. Es ist normal, dass sie ab und zu beim Hochwürgen spucken. Das weißt du doch?« Fragend sehe ich ihn an.

»Guck weiter«, sagt Marc und zoomt grinsend ein wenig hinein.

Mein Blick fällt auf den Bauch des Wallabys. Zuerst erschrecke ich gehörig. Was rumpelt denn da? Sind das Kolikanzeichen? War der Stress des Umzugs zu viel? Die Umstellung auf das Gehege, in das sie für die Übergangsphase eingezogen sind? Doch dann – ganz kurz nur – ist da etwas zu sehen, was überhaupt nicht da sein dürfte, und schon gar nicht an Neujahr.

»Kannst du noch mal zurückspulen?«, bitte ich heiser.

»Klar!« Marcs Augen strahlen.

»Was ist denn?« Neugierig kommen Baxter und Dad dazu.

»Das glaub ich nicht. Wieso haben wir das nie bemerkt? Wie peinlich!« Meine Hände zittern ein wenig, als ich den Bildausschnitt vergrößere und einen Screenshot davon mache.

»Was ist denn?«, will jetzt auch Sue Anne wissen und nippt an ihrem Sektglas.

Marc lacht. »All die Jahre waren wir so felsenfest davon überzeugt, dass Tony ein Bock ist. Dass er einfach nur wegen seines Unfalls ein bisschen kleiner geblieben ist und das zweite Männchen ihn deswegen in seinem Revier toleriert.«

»Und ist er nicht?«, fragt Mike.

Ich schüttle den Kopf und wische mir lachend ein paar Freudentränen weg. »Entschuldigt, ich habe heute ein bisschen nah am Wasser gebaut. Ich glaube, wir müssen uns an ein neues Pronomen für Tony gewöhnen. Hier, guckt euch das an.« Ich zeige das Standbild in die Runde. Ein bisschen unscharf, aber sehr eindeutig, steckt da ein rosafarbenes Schnäuzchen seine Nase an die Luft.

»Tony ist ein Mädchen! Und sie ist Mama!«

»Frohes neues Jahr«, sagt Marc leise. »Happy Hogmanay!«

Dem kann ich nur aus vollem Herzen zustimmen. Und dann küssen wir uns.

Lange.

ENDE

WEIHNACHTLICHE SCHOTTISCHE REZEPTE

Mulled Wine – schottischer Glühwein

Basis ist ein fruchtiger, eher trockener Rot- oder Weißwein in gewünschter Menge. Diesen zusammen mit dem Saft von ein bis zwei frisch gepressten Orangen, einer Zitrone, einer Tasse Apfelsaft, und je nach Geschmack einer Stange Zimt, Sternanis, Nelken, etwas Kardamom, klein geschnittenem Ingwer, Fenchelsamen und einer Prise Muskat bis kurz vor den Siedepunkt bringen (nicht kochen!). Mindestens zwanzig Minuten bei schwacher Hitze ziehen lassen oder alternativ über Nacht zugedeckt stehen lassen. Danach abseihen und möglichst heiß servieren.

Mince Pies

Für die Füllung am besten schon zwei Wochen vor dem Backtag in gleichen Anteilen gehackte Nüsse und Mandeln sowie getrocknete Früchte (nach Vorliebe klein geschnittene Apfelstückchen, Rosinen, Korinthen, Cranberrys, Datteln, getrocknete Aprikosen ...), die Schale einer geriebenen Zitrone und einer Orange, Saft und Fruchtfleisch einer Zitrone, ⅓ Anteil Schmalz, ⅓ Anteil Rohzucker, 1 Teelöffel Zimt und 1 Teelöffel weihnachtliche Gewürze (Nelke, Muskat, Kardamom, Ingwer) in einer Pfanne aufkochen und so lange simmern lassen, bis Fett und Zucker sich aufgelöst haben. Abkühlen lassen, ¼ Anteil Whisky oder Brandy unterrühren, in ein sauberes Gefäß abfüllen und bis zum Backen im Kühlschrank aufbewahren.

Übrigens: Der Überlieferung nach darf die Bäckerin sich fürs neue Jahr etwas wünschen, wenn sie die Mischung im Uhrzeigersinn gerührt hat.

Teig: Aus 170 Gramm Mehl und 100 Gramm klein geschnittener, kalter Butter, einem gestrichenen Esslöffel Puderzucker und einem Eigelb mit der Hand einen Teig kneten. Bei Bedarf einen oder zwei Spritzer kaltes Wasser zugeben. Den Knetteig eine Viertelstunde kalt stellen.

Danach den Teig ausrollen und etwas größere Kreise für den Boden, etwas kleinere für die Deckel ausrollen und in Muffinförmchen geben – oder gut walnussgroße Teigkugeln in die eingefetteten Vertiefungen eines Muffinblechs drücken. Etwas Teig für die Deckel zurückhalten.

Je nach Größe der Pies einen Teelöffel bis maximal einen Esslöffel der Füllung in die Mitte geben.

Die Ränder mit etwas Milch oder Eiweiß bestreichen, mit einem Teigdeckel verschließen.

Backen: Etwa 20 Minuten bei 200 Grad.

Hot Toddy

Für dieses bewährte Hausmittel bei den ersten Anzeichen einer Erkältung lässt man in der klassischen Zubereitung ca. 600 ml Wasser mit 1 bis 2 Stangen Zimt, 4 bis 5 Sternanis und 6 bis 8 Nelken im zugedeckten Topf für eine Viertelstunde köcheln. Ein paar Minuten abkühlen lassen, abseihen, mit dem Saft einer frisch ausgepressten Zitrone aufgießen und mit Honig süßen. Unbedingt heiß trinken!

Variante: Wer mag, kann den Hot Toddy nach Feierabend auch mit 2 cl Whisky genießen oder mit Ingwerlikör aufpeppen. Tee geht natürlich auch.

Die Gewürze sind ebenfalls veränderbar: Köstlich und gesund sind beispielsweise eine Prise Muskat, ein Stückchen klein geschnittener Ingwer oder etwas Orangensaft.

Orange Cakes

Für den Teig 110 Gramm zimmerwarme, gesalzene Butter mit dem Handmixer etwa 3 Minuten cremig schlagen. Dabei langsam 140 Gramm Zucker und fast den ganzen Abrieb einer Bio-Orange dazugeben. Den Saft brauchen wir gleich noch.

Jetzt ein Ei mit hineinrühren, danach 250 Gramm gesiebtes Mehl und einen gehäuften Teelöffel Backpulver einarbeiten und so viel frisch ausgepressten Orangensaft dazugeben, bis ein glatter Teig entsteht.

Mit zwei Teelöffeln kleine Teigkleckse auf ein Blech mit Backpapier setzen.

Etwa 10 Minuten bei 180 Grad Umluft (nicht zu lange) backen.

Noch warm mit einer Glasur aus Puderzucker, dem restlichen Orangensaft und etwas Orangenschale bestreichen.

NACHWORT

Zum Hintergrund dieser Geschichte:

Wallabys in Schottland? Was hat sich Stella Lucas denn da ausgedacht? Alles Blödsinn? Nein, diese kleine Känguruart gab und gibt es tatsächlich auf der Insel Inchconnachan mitten im Loch Lomond. Nach dem Ende des Zweiten Weltkriegs siedelte die damalige Eigentümerin der Insel, Lady Fiona Gore, Gräfin Arran of Colquhoun, die Rotnackenkängurus dort an. Das Inselklima gleicht dem eigentlichen Habitat der Tiere in Australien und Tasmanien, und so gediehen sie, mit wenigen Rückschlägen, über die Jahrzehnte prächtig.

Sogar so prächtig, dass sie zwischendurch bejagt wurden, um den Bestand zu reduzieren.

Dennoch hing ihr Schicksal auch in der Realität eine ganze Zeit lang an seidenem Faden – so kam es zumindest in der Öffentlichkeit an.

Die Insel wurde acht Jahre nach dem Tod der Gräfin tatsächlich im Jahr 2021 verkauft, und auch im wirklichen Leben ging der Zuschlag nicht an die Umweltschützer, deren Einsatz mit Öffentlichkeitsarbeit und Crowdfunding mich zum Schauplatz und Rahmen dieser Geschichte inspiriert hat.

Ersteigert hat Inchconnachan ein wohlhabendes, in der britischen Öffentlichkeit bekanntes Ehepaar, das der invasiven Art nach zahlreichen Presseberichten eher skeptisch gegenüberstand. Gerüchte über ihre Pläne für die Insel und seine ungewöhnlichen Bewohner rissen lange nicht ab und befeuerten die Befürchtungen von Tierschützern. Die Naturliebhaber gingen auf die Barrikaden, um einen Abschuss oder eine Umsiedlung der Tiere ebenso zu verhindern wie die Bebauungspläne für eine großzügige Lodge und ein neues Bootshaus mitten im Nationalpark Loch Lomond & The Trossachs.

Eine Petition erreichte Tausende Unterschriften, bevor die Eheleute schließlich ein Statement veröffentlichten, in dem sie beteuerten, keine Pläne zur Umsiedlung oder Ausrottung der Wallabys zu haben.

So weit beruht die Inspiration für meinen Roman also auf wahren Begebenheiten.

Je mehr ich darüber las, desto mehr zitterte ich mit den Naturschützern um die Zukunft dieser wunderschönen Tiere. Gleichzeitig verstand ich auch die Interessen der neuen Besitzer und die Sorgen und Nöte der Naturschutzbehörde.

Es ist kompliziert – und ein Stoff, der mich förmlich anschrie, in Romanform erzählt zu werden.

Ich hatte sofort Bilder im Kopf. Und ich wollte, dass sie alle ein Happy End bekommen: die Tiere genau wie die Menschen, die derart für sie gekämpft hatten.

Und so begann ich, Fakten, Figuren und Fantasie miteinander zu verweben.

Ganz wichtig ist mir jedoch, das Folgende klarzustellen: Auch wenn der Verkauf der Insel, der Presserummel und selbst die Prämisse der Naturschutzbehörde, invasive Arten »klein zu halten«, auf wahren Begebenheiten basieren – die weitere Handlung meines Romans und sämtliche Figuren darin sind frei erfunden und fiktiv. Jede Ähnlichkeit mit lebenden oder verstorbenen Menschen – und Wallabys – wäre rein zufällig und ist keineswegs beabsichtigt. Darum blieb selbst die verstorbene Gräfin im Roman namenlos.

Und nun möchte ich von Herzen Danke sagen!

Ein immenses Dankeschön gilt zuerst Detlef Busse, dessen enormes Tierwissen aus über vierzig Jahren Zooarbeit ich selbst im wohlverdienten (Un-)Ruhestand jederzeit anzapfen darf und der mir einiges über Kängurus und Wallabys erklärt hat, was man nicht in Büchern findet, sondern nur aus Erfahrung und täglichem Erleben schöpft.

Vielen herzlichen Dank an dieser Stelle auch an Marion Huber vom Erlebnisbauernhof Winklhof für die geduldigen Antworten zu den seltsamsten Fragen über ihre Rotnackenwallabys. Wenn ich mal wieder in Süddeutschland bin, komme ich gern vorbei!

Für die medizinische Fachberatung vielen lieben Dank an Dr. med. Olaf Wiesner, der sichergestellt hat, dass Henry all das überlebte, was ich mir für ihn ausgedacht hatte. Ein Riesendank meiner Familie und besonders meinem Schwager Franz für das stundenlange Fachsimpeln und Grübeln darüber, wie man am besten einen Kurzschluss im Sicherungskasten auslöst – entschuldige die schlaflose Nacht deswegen! Alufolie – Finger weg, Leute!

Ein ganz besonderer Dank gilt meinen aufmerksamen Freundinnen Dagmar und Alice, Gitta, Christiane und Sabine fürs Testlesen, Zuhören und Anfeuern auf der Zielgeraden, meiner wunderbaren Agentin Ulrike Schuldes und meinen brillanten Lektorinnen Daniela Jarzynka und Britta Künkel. Sie alle haben mir fest zur Seite gestanden. Gemeinsam haben wir – bildlich gesprochen – während dieses Projekts den Loch Lomond der Länge nach durchschwommen, und das teils unter widrigsten Umständen. Als ich deine E-Mail-Adresse las, wusste ich: Das wird supergut, Britta! Ohne euch kein »Weihnachten mit Tony«!

Apropos: Bei Drucklegung gab es sie übrigens noch, die »echten« Wallabys im Naturparadies Inchconnachan im Loch Lomond. Und ich hoffe, dass das noch lange so bleibt.

Auch an anderen Orten in Europa – in Spanien, Frankreich und sogar in Deutschland – gibt es Populationen von entlaufenen, wild lebenden Wallabys. Strenge Winter sind für sie, wie für alle Wildtiere, eine große Herausforderung, aber manche schaffen es und halten sich. Wallabys sind ziemlich anpassungs- und widerstandsfähig.

Ich hätte meine Geschichte also im Prinzip überall ansiedeln können, wo es mindestens zwei Menschen gibt, die sich für Tiere einsetzen, sich in menschlichen Liebesdingen fürchterlich im Weg stehen und doch füreinander bestimmt sind. Aber – seien wir mal ehrlich – es gibt kaum einen romantischeren Schauplatz für ein Weihnachtsfest mit Wallabys als ein winterlich verschneites Schottland, oder?

Ich wünsche uns allen ein Happy End –
und vor allem:

Frohe und gesegnete Weihnachten und ein gutes neues Jahr!
Nollaig chridheil agus Bliadhna Mhath Ùr!
A Blythe Yule an a Guid Hogmanay!
Merry Christmas and a happy new year!

Ihre und eure
Stella Lucas